INTERNATIONALE DE L'IMAGINAIRE

"L'*Internationale de l'imaginaire* est un lieu de confrontations. Comme la Maison des cultures du monde dont elle est le complément, elle cherche à faire connaître les multiples figures de la création dans les régions différentes du monde contemporain.

La revue, en dehors des doctrines et des partis pris, associe la critique indépendante, les témoignages scientifiques ou littéraires, la révision des patrimoines, l'information sur la mutation des formes culturelles. Ne s'agit-il pas de révéler l'inlassable fertilité des ressources humaines ?

Chaque publication réunit, autour d'un thème, écrivains, artistes, spécialistes et peuples du spectacle pour une concertation commune : autant de bilans."

Directeurs de la publication : Jean Duvignaud et Chérif Khaznadar.

L'EUROPE DE LA CULTURE

HISTOIRE(S) ET ENJEUX

TITRES PARUS

Le Métis culturel, n° 1, Babel n° 109.
Lieux et non-lieux de l'imaginaire, n° 2, Babel n° 119.
La Dérision, le rire, n° 3, Babel n° 132.
La Musique et le monde, n° 4, Babel n° 162.
La Scène et la terre. Questions d'ethnoscénologie I, n° 5, Babel n° 190.
Le Liban second, n° 6, Babel n° 205.
Cultures, nourriture, n° 7, Babel n° 245.
Le Corps tabou, n° 8, Babel n° 303.
Deux millénaires et après, n° 9, Babel n° 342.
Nous et les autres. Les cultures contre le racisme, n° 10, Babel n° 373.
Les Musiques du monde en question, n° 11, Babel n° 387.
Jean Duvignaud. La scène, le monde, sans relâche, n° 12, Babel n° 423.
Jeux de dieux, jeux de rois, n° 13, Babel n° 424.
Eros & Hippos, n° 14, Babel n° 489.
Les Spectacles des autres. Questions d'ethnoscénologie II, n° 15, Babel n° 525.
Politique culturelle internationale. Le modèle français face à la mondialisation, n° 16, Babel n° 607.
Le Patrimoine culturel immatériel. Les enjeux, les problématiques, les pratiques, n° 17, Babel n° 620.
Islande de glace et de feu. Les nouveaux courants de la littérature islandaise, n° 18, Babel n° 655.

ISBN 2-7427-5529-2

Illustration de couverture :
Valentin Serov, *L'Enlèvement d'Europe* (détail), 1910

INTERNATIONALE DE L'IMAGINAIRE
NOUVELLE SÉRIE – N° 19

ANNE-MARIE AUTISSIER

L'EUROPE DE LA CULTURE

HISTOIRE(S) ET ENJEUX

BABEL

MAISON DES CULTURES DU MONDE

à Jean-Michel

SOMMAIRE

II. LE PARCOURS DES PREMIÈRES INSTITUTIONS EUROPÉENNES

III. POLITIQUES CULTURELLES NATIONALES ET INTÉGRATION EUROPÉENNE

IV. L'UNION EUROPÉENNE ET LA CULTURE

VII. L'EUROPE, RÉGION DU MONDE

PRÉFACE

Europe et culture sont-elles condamnées à demeurer un couple antagoniste, lié par des malentendus et des expectatives déçues de part et d'autre, à l'heure où l'Union européenne accueille vingt-cinq Etats membres ? Dans ce processus inédit d'Union européenne, quel rôle joue la culture et comment trouve-t-elle sa place ? Cette question est l'objet de l'ouvrage d'Anne-Marie Autissier. Les réponses qu'elle y apporte sont de divers ordres : historique, sociologique, institutionnel, pragmatique.

C'est pourquoi après la publication du livre d'Alain Lombard, *Politique culturelle internationale, Le modèle français face à la mondialisation*, il nous a paru essentiel de consacrer cette livraison de l'Internationale de l'imaginaire aux stratégies et aux attentes des différents acteurs de l'Europe culturelle.

En analysant le parcours et les hésitations des protagonistes de l'Europe culturelle – artistes, intellectuels, chercheurs, responsables d'associations, coordonnateurs de réseaux, décideurs institutionnels, élus… – Anne-Marie Autissier s'attache à saisir la complexité des processus parfois contradictoires qui, d'un bout à l'autre du continent, dessinent la trame d'un imaginaire commun en devenir. En effet, si l'Europe est un continent de culture et si la notion même d'une Europe unie relève d'une dimension culturelle, les convergences artistiques et intellectuelles ont échoué à façonner, des siècles durant, cette solidarité "de fait" voulue par les pères de l'Europe. Le retournement inédit qui a suivi la Seconde Guerre mondiale amène les Européens à réévaluer leur histoire commune et les richesses artistiques et intellectuelles du continent. Cette réhabilitation ne va pas sans apories : le seul recours au patrimoine ne peut conférer à l'Europe d'aujourd'hui le sens de sa mission culturelle contemporaine. Par ailleurs, l'Europe est aujourd'hui une "région" du monde, réceptive à des apports éclectiques et à des imaginaires "diasporiques", selon le mot d'Arjun Appadurai. Enfin les souverainetés nationales restent des repères essentiels dans un monde voué aux rapprochements aussi instantanés que superficiels. Ainsi, grâce à "sa" culture, chaque nation européenne croit-elle protéger le dernier bastion de sa singularité. Les artistes et les professionnels qui les accompagnent doivent prendre en compte ce culturalisme défensif tout en visant des confrontations transnationales qui ont toujours servi l'art et la culture. Rencontrer des professionnels d'autres pays investis de la même passion et des mêmes valeurs, s'ouvrir à des publics divers, découvrir de nouvelles problématiques, telles sont aujourd'hui les priorités des hommes et des femmes de culture en Europe ; de leur juste dialogue avec les institutions européennes mais aussi avec les autres acteurs de la société civile européenne "en devenir", dépend l'émergence d'une Europe départie de son syndrome "impérial" (Peter Sloterdijk) et d'une vision unilatérale des relations culturelles mondiales. Dans cette perspective, des progrès substantiels ont été accomplis au sein du Conseil de l'Europe puis de l'Union européenne. Mais le chantier reste inachevé. La place donnée à la culture et à l'éducation dans une Europe rendue à ses dimensions continentales sera décisive pour faire de l'Union européenne un espace de solidarité effective et contribuer à mettre en échec le seul paradigme de la domination financière et la constitution d'oligopoles dangereux pour la diversité culturelle. A la lumière de cet ouvrage, l'on mesure mieux les progrès accomplis et les contradictions à l'œuvre. De quoi alimenter le débat européen, en pleine discussion sur le futur traité constitutionnel.

CHÉRIF KHAZNADAR

INTRODUCTION

Plus de cinquante ans après la création du Conseil de l'Europe, quarante-huit ans après la signature du traité de Rome et seize ans après la chute du mur de Berlin, il paraît justifiable de s'interroger sur les progrès accomplis en matière d'intégration européenne. Certains objectifs et non des moindres semblent en passe d'être atteints. La réalisation d'un marché unique, la création et la mise en circulation d'une monnaie européenne, l'existence de réseaux professionnels industriels, technologiques, le relatif rééquilibrage des ressources à l'intérieur de l'Union (notamment à travers la politique régionale communautaire), une coopération grandissante entre universités, centres de recherche…

Dans ce mouvement de construction et de création d'une "solidarité de fait" voulue par les fondateurs de l'Europe, il est très tentant d'associer la culture et les arts comme allant du même pas, vers une rassurante inter-compréhension et connaissance réciproque. En somme, d'appliquer aux arts et à la culture un modèle de développement technico-économique qui, tout naturellement, conduirait à l'existence et à la manifestation d'une culture européenne diverse et brillante, représentative d'une identité commune et génératrice de sens pour l'ensemble de ses participants.

Or, les faits résistent. Le chemin de la coopération culturelle reste accidenté, imprévisible, voire désordonné. Pas plus le recours au patrimoine commun que le souci de promouvoir conjointement des créateurs contemporains ne génèrent une vision mobilisatrice; la culture – en tant que système de connaissance et de diffusion des arts et des savoirs – constitue "l'angle mort" du panorama européen.

Convoquée comme facteur de réconciliation après la Seconde Guerre mondiale, encensée comme force de relance communautaire en 1984, introduite officiellement dans le traité de l'Union européenne en 1992, la culture a vu son statut évoluer à bien des égards. Aujourd'hui valeur refuge pour certains en période de crise spirituelle, ressource économique, vecteur de développement pour d'autres, elle constituerait la synthèse idéale de plusieurs aspirations réputées contradictoires : source de beauté, outil de connaissance mais aussi de plaisir, créatrice de dialogue mais aussi d'emplois…

A l'échelle de l'Union, les études n'ont pas manqué sur ce thème durant les quinze dernières années. Pourtant le constat de son caractère insaisissable demeure et deux facteurs récents contribuent à éloigner encore l'image (ou la réalité) d'une culture fédératrice : le glissement perpétuel et politiquement entretenu de la définition de la culture comme système commun de diffusion des arts à celle dite "plus large" de la culture en tant que l'ensemble des représentations symboliques de l'existence d'un peuple, d'un mode de vie…

A la dénonciation de l'universalisme colonial fait écho, quelque quarante ans plus tard, celle de l'universalisme communiste. Les pays d'Europe centrale et orientale mettent en lumière leur spécificité nationale et, de Kiev à Bucarest, *via* Bratislava et Budapest, on se prend à cultiver les fleurs d'un jardin particulariste. Parallèlement, une mondialisation économique – utilisant les "produits" culturels internationaux à des fins de grande diffusion – provoque crispations et replis qualifiés d'identitaires.

On assiste ainsi à un double mouvement : conformité à un modèle d'échanges dominant et affichage des particularités propres à "occuper la place du désir d'un des grands autres", selon la formule d'Ivalo Richter.

A une "racialisation" théorique de la culture répond une standardisation des outils. Pourtant, des solidarités se nouent, des formes inédites de coopération culturelle voient le jour et les différents protagonistes de la vie publique – Etats, régions, communes, associations, réseaux, entreprises privées – établissent des passerelles et s'emparent à leur façon du label européen, dans leurs initiatives culturelles et éducatives. L'on voit ainsi se dessiner une cartographie complexe constituée d'espaces entrecroisés ou superposés, et à laquelle manque souvent tant une visibilité qu'une signalétique. On peut regretter le caractère clandestin de ces initiatives et le fait qu'on réinvente à une extrémité de l'Europe ce qui se déroule avec bonheur sur d'autres parties du continent.

On peut aussi mettre le caractère centrifuge de ce mouvement sur le compte d'une attitude partagée par tous les acteurs – faite à la fois d'ouverture et de méfiance ; on peut enfin se demander dans quelle mesure ces avancées contradictoires ne reflètent pas tout simplement la nécessité d'afficher ses différences, au moment où les peuples d'Europe se trouvent plus "près" les uns des autres qu'ils ne l'ont jamais été.

Les chemins de la création sillonnent aujourd'hui la planète entière. Comment les délimiter au sein de frontières européennes, voire plus étroitement encore, si ce n'est au prix de ce culturalisme étroit évoqué plus haut ?

La relative stabilité acquise dans les relations entre les artistes, la société et les pouvoirs, au moyen des politiques culturelles, correspond-elle aujourd'hui aux attentes des intéressés ? Si les principes de cet équilibre s'avèrent caducs, comment se démarquer de la copie d'un original déjà dépassé ? Pour l'exprimer autrement, la question d'une identité européenne – dont la culture serait le plus petit commun dénominateur – n'est-elle pas une vision "démonétisée" des échanges à venir ?

En définitive, l'apport essentiel des Européens en matière de culture n'est-il pas l'affirmation d'un ensemble de valeurs : l'attention portée aux artistes et aux conditions de production et de diffusion des œuvres et des connaissances, l'acceptation de tout projet quelles que soient ses origines, le primat donné au sujet dans un processus identitaire qui résulte d'abord d'un choix individuel ? La prérogative européenne essentielle ne serait-elle pas ainsi celle de la force proclamée de l'art et de ses médiations ?

Ce livre s'efforce – modestement – non pas de décider de cette réponse, mais plutôt de fournir au lecteur un ensemble d'éléments qui lui permettront d'en juger. Sans pour autant prétendre à l'exhaustivité, l'auteur du présent ouvrage souhaite mettre en valeur les informations et expériences croisées durant un parcours de vingt ans, dans le processus de coopération culturelle européenne, comme praticienne, puis comme enseignante et journaliste.

I

AU COMMENCEMENT ÉTAIT LA CULTURE ?…

Une opinion répandue voudrait que le passeport obligatoire de toute coopération européenne soit le commun recours à une identité forgée au cours de l'histoire, unique et fondatrice. Cette identité considérée comme une clé de lecture, de mobilisation et d'action prend la culture comme point d'appui – en glissant continuellement d'un sens du mot à l'autre. Une première notion fait référence à la conviction chrétienne-humaniste des années d'après-guerre : la culture comme facteur de réconciliation, de connaissance réciproque et de tolérance, avec une conviction universaliste sous-jacente. Dans cette optique, culture, éducation et instruction civique ont partie liée après 1945, malheureusement sur fond de guerre froide. La deuxième définition de la culture, empruntée à l'anthropologie, désigne un ensemble de croyances, de modes de vie, de pratiques, de représentations du monde propre à un groupe. Dans cet ensemble, systèmes symboliques et esthétiques sont fondés sur des particularismes et spécificités ethniques, régionaux, nationaux, civilisationnels, etc. Enfin, la culture apparaît comme un système juridico-économique : paiement des prestations artistiques, octroi ou non d'un statut particulier aux artistes et travailleurs culturels, gestion des entreprises culturelles… Les études historiques démontrent que ces trois réalités sont anciennes : la contestation des normes intellectuelles ou esthétiques dominantes s'inscrit dans l'Antiquité grecque, les apports chrétien et humaniste sont pluriséculaires, tout autant que le lien entre art et commerce, et le "malentendu" fondateur entre art et politique (Hannah Arendt, 1989). Ce qui semble nouveau est leur enchevêtrement continuel, savamment distillé dans les discours politiques et administratifs. Le tout sur fond d'une encombrante nostalgie, celle d'une Europe qui, depuis 1945, pratique une certaine autoflagellation défensive, liée à sa perte d'influence mondiale (Peter Sloterdijk, 2003). Tour à tour convoquée comme instrument de réconciliation, de prestige, de richesse économique et d'insertion sociale, la culture est ici appelée à jouer tous les rôles. Cette surdétermination fait obstacle à une analyse des processus, difficultés et avancées de la coopération culturelle européenne. En outre, le jeu de balancier systématique entre une approche anthropologique de la culture et sa vision économiste tend à fabriquer des couples antagonistes – industries culturelles contre création vivante, haute culture contre médias de masse – qui ne rendent pas compte de la réalité actuelle des pratiques artistiques et culturelles. Cette nostalgie d'un continuum culturel européen, consistant à créditer les créateurs, leurs œuvres, les monuments du patrimoine d'un "sens" commun dans lequel les artistes contemporains pourraient tout naturellement s'inscrire, se heurte à plusieurs apories : il n'a jamais existé dans l'histoire occidentale de stricte coïncidence entre art, culture et politique ; les débats de l'entre-deux-guerres poursuivis après 1945, notamment sous les espèces de la "démocratisation" et de la "démocratie" culturelles, se sont malheureusement appauvris dans des considérations technico-administratives (Vincent Dubois, 1999) ; si les artistes et les intellectuels (européens ou non) sont de quelque part, leurs œuvres font potentiellement l'objet d'une appropriation mondiale – certes différenciée – et ne sauraient se tenir dans les contours d'une identité culturelle figée – fût-elle l'addition fantasmatique de quinze voire de vingt-huit cultures nationales (Jean-Pierre Rioux, 2000).

Enfin, identité n'est pas conscience, comme l'a démontré Julien Benda en 1933, dans son *Discours à la nation européenne* : "Le fait d'une certaine communauté spirituelle européenne a donc existé mais la conscience de ce fait, de son opposition aux particularismes nationaux, n'existait pas. Ce qui au contraire est très vite apparu en tant que conscience, que volonté manifeste, c'est l'affirmation des nations dans leurs génies particuliers et très souvent dans leurs oppositions." Dans le retournement sans précédent que représente la volonté d'unification européenne après la Seconde Guerre mondiale, la coopération artistique et culturelle doit inventer son propre cheminement, sans référence à une identité préalable "coulée dans le marbre" et dont il suffirait de dérouler le parchemin. Comme l'écrit Robert Frank en 2001, "c'est moins la vieille identité culturelle qui a naturellement débouché sur la nouvelle conscience politique que le mouvement inverse : c'est la conscience qui a modifié l'identité".

En outre la vision chrétienne humaniste de la culture feint d'ignorer le rôle polémique voire agressif de toute affirmation culturelle essentialiste, matière explosive à manier avec précaution (Dominique Wolton, 1999). Dans cette perspective, l'instrumentalisation culturaliste a montré les ravages qu'elle peut provoquer, aux mains de politiciens sans scrupules et d'académiciens corrompus comme dans l'ancienne Yougoslavie (Mohammedin Kullashi, 1998).

En 1961, Denis de Rougemont, alors directeur du Centre européen de la culture, publie *Vingt-huit siècles d'Europe ou la Conscience européenne à travers les textes, d'Hésiode à nos jours*. Il y postule un certain nombre d'idées qui alimenteront par la suite une téléologie culturelle de la conscience européenne.

Denis de Rougemont revient tout d'abord sur des principes qu'il ne cessera de défendre tout au long de son action en faveur de l'Europe de la culture : "L'Europe est beaucoup plus ancienne que ses nations. (...) L'Europe a exercé dès sa naissance une fonction non seulement universelle, mais, de fait, universalisante. Elle demeure responsable d'une vocation mondiale, qu'elle ne pourra soutenir qu'en fédérant ses forces. L'Europe n'est pas un expédient moderne, économique ou politique, mais c'est un idéal qu'approuvent depuis mille ans tous ses meilleurs esprits."

Dans la septième partie de son ouvrage : "L'ère des fédérations ; de l'unité de culture à l'unité politique", Denis de Rougemont revient sur les sources vives de l'héritage européen. Il cite sur ce point Paul Valéry, lequel identifie en 1924 trois origines : Rome, comme "modèle éternel de la puissance organisée et stable", le christianisme qui "propose à l'esprit les problèmes les plus subtils, les plus importants et même les plus féconds". La Grèce enfin, à qui nous devons une "méthode de penser qui tend à rapporter toute chose à l'homme, à l'homme complet". Et Valéry de conclure : "Toute race et toute terre qui a été successivement romanisée, christianisée et soumise, quant à l'esprit, à la discipline des Grecs, est absolument européenne."

Cette synthèse s'accompagne d'une réévaluation de l'héritage biblique. "Les prophètes d'Israël, ces démagogues fulgurants et divins, ont déposé dans notre esprit cette soif révolutionnaire de la justice qui distingue socialement l'Occident", écrit André Siegfried. L'origine de la science moderne serait ainsi, selon Karl Jaspers, moins grecque que biblique : "le besoin d'interroger Dieu contre Dieu". Selon Salvador de Madariaga, source grecque et source chrétienne sont restées les deux plus vives. : "Socrate domine l'esprit de l'Europe, le Christ, sa volonté."

A ces trois héritages, Denis de Rougemont en ajoute opportunément un quatrième : le peuple germain, capable de prendre la succession du peuple romain, sera celui des Francs d'où est issu Charlemagne. Selon Denis de Rougemont, le germanisme a créé le droit d'association, inspirateur du fédéralisme européen. Dans cet ensemble, Rougemont retient une expression promise à la gloire : "l'unité dans la diversité". Erigée sous les auspices du fédéralisme, cette formule servira pourtant les tenants d'une coopération européenne entre nations. Enfin, il insiste sur la nécessité de l'"unité culturelle de base" européenne qu'il faudra retrouver et restituer, en deçà et au-delà des "nations" constituées au cours des derniers siècles. L'historien Jean-Baptiste Duroselle s'est inscrit en faux contre cette thèse : "Il y a eu, à notre avis, une série de conceptions de l'Europe : notion géographique, chrétienté, Europe des Etats, Europe des nationalités, Europe unie ou Etats-Unis d'Europe, en liaison avec les conditions politiques, socioéconomiques et culturelles de chaque époque", écrit-il en 1985. En outre, les différentes temporalités européennes engagent à penser l'existence non pas d'une Europe culturelle mais de plusieurs. "Echanges et croisements sont permanents, mais l'Europe est aussi faite de chronologies et de rythmes différents qui expriment des contextes historiques distincts" (Hélène Ahrweiler et Maurice Aymard, dir., 2000).

Enfin l'Europe, qui s'est pensée comme la première puissance mondiale jusqu'en 1945, se préoccupait alors plus de définir "l'autre" – y compris au sein du continent – que de délimiter les contours de sa propre identité. "L'Europe ne s'est pas contentée d'inventer l'individu et la liberté. (…) Elle a aussi enfanté les notions de la modernité et de la révolution ; notions qui se sont répandues et qu'elle cherche à concilier désespérément avec les valeurs qui avaient défini son visage pendant toute son histoire prémoderne", soulignait Jean Baudrillard en 1984. Autrement dit, la quête d'une identité culturelle européenne paraît de nature défensive pour une Europe qui "a pris le risque d'universaliser ses valeurs".

Un rapide retour sur la formation des divers héritages invite à conclure à la coexistence de plusieurs Europe et de diverses "identités européennes".

DES ROMAINS A L'EMPIRE BYZANTIN

Après l'apogée de la civilisation grecque, le monde conquis par Rome est plus ou moins l'œkoumène des Grecs. S'il s'étend à l'est et au sud, la frontière de cet empire trouve ses limites aux confins de terres "barbares" "où vivent les ancêtres de la plupart des peuples européens actuels" (Michel Kazanski in *Les Européens*, 2000). Cela signifie-t-il pour autant que les Germains, les Vénètes, les Celtes d'Irlande, les Finnois ignorent totalement les us et coutumes romains ? Non, comme en atteste l'archéologie… Dès cette époque, les frontières sont zones d'affrontement mais aussi d'échanges commerciaux et culturels. Quelques siècles plus tard, un autre phénomène illustre les contradictions qui divisent le continent. Alors que l'Ouest de l'Europe s'enfonce dans le marasme et le morcellement, Constantin inaugure en 330, pour mille ans, Constantinople, siège de l'Empire romain christianisé et hellénisé.

Empire qui servit d'archétype aux monarchies chrétiennes de l'Europe moderne et en particulier aux Carolingiens. Byzance apporte une contribution décisive au développement artistique européen : elle conserve et diffuse la littérature grecque antique. "C'est en grec que se modèle la première pensée chrétienne", précise Hélène Ahrweiler. Dès 1235, artistes byzantins et grecs produisent des icônes ou des fresques pour les premiers lieux du culte franciscain en Italie du Nord. Mais sont aussi appelés à poser les mosaïques de la grande mosquée de Cordoue, sous le règne des Omeyyades. Leur savoir-faire est requis dans les premières églises chrétiennes polonaises... L'intérêt pour ces artistes – alors considérés comme des artisans – n'est pas toujours synonyme de respect. Hélène Ahrweiler note ainsi que, à la fin du XIIe siècle, les Normands attaquent les côtes grecques pour enlever les artisans des ateliers impériaux de Thèbes et de Corinthe et les ouvriers spécialisés dans la fabrication des soieries. Déjà, guerres et pillages en tout genre inaugurent une circulation sauvage des objets d'art. Comble d'ironie, souligne Hélène Ahrweiler, la byzantomanie est à son comble en Europe de l'Ouest, après le sac de Constantinople perpétré par les croisés en 1204. Le plan de la basilique Sainte-Sophie inspire l'architecture religieuse d'Aix-la-Chapelle sous Charlemagne, celle de Venise, tout comme la construction des premières mosquées ottomanes au XVe siècle, à Constantinople et Andrinople, sous la férule de l'architecte Sinan.

L'APPORT DE L'ISLAM ET DE LA CIVILISATION ARABE

Selon le mot d'Edgar Morin, l'Islam conquérant a "fomenté et hanté" l'Europe ancienne. "Dès ses débuts, la hantise de l'islam a été l'un des moteurs de l'expansion castillane et portugaise", note Serge Gruzinski (2004).

La dynastie des Omeyyades s'est implantée pour plusieurs siècles en Espagne et en Sicile, provoquant une arabisation durable de la société (David Abulafia, in *Les Européens*, 2000). Lettrés et traducteurs d'al-Andalous ont eux aussi contribué à la sauvegarde de textes majeurs de l'Antiquité classique. Au XIIe siècle à Cordoue, Averroès dissèque la pensée de Platon, au grand dam des musulmans traditionalistes. Sa pensée est enseignée à l'université de Paris jusqu'à ce que l'Eglise la condamne en 1204. Le règne des Omeyyades à Cordoue et celui des Nasrides à Grenade permettent une coexistence entre communautés musulmanes, chrétiennes et juives, et assurent la diffusion de la langue arabe jusqu'à Malte – alors dépendante du royaume de Sicile – dont les populations arabo-berbères adoptent un dialecte transcrit en alphabet latin, le maltais, l'une des langues officielles de l'Union européenne depuis mai 2004. Enfin les Ottomans se sont installés en Europe orientale et dans une partie de l'Europe centrale où ils ont mis en place un système d'administration, confié des domaines en gestion à des féodaux locaux (les timars), diffusé la religion musulmane tout en respectant les confessions, langues et pratiques coutumières en vigueur sur les territoires qui dépendaient d'eux. Certes les révoltes furent nombreuses, y compris au sein de l'empire, accréditant l'idée que "l'homme malade de l'Europe" tournait le dos au développement et à la modernité. Mais l'empire a opéré, dès le début du XIXe siècle, des tentatives de réforme politique à l'européenne, associant à Constantinople musulmans et chrétiens. Etat laïque, la Turquie de l'entre-deux-guerres est l'héritière d'un empire qui a assimilé une partie des apports byzantins et d'autres parties de l'Europe, et s'est "européanisé" à leur contact, tout en diffusant un islam "de coexistence", des institutions, une architecture et des coutumes dans les villes d'Europe orientale.

"SEULE L'EUROPE EST CHRÉTIENNE"

Au VIIIe siècle, le centre gallo-franc d'une "Europe croupion" prend conscience de son existence face à un double danger : l'Islam et la toute-puissance de Constantinople que le pape voudrait bien réduire. Charlemagne devient le *Pater Europae* dans les terres dominées par les Carolingiens et la victoire remportée par Charles Martel contre les Arabes est celle des *Europenses*. Quant aux croisades, elles représentent une formidable opportunité de découverte, de vandalisme et d'enrichissement, sous couvert de prêter main-forte à Byzance et de libérer le Saint-Sépulcre de la domination des infidèles. L'expansion de l'Eglise romaine s'accompagne d'une diffusion de l'art gothique : Tallin, Riga, Vilna, Lvov, la Dalmatie, l'Arc des Carpates, la Transylvanie se couvrent bientôt de monuments. En 1453, la prise de Constantinople par les Ottomans ravive le sentiment d'unité contre les infidèles. "Seule l'Europe est chrétienne", proclame alors Pie II. Les protestations solennelles n'empêchent pas le commerce : au XVe siècle, la partie la plus prospère de l'Europe – Italie du Nord, Styrie, Bavière, région rhénane, Provinces-Unies, Nord de la France, Angleterre, Portugal et Espagne – ne dédaigne pas d'importer les épices, produits de luxe, étoffes et bijoux transitant par la partie européenne de l'Empire ottoman. Dans cette Europe, la culture savante est uniforme grâce à l'usage du latin, les étudiants passant d'une université à l'autre et les professeurs enseignant en tout lieu. Le voyage fait partie de la formation du jeune noble et ces déplacements – coûteux –

s'appuient sur des réseaux familiaux opérant par cooptation et réciprocité (Daniel Roche, 2002).

L'insistance sur la dimension religieuse de la civilisation européenne ne nous amène-t-elle pas à oublier le principe de laïcité inscrit au cœur de l'Europe et dont l'existence s'est révélée essentielle pour le développement de l'art européen – notamment à travers les commandes profanes présentes, dès le XVe siècle, en Flandre (Alain Boublil, 1991)? Edgar Morin insiste sur l'existence d'une dialogique européenne "entièrement laïcisée, dans le sens, où, à partir d'un certain moment, aucune idée n'est demeurée assez sacrée ou assez maudite pour échapper au tourbillon des débats, discussions, polémiques". Tout en reconnaissant que ce fut un résultat tardif et incomplet. Il est intéressant de noter que la laïcité ne figure pas au nombre des valeurs fondatrices européennes dans le préambule du traité constitutionnel européen qui se contente d'évoquer "les héritages culturels, religieux et humanistes de l'Europe".

Parallèlement aux représentations et concepts qui fondent ou non la possibilité d'une synthèse culturelle européenne, comment les artistes et les lettrés ont-ils "habité" la planète Europe jusqu'à la Seconde Guerre mondiale? Le constat des décalages qui ont prévalu entre leurs idéaux et ceux des gouvernements en place, leurs divisions et leurs stratégies, amène à mieux comprendre sur quels malentendus s'est édifiée après 1945 une certaine idée de l'Europe culturelle.

DES PARCOURS EUROPÉENS SUR FOND DE GUERRE RELIGIEUSE ET D'OPPRESSION

Erasme et Comenius (qui ont donné leurs noms à des programmes communautaires d'enseignement) ont sillonné la partie Ouest et Nord du continent, par désir de rencontres intellectuelles, mais aussi par nécessité économique et politique. Né vers 1469 dans des circonstances obscures, suivant la mode humaniste de l'époque, le premier se donne à dix-sept ans le nom latin de Desiderium Erasmus Roterodamus. Ordonné prêtre en 1492, à vingt-cinq ans, il rêve d'un "pèlerinage aux sources des *literae humaniores*", c'est-à-dire à Rome. Mais le chemin se révèle beaucoup plus accidenté que prévu. En butte aux difficultés matérielles, déçu par l'enseignement scolastique de la Sorbonne, Erasme survit à Paris en écrivant des manuels scolaires et en donnant des cours particuliers. L'un de ses élèves, le jeune et riche lord William Mountjoy, l'entraîne alors à Londres et à Oxford, dans les cercles lettrés et royaux. Après de nouveaux séjours en Hollande, en Angleterre, à Bâle, il prépare enfin, à quarante ans, son séjour en Italie, lequel, entre guerres et pillages, s'avérera mouvementé. Puis de nouveau Bucklersbury en Angleterre, alors en guerre avec sa patrie d'adoption, la France. Installé un temps à Louvain où il subit l'hostilité des théologiens réactionnaires, il résiste pourtant aux offres flatteuses de François Ier qui lui propose de venir résider en France. Il subit de plein fouet les effets de la polémique provoquée par "l'hérésie luthérienne" dont on lui reproche d'avoir "couvé l'œuf". Erasme appelle les souverains d'Europe à observer une politique de paix et de fraternité. Pourtant la victoire des Turcs à Mohács, en Hongrie, l'oblige à prendre position en faveur de "guerres justes", *ultima ratio* (dans des conditions extrêmes). Il finit sa vie à Bâle où il a souvent séjourné et publié plusieurs éditions de sa traduction du Nouveau Testament. Ses œuvres sont diffusées dans toutes les villes de la chrétienté latine, jusqu'en Pologne. Parmi ses pairs, Erasme tient sans doute son extraordinaire célébrité à sa position singulière, en un temps de guerres civiles, religieuses et étrangères acharnées, à son attachement à la tolérance et aux valeurs qui unissent les hommes, au-delà des dogmes : “L’esprit de Christ est fort loin de cette distinction entre l’Italien et l’Allemand, le Français et l’Anglais, l’Anglais et l’Ecossais”, écrivait-il. Le second, Jan Amos Komensky dit Comenius, né à Brod en Moravie en 1592, ministre réformé et recteur, se trouve banni de Bohême en 1621 pour des raisons politiques et religieuses. Il parcourt la Pologne, l’Angleterre, la Suède. Sur l’insistance de ses mécènes hollandais, il finit par s’installer à Amsterdam en 1656, jusqu’à sa mort survenue en 1670. Fondée sur le pansophisme – unité et harmonie de l’acte créateur divin et finalité commune de l’existant –, la pensée de Comenius s’illustre dans de nombreux registres. Les filles sont concernées par son enseignement notamment fondé sur une méthode intuitive d’apprentissage des langues. Comenius propose à ses contemporains la création d’une Académie mondiale – Collegium Pansophicum –, avec pour principal objectif la création d’une langue savante internationale qui faciliterait les échanges et permettrait la réunification des Eglises chrétiennes. Ce visionnaire décline l’invitation américaine pour fonder un enseignement pansophiste au tout récemment créé collège de Harvard. Opportunément resté en Europe, fervent propagateur de la paix entre les peuples, Comenius, célébré mais peu entendu par ses contemporains, meurt inconsolable des divisions de sa propre patrie, la Bohême.

Erasme et Comenius pensaient et écrivaient en latin dans une chrétienté batailleuse dont les divisions avaient submergé la notion même d’Europe politique après la fin de la dynastie carolingienne.

LA RENAISSANCE : DIFFUSION INTELLECTUELLE ET ARTISTIQUE ET NOUVELLES FRAGMENTATIONS

Pour les contemporains du XVIe siècle, la modernité est transalpine. Lettrés, artistes font le voyage en Italie. Monarques et souverains du Nord attirent des savants et des artistes à leur cour, avant que la monarchie française institutionnalise le principe, en créant l'Académie de France à Rome. Des académies se créent dans toute l'Europe. Mais si beaucoup d'aristocrates apprennent l'italien pour pouvoir lire *Le Prince*, *Le Courtisan* ou *Roland furieux*, l'essor des langues vernaculaires, dont Florence donne l'exemple, provoque une nouvelle fragmentation de la culture européenne. Par ailleurs, l'art et la littérature de la Renaissance restent cantonnés aux frontières du gothique. Quant à la Réforme, elle divise le monde chrétien de façon plus grave encore que le grand schisme de 1058. Suivre Luther revient finalement à créer sa propre Eglise comme ce fut le cas en Angleterre ou en Suède.

OMBRES ET LUMIÈRES AU XVIIIe SIÈCLE

Pour les Européens, la griserie des conquêtes américaines et la découverte du Nouveau Monde se doublent rapidement d'une vision de la future décadence européenne : “Cet autre monde ne fera qu'entrer en lumière quand le nôtre en sortira”, écrivait Montaigne. L'Europe développe en son sein une pensée critique qui s'affermit et se précise aux XVIIe et XVIIIe siècles, tout en s'enrichissant de l'idée de progrès civique et intellectuel. La France joue alors un rôle de diffuseur de la pensée politique anglaise et Voltaire constate “une perpétuelle correspondance” entre la Hollande, l'Espagne et la France. La diaspora huguenote française à Londres, Amsterdam et Berlin a également conforté ce phénomène. *De l'esprit des lois* est diffusé à 35 000 exemplaires en dix-huit mois et la première édition de l'*Encyclopédie* attire 4 000 souscripteurs. Les Lumières franchissent la frontière orthodoxe, avec Catherine II. Leur rationalisme triomphant laisse pourtant dans l'ombre toute une partie de l'Europe, laquelle, avec le *Sturm und Drang*, surgira d'abord en opposition avec cet optimisme universaliste dont atteste l'article "Europe" de l'*Encyclopédie* : "Il importe peu que l'Europe soit la plus petite des quatre parties du monde par l'étendue de son terrain, puisqu'elle est la plus considérable de toutes par son commerce, par sa navigation, par la fertilité, par les lumières et l'industrie de ses peuples, par la connaissance des arts, des sciences et des métiers, et, ce qui est le plus important, par le christianisme, dont la morale bienfaisante ne tend qu'au bonheur de la société." Trois présupposés à l'œuvre dès le XVIe siècle sous-tendent cette conception : le progrès scientifique, technique et culturel est identifié avec le "meilleur" de la civilisation européenne ; quant à la productivité et la richesse, elles sont présentées comme également fondées sur la loi divine ou celle de la nature. "Tout au long de l'histoire du continent, la partie «civilisée» de l'Europe a pratiqué l'exclusion de l'autre – non chrétien, Europe «inculte», peuples d'outre-mer. Ce mépris (…) a constitué un obstacle majeur à la diffusion d'une identité collective", souligne Georges B. Dertilis en 2000 (in *Les Européens*). Dans ce mouvement d'expansion prospère et de conquêtes sanglantes du monde, le premier acte de l'Europe moderne se joue sur fond – déjà – d'utopie européenne : l'abbé de Saint-Pierre imagine un tribunal européen, une force européenne, une république européenne. Julien Benda souligne que l'héritage d'un Guillaume Budé ou d'un Thomas d'Aquin, "ce peu d'attention des intellectuels aux désinences ethniques de leur esprit, se poursuit jusqu'à la fin du XVIIIe siècle, malgré l'abandon par eux du latin et l'adoption des langues nationales".

A vingt-cinq ans, Goethe écrit *Werther* qui sera rapidement traduit dans la plupart des langues européennes. Voyageur européen et amoureux des beautés artistiques du continent, Goethe développe, dans *Wilhelm Meister*, la notion de communauté humaine nécessaire au-delà de l'existence de l'individu, tout en se demandant si ce n'est pas l'Amérique qui réalisera cette authentique communauté.

LES ARTISTES EUROPÉENS, ENTRE COUR ET "FABRIQUE"

Depuis la Renaissance, les artistes ont compris le rôle de trois pouvoirs entre lesquels ils doivent sans cesse évoluer : le religieux, le politique et le commercial. L'émancipation artistique de la Renaissance a pour corollaire un quadruple mouvement : appropriation singulière des œuvres à des fins de pouvoir social, développement d'un marché de l'art spéculatif, inscription de l'art en référence à sa propre tradition (pour s'en affranchir ou s'y conformer) et sécularisation progressive de l'art, le coupant de son lien avec une fonction religieuse et sociale (Claude Lévi-Strauss, 1961).

Alors que le célèbre Canaletto exécute par centaines des tableaux de Venise expédiés dans toute l'Europe, les œuvres circulent, sont vendues, rachetées, et le phénomène des collections, décrit par Krzysztof Pomian en 1987, génère, dès le XVIe siècle, tout un marché des pierres ou des objets de toutes sortes pour des cabinets de curiosités qui accueillent aussi des tableaux. Représentative d'une force active, religieuse d'abord, la collection devient rapidement – aussi – symbole de puissance sociale ou politique. Amsterdam puis Londres et Paris sont au XVIIIe siècle le lieu des ventes publiques et l'Italie… "un grand magasin", selon la formule de Pomian. L'autre caractéristique des marchés de l'art – dès que les œuvres sont en mesure de circuler – est leur internationalisation précoce, sous la double influence de marchands avisés et de monarques cosmopolites. Dès le XVIe siècle, l'Italie et l'Europe du Nord deviennent des terrains de chasse. Voulant faire de Dresde une capitale, le prince électeur de Saxe achète des Van Eyck avec, pour rabatteur, un marchand vénitien, Francesco Algarotti. Auguste III acquiert en 1744, pour 10 000 sequins d'or, les collections du duc de Modène, le Corrège, Carrache. Il paie 8 500 livres la *Grande Madone Sixtine* de Raphaël, alors le tableau le plus cher du monde…

Dès lors, se pose pour les artistes la question de leur statut : individuel ou collectif, "académicien" ou "artisan", s'adaptant aux règles de la commande pour mieux la subvertir, libres de commercialiser leur art ou refusant tout mercantilisme. Les artistes européens ne cesseront, dès lors, d'hésiter entre différentes représentations, le XIXe et le début du XXe déclinant ces espèces sous des formes nouvelles. Pragmatique, Denis Diderot, lui-même acheteur d'art pour Catherine II de Russie, prône le "libre commerce de la librairie" délivré des privilèges royaux (Alain Viala, 1985).

Le rêve de puissance à travers l'art descend sur terre après son face à face avec Dieu et son exposition au regard des "fidèles". Dès lors, la relation instaurée entre l'artistique et le politique relève d'un jeu complexe, tenant à l'écart une immense majorité de la population. Le mécénat de cour, qui permet aux artistes de trouver des solutions partielles à leurs problèmes de création, fonde une tradition européenne élitiste et internationale qui déborde rapidement les limites géographiques européennes, pour alimenter collectionneurs moscovites ou américains.

Souvent citée comme un gage de fonds commun européen, la mobilité mentale et physique de ces penseurs, artistes, marchands d'art, relève de pratiques minoritaires dans un contexte de concurrence et de spéculation. Tant il est vrai que le meilleur gage de liberté des artistes était alors de jouer d'un "protecteur" contre l'autre. Cette évocation idéalisée ignore enfin l'aspect souvent autoréférentiel, voire corporatiste, des milieux concernés. Pourtant parvenu au faîte de sa gloire grâce à la renommée et aimé d'un large public, Molière ne resta-t-il pas inconsolable de la disgrâce de Louis XIV à son endroit, qui lui avait finalement préféré un Lulli ? Enfin, les élans cosmopolites de certains souverains ne se heurtèrent-ils pas à des revendications nationales de la part du monde artistique ? On reprocha ainsi à la reine Christine de Suède d'avoir invité des "étrangers" à sa cour, et Mazarin subit lui-même quelques pamphlets pour s'être entiché de comédiens italiens.

La Révolution française consacre une forme de statut artistique et littéraire avec la loi sur la propriété intellectuelle précédant la création de la Société des auteurs et compositeurs dramatiques (SACD), la fin des privilèges et la liberté du commerce. Cette situation nouvelle constitue d'ailleurs l'une des premières conditions de rencontre avec un public élargi (Jürgen Habermas, 1962). La bourgeoisie européenne montante choisit ses lieux culturels : musées, opéras, salles de concert, bibliothèques… Elle développe la presse. Mais, à l'exception d'une partie de la bourgeoisie d'affaires, elle se montre peu réceptive à l'art de son temps, tout au moins en France.

LE ROMANTISME AU CHEVET DES NATIONS

Devant la faillite des dogmes et l'instabilité de la situation politique, le poète se doit de se déterminer, de s'engager, d'atteindre une forme d'universalité. Les débats d'idées voient se confronter Polonais et Italiens, réfugiés aux côtés des Anglais, des Français, des Belges, des Suisses. L'Europe littéraire et musicale s'agrandit au moment où l'Europe politique se divise. Parallèlement, les traductions se multiplient. Vers la fin du XIXe siècle, le phénomène de l'influence réciproque acquiert toute son importance. La littérature cesse d'être provinciale. Né en 1856 dans le ghetto juif de Düsseldorf, Heinrich Heine s'enthousiasme pour la révolution de Juillet et s'installe à Paris en 1831. Il y fréquente Rossini, Liszt, Chopin, Musset, George Sand, collabore à la *Revue des deux mondes* et nombre de ses articles y paraissent d'abord en français. Arrivé à Paris à l'âge de douze ans, le Hongrois Franz Liszt devient rapidement une immense vedette. A son retour en Hongrie en 1839, il est fêté dans toute l'Europe, qu'il a amplement parcourue de Vienne à Rome. Il écrira pourtant : "Pour Bayreuth, je ne suis pas un compositeur mais un agent publicitaire. Les Allemands répugnent à ma musique comme française, les Français comme allemande, pour les Autrichiens, je fais de la musique tzigane, pour les Hongrois, de la musique étrangère."

Au mot de Mazzini – "L'humanité, c'est l'association des patries" –, semble faire écho la passion d'un lord Byron accouru au chevet des patriotes grecs. Il faudra les égarements de la Première Guerre mondiale et la montée des totalitarismes pour que le désenchantement se mue en révolte.

LE DOUBLE VISAGE DE LA NOTORIÉTÉ ARTISTIQUE

Si les siècles précédents avaient connu la préfiguration d'une certaine figure de l'artiste et du lettré européens, le

XIXᵉ siècle et la première moitié du XXᵉ poussent, nous semble-t-il, à son paroxysme la contradiction entre l'existence d'une communauté artistique cosmopolite et les séductions de l'ère nationale. Tout en exacerbant le tiraillement des artistes entre plusieurs modèles de comportement. A juste titre, l'anthropologue Nathalie Heinich et le sociologue Edgar Morin soulignent que les représentations fondées alors subsistent dans notre vision contemporaine : le "complexe de Van Gogh" face à la figure de la star, mythes complémentaires et tout autant éloignés de la réalité quotidienne de la vie artistique (Edgar Morin, 1957, Nathalie Heinich, 1991).

Adulée par son public, Sarah Bernhardt se produira sur toutes les scènes du monde, de New York à Moscou, *via* l'Amérique latine. Mais surtout elle mettra en scène sa vie et son personnage à travers ruptures avec l'institution artistique, scandales, caprices, dépenses somptuaires, liaisons spectaculaires. Elle soutiendra aussi toutes les innovations sur lesquelles le monde artistique de son époque porte des regards boudeurs : bijoux de Lalique, cinématographe, enregistrements pour la radio, voyages en ballon, vin de Champagne… Le développement d'un public plus large, quoique homogène socialement, fait et défait les réputations, succombe aux charmes de la "réclame" et valorise la notion de "succès" qui tout à la fois inspire et déroute les artistes.

DES VELLÉITÉS EUROPÉENNES PEU PARTAGÉES

Face à la montée du divertissement qui trouve avec le cinéma une démultiplication fulgurante, certains artistes et penseurs ressentent et pressentent les dangers qui pèsent sur une Europe morcelée en Etats-nations. En 1869, à l'université de Berne, Jakob Burckhardt professe que le principe monolithique des Etats met en danger les valeurs européennes. L'exemple américain inspire la notion d'"Etats-Unis d'Europe" évoquée par Victor Hugo, lorsqu'il préside le Congrès de la Paix en 1849 : "Un jour viendra où il n'y aura plus d'autres champs de bataille que les marchés s'ouvrant au commerce et les esprits s'ouvrant aux idées" (Elisabeth du Réau, 1996). Peu suivi du public, un débat s'instaure entre tenants du fédéralisme (Proudhon, *Le Principe fédératif*, 1863) et avocats d'une union européenne d'Etats. En même temps, les pays européens connaissent une relative identité de situation. On constate partout les conséquences contradictoires de la révolution industrielle. Le progrès technique ne s'accompagne pas de progrès social.

DES RÉALISTES AUX AVANT-GARDES

L'artiste se fait observateur des mouvements sociaux et fustige la misère sociale et le racisme. Le penseur devient un intellectuel. La tentative radicale observée lors de la Révolution française connaît un nouvel essor dans ce pays lors de la Commune de Paris. Rompant avec la posture de l'individu bourgeois "qui peint la décadence", les artistes se regroupent en collectifs et revendiquent un statut d'artisans et de producteurs. Les artistes cessent d'être sous la tutelle de l'Etat pour devenir des producteurs. Leur vie professionnelle et sociale sera sous l'autorité d'un "Comité des artistes" élu par eux. Ce comité comprend Corot, Daumier, Manet, Millet, Courbet, ainsi que des artistes "industriels" (Gérard Monier, 1991). La Commune prévoyait également la suppression de l'Ecole des beaux-arts, des prix de Rome, de l'Ecole d'Athènes. Ces tentatives avortées ont notamment inspiré les ateliers autrichiens d'art nouveau, comme les travaux de Victor Horta en Belgique. On en retrouve certains traits dans les positions esthétiques et sociales de Vladimir

Maïakovski qui se déclare "contre la fiction, contre l'esthétisme et le psychologisme en art, pour la pièce de propagande, le journalisme qualifié, la chronique"… A cette nuance près que Maïakovski défendait également le droit à l'existence d'une avant-garde artistique, non immédiatement accessible. "La rencontre entre les avant-gardes russes et la révolution s'avéra brève et illusoire" : suicide de Maïakovski, assassinat de Meyerhold, suppression d'une politique culturelle qui avait, à l'origine, intégré Chagall et Kandinsky parmi ses cadres (Sergio Romano in *Les Européens*, 2000).

Avec la naissance de "cercles culturels ouvriers" et la montée en puissance de l'éducation populaire – en Suède, en Angleterre et en France –, les bases sont désormais posées d'une nouvelle problématique artistique éprise d'engagement social et de modernité, mais également en butte au conformisme artistique prégnant en Europe. D'où la constitution d'avant-gardes – terme d'origine militaire – dont le développement sera européen et international à partir de 1918. Parallèlement, depuis le XIXe siècle, l'universalisme européen affronte les coups de boutoir des cultures nationales, affirmées dans leur dimension populaire, spécifique. Dans la foulée des conceptions d'un Herder ou d'un Lessing, la notion de peuple *(Volk)* donne lieu au collectage de chansons, légendes populaires, spécificités vestimentaires, auquel les artistes participent. L'idée des cultures détrône celle de civilisation universelle (Marcel Mauss, 1928). Les premiers musées de folklore apparaissent. La science elle-même devient nationale.

Si Paris reste une capitale artistique au XXe siècle, d'autres centres s'affirment : Berlin, Weimar, Zurich et bien entendu Vienne, où surgiront nombre d'artistes et d'intellectuels novateurs dans l'entre-deux-guerres.

Dans ce centre culturel brillant qualifié, en 1985, par William M. Johnston de "phare de modernité à la dérive", l'aristocrate de Bohême Richard de Coudenhove-Kalergi abandonne ses études de philosophie pour élaborer la doctrine "paneuropéenne". Coudenhove-Kalergi a assisté au déchirement des rivalités qui ont notamment abouti en 1919 à l'indépendance de la Tchécoslovaquie et de la Hongrie. Lui aussi pressent la faiblesse d'une Europe désunie face à la montée des grandes puissances. S'inspirant du panaméricanisme récemment élaboré, il propose une organisation dotée d'un conseil composé de délégués des Etats, d'une assemblée des délégués des parlements nationaux et d'une cour de justice. "Pan-Europe" deviendrait ainsi une organisation régionale de la Société des Nations dont le siège se trouve à Genève. En 1923, il crée à Vienne le siège de la nouvelle organisation et obtient le patronage de certains hommes politiques, mais recueille surtout les signatures de nombreux intellectuels : Paul Claudel, Paul Valéry, Jules Romains, Heinrich et Thomas Mann, Gerhardt Hauptmann, Stefan Zweig, Rainer Maria Rilke, Arthur Schnitzler, Sigmund Freud, Selma Lagerlöf, Albert Einstein, José Ortega y Gasset, Miguel de Unamuno, entre autres. Ce succès restera provisoirement sans lendemain. Coudenhove se fait naturaliser français en 1939. Il gagne les Etats-Unis en 1940.

En Europe, chaque foyer de création sert de relais aux mouvements lancés ailleurs. Le recrutement des avant-gardes est lui-même cosmopolite. Le noyau dadaïste regroupe, au cabaret Voltaire à Zurich, des artistes allemands, roumains, alsaciens. Une Foire internationale dada est inaugurée à Berlin en juin 1933. A Paris, le mouvement connaît son apogée et sa fin, supplanté par le surréalisme qui naît à partir de lui et contre lui. Les revues aussi sont internationales. Guillaume Apollinaire écrit dans la revue italienne *Lacerba* et, comme Blaise Cendrars, dans *Der Sturm*. En fondant *La Revista de Occidente*, José Ortega y Gasset ouvre l'Espagne à la culture allemande. Philippe Buchez crée *L'Européen* et Benedetto Croce fonde *La Critica*. Créé en 1919 à Weimar, le Bauhaus regroupe autour de Walter Gropius et Mies Van der Rohe, Paul Klee, Kandinsky et Marcel Duchamp. Schönberg et Bartók y donnent des concerts. Déclarée antigermanique, l'école du Bauhaus ferma à Berlin en 1933. Pourtant, réfugié à Paris dès cette date, le philosophe allemand Walter Benjamin écrivait sa difficulté à faire comprendre aux Français la nature exacte du danger que représentait l'hitlérisme pour la pensée européenne.

Les voix européennes qui s'expriment à partir du XIXe siècle restent le fait d'une minorité de penseurs, peu écoutés de la classe politique. Parallèlement, dès le XIXe siècle, l'idée d'Europe se trouve concurrencée par la montée en charge des imaginaires nationaux ou la puissance naissante de l'internationalisme prolétarien. Enfin, le cosmopolitisme de certaines élites s'inscrit dans la tradition aristocratique, non dénué de duplicité à l'égard des "nouveaux" mondes.

LA DISPARITION DE L'EUROPE COMME PHARE DE LA MODERNITÉ

On explique souvent l'essor culturel et artistique des Etats-Unis après 1945, par la venue de peintres, d'architectes, de musiciens, de cinéastes et d'écrivains que les persécutions nazies ont amenés à s'expatrier. Il est juste de dire aussi que ces réfugiés arrivaient dans un milieu prêt à les accueillir. Musées et collectionneurs ne s'étaient pas contentés d'accumuler les chefs-d'œuvre européens – et ce dès le XIXe siècle. Ils avaient fait une large place au développement de leurs artistes nationaux et s'étaient efforcés de répandre dans le public le goût des avant-gardes. Enfin, après 1940 germait dans les milieux artistiques l'idée qu'il fallait se préparer à prendre la relève d'une Europe vouée à l'anéantissement ou à la déchéance. "L'Amérique (…) s'est trouvée en position de rupture et de modernité radicale. (…) Du jour où cette marge est née outre-Atlantique, l'Europe a commencé de disparaître, non pas réellement, mais symboliquement, légendairement, mythiquement. (…) Nous vivons depuis toujours dans la nostalgie de la modernité et dans sa conscience malheureuse. (…) On naît moderne, on ne le devient pas" (Jean Baudrillard, 1984).

La disparition mythique d'une certaine Europe est illustrée par le suicide en Amérique latine de Stefan Zweig, après qu'il a achevé *Souvenirs d'un Européen.* L'écrivain décrit la descente aux enfers qu'a constitué pour lui l'absence progressive de dialogue avec ses homologues européens, en pleine montée des fascismes et des nationalismes. Sa seule correspondance avec Romain Rolland ne peut le consoler de la perte irrémédiable qu'il pressent, puis vérifie pour le continent européen.

ARTISTES ET INTELLECTUELS ONT-ILS DÉSERTÉ LA "CITÉ EUROPÉENNE" ?

Il est intéressant de relire le *Discours à la nation européenne* de Julien Benda, à la lumière des événements qui ont suivi la Seconde Guerre mondiale. Si l'auteur y annonce que "l'idée de l'Europe est née", il consacre un chapitre à "quelques ennemis naturels de l'Europe", renvoyant dos à dos les artistes contemporains et les romantiques de l'héroïsme. Appuyant sa démonstration sur des exemples trop peu nombreux pour s'avérer décisifs, il s'en prend notamment à la pièce de Jean Giraudoux, *Siegfried.* Que reproche-t-il donc exactement aux artistes ? De n'être, "par essence", que sensibles au déterminé, au particulier, au différent, de se comporter en "sectaires du pittoresque". Cette vision partielle et fausse, qui perçoit le monde artistique comme une entité homogène et balaie d'un revers de plume les grands courants artistiques internationaux du début du siècle, semble caractéristique d'une représentation "rationaliste" de l'édification européenne, y compris dans ses fondements intellectuels : affaire trop importante pour être abandonnée aux littérateurs, aux poètes… et aux peuples. "L'Europe devra ressembler à cette jeune savante du XIIIe siècle qui enseignait la mathématique à l'université de Bologne, et se montrait voilée devant ses auditeurs pour ne point les troubler par sa beauté", expose avec force Julien Benda. Certes, il fait preuve d'une intuition salutaire quant à la nécessaire dimension spirituelle de l'Europe, qui devra rompre avec cet état d'humilité où elle se tient "par rapport à l'économique". Mais il remet cette mission entre les mains des "éducateurs moraux", petite avant-garde d'hommes éclairés qui, seuls, sauront édifier un nouveau système de valeurs et diffuser "la passion de la raison". Au-delà du souci humaniste des pionniers de l'Europe et de la mobilisation exceptionnelle d'associations au service de sa construction, transparaît ici une notion d'ordre : les artistes sont invités à "embellir" la cité et offrir des moments de pure exaltation à leurs contemporains, mais, dans la droite ligne de Platon que Benda recommande de revisiter, ils sont impropres à la citoyenneté. Et de fait, durant la période de l'après-guerre, la mobilisation en faveur de l'Europe sera essentiellement le fait d'enseignants, d'éducateurs et d'hommes politiques. Certes, divers intellectuels et artistes se sont reconnus dans d'autres combats : décolonisation, critique du capitalisme… Quant à l'affrontement idéologique de la guerre froide, il a provoqué chez d'autres une perplexité croissante sur le rôle dévolu aux artistes et aux écrivains dans des régimes communistes. Enfin, le désastreux constat du "fascisme en art" éloignait certains de toute velléité de rapprochement avec une puissance publique, fût-elle européenne. Paradoxalement, les tardives compétences culturelles de l'Union européenne ont figé les conditions de ce difficile dialogue, plus qu'elles ne lui ont permis de se développer. Cela démontre à quel point le sujet reste sensible et potentiellement porteur de "désordre", réalité peu compatible avec le désir d'une construction européenne "sécurisée", pour reprendre le jargon militaire actuel, et tendant à faire du prévisible l'étalon de la bonne "gouvernance".

L'EUROPE VUE PAR QUELQUES ARTISTES

En 1989, dans le cadre d'une enquête menée pour le Centre européen de la culture, dix-neuf artistes et traducteurs témoignaient de leur perception de l'Europe culturelle.

Entre les mises en scène sophistiquées du fait culturel tel qu'on l'appréhende ou on croit le forger, le quotidien des artistes et des écrivains se fraie un passage souvent incommode, comme si deux réalités coexistaient, l'une recouvrant l'autre, telles des strates superposées : l'officielle Europe de la culture, médiatisée, brillant objet de fantasme aux mains des politiques et des milieux d'affaires… et celle souterraine de la création, ignorée dans son travail et ses aspirations spécifiques, magnifiée à contretemps, promue par une série de hasards dans des affleurements ponctuels, où tout d'un coup l'essentiel rejoint la représentation…

Ainsi l'Espagnol Tony Cots qualifiait-il son apprentissage d'Européen. Sans le recours d'aucun Erasmus, cet acteur et metteur en scène a étudié à Londres, Oslo, Copenhague, Paris et Rome. Selon lui, les formations artistiques varient beaucoup d'un pays à l'autre. Ces différences doivent être communiquées, mises en complémentarité, à condition bien sûr que les institutions et les bailleurs de fonds jouent le jeu du transnational : "J'ai un projet avec des partenaires de six pays de la Communauté, expliquait-il : danseurs, plasticiens, musiciens, comédiens, etc. Résultat, je n'entre dans les cases d'aucun subventionneur." La plupart de ces artistes déploraient le manque de "lieux d'initiation", d'apprentissage fondé sur la rencontre et le droit à l'expérimentation, voire à l'échec. "On brûle les gens d'un claquement de doigt", déplore Tony Cots. "L'art est une recherche jamais achevée. Pourtant la culture tend à devenir un produit fini, rentable, socioéconomique."

Second constat, nulle part, à l'Ouest de l'Europe, la nation n'apparaît plus comme lieu exclusif ou privilégié d'identité culturelle, non plus que comme source unique de création. Les régions et les villes, ces dernières vécues comme de véritables foyers de la culture européenne, deviennent, de façon affirmée, le lieu d'un ancrage affectif et professionnel.

La plupart des artistes interrogés perçoivent non pas une mais plusieurs Europe de la culture. Ainsi Jean-Paul Fargier rappelle les "exclusions réciproques" qui, entre le Nord et le Sud de l'Europe, révèlent des clivages non dépassés : "Dans les festivals, on constate bien l'existence de deux Europe, l'une latine et méditerranéenne, l'autre nordique, germanique." Quant à la réalisatrice Soledad Castillo, elle insiste sur le fait que ses origines andalouses la portent à s'intéresser en priorité au Sud de l'Europe et à la Méditerranée : "En Andalousie, ce qui me plaît c'est le mélange qui a existé avant la Reconquête castillane, le métissage dans lequel vivaient les communautés juives, arabes, andalouses." L'on peut donc situer la perception de ces artistes entre la revendication d'un ancrage local et l'envie de métissages libres, de rencontres multiples. Dans cette perspective, l'Europe apparaît comme une terre d'exploration et de confrontation, dans un contexte où la diversité des cultures est ressentie comme "une chance de créer", selon l'expression de Gérard Bossuat.

Ainsi la contribution de l'art et de la pensée à la conscience européenne s'avère problématique. D'une part, dès le XVe siècle, une certaine partie de l'Europe s'est pensée comme le monde. D'autre part, la fragmentation culturelle l'emporte sur l'unité des tendances, dans un double mouvement d'opposition et d'enchevêtrement. La plupart des grands courants artistiques se sont diffusés sur une partie du continent et au-delà, mais leur appropriation même a impliqué des mutations et des adaptations liées à chaque spécificité nationale. S'il est vrai que l'on assiste à un rapprochement des sensibilités et des expériences entre élites entre le XVe et le XIXe siècle, l'ensemble de la population – quand elle le peut – se contente de conjuguer fidélité à une origine locale ou régionale et appartenance nationale. Par ailleurs, les tentatives des avant-gardes artistiques pour renouer avec le mouvement social se sont déroulées dans un cadre national – l'Europe des patries au XIXe siècle –, ou international – la révolution bolchévique et la IIe Internationale. Les oppositions idéologiques qui ont divisé l'Europe durant la guerre froide ont vu des artistes et intellectuels ouest-européens liés au communisme ou à l'anti-impérialisme, tous concepts universalistes, et des intellectuels est-européens engagés, pour certains d'entre eux, dans une dissidence dont les objectifs s'apparentaient aux idéaux démocratiques européens mais aussi américains. Parallèlement, les pays ouest-européens ont su progressivement mettre en œuvre des systèmes inédits : droit d'auteur et droit voisin, soutien public aux œuvres et aux industries culturelles, respect de l'autonomie artistique sans censure préalable. Ces acquis doivent beaucoup à l'engagement personnel et collectif des artistes et de leurs producteurs, et témoignent d'un rapport européen à l'art et à la culture.

Se décrivant lui-même comme un "néo-Européen", Edgar Morin invitait en 1987 les intellectuels à intervenir dans le débat public pour une "nouvelle identité européenne", fondée sur "la tradition critique et autocritique" de la raison et capable de "comprendre l'ambivalence de la civilisation née en Europe". Malheureusement, constatait-il, "de formidables pressions professionnalistes, technocratiques, scientifico-disciplinaires, tendent à réduire et détruire aujourd'hui le rôle de l'intellectuel".

Dans le droit fil de la parabole de Cadmos, lequel n'a jamais retrouvé sa sœur, la Phénicienne Europe, mais a fondé Thèbes, le philosophe portugais Manuel Maria Carrilho en appelle à une "identité-projet" pour l'Europe de la culture. Plus radical encore, l'Italien Massimo Cacciari invite en 1996, l'Europe à rester "conjecture". Ainsi ces deux auteurs s'inscrivent en faux contre une démarche endossée par le Conseil de l'Europe et reprise par l'Union européenne : créer un "fonds de conscience commun" en mettant en évidence l'existence d'un patrimoine européen. "Objectif impeccable mais a-historique parce que l'histoire n'est pas une éthique" (Gérard Bossuat, 2001). Sans doute s'agirait-il plus de démontrer l'apport de chaque partie de l'Europe à la civilisation européenne, sans en masquer les ambivalences, non plus que le *dissensus* et les facteurs d'exclusion à l'œuvre. "Un tel aveu mettrait fin (...) à la vaine recherche de références et de symboles propres à singulariser l'Europe de demain – une tâche rendue presque impossible par la complexité de l'histoire du continent", commente Georges B. Dertilis (in *Les Européens*, 2000). Rappelant le fonds d'intolérance des Lumières qui "tolère les autres cultures comme in-fantes", Massimo Cacciari souligne que l'Europe culturelle n'a jamais établi sa résidence dans le cadre que ses frontières lui assignaient. Elle l'invite donc à se détourner du culte du souvenir "dont l'omniprésence ne témoigne que de l'absence et de la perte".

L'Europe communautaire propose-t-elle les prémices d'une identité nouvelle ? Oui et non, répond Gérard Bossuat. "La création des organisations communautaires semble avoir fait taire les rêves et utopies européennes des intellectuels et des écrivains sans avoir fait naître une forte représentation identitaire." Pourtant cette identité communautaire, "objet instable" qui s'appuierait sur un corps de valeurs – humanisme, christianisme, droits de la personne, service public, multiculturalisme –, lui semble une réponse possible à "l'attente des sociétés européennes". L'idée d'un "gai savoir" proposée par un musée de l'Europe fait son chemin à Bruxelles.

Concluons donc provisoirement à l'existence d'une civilisation européenne tressée de cultures nationales, locales, diasporiques, transfrontalières, comme autant de lieux d'opposition et de contact qu'artistes et intellectuels sont invités à investir et à déconstruire en permanence. Comme l'indique Jean-Baptiste Duroselle, ce qui est nouveau après 1945, c'est le fait que les idées européistes de quelques individus sont désormais reprises de façon collective par des groupes qui entendent bien concrétiser leurs projets.

Dans le droit fil de la Déclaration des résistances européennes de 1944 (Danemark, France, Italie, Norvège, Pays-Bas, Pologne, Tchécoslovaquie, Yougoslavie ainsi qu'un groupe de militants antinazis allemands), plusieurs regroupements se sont constitués en 1947 : Union européenne des fédéralistes, United European Movement, Comité international d'études et d'action pour les Etats-Unis socialistes d'Europe, Ligue européenne de coopération économique, sans compter la Reconstitution de l'Union parlementaire de Coudenhove-Kalergi. La plupart se sont regroupés dans un Comité de coordination des mouvements pour l'unité européenne, à l'initiative de véritables "Etats généraux de l'Europe", selon la formule de Jean-Pierre Gouzy en 1968. Du 7 au 11 mai 1948, le congrès de La Haye, présidé par Winston Churchill, réunissait huit cents personnes. Denis de Rougemont, responsable de la commission Culture, y élabora le message européen qui devait servir de base aux initiatives prises plus tard en matière culturelle. Soutenu par un certain nombre d'intellectuels – Karl Jaspers, Julien Benda, Georges Lukács, Georges Bernanos, Stephen Spender et Bertrand Russell notamment –, Denis de Rougement affirmait que le sort de la paix dépendait désormais d'une union entre les peuples d'Europe dont les idéaux étaient opposés à ceux des Américains comme des Soviétiques.

La vision humaniste des pionniers européens de l'après-guerre conduisait à conférer à la culture un rôle décisif en matière de paix, de partage et d'éducation à la citoyenneté. C'est notamment le sens des campagnes d'éducation civique européenne, lancées par le Centre européen de la culture à partir de 1950. Le Mouvement européen s'est constitué et, à sa suite, de nombreuses associations à vocation européenne. Leur engagement reposait principalement sur des enseignants, des éducateurs, des responsables associatifs, certains journalistes dont les préoccupations renouvelaient à point nommé le message éducatif éreinté par les soubresauts des totalitarismes et de la guerre. Jusqu'en 1980, ils ont constitué le gros des bataillons mobilisés pour la cause européenne.

Essayiste et homme de lettres lui-même, auteur d'un ouvrage remarquable sur la littérature occidentale – *L'Amour et l'Occident*, 1972 – Denis de Rougemont avait une stratégie et un rêve pour l'Europe de la culture. Il croyait au bien-fondé d'institutions spécialisées pour les échanges culturels européens, à condition que l'existence d'un organisme intergouvernemental comme le Conseil de l'Europe soit contrebalancé par deux autres forces : celle du mécénat privé et celle de la recherche, toutes deux indépendantes des pouvoirs politiques et des Etats.

Il avait un rêve : celui de médias engagés aux côtés des bâtisseurs de l'Europe culturelle, avec un rôle particulièrement fort de la télévision. Animateur à Radio Free Europe aux Etats-Unis durant la Seconde Guerre mondiale, Denis de Rougemont avait pu mesurer le pouvoir des moyens de communication.

Dans une certaine mesure, sa stratégie institutionnelle s'est réalisée. Le Centre européen de la culture a été créé en 1950 à Genève, nous y reviendrons. En 1954, il fondait la Fondation européenne de la culture qui s'est installée à Amsterdam en 1960 où elle exerce toujours ses activités. Son rêve, lui, a fait long feu. Les médias – presse écrite et encore moins télévision – ont tenu le Centre européen de la culture dans un respect confidentiel. Quant aux intellectuels et aux artistes dont Denis de Rougemont attendait qu'ils prennent le chemin de Genève, ils sont – sauf exception – partis vers d'autres destinations, souvent peu enclins à soutenir une "Europe croupion" issue de la guerre froide et soupçonnée d'alignement sur les positions américaines.

UNE SOCIÉTÉ POUR "LA POLITIQUE DE LA CULTURE"

Il est intéressant, à ce stade, de citer l'expérience de la Société européenne de culture, sise depuis 1950 à Venise, dans une villa offerte par la municipalité. En 1946, lors des premières Rencontres internationales de Lausanne, le philosophe italien Umberto Campagnolo présente le projet de cette société. Son objectif : réunir des intellectuels "en dehors de toute préoccupation de parti et d'idéologie" pour mener et promouvoir une "politique de la culture", autrement dit sauvegarder et améliorer les conditions nécessaires à l'affirmation de la culture "comme création de valeurs". La Société européenne de culture se donne pour tâche essentielle de maintenir les conditions du dialogue entre l'Est et l'Ouest de l'Europe. Constatant l'incapacité des gouvernements à résoudre seuls le problème de la division de l'Europe, Umberto Campagnolo compte sur les forces de la culture "dont la solidarité ne connaît pas de frontières". Julien Benda, Thomas Mann, Henri Matisse, Benedetto Croce, Hans Urs van Balthasar et Patrick M. S. Blackett ont signé la première édition des statuts de la Société européenne de culture en 1950. L'association, dont les langues de travail sont le français et l'italien, a fêté en 1998 le cinquantième anniversaire de sa conception. Elle publie une revue annuelle, *Comprendre*, ayant, au fil des années, bénéficié de collaborations prestigieuses. Elle s'intéresse aujourd'hui au double phénomène de "fragmentation et de mondialisation culturelles", ainsi qu'au dialogue Nord-Sud. Bien qu'en 1998, la Société européenne de culture ait enjoint les responsables de la presse écrite ou parlée “de soutenir” et “d’amplifier son action”, ses intéressants travaux souffrent d’une relative confidentialité.

LAUSANNE, UNE CONFÉRENCE FONDATRICE

Organisée à la suite du congrès de La Haye, la Conférence européenne de la culture de Lausanne a contribué de façon décisive à clarifier les enjeux pour l’éducation et la culture en Europe. A contrario, l’examen de ses conclusions, mis au regard des mesures effectivement prises, oblige à s’interroger sur la lenteur d’exécution dont ces domaines ont souffert au sein de l’Europe en voie d’unification. Les raisons, diverses, apparaîtront à la lumière de l’examen ultérieur des parcours respectifs du Conseil de l’Europe et de la Commission. Il est tout de même édifiant d’en chiffrer les écarts.

Convoquée par le Mouvement européen et regroupant 220 délégués, la conférence de Lausanne aboutit à un mémorandum fondé sur trois orientations stratégiques :

– la création d’institutions spécifiquement européennes pour l’éducation et la culture ;

– la suppression de tous les obstacles à la libre circulation des personnes, des œuvres et des instruments de travail ;

– la création d’un enseignement européen à tous les niveaux.

Après la création du Conseil de l’Europe le 5 mai 1949, le Centre européen de la culture et la Fondation européenne de la culture voient respectivement le jour en 1950 et 1954.

Parallèlement, un certain nombre d’associations existent déjà ou sont créées, dont l’Association européenne des enseignants en 1952. Naissent également l'Association européenne des festivals de musique – devenue Association européenne des festivals – et la Guilde européenne du livre. Un Bureau européen de l'enfance et de la jeunesse, un Bureau européen de l'éducation populaire voient le jour. Vingt-trois ans plus tard, en 1972, le Conseil de l'Europe crée un Centre puis un Fonds européen de la jeunesse. Il faut attendre 1992 pour que le programme "Jeunesse pour l'Europe" de l'Union européenne voie le jour.

LES MAISONS DE L'EUROPE

L'idée des Maisons de l'Europe naît en Allemagne, en référence aux Amerika-Haüser créés sur le territoire de la future RFA par les Américains. La première voit le jour à Bad Marienberg en 1951, sous l'impulsion d'enseignants danois et allemands. En 1960, l'Europe de l'Ouest compte une vingtaine de Maisons de l'Europe implantées en RFA, en Autriche, en Belgique, en France, en Italie et aux Pays-Bas. Sous l'égide du Conseil de l'Europe, la plupart s'organisent en une fédération internationale (FIME) en 1962, le couple franco-allemand y jouant un rôle important. Son secrétariat général s'implante en Sarre. A partir d'objectifs communs, le sort des Maisons de l'Europe allemandes et françaises se révèle vite assez différent. En effet, en RFA comme en Autriche, le gouvernement fédéral a institué après la Seconde Guerre mondiale une ligne de financement pour la formation politique *(Bundeszentrale für Politische Bildung)*. Cette situation permet en RFA le développement d'associations importantes dotées d'hébergement, et qui joueront un rôle-clé dans la diffusion de l'idée européenne. En France comme en Italie, les Maisons de l'Europe doivent compter sur des financements municipaux, parfois difficiles à obtenir. Après 1989, la FIME modifie ses statuts, de façon à soutenir la création de maisons en Europe centrale et orientale. En 2004 elle comptait cent vingt-quatre institutions membres dans vingt-deux pays européens. Se présentant comme "le plus grand réseau d'information et de formation extrascolaire en Europe", la FIME bénéficie depuis 1992 d'un financement communautaire régulier, sur proposition du Parlement européen. L'idée d'un lieu informel de rencontre et d'information continue de susciter l'intérêt, comme en témoignent les initiatives prises à l'Est de l'Europe depuis 1989. A l'heure des clivages socioprofessionnels, l'avantage des Maisons de l'Europe consiste précisément à rassembler différentes générations et différents milieux autour d'une soirée, d'un voyage d'études, d'un séminaire européen, pour les plus entreprenantes. Si les jeunes – étudiants ou non – représentent le public le plus courtisé par les Maisons de l'Europe, les autres générations y sont représentées. La Maison de l'Europe de Paris, dont Catherine Lalumière a pris la présidence en 2003, entend ainsi mettre au service des Parisiens une information européenne de proximité et devenir un lieu de réflexion et de débat. Les Maisons de l'Europe évoluent en effet entre deux concepts concurrents, celui d'adhérent et celui d'usager. A l'instar des jumelages, elles participent aujourd'hui à la réconciliation germano-polonaise, comme elles ont hier contribué au renouvellement des relations franco-allemandes. Elles nouent un nombre croissant de partenariats. En cette ère de technocratie abusive, "l'imprécision" des Maisons de l'Europe est peut-être leur force, si elles savent l'utiliser.

SUPPRESSION DES OBSTACLES ET LIBRE CIRCULATION

L'Unesco s'engage dans le débat dès sa création. L'Union européenne de radiodiffusion (UER) est créée en 1950 à Genève, ainsi que le programme de l'Eurovision. Les obstacles à la libre circulation dans le domaine éducatif et culturel font l'objet de la sollicitude du Conseil de l'Europe, puis de la Commission des Communautés européennes à partir de la fin des années 1970, avec parfois des résultats contradictoires.

UN ENSEIGNEMENT EUROPÉEN

Lausanne recommande la formation européenne de tous les enseignants, de la maternelle à l'université. Le Conseil de l'Europe soutiendra certaines initiatives. La Commission et les Etats membres prendront le relais à partir des années 1960.

La mobilité et la formation européenne des étudiants est particulièrement recommandée. Erasmus sera créé en 1987. La refonte des manuels scolaires est envisagée, notamment en matière historique. On sait le sujet difficile (Jean-Pierre Rioux, 2000). Des tentatives, soutenues par le Conseil de l'Europe, verront le jour au cours des années suivantes. L'enseignement des langues est considéré par les participants de la conférence comme un chantier prioritaire. Là encore, le Conseil de l'Europe impulsera différentes initiatives.

Les conclusions de la conférence recommandent en outre la création d'instituts d'études européennes. Il en existe dix-neuf en Europe en 1965, alors regroupés au sein d'une association. Quant au Collège d'Europe, créé à Bruges en 1950 avec le soutien de l'Assemblée consultative du Conseil de l'Europe, il se destine à la formation des élites européennes, selon une idée formulée en 1948 au congrès de La Haye : permettre à de jeunes diplômés du supérieur de suivre un enseignement européen bilingue en français et en anglais. "En se côtoyant quotidiennement les uns les autres, ils se sont aperçus que l'Europe est possible en grand, puisqu'elle se réalise humainement en microcosme", a déclaré son premier recteur, Hendriks Brugmans. Si la création d'enseignements européens dans les universités nationales et la vogue des études américaines (pour les économistes en particulier) a considérablement diversifié les possibilités de formation, le Collège d'Europe a fourni le gros des bataillons "eurocrates" pendant quelques décennies. Comme pour les chaires Jean Monnet, études juridiques, politiques et administratives tiennent le haut du pavé ; on découvre cependant d'intéressants séminaires d'histoire et d'histoire culturelle, de relations internationales regroupés sous la houlette des "études générales et interdisciplinaires", à l'instar du cours sur l'histoire européenne, réalisé par Bronislaw Geremek et intitulé "Civilisation européenne – étapes, tendances, perspectives". A l'invitation du gouvernement polonais, le Collège d'Europe a d'ailleurs créé en 1992 un second campus à Natolin en Pologne. Des enseignants prestigieux, des étudiants de haut niveau, une solide réputation… Le Collège d'Europe a-t-il pour autant participé aux grands enjeux de l'intégration européenne autant qu'il aurait pu le faire ? Quoique de mieux en mieux prises en compte, les "humanités" y gardent un rôle second.

Si le Collège d'Europe est créé en 1950, il faut attendre 1976 pour que l'Institut universitaire européen ouvre ses portes à Florence. Jean-Marie Palayret a décrit et analysé en 2002 les affres de cette mise en œuvre. Soutenue par la RFA et le Luxembourg, la proposition du gouvernement italien concernait, en 1958, une université classique accueillant trois mille licenciés des écoles secondaires et articulée en sept facultés : sciences politiques et juridiques, économie et commerce, agronomie, ingénierie, lettres et philosophie. Les Français prônaient l'existence d'un institut de troisième cycle, les Néerlandais redoutaient les dépenses en perspective mais aussi que cette création à six ne renforce la césure avec les autres pays européens, le Royaume-Uni en particulier. Quant aux Belges, ils craignaient que cette institution entre en concurrence avec le Collège d'Europe qui aspirait à étendre son cursus jusqu'au doctorat. C'est finalement dans un cadre intergouvernemental que les chefs d'Etat ou de gouvernement réunis à Bonn en 1961 se déclarèrent décidés à participer au cofinancement d'un "Institut universitaire européen" à Florence. Le projet fut relancé par un mémorandum italien de septembre 1968, mieux accueilli dans un contexte où les milieux universitaires avaient pris la mesure de la faible coordination européenne des établissements d'enseignement supérieur et de leur manque de compétitivité par rapport aux institutions américaines. La création de l'Institut, enfin programmée par la convention du 19 avril 1972, laissait une place négligeable aux Communautés. L'Institut ouvrit en novembre 1976 ses portes aux soixante-dix premiers chercheurs, en tant qu'organisme post-universitaire. Il compte aujourd'hui plus de cinq cents étudiants chercheurs, encadrés par une équipe plurinationale de professeurs. Il est le premier organisme européen pour le nombre de doctorats en sciences humaines et sciences sociales. Il entreprend également des recherches appliquées pour le compte des institutions communautaires. Il reste que, comme le développe Jean-Marie Palayret, les atermoiements qui ont présidé à sa naissance s'avèrent caractéristiques des obstacles à une progression plus rapide en matière d'enseignement et de culture, à l'échelle de l'Europe : concurrence entre Etats, méfiance de ces derniers à l'égard des compétences communautaires, résistance du milieu socioprofessionnel concerné.

La formidable impulsion de Lausanne a été immédiatement relayée par les associations, les collectivités territoriales (avec la création du Conseil des communes et régions d'Europe), ainsi que par des initiatives privées. Mais les relais institutionnels ont tardé à se mettre en ordre. Si le Conseil de l'Europe a su très tôt saisir les enjeux de la coopération éducative et culturelle européenne, son fonctionnement intergouvernemental et la faiblesse de ses moyens ne lui ont pas permis d'apporter l'appui significatif qui aurait été nécessaire. Quant à la Communauté européenne, presque quarante ans séparent ses premières initiatives en la matière des recommandations faites en 1949. Mais, comme nous le verrons ultérieurement, elle a vécu au rythme des priorités et des frilosités de ses Etats membres. Encore le Parlement européen a-t-il, en temps opportun, donné d'utiles coups de pouce. Parmi les initiatives évoquées, une place particulière revient au Centre européen de la culture, tout d'abord en tant que création originale, ensuite parce que la tourmente de la fin des années 1990 l'a presque emporté.

LE CENTRE EUROPÉEN DE LA CULTURE, IN MEMORIAM *?*

L'idée centrale était de fonder un centre indépendant de recherche et de rencontres, à l'interface des activités des Etats et des acteurs privés. Son rôle initial était de mettre en œuvre et de diffuser des idées éventuellement conçues dans d'autres cénacles. Lieu de débat et de réflexion, il était appelé à la diffusion des idées, à leur mise en jeu dans le cadre de cercles plus larges que ceux des seuls spécialistes.

L'enjeu assigné à la création du Centre était clair : informer l'opinion européenne et la doter de moyens d'expression, étudier et promouvoir toute mesure propre à renforcer le sentiment d'unité européenne, travailler avec les médias, offrir un lieu de rencontre aux professionnels et aux créateurs de la culture occidentale pour qu'ils s'expriment sur les grandes questions européennes. Le Centre européen de la culture est inauguré à Genève le 7 octobre 1950, sous la présidence de Salvador de Madariaga. Grâce à l'organisation de séminaires et la mise en œuvre de publications, il entend répondre à quatre priorités : développer la conscience de la solidarité et de l'appartenance européenne, susciter des initiatives éducatives, offrir aux "représentants qualifiés de la culture" un lieu de rencontre, des outils de coordination, un foyer d'études et d'initiatives, provoquer des contacts avec toutes les institutions extra-européennes similaires. Il contribue au lancement de la Conférence européenne des recteurs d'université, organise des réunions pour le compte de l'Association européenne des enseignants, assure le secrétariat de plusieurs associations européennes. Il participe, en 1950, à la création du CERN (Centre européen de recherche nucléaire).

La création en 1963, à ses côtés, d'un Institut d'études européennes – même si les choses n'ont pas été pensées ainsi – lui confère un prestige intellectuel, tout en fixant dans les esprits son rôle d'agitateur plus que de pédagogue. Les enseignements de l'Institut d'études européennes ont été ultérieurement insérés dans les cursus proposés par l'université de Genève.

Dès sa naissance, le Centre éditait un bulletin qui deviendra la revue *Cadmos*, publiée à quatre mille exemplaires. En 1991, une nouvelle revue du Centre est publiée à Paris sous le nom de *Transeuropéennes*, qui a depuis pris son autonomie et a dû malheureusement suspendre ses activités en 2003. La dernière revue du Centre s'appelait *Temps européens*, créée en 1995. Il est intéressant de feuilleter les numéros de *Cadmos*, parus entre 1978 et 1991. Sous différentes plumes européennes, on y lit les préoccupations qui furent celles de Denis de Rougemont : le rôle éminent des régions en matière culturelle, la relation Europe / Amérique, les deux Europe, et, sans doute ce qui, à bien des égards, marque la singularité et le caractère d'anticipation du Centre et de son fondateur : le dialogue des cultures entre l'Europe et les autres mondes. Le colloque organisé sur ce thème en 1961 à Genève a réuni des universitaires, auteurs, chercheurs de tous les continents. Denis de Rougemont s'y est livré à un plaidoyer pragmatique, très caractéristique de son approche : "Une addition de spécialités ne fait pas une culture vivante et ne la représente pas. Tous les dialogues savants que peuvent tenir entre eux linguistes, folkloristes, archéologues, numismates, juristes, agronomes, historiens de la philosophie, de l'art ou de la religion, etc., même s'ils épuisent chacun leur sujet spécial, ne font pas un dialogue des cultures. Ils peuvent se multiplier à la satisfaction générale, sans qu'aucun des problèmes de fond et d'ensemble soit touché. Le dialogue des cultures doit s'établir entre des ensembles, et porter sur des problèmes vivants : attitudes fondamentales, conflits actuels, besoins organiques, *clearing* et planification des échanges de région à région." Ce programme sera repris en 1989 mais ne connaîtra jamais d'application concluante, malgré l'organisation d'une conférence Europe / monde en 1990. En 1966, le Centre européen de la culture a publié un *Bilan des activités culturelles au service de l'Europe*. Ce document apporte un éclairage précieux sur les initiatives prises de 1949 à 1964. En 1989, le Centre, alors dirigé par le politologue Jacques Freymont, a demandé une réactualisation de cette enquête, à l'occasion de la conférence organisée à Genève pour le quarantième anniversaire de la conférence européenne de la culture de Lausanne.

La marginalisation progressive du Centre par rapport aux nouvelles capitales européennes – Strasbourg puis Bruxelles et Luxembourg – n'a pas facilité son insertion dans les activités culturelles européennes, non plus que le départ de la Fondation européenne de la culture à Amsterdam en 1960. Dès 1963, le Centre européen de la culture bénéficiait presque exclusivement d'apports financiers suisses (l'Etat-Canton de Genève essentiellement). Il comptait aussi sur les cotisations de ses quelque cinq cents adhérents.

1991 a constitué pour cet organisme une année charnière. La désignation d'un nouveau responsable en la personne de Jean-Fred Bourquin, journaliste culturel à la RTSR, allait de pair avec le désir de renouveler l'image du Centre et ses missions, sans pour autant altérer le sens originel de sa démarche.

En 1999, le Centre redéfinit son rôle, et ce dans deux directions principales : un programme de recherche sur les régions d'Europe en butte aux problèmes de relations interculturelles, de relations avec les minorités et de développement de la démocratie, le programme “Intercultures”, en coopération avec le soutien du Conseil de l'Europe, ainsi que des initiatives en faveur de l'émergence d'une citoyenneté européenne dans les Etats membres ou non de l'Union, avec des “Euroforums” et des “Euroateliers”.

L'une des initiatives les plus originales prises par le Centre en ces années fut certainement celle des Euro-ateliers. Partant des connaissances acquises, les Euro-ateliers entendaient permettre à chacun de mieux saisir les liens et les interactions de son pays avec les autres pays d'Europe et du monde. Les Euroateliers étaient organisés à destination de classes de l'enseignement primaire, secondaire et supérieur, de groupes issus de diverses communautés linguistiques (Suisse alémanique et Suisse romande, par exemple) et d'associations ou de groupes professionnels.

Le Centre a effectué de nombreuses publications entre 1991 et 1997. On retiendra *L'Europe en bref*, ambitieuse collection de vade-mecum sur toutes les questions européennes, en collaboration avec le Bureau de l'intégration suisse et Actes Sud. *Temps européens* a renouvelé la formule de la revue du Centre, avec des dossiers très informatifs.

A partir de 1996, contrôles et évaluations se sont abattus sur le Centre européen de la culture, en particulier à la demande de l'Etat-Canton de Genève, principal bailleur de fonds. Depuis cette période, les activités du Centre ont été mises en sommeil, provoquant la démission de Jean-Fred Bourquin. En septembre 2001, par une belle fin d'été, j'ai arpenté le parc de la villa Moynier – propriété de la ville de Genève – où étaient logés le Centre et d'autres organismes. "Centre européen de la culture, Maison de l'Europe", pouvait-on lire sur le panneau accolé à la porte. Mais les volets restaient obstinément fermés sur la belle terrasse surplombant le lac, à quelques centaines de mètres du secrétariat de l'Organisation mondiale du commerce, ruche bourdonnante d'activités. Sous la houlette du professeur Dusan Sidjanski, l'association du Centre européen de la culture s'efforce de relancer ses activités.

Sans doute le Centre européen de la culture n'a-t-il pas su trouver sa place entre universités, responsables institutionnels et professionnels, et devenir l'un de ces agitateurs incontournables des idées et des initiatives culturelles européennes. Le dessein de Denis de Rougemont reste pourtant pertinent : l'Europe de la culture a besoin de lieux où s'élaborent recherches appliquées et modèles d'action en faveur de l'Europe culturelle. Le décloisonnement auquel appelait Denis de Rougemont reste d'actualité.

II

LE PARCOURS DES PREMIÈRES INSTITUTIONS EUROPÉENNES

LE CONSEIL DE L'EUROPE

Sous l'impulsion du Mouvement européen, les gouvernements belge et français s'engagent les premiers en faveur de la mise en place d'un "Conseil de l'Europe", expression attribuée à Winston Churchill.

Créé le 5 mai 1949, le Conseil de l'Europe résulte du compromis entre les tenants d'une supranationalité audacieuse (Belgique et France) et ceux qui prônent une intergouvernementalité restrictive (Royaume-Uni). Comme l'indique le propos introductif de son statut signé à Londres, il fait sien un corps de valeurs : "Valeurs spirituelles et morales qui sont le patrimoine commun de leurs peuples et qui sont à l'origine des principes de liberté individuelle, de liberté politique et de prééminence du droit, sur lesquels se fonde toute démocratie véritable."

Les dix membres fondateurs mettent en place deux organes, un Comité des ministres et une Assemblée dite consultative. Composé des ministres des Affaires étrangères ou de leurs représentants, le premier vote à l'unanimité sur la plupart des questions d'importance, règle toutes affaires d'organisation et de fonctionnement du Conseil, et peut constituer des comités ou commissions à caractère consultatif ou technique. Quant à l'Assemblée parlementaire, constituée de représentants des parlements nationaux ou de personnalités désignées par ceux-ci, comme son nom l'indique, elle délibère, formule des recommandations et peut également s'adjoindre le concours de comités ou commissions dans ses domaines de compétence. Les dépenses dites communes sont assurées par les Etats membres, dans des proportions fixées en fonction du chiffre de population de chacun. Le nombre de sièges à l'Assemblée suit également ce paramètre démographique. Cette architecture a fait l'objet de critiques dès la naissance de l'organisation. Ainsi l'Union européenne des fédéralistes entreprend dès l'automne 1949 une campagne pour le vote à la majorité simple au sein d'un Comité des ministres non plus constitué de ministres des Affaires étrangères mais de titulaires des Affaires européennes, ainsi que l'élection de l'Assemblée parlementaire au suffrage universel direct (Jean-Pierre Gouzy, 1968). Sous la plume de Denis de Rougemont, l'année 1950 apparaît comme celle de la "grande contestation". Parmi les quatre "actions" décrites par l'auteur, citons la Marche sur Strasbourg de six mille jeunes venus de toute l'Europe à l'invitation de l'Union européenne des fédéralistes. Ils haranguent les membres de l'Assemblée du Conseil en ces termes : "Au rythme actuel de vos travaux, enfermés que vous êtes dans un statut d'impuissance, vous le savez aussi bien que nous : l'Europe ne se fera pas dans le délai très court qui nous est encore imparti. C'est donc la sagesse même qui commande l'audace."

LE CONSEIL DE L'EUROPE EN BREF

Le Conseil de l'Europe a été créé le 5 mai 1949 par dix Etats (Belgique, Danemark, France, Irlande, Italie, Luxembourg, Norvège, Pays-Bas, Royaume-Uni et Suède) rejoints par la Grèce et la Turquie en août 1949. Il compte en 2005 quarante-six Etats membres.

Les Etats-Unis, le Canada, le Japon, le Mexique et le Saint-Siège ont un statut d'observateur auprès de son Comité des ministres.

Instance de décision du Conseil de l'Europe, le Comité des ministres se compose des ministres des Affaires étrangères des Etats membres ou de leurs représentants permanents. L'Assemblée parlementaire, son organe délibérant, est composé de membres désignés par les parlements nationaux.

Le Congrès des pouvoirs locaux et régionaux de l'Europe (CPLR) est un organe consultatif représentant les collectivités locales et régionales.

Les travaux du Conseil de l'Europe conduisent à l'élaboration de recommandations, de déclarations, de conventions et d'accords européens. Une fois ratifiés par les Etats membres, ces deux derniers ont *a priori* un caractère d'obligation au niveau national. Certains sont ouverts à des Etats non membres comme la Convention culturelle européenne. Le Conseil adopte aussi des "accords partiels" permettant à plusieurs Etats de mener une activité spécifique d'intérêt commun.

Lors du sommet de Strasbourg, en octobre 1997, les chefs d'Etat et de gouvernement ont adopté un plan d'action pour renforcer le travail du Conseil de l'Europe dans quatre domaines : démocratie et droits de l'homme, cohésion sociale, sécurité des citoyens et diversité culturelle.

Principales conventions adoptées par le Conseil de l'Europe en matière culturelle : Convention européenne relative à l'équivalence des diplômes donnant accès aux établissements universitaires (11/12/1953), Convention relative à la conservation de la vie sauvage et du milieu naturel de l'Europe (19/09/1979), Convention européenne sur les infractions visant des biens culturels (23/06/1985), Convention européenne sur la télévision transfrontière (05/05/1989), Convention européenne sur la coproduction cinématographique (02/10/1992), Charte européenne des langues régionales et minoritaires (05/11/1992), Convention-cadre pour la protection des minorités nationales (01/11/1995), Convention européenne sur la promotion d'un service volontaire transnational à long terme pour les jeunes (11/05/2000), Convention européenne sur le paysage (21/10/2000), Convention européenne relative à la protection du patrimoine audiovisuel (08/11/2001).

Refondue en une cour unique en 1998, la Commission européenne des droits de l'homme (1954) et la Cour européenne des droits de l'homme (1959) appliquent la Convention de sauvegarde des droits de l'homme et des libertés fondamentales, "première tentative de protection internationale des droits de l'homme", selon Jean-Louis Burban.

Plus de quatre cents organisations non gouvernementales (ONG) bénéficient d'un statut consultatif auprès du Conseil de l'Europe.

Avec un budget de plus de 186 millions d'euros en 2005, le Conseil de l'Europe comprend mille huit cents fonctionnaires, originaires des Etats membres. Elu pour cinq ans par l'Assemblée parlementaire, le secrétaire général coordonne et oriente les activités du Conseil.

L'ARCHITECTURE INSTITUTIONNELLE EN MATIÈRE ÉDUCATIVE ET CULTURELLE

Le congrès de La Haye avait réclamé, dans sa troisième résolution, que la future organisation européenne reçoive pleine compétence en matière culturelle. L'Assemblée se dota rapidement d'une Commission des affaires culturelles et un Comité d'experts culturels fut créé au sein du Conseil. Dans le domaine éducatif et culturel – étroitement liés –, ce dernier lui confie en 1950 le soin d'élaborer une "sorte de convention-cadre qui fournirait les bases juridiques d'une coopération culturelle ambitieuse entre les Etats". Le 19 décembre 1954, la Convention culturelle européenne fut signée à Paris. Ses priorités constituent une synthèse des valeurs mises en avant par les européistes de l'époque : culture, éducation et citoyenneté vont de pair. S'inspirant des recommandations de la conférence de Lausanne (1949), ce texte relativement court propose de grandes lignes d'action sans préjuger des moyens à mettre en œuvre.

L'article n° 1 vise les apports de chaque Etat membre "au patrimoine culturel commun de l'Europe", soulignant la prééminence de ce dernier.

Les articles nos 2, 4 et 5 touchent à des domaines de coopération des Etats membres, "dans la mesure du possible" : étude réciproque des langues, de l'histoire et de la civilisation des divers Etats membres et mise en œuvre de centres d'études à ces fins, soutien à la circulation des personnes et des "objets de valeur culturelle".

Au total, un texte prudent, de portée assez générale, et qui ne comporte d'obligations communes aux Etats membres que dans les seules activités patrimoniales. Mais aussi deux dispositions intéressantes : la possibilité d'adhésion pour des Etats non membres du Conseil et celle de travaux "à la carte" entre Etats membres plus particulièrement concernés.

En 1962, le Conseil de la coopération culturelle (CCC devenu CDCC) est mis sur pied, chargé d'arrêter et d'exécuter le programme culturel de l'organisation. Alimenté par les ressources du Fonds culturel créé en 1959 et placé sous l'autorité du Secrétariat général et du Comité des ministres, il fusionne les divers comités et organismes créés jusqu'alors et bénéficie d'une relative autonomie administrative et budgétaire. Dans la pratique, le secrétaire général verra ses fonctions élargies et la nomination à ce poste de personnalités de premier plan a encore contribué à son rayonnement. Mais les ressources du fonds resteront très limitées au regard de ses ambitions : 1,9 million de francs (290 000 écus*, en 1961, 27 millions de francs (4,12 millions d'écus, en 1998). Il met l'accent sur les questions éducatives à tous les niveaux, soutient la mobilité des étudiants et des enseignants – avec des bourses –, encourage la révision des manuels scolaires dans une perspective européenne, avec le soutien à des publications ou des méthodes – en matière d'histoire, de géographie ou d'enseignement des langues. Dès 1959, le Conseil organise des "conférences" régulières des ministres en charge de l'Education dans ses pays membres. Il met en place EUDISED, une banque de données sur les politiques éducatives des Etats membres, ainsi que la Journée européenne des écoles, compétition scolaire de dessins ou de textes consacrés à l'Europe. Il établit des relations avec l'Unesco, l'OCDE et les Communautés européennes. En 2002, le CDCC a été remplacé à la fois par le Groupe des rapporteurs Culture du Comité des ministres (GR-C) et par quatre comités directeurs : enseignement, enseignement supérieur et recherche, patrimoine, et environnement.

* L'écu (European Currency Unit) a précédé et préparé la mise en place de l'euro. 1 écu égale 1 euro.

Dans la lignée des propositions de Lausanne – mais à vingt-trois ans d'intervalle –, un Centre puis un Fonds européen de la jeunesse (doté d'environ 1,37 million d'écus par an) sont créés respectivement en 1972 et en 1975 auprès du Conseil. Le Fonds européen de la jeunesse cofinance des rencontres de jeunes ou organisations de jeunesse issus de quatre Etats membres (du Conseil), des publications, des expositions, le développement de sites Internet, ainsi que des projets pilotes incluant le Caucase et l'Europe du Sud-Est.

CONVENTIONS ET ACCORDS PARTIELS

C'est sur la rédaction et la ratification de conventions que le Conseil de l'Europe fonde ses propositions aux Etats membres. Plusieurs d'entre elles, amendées à diverses reprises, concernent l'éducation, le patrimoine et la protection des biens culturels, ainsi que les échanges de programmes télévisuels, les langues régionales et minoritaires. Contrairement aux directives communautaires, ces conventions n'obligent pas les Etats à réviser leur propre loi nationale. Toutefois, elles ne doivent pas se trouver en contradiction criante avec l'état de la législation dans chaque pays. Un point mérite d'être souligné, celui des accords partiels, institués sur l'insistance de l'Assemblée en 1951. Ils permettent une collaboration "à la carte" entre membres intéressés, lesquels d'ailleurs s'engagent à assurer les contributions propres à la mise en œuvre desdits accords. Après le Fonds Eurimages (1988) il faut citer l'Accord partiel sur la carte jeune, créé en 1991 et réunissant quinze Etats membres, ainsi que celui "élargi", portant création du Centre européen des langues vivantes de Graz en 1994.

L'intervention du Conseil de l'Europe en matière audiovisuelle s'inscrit plutôt dans la lignée de l'attention à l'exercice de la démocratie, à travers l'existence de médias pluralistes, priorité d'ailleurs illustrée par l'existence d'une division "Médias, Egalité" au sein de la Direction générale II – Droits de l'homme, et c'est dans ce sens qu'elle apportera une aide juridique soutenue aux gouvernements d'Europe centrale et orientale après 1990. De son action découle aussi la création de l'Observatoire européen de l'audiovisuel (OEA).

Institué en 1992 grâce à un accord partiel élargi, l'Observatoire européen de l'audiovisuel est un centre unique de collecte et de diffusion de l'information sur l'industrie audiovisuelle en Europe. Organisation européenne de service public, l'Observatoire regroupe actuellement trente-cinq Etats membres et la Communauté européenne, représentée par la Commission européenne. Il a pour principales missions de veiller à la transparence des données en matière audiovisuelle et d'informer les professionnels concernés des évolutions et des politiques de soutien dans les Etats européens, du cadre juridique et des marchés. Il publie chaque année un rapport intitulé *Tendances du marché mondial du film*, en coopération avec le Festival de Cannes et le Marché du film.

Mais, sous la houlette de sa Direction générale Culture, le contexte européen donne au Conseil de l'Europe l'opportunité d'intervenir à un niveau plus directement opérationnel. L'Accord partiel concernant le Fonds européen de soutien à la coproduction et à la diffusion des œuvres de création cinématographiques et audiovisuelles "Eurimages", signé en 1988, illustre assez bien la relation de concurrence / complémentarité prévalant entre la Commission et le Conseil. Pour un certain nombre de raisons développées plus loin, le cinéma et l'audiovisuel ont constitué dès 1984 un domaine de prédilection pour la mise en œuvre d'une stratégie communautaire. Par contre, l'idée d'un fonds de soutien communautaire aux coproductions, proposé dès 1984, était formellement rejetée par le Royaume-Uni. Le projet se trouvant dans l'impasse, les représentants du Luxembourg et de la Belgique – respectivement Raymond Weber et Henry Ingberg –, à la réunion informelle des ministres européens responsables des Affaires culturelles des Douze (les 13 et 14 septembre 1988), proposèrent d'asseoir ce fonds sur un mécanisme d'accord partiel du Conseil de l'Europe qui offrait en outre à tout Etat signataire la possibilité d'un retrait facile. Ce fut d'ailleurs le cas du Royaume-Uni qui, ayant fini par adhérer à Eurimages en avril 1993, s'en retira le 1er janvier 1997. Conçu le 26 octobre 1988, le texte d'Eurimages a été amendé à plusieurs reprises, introduisant des réformes : l'ouverture du soutien aux documentaires puis, au cinéma d'animation. Le fonds a également assoupli l'exigence originelle de trois partenaires impliqués, pour accepter les coproductions bilatérales. Sis au Conseil de l'Europe, Eurimages dispose de son propre comité directeur bien que sa gestion soit contrôlée par le Conseil de l'Europe. Certains observateurs lui reprochent le caractère trop "géopolitique" de ses attributions, la lourdeur des démarches de candidature, ainsi que le faible nombre de projets retenus. Au total, avec un budget annuel de quelque 200 millions d'euros, Eurimages dispense une intervention financière relativement marginale pour les coproductions européennes. Mais il joue un rôle de label et s'avère important à l'égard des professionnels d'Europe centrale et orientale ; exemple pragmatique de complémentarité avec l'Union européenne, Eurimages accorde des aides (10 % de son budget) à des distributeurs et exploitants de pays ne pouvant bénéficier de celles de MEDIA.

LES SECTEURS PIONNIERS D'INTERVENTION

Qu'il s'agisse de conventions, d'accords partiels, de réunions d'experts ou de conférences ministérielles ou de programmes, il nous semble important de détacher six secteurs dans lesquels le Conseil de l'Europe a fait œuvre de pionnier au service de la coopération culturelle européenne. Le patrimoine, l'étude des politiques culturelles nationales, le soutien à la formation aux métiers de la culture, la prise en compte du rôle des réseaux européens, l'attention aux collectivités locales et la collaboration avec l'Europe centrale et orientale, tels sont, à notre sens, les six domaines dans lesquels le Conseil de l'Europe a joué un indispensable rôle d'impulsion, de relais et de soutien, depuis sa création.

Le patrimoine

En liaison étroite avec l'Unesco et en particulier l'ICCROM (International Centre for the Study of the Preservation and Restoration of Cultural Property) et l'ICOMOS (International Council on Monuments and Sites), le Conseil de l'Europe a adopté dès 1970 une Convention européenne sur la protection du patrimoine archéologique signée en 1969 et amendée en 1992. Dans la lignée des préconisations de la Charte de Venise, la Convention dite de Grenade constitue une remarquable synthèse des acquis sur le patrimoine des quarante dernières années. Citons également la Convention relative à la conservation de la vie sauvage et du milieu naturel de l'Europe signée à Berne le 19 septembre 1979, ainsi que l'intéressante Convention européenne sur le paysage (Florence, 21 octobre 2000).

Les grandes expositions

Le Conseil de l'Europe organise, à partir de 1954, de grandes expositions consacrées au patrimoine culturel européen et à l'histoire de ses peuples. Il s'agit, selon ses termes de créer "un fonds de conscience européen". Proposés par les Etats membres, ou par un comité de spécialistes et de conservateurs, les thèmes doivent présenter une dimension européenne et un intérêt central pour l'art européen. En quarante ans, le Conseil de l'Europe a pratiquement couvert toutes les grandes périodes de l'histoire de l'art européen… ou de l'histoire européenne tout court : "Les Vikings", "Les découvertes portugaises", "Christine reine de Suède", ou "Art et pouvoir", pour ne prendre que quelques exemples. Pour le cinquantième anniversaire du Conseil et le trois cent cinquantième anniversaire de la paix de Westphalie, "1648 – Guerre et paix en Europe" était le thème choisi (Münster et Osnabrück, d'octobre 1998 à janvier 1999). Il y eut aussi des expositions consacrées à l'art moderne, qui ont fait l'objet de partenariats intéressants : "L'art contemporain en Europe" à Lisbonne avec la Fondation Gulbenkian en 1985, "L'espace dans l'art européen" à Tokyo avec le journal *Yomiuri Shimbun* en 1987, "Les peintres d'Europe dans les années 1980", exposition itinérante organisée en collaboration avec la revue *Eighty* en 1987-1988. Si, depuis 1954, les expositions artistiques ou historiques à dimension européenne se sont développées, le Conseil de l'Europe entend conférer aux siennes un "caractère distinctif", par le choix du thème et le niveau de qualité exigé pour leur réalisation. Toutefois la faiblesse de leur impact "en termes de conscience européenne partagée" ne laisse pas d'interroger : ainsi, la splendide exposition sur les Vikings, présentée au Grand Palais à Paris, a suscité de la part des visiteurs – français pour la plupart –, une admiration sans partage "pour cette grande civilisation étrangère méconnue" ; la majorité ignorait que le Conseil de l'Europe en était l'un des instigateurs. Quant aux plus curieux d'entre eux, ils s'interrogeaient sur le lieu du siège effectif du Conseil : "Bruxelles ou Strasbourg ?... A moins que ce ne soit Luxembourg ?"

Les itinéraires culturels européens

Initiative plus récente, le Conseil de l'Europe a proposé en 1986 aux Etats membres la mise en place d'"Itinéraires culturels européens". Dès 1960, un groupe de travail du Conseil présentait un rapport sur "la prise de conscience collective des hauts lieux culturels de l'Europe et de leur incorporation dans la civilisation des loisirs". Une recommandation de l'Assemblée parlementaire puis les conclusions de la IIe Conférence des ministres responsables du patrimoine architectural à Grenade en 1985 conduisirent à la mise en place de cette initiative, avec la création des deux premiers itinéraires, "Les chemins de Saint-Jacques-de-Compostelle" et "Architecture sans frontières", incluant des objectifs de préservation et de mise en valeur, mais aussi "pour faire vivre aux Européens leur commune identité culturelle". De nombreuses thématiques sont venues enrichir le thème : "Routes du baroque", "Routes de la soie", "Routes celtiques", L'influence monastique", "Habitat rural", etc. Articulées autour de deux priorités – peuples et migrations et grands courants de civilisation –, elles ouvraient la possibilité d'une mise en réseau de parcours locaux, de villes ou de sites.

Compte tenu de la faiblesse des moyens financiers dont disposait le Conseil, il n'a pu jouer pleinement le rôle incitatif qui aurait pu être le sien. "Il n'est pas étonnant que les réussites – avérées – du Conseil de l'Europe dans le domaine du patrimoine concernent uniquement la préservation de "sites" et de "pratiques" principalement identifiables par chaque Etat membre en particulier et en fonction de ses préoccupations spécifiques", commente Peter Wagner en 2001. Seuls les circuits transfrontaliers, semble-t-il, appellent à une véritable action commune. Physiquement "insécables" et réalisés sur des petites distances, ils sont les mieux à même de faire prendre conscience aux voyageurs des rapprochements visibles. A ce titre "Les chemins de Saint-Jacques" et ceux de l'"Habitat rural" représentent une réussite. Le principe des Itinéraires transfrontaliers a d'ailleurs été retenu comme prioritaire pour les Itinéraires montés en collaboration avec des intervenants d'Europe centrale et orientale. Enfin, issus d'initiatives extérieures, les "parcours" comme l'héritage Al-Andalous ou celui des "Villes des grandes découvertes" semblent à même de générer des solidarités concrètes et actives entre opérateurs clairement identifiés.

En 1997, le Luxembourg a créé un Institut européen des Itinéraires culturels en cofinancement avec le Conseil de l'Europe, pour assurer une meilleure diffusion de cette initiative et de ses résultats, ainsi que l'examen de nouvelles candidatures.

Une campagne pour le patrimoine européen

En 1975, le Conseil de l'Europe lançait l'"Année européenne du patrimoine architectural". En 1991, il mettait en place les Journées européennes du patrimoine – depuis menées en collaboration avec l'Union européenne –, et, en 1994, il créait, avec l'Union européenne et la Fondation roi Baudouin, un prix du même nom. Plus récemment, le Conseil de l'Europe a initié conjointement avec l'Union européenne une campagne intitulée "L'Europe, un patrimoine commun". Issue d'une décision du sommet de Strasbourg en 1997, cette opération de sensibilisation sur le patrimoine culturel et naturel s'est déroulée en 1999 et 2000. Avec une portée symbolique évidente, le lancement officiel de la campagne était donné à l'Athénée romain de Bucarest, le 11 septembre 1999. Outre quelque cent cinquante projets proposés par le Conseil, les autorités publiques nationales, régionales et locales des Etats membres, ainsi que des ONG, quatre initiatives transnationales devaient être organisées en collaboration avec l'Union européenne. Au total, des centaines de propositions, de l'Albanie à l'Ukraine, *via* le Royaume-Uni et la Turquie. Outre un budget directement géré par le Conseil de l'Europe (1,62 million d'écus) et une contribution de 300 000 écus de la part de la Commission européenne, plusieurs comités nationaux ont apporté des contributions logistiques ou financières à la campagne. Son impact s'est révélé inégal selon les pays. Si l'on considère cette initiative comme caractéristique d'une nouvelle phase des initiatives du Conseil – en particulier la volonté affirmée d'une communication publique et médiatique à grande échelle –, l'on peut rester dubitatif sur sa visibilité, à l'exception de quelques temps forts bien identifiés – comme le lancement des Journées européennes du patrimoine à Glasgow, les 3 et 4 septembre 1999.

Faisant suite à Pro Venetia Viva – fondée en 1975, exemple de collaboration entre le Conseil, la Fondation européenne de la culture et la Communauté –, la Fondation européenne des métiers du patrimoine (FEMP), créée auprès du Conseil de l'Europe, a mis en place une banque informatisée de données sur les politiques publiques du patrimoine à partir de la série de rapports réalisés sur ce sujet par le Conseil de l'Europe. Ses activités sont actuellement en sommeil.

Coordination des politiques nationales de numérisation

L'enjeu de la numérisation des banques de données et, dès 1998, des ressources patrimoniales a enfin conduit le Conseil de l'Europe à lancer l'idée d'un projet intitulé HEREIN, système permanent d'information sur les politiques nationales du patrimoine culturel.

Avec le soutien de l'Union européenne et le concours d'administrations nationales et d'entreprises privées, le projet HEREIN a été mis en place à partir de 1998. La première réunion des correspondants HEREIN, du 24 au 25 mai 2002 à Cracovie, a permis au Bureau du Comité directeur du patrimoine, aux correspondants nationaux de vingt-sept pays et au secrétariat du réseau HEREIN de valider la charte du Réseau européen du patrimoine culturel, laquelle dispose que tous les pays signataires de la Convention culturelle européenne peuvent gracieusement rejoindre le réseau à la condition qu'ils acceptent les droits et les obligations attachés à la qualité de membre. Dans l'optique des actions menées pour la mise en œuvre des principes de Lund, le réseau HEREIN a engagée avec l'appui de la Commission européenne, une collaboration avec le groupe d'experts du projet MINERVA sur la numérisation du patrimoine culturel.

Dans un document de 2000, le Comité du patrimoine culturel (CC-PAT) laissait entendre un élargissement de la notion même de patrimoine, il proposait la mise en place d'un accord partiel sur le patrimoine européen avec plusieurs aspects : la création d'un observatoire, le soutien au montage de projets multilatéraux, des opérations de sensibilisation en coopération avec l'Institut européen des Itinéraires culturels. Cet accord partiel aurait été intégré à un accord global de coopération avec l'Union européenne. Cette proposition – abandonnée, semble-t-il – avait le mérite de viser une approche transversale – y compris au sein du Conseil – mettant en avant des objectifs concrets plus que des dispositifs institutionnels. On peut dès lors se demander pourquoi les instances du

Comité n'ont pas poussé plus avant leur avantage en proposant la création d'une agence consacrée aux politiques et pratiques du patrimoine européen, laquelle structure aurait eu l'avantage de faire se croiser des partenariats multiples.

Pour une lecture conflictuelle du patrimoine européen

Comme nous l'avons souligné plus haut, le recours au patrimoine, comme support d'une conscience européenne partagée, pose un certain nombre de problèmes – d'ordre historique aussi bien que conceptuel. Il n'en reste pas moins qu'il faut reconnaître au Conseil de l'Europe une capacité à voir contester ses propres présupposés par la voix d'experts qu'il invite à des fins de prospective. La lecture du document intitulé *Prospective : fonctions du patrimoine culturel dans une Europe en changement* (2001) donne connaissance de contributions théoriques stimulantes et utiles au-delà même de la seule enceinte du Conseil. Exemples à l'appui, Claude Karnoouh y démontre les enjeux de pouvoir et de propagande – y compris dans l'architecture à vocation religieuse –, puis d'appropriation impériale, nationale voire nationaliste sous-tendant la réalisation de chefs-d'œuvre que l'on voudrait aujourd'hui lavés de ces traces sulfureuses, dans une version irénique de l'histoire européenne. D'où la nécessité d'assumer l'existence de mémoires "plurielles". C'est pourquoi la proposition de Gaby Dolf-Bonekämper pour créer – en suivant la nomenclature d'Aloïs Riegl – une nouvelle catégorie fondée sur la "valeur de discorde" *(Streitwert)* d'un monument, semble particulièrement pertinente. Permettant aux professionnels du patrimoine de reconnaître qu'ils travaillent "au sein de conflits multiples", cette proposition ouvrirait à "une patrimonialisation consensuelle d'un objet non consensuel". Ainsi

Gaby Dolf-Bonekämper propose que l'Europe se charge des blockhaus nazis laissés sur les côtes maritimes, du nord de la Norvège à la côte basque. L'avantage d'une telle suggestion est de mettre clairement l'expérience contemporaine de communication au cœur de la prise en compte du patrimoine.

Politiques culturelles et parcours professionnels

Compte tenu de son antériorité par rapport à l'Union européenne sur cette question, le Conseil de l'Europe s'est montré, dès son origine, très perméable aux débats qui traversaient toute l'Europe démocratique en matière de politiques culturelles.

Après les années de la "démocratisation culturelle", est venue l'heure de la "démocratie culturelle" et de la prise en compte de toutes les expressions minoritaires, régionales, l'apport contradictoire des "industries" et des technologies aux activités culturelles, l'enjeu de la diversité culturelle et la question des droits culturels comme fondement d'un nouveau contrat démocratique. Le Conseil de l'Europe a su accompagner ces évolutions par différentes mesures. Dès les années 1970, il multiplie les réunions et conférences où sont posées les questions de "contre-culture" ou "culture alternative", qui émanent alors d'initiatives privées, tout au moins dans les pays germaniques et nordiques. Lieu de confrontation entre les tenants d'une politique culturelle ambitieuse et ceux qui défendent une intervention minimale des acteurs publics en matière culturelle, lors de la conférence des ministres européens chargée des Affaires culturelles à Oslo en 1976, il lance l'idée d'un Programme d'évaluation des politiques culturelles nationales, devenu effectif en 1986. La France ouvre le bal en 1988, suivie par la Suède en 1989.

Ces évaluations résultent de deux ordres de travaux présentés simultanément : un rapport national émanant des instances habilitées et un document constituant la synthèse du travail d'un groupe européen d'experts.

En 2005, vingt-cinq pays de l'Ouest mais aussi de l'Est de l'Europe ont été passés au crible de ces études. Diffusés gratuitement dans plusieurs langues européennes, ces documents représentent une somme considérable d'informations et d'analyses. En 1998, le Conseil de l'Europe a demandé à ERICarts (Institut européen de recherche comparative sur la culture) de coordonner, avec le concours d'ARCult Media à Bonn, un compendium avec une réactualisation des données pour quatorze de ces pays. En outre, en collaboration avec ERICarts, un "profil" de presque tous les Etats membres du Conseil a été réalisé, accessible *via* le site du Conseil. Les thèmes clés du Conseil en matière de politique culturelle sont : diversité, participation, décentralisation, nouvelles formes de partenariat. En outre, en 1992, le Conseil de l'Europe a publié une étude paneuropéenne intitulée *Participation à la vie culturelle en Europe*. Sans compter les nombreux rapports commandés à des experts sur des questions aussi diverses que l'éducation artistique (Ken Robinson, 1997) et la "cyberculture", pour ne citer que ces exemples (Pierre Lévy, 1997).

Il reste que le Programme d'évaluations a souffert de plusieurs écueils. Le traitement des industries culturelles y semble en particulier trop peu systématique. En outre, certains pays et non des moindres ne figurent pas dans cet inventaire (Royaume-Uni, Allemagne, Espagne, Belgique, Hongrie, Pologne…). Par ailleurs, les schémas présidant à la méthodologie utilisée ont été transférés tels quels aux pays d'Europe centrale et orientale, lesquels ressortissent d'une histoire spécifique et d'une organisation professionnelle et sociale des activités culturelles, radicalement différentes. Enfin, tous les praticiens de la culture le savent, il y a souvent loin de la théorie à la pratique et l'application des intentions affichées dépend beaucoup du rapport de forces réel instauré sur le terrain. Il n'en demeure pas moins que ces initiatives ont connu une utilisation intéressante dans certains pays. Ainsi, Walter Veltroni, ministre italien des Biens culturels en 1996, s'est appuyé sur le sévère constat des experts du Conseil de l'Europe à l'endroit des politiques culturelles italiennes pour tenter des réformes. Manuel Maria Carrilho, ministre portugais de la Culture de 1995 à 2000, a, lui aussi, utilisé l'évaluation du Conseil de l'Europe pour proposer des mesures nouvelles. Parallèlement aux évaluations nationales, le Conseil de l'Europe a mené diverses études comparatives européennes dont une intitulée "Institutions nationales en transition", portant notamment sur les mesures de décentralisation culturelle prises dans un certain nombre de pays européens – Allemagne, Chypre, Finlande, Hongrie, Pays-Bas et Pologne.

La formation des professionnels

Au terme de discussions engagées dès 1989, l'ENCATC (European Network of Culture Administration Training Centres, Réseau européen des centres de formation d'administrateurs culturels) a tenu son assemblée constitutive à Varsovie en décembre 1992, sous les auspices du Conseil de l'Europe. Ses activités sont décrites au chapitre V.

Autre invention née sous l'égide du Conseil de l'Europe et dans l'esprit fertile du Belge Etienne Grosjean, une formation "nomade" consistant en trois séminaires de formation à l'administration culturelle dans trois ou quatre pays d'Europe, le temps d'un cursus. Issus de tous les pays européens, voire de la CEI, les stagiaires de la Fondation Marcel-Hicter – des professionnels pour la plupart – ont eux-mêmes créé un réseau, ORACLE. Jusqu'en 1999, le Conseil de l'Europe a contribué, par l'octroi de bourses de mobilité, au fonctionnement de cette formation, tout en confiant à la Fondation Marcel-Hicter, dirigée par Jean-Pierre Deru, une mission plus large de soutien à la mobilité européenne des étudiants et enseignants en gestion culturelle. La formation Marcel-Hicter développe de nouvelles passerelles, notamment avec l'Afrique sub-saharienne.

Refonder les politiques culturelles

En 1998, le Conseil de l'Europe publie *La Culture au cœur, contribution européenne aux travaux de la commission Perez de Cuellar de l'Unesco*. "Le groupe de travail a décidé d'accorder une attention particulière aux arts et aux activités qui s'y rapportent, mais en les envisageant dans un cadre culturel plus large que celui auquel on se réfère généralement. Pour autant, le rapport qu'on va lire ici ne traite pas des arts et du développement mais bien de la culture et du développement." Ce texte prend acte des interférences actuelles entre culture et développement, du rôle économique voire social que peuvent jouer les activités artistiques et culturelles, et de la nécessité, pour les pouvoirs publics locaux, nationaux et européens, de considérer ce secteur non plus "à la marge" de ses interventions, mais bien en son cœur même, tout en respectant son autonomie. Plus que "la démocratie culturelle", c'est désormais la question des "droits culturels" qui se trouve au cœur de la problématique du Conseil, dans un contexte ou toute culture européenne devient "interculturelle", selon le mot de Raymond Weber, alors directeur de la Culture et du Patrimoine culturel au Conseil de l'Europe.

En 2002, le Conseil de l'Europe s'est attaché au lancement d'un projet intitulé "Dialogue interculturel et prévention des conflits". Villes, régions d'Europe mais aussi de toute la Méditerranée sont invitées à prendre part à ces débats. Le Conseil de l'Europe a également publié une série de monographies nationales consacrées au traitement de "la diversité culturelle" dans six pays européens et le Canada (Tony Bennett, 2001).

La prise en compte des réseaux

La prise en compte d'une Europe culturelle en évolution constante nous donne l'opportunité de souligner la pertinence de vue dont le Conseil de l'Europe a fait preuve dans son soutien à l'émergence de ces collectifs transversaux de contacts et de travail que constituent aujourd'hui les réseaux culturels européens. Dès 1985 à Luxembourg, lors d'un colloque intitulé *"Civis europaeus sum"*, l'idée de contribuer à la mise en réseau des opérateurs culturels était lancée. En 1988, à la Saline d'Arc-et-Senans, plus de cent centres culturels ont répondu à l'invitation du Conseil de l'Europe. Mû par une intuition paradoxale, José Vidal Beneyto, alors directeur de l'Education, de la Culture et du Sport de cette institution, offrait aux professionnels une plate-forme de réflexion et d'échanges. Né de cette rencontre, le Forum des réseaux culturels européens regroupe quelque quarante réseaux culturels opérant dans les domaines les plus divers. Ces dernières années, le Forum s'est notamment employé à de "subtils transferts de savoir-faire" du Nord de l'Europe – terrain de naissance des réseaux – vers le Sud, voire vers la rive sud de la Méditerranée. Le caractère paradoxal de la démarche – le fait qu'une institution offre à des professionnels les moyens d'une initiative qui se conçoit à tout le moins en décalage avec lesdites institutions –

démontre une réelle compréhension des besoins des professionnels européens de la culture. Une telle clairvoyance de la part de la Commission européenne et des gouvernements nationaux aurait peut-être permis de gagner un temps précieux en matière de coopération artistique et culturelle en Europe et de mieux faire exister cette société civile européenne que fonctionnaires et politiques invoquent dans chacun de leurs discours. En 1999, le Conseil de l'Europe a publié une étude sur les réseaux culturels européens. En 2001, il a organisé à Strasbourg une réunion des principaux réseaux et acteurs de la mobilité culturelle en Europe.

Collectivités territoriales et cultures régionales

Dès 1957, le Conseil de l'Europe prend une initiative remarquable, en créant la Conférence permanente des pouvoirs locaux et régionaux, devenue Congrès des pouvoirs locaux et régionaux (CPLR) : cette vaste caisse de résonance des initiatives locales donnera indirectement lieu au développement de programmes culturels comme l'Assemblée européenne des villes historiques. La dynamique générée par le Conseil de l'Europe en matière de coopération décentralisée s'est notamment appuyée sur les travaux de l'Observatoire des politiques culturelles de Grenoble, et a été relayée par la création d'Interarts à Barcelone. Après le projet "Villes et culture", le Conseil de l'Europe a lancé en 1983 le projet "Culture et régions" dont René Rizzardo, alors directeur de l'Observatoire des politiques culturelles, a rédigé le rapport, présenté en 1991 à Lyon, lors d'une conférence organisée par le Conseil de l'Europe et la Région Rhônes-Alpes. "Culture et quartiers" a vu, en 1993, la participation de onze villes européennes dont Budapest, Prague et Sofia. Les textes normatifs du Conseil ont par ailleurs été mis à contribution en faveur des collectivités d'Europe centrale et orientale. Citons notamment la Convention-cadre européenne sur la coopération transfrontalière des collectivités ou autorités locales (1980) et la Charte européenne de l'autonomie locale (1985).

En 1992, la Charte européenne des langues régionales ou minoritaires a été adoptée, puis ratifiée par cinq pays en 1998. Texte de compromis, la Charte était d'abord destinée à apaiser les tensions linguistiques en Europe centrale et orientale et à offrir un cadre commun de référence, y compris en Europe de l'Ouest où la situation sur ce point varie énormément d'un pays à l'autre. La résonance médiatique dont elle a bénéficié – tout particulièrement en France – s'assortit d'un bilan "mitigé" (Marc Frangi, 2002). D'une part, selon cet auteur, elle confirme plus qu'elle anticipe la protection juridique des minorités linguistiques. Elle s'applique donc sans difficultés dans des Etats comme la Finlande, l'Italie, la Belgique ou le Royaume-Uni. Dans le cas contraire, elle nécessite une adaptation du droit interne signifiant des bouleversements importants, ce qui peut conduire au statu quo, comme en France. D'autre part, elle ne prend pas en compte les langues des migrants. Le mérite de la Charte aura tout de même été de susciter un débat public. Par ailleurs, sans pour autant la ratifier, il est possible de mettre en œuvre certains de ses principes, d'ailleurs déjà partiellement appliqués à l'échelon local. Il est aussi intéressant de constater qu'un texte d'abord conçu à l'usage des Etats d'Europe centrale et orientale a en quelque sorte "rétroagi" sur la situation ouest-européenne. Enfin, le débat a permis de mettre en lumière des points de vue divergents sur la substance même de l'Etat-nation : "Il est curieux de constater que deux nations récemment constituées en Etat (la Belgique en 1830 et l'Italie en 1859) peuvent sans crainte d'explosion reconnaître un statut juridique aux langues régionales alors qu'un vieil Etat-nation comme la France (...) fait preuve de frilosité et de rigorisme", note Marc Frangi, soulignant malicieusement que le gouvernement français, champion de la diversité culturelle et linguistique dans le monde, tarde à se mettre en conformité interne avec les exigences qui en découlent.

La résonance de l'autre Europe

Après la signature, en 1989, par certains Etats d'Europe centrale et orientale de la Convention culturelle européenne, "le Conseil, qui assumait précédemment la fonction de passerelle entre les blocs au nom des valeurs humanistes et des droits de l'homme, est soudain devenu le phare de l'intégration future de l'Europe (...) et le «club» auquel les nations de «l'autre Europe» souhaitaient adhérer tôt ou tard" (Diana Pinto, 1996). Pour répondre à la nouvelle situation, le Conseil de l'Europe crée le statut "d'invité spécial" en 1989. Début 1990, la quasi-totalité de l'Europe post-communiste connaissait ce statut, à la significative exception de la Fédération socialiste de Yougoslavie. Le premier programme de coopération et d'assistance, intitulé Démosthène et créé en 1990, visait la coopération dans les domaines du droit, de la jeunesse, du monde associatif et des médias notamment. Son alter ego, Démosthène-bis, s'adressait aux Etats issus de l'ex-URSS. Quant à LODE (Programme pour la démocratie locale), il concernait la formation des dirigeants locaux, des élus et des administrateurs, en matière de politique et de finances locales. Au nombre des thèmes retenus dans le cadre de cette coopération et intéressant plus directement les aspects culturels, on peut citer le droit des minorités et la protection de leurs langues, lesquelles ont fait l'objet de conférences multilatérales – comme celle de Budapest en novembre 1994 ; il faut encore mentionner la contribution des juristes du Conseil à la rédaction de dispositions touchant au droit d'auteur ou au droit des médias, le soutien à des initiatives concrètes comme la création d'une station de télévision bilingue estonien-russe en Estonie et la mise sur pied d'un centre d'apprentissage interculturel à Timisoara (Roumanie).

Le Conseil de l'Europe a contribué à la reformulation des nouvelles politiques culturelles et éducatives. Le Programme de réforme législative pour l'enseignement supérieur a en particulier assisté les professionnels d'Europe centrale et orientale dans la réforme de leurs systèmes universitaires. Le Centre européen des langues vivantes a été créé à Graz en 1994.

Un deuxième Centre européen de la jeunesse a été ouvert à Budapest en 1995, pour multiplier les échanges entre les deux Europe.

Avec une visée plus restreinte mais une approche très pratique, le Conseil de la coopération culturelle (CDCC) a également lancé en 1995 une activité de conseil technique aux nouveaux Etats membres. La Lettonie a questionné le Conseil sur le statut des artistes. La Bulgarie, quant à elle, s'est interrogée sur le financement des musées et des galeries d'art. Enfin le Conseil de l'Europe a commandé certaines études, à l'instar de celle réalisée en 1994, et intitulée "Management culturel en Europe centrale et orientale" (Jean-Michel Djian dir.).

Restaurer la chaîne de l'édition et de la lecture

C'est enfin dans les domaines du livre et des archives écrites que le Conseil de l'Europe a développé des activités emblématiques. En 1992, le premier objectif du programme "Livres et archives" a été de constituer un réseau d'experts chargés d'analyser la situation dans chacun des pays membres du Conseil. Sur la base de ses conclusions, il a été procédé à la constitution d'un large réseau de professionnels, éditeurs, traducteurs, libraires, bibliothécaires, archivistes qui se sont rencontrés dans le cadre d'ateliers (Antoine Carro-Réhault, 2000). Après la tenue à Strasbourg en 1994 de la conférence intitulée "Coopération européenne en matière d'archives", quelques initiatives ont été lancées, dont la numérisation des archives du Komintern, avec un noyau de partenaires européens issus de France, d'Allemagne, d'Espagne, de Suisse, des Etats-Unis et de la Fondation Soros. Autre projet d'envergure : la reconstitution des sources relatives à l'histoire de la Pologne et conservées hors du pays (en Autriche, Allemagne, Russie et Ukraine). La France, l'Italie, la Suède, l'Ukraine, le Royaume-Uni, la Belgique et la Suisse (pays d'immigration polonaise) participaient au programme.

Une nécessaire coopération inter-institutionnelle

Compte tenu des besoins considérables des Etats bénéficiaires, le Conseil de l'Europe et la Commission européenne (via PHARE et TACIS, cf. chapitre VII) ont entrepris de joindre leurs efforts. La situation dans le Sud-Est de l'Europe et l'absence de prise en compte de la culture dans le Pacte de stabilité de l'Union européenne a conduit le Conseil de l'Europe à se doter d'un programme spécifique, Mosaïc. Un certain nombre de pays ont apporté leur contribution à ce programme. La mise en place de réseaux associant diverses catégories de professionnels semble l'un des résultats les plus intéressants de Mosaïc, essentiellement financé par le gouvernement néerlandais, à travers le programme MATRA.

Le projet STAGE a mis en œuvre un objectif similaire pour la région du Caucase (Arménie, Azerbaïdjan, Géorgie). Un programme comparable existe pour la Russie.

Soutenue à son lancement, dans le cadre des Echanges artistiques avec les pays d'Europe centrale et orientale, citons enfin Apollonia. En 1995, Raymond Weber revient sur la recherche d'une action spécifique "au domaine sensible des arts" et sur l'idée d'un réseau de ressources s'appuyant sur des ONG et la participation des Etats membres pour créer des contacts durables débouchant sur des projets concrets : échanges d'étudiants et de professeurs, résidences d'artistes, expositions, publications. L'Association nationale des Fonds régionaux d'art contemporain (FRAC) a montré un intérêt immédiat pour la démarche d'Apollonia, ainsi que la Direction régionale des Affaires culturelles d'Alsace et le ministère de la Culture et de la Communication, qui sont "devenus les architectes du projet Apollonia", selon les termes de Raymond Weber. Directeur d'Apollonia, Dimitri Konstantinidis témoignait en 2002 du rôle qu'a joué le soutien du Conseil de l'Europe pour ses missions de contact avec des artistes et professionnels d'Europe centrale et orientale, Balkans inclus. "Catherine Lalumière était alors secrétaire générale du Conseil de l'Europe, Raymond Weber, directeur de l'Education, de la Culture et du Sport et David Mardell, chargé auprès de cette direction du suivi des projets artistiques. Tous trois étaient intimement convaincus de la nécessité de soutenir les professionnels en quête de contacts à l'Est. Ils ont donné un coup de pouce décisif à ce projet." Depuis cette date, Apollonia a poursuivi son travail, avec le soutien du programme communautaire CULTURE 2000. Grâce au soutien de la Commission européenne, son réseau a pu s'étendre et réaliser des projets inédits comme l'exposition "Les chemins de l'Europe" (créations contemporaines des dix nouveaux pays entrant dans l'Union), le vaste projet photographique, vidéo et cinéma avec le Caucase du Sud, le "Laboratoire artistique flottant" (périple d'artistes européens sur les mers Noire et Méditerranée à bord d'un bateau militaire roumain), des résidences de critiques d'art des universités européennes et le Forum annuel de Thessalonique.

Prévention des conflits et mondialisation

Le plan d'action "Dialogue interculturel et prévention des conflits" (2002-2004) a permis au Conseil d'impulser une dynamique intersectorielle entre différents départements de l'organisation et de le mettre en relation avec un autre projet du Conseil – "Réponses à la violence quotidienne dans une société démocratique". Cinq exemples de "Villes partagées" ont ainsi été étudiées, afin de définir des orientations utiles pour les responsables politiques, la société civile et les opérateurs culturels : Belfast, Mitroviça, Nicosie, Narva/Ivangorod et Uzhgorod. Ce projet a fait l'objet d'une déclaration à Opatija (Croatie), le 22 octobre 2003. Catherine Roth est actuellement directrice de la Culture et du Patrimoine culturel et naturel du Conseil de l'Europe.

LE CONSEIL DE L'EUROPE A L'HEURE DES PARADOXES

Le Conseil de l'Europe se trouve aujourd'hui confronté à un paradoxe de taille. D'un côté, le nécessaire approfondissement d'une Europe politique et citoyenne dont l'horizon a commencé de se dessiner après la ratification du traité de Maastricht, instituant l'Union européenne dans un contexte d'élargissement, implique l'ensemble des organisations parties prenantes de la coopération culturelle européenne. "Les structures relativement ouvertes du Conseil de l'Europe et sa fonction de forum pour la politique européenne – deux éléments plutôt considérés comme des faiblesses majeures dans la période de la guerre froide car ils étaient jugés synonyme d'absence de pouvoir exécutif – apparaissent aujourd'hui comme des facteurs très séduisants. (…) Le Conseil de l'Europe représente une Europe dotée de ses racines historiques (…), une conception de l'Europe à long terme", commente ainsi Peter Wagner en 2001. D'un autre côté, l'on ne perçoit pas toujours de façon évidente les effets "sur le terrain" des principes de cette organisation. Il est vrai aussi que la portée de ses propositions s'émousse au fur et à mesure que celles-ci sont mises en œuvre dans le cadre communautaire. Enfin, le besoin de recherche prospective en matière culturelle, dont le Conseil de l'Europe a eu la prescience, entre – certes encore trop lentement – dans le cursus des universités et de divers centres de recherche aujourd'hui en Europe. Tel est, dira-t-on, le sort des pionniers. Pourtant il existe au Conseil de l'Europe un capital d'expérience et de réflexion unique dans les domaines du patrimoine, de la coopération locale et du dialogue avec "l'autre Europe". Enfin les associations, groupes, réseaux liés au Conseil de l'Europe sont également actifs à l'échelle des Vingt-Cinq. D'où vient donc la difficulté ? Dans sa thèse de doctorat, *La Culture européenne : définition et enjeux*, Caroline Brossat s'est attachée à démontrer la sourde guerre inter-institutionnelle que se sont livrés depuis quelque quarante années les principaux organismes engagés dans la coopération culturelle européenne. A la lecture de cet ouvrage, il semble évident que l'effet "système" prenne ici tout son sens, parfois jusqu'à l'absurde. Il ne nous appartient pas de distribuer bons et mauvais points aux différents protagonistes de cette odyssée. Quoi qu'il en soit, "l'entrée en culture" de la Commission n'a pas facilité une coopération dynamique de cette dernière avec le Conseil de l'Europe. Quant à celui-ci, il a souvent "campé" sur des positions "défensives". Certes, les procédures de coopération entre l'Union et le Conseil sont prévues dans différents textes. Mais, à la notable exception du patrimoine et de la coopération avec l'Est, elles sont restées confinées dans un corset "diplomatique". Quant aux interventions "normatives" du Conseil de l'Europe, quoique souvent remarquables dans leur formulation, elles ont gardé de fait un caractère "intergouvernemental consultatif" dans une arène mondiale où l'expérience prouve que les tenants d'une logique commerciale à outrance ne s'embarrassent guère de recommandations, aussi fondées soit-elles.

Entre une pensée bridée par les exigences diplomatiques et une action trop limitée en termes de financement, le Conseil n'a pas eu les moyens de peser comme il aurait convenu sur le devenir de la coopération culturelle européenne.

Avec son habituelle franchise assortie d'un certain désir de provocation, Denis de Rougemont écrivait en 1984 : "Je lis pas mal d'études sur la CEE de Bruxelles et ses problèmes. Je suis de près les activités culturelles et régionalistes du Conseil, et j'y participe chaque fois qu'on le propose. Nulle part je ne vois dénoncer l'aberration maximale du siècle, je veux parler de l'existence simultanée de deux grandes organisations à vocation européenne, sans liens d'aucune espèce hors des buts allégués d'union, cela va sans dire, buts toujours différés *sine die*, et cela va tellement mieux en le disant." Certes, posé en 1984, ce constat ignore les rapprochements amorcés depuis ainsi que les progrès accomplis par l'Union en matière éducative et culturelle. Il ne rend pas non plus justice aux relations nouées entre l'Assemblée parlementaire et le Parlement européen. Sachant que la réponse aux nécessités actuelles passe sans doute par une délégation systématique de compétences à des agences autonomes spécialisées – existantes ou à créer –, et des contrats sur objectifs associant différentes catégories d'intervenants européens, les deux organismes pourraient se pencher d'un même mouvement sur le berceau de ces créatures encore à naître.

Les chantiers ne manquent pas : relations avec la "société civile", collaboration entre l'Union européenne et la CEI, attentes éducatives et culturelles des collectivités territoriales, et, en tout premier lieu, mise en place d'actions concertées en faveur d'une politique européenne du patrimoine, reposant moins sur l'inventaire de monuments, de sites et de pratiques, que sur la mise en œuvre de dispositifs mettant en œuvre "un corps européen de valeurs" et vigilants à l'égard de toute surexploitation économique. C'est d'ailleurs dans ce domaine que la coopération entre les deux "échelles" d'organismes européens s'avère la plus concrète. Mais, à ce stade, le regard de l'observateur se tourne vers ceux qui tiennent, quoi qu'ils en disent, les commandes de ce vaste ensemble : les Etats et, en particulier, ceux qui sont à la fois membres du Conseil de l'Europe et de l'Union européenne ; l'Allemagne, la France, l'Italie, le Royaume-Uni sont avec la Russie les principaux contributeurs du Conseil de l'Europe, représentant à eux cinq plus de 60 % du "budget ordinaire" de cet organisme.

LA FONDATION EUROPÉENNE DE LA CULTURE

Créée en 1954 à Genève par Denis de Rougemont, la Fondation européenne de la culture s'est installée à Amsterdam en 1960, à l'invitation du prince Bernhard des Pays-Bas. Elle put, dès lors, partager avec la Fondation Prince-Bernhard une partie des recettes de la Loterie générale et des Pronostics de football (Banque Giro Loterij et De Lotto), dont une part est affectée à des activités culturelles et éducatives. Depuis cette époque, la Fondation européenne de la culture a développé, dans le paysage culturel européen, une série d'activités originales – création d'instituts spécialisés, lancement de programmes européens, accueil de projets –, tout en resserrant sa collaboration avec le Conseil de l'Europe d'une part, et la Commission européenne, d'autre part.

L'INTUITION FONDATRICE DE DENIS DE ROUGEMONT

"Cela commence par deux grands rideaux tirés dans un geste d'humeur sur la porte-fenêtre de ma salle de travail à Ferney. Raymond Silva, secrétaire général du Centre européen de la culture, vient de m'annoncer que le Comité américain pour l'Europe unie refuse son aide à notre Centre, jugé "inclassable", et décide de donner un million de dollars à un organisme européen de propagande, déjà richement doté, mais dont l'efficacité ne nous paraît pas démontrée.

En tirant mes rideaux, je m'écrie : On ne prête qu'aux riches, c'est entendu. Mais pour être riche, il faut pouvoir donner… Donc, dit Silva, il faut créer une fondation. Voilà le mot ! Quand on pensera que nous sommes capables de donner, on nous donnera !

De ce dialogue et d'une juste colère, est née l'idée de la Fondation, en décembre 1952", écrivait Denis de Rougemont en 1955.

Autant le dire d'emblée, la décision avait un aspect pragmatique et immédiat : trouver des fonds européens pour le Centre européen de la culture. Il n'en demeure pas moins que la création de la Fondation relève d'une intuition pionnière : l'initiative culturelle européenne doit s'appuyer sur plusieurs centres d'origines et de fonctionnements diversifiés. Instruit par son expérience des fondations privées américaines, Rougemont tentait en l'occurrence d'opérer une synthèse spécifique à l'Europe.

Un Club européen fut constitué et réuni au château de Saint-Germain-en-Laye, les 14 et 15 novembre 1953. Il comprenait des responsables du patronat et des syndicats, des banquiers, des industriels, des animateurs du Mouvement européen et de diverses organisations philanthropiques. Son objectif essentiel : "Développer et (...) entretenir un sentiment de compréhension mutuelle et de solidarité démocratique entre les populations européennes en favorisant les activités culturelles et éducatives d'intérêt commun."

Les ambitions financières étaient grandes, ainsi que le plan de travail : la Fondation européenne de la culture ne devait pas recevoir moins de 10 millions de dollars comme dotation initiale. Créée officiellement en 1954 à Genève avec une exonération totale d'impôts pour cinq ans, la Fondation trouva dans son berceau... moins du quart du budget prévu. Le programme était pourtant d'envergure avec quatre thèmes d'activités : les sciences physiques, naturelles et humaines, les arts, l'histoire et la sociologie, l'éducation. Un Conseil des gouverneurs – de composition européenne – déciderait de l'attribution des subventions. Premier directeur de la Fondation, Denis de Rougemont instaura rapidement des groupements nationaux, devenus par la suite "comités nationaux" et mis sur pied en collaboration avec le Conseil de l'Europe.

Les responsables de la Fondation durent avant toute chose effectuer un tour de table "diplomatique" pour faire valoir leur complémentarité avec les quelques institutions existantes : Conseil de l'Europe, Communautés européennes, et surtout une série de fondations basées en Europe mais exerçant des activités essentiellement nationales : Fondation du prince Bernhard pour la culture (Pays-Bas, 1946), Fondazione Giorgio Cini (Italie, 1951), Fondation Calouste-Gulbenkian (Portugal, 1951), Fondations Carl-Zeiss et Fritz-Thyssen (RFA, respectivement 1889 et 1959), Fondation de France. Tout d'abord présidée par Robert Schuman, la jeune Fondation engagea un partenariat avec plusieurs organismes sur le thème "Neuf expériences d'éducation européenne", elle collabora avec la Journée européenne des écoles et l'Association des universitaires d'Europe. Un jury remit des prix à des jeunes musiciens inconnus du public dont… Luciano Berio et Yannis Xenakis. Les fonds restaient insuffisants.

L'INSTALLATION A AMSTERDAM

Président de la Fondation à partir de 1956, le prince Bernhard des Pays-Bas annonça au Conseil des gouverneurs qu'un groupe d'industriels résidant en Hollande faisait l'offre d'une "somme importante pour décerner des prix à des personnalités culturelles et politiques dont l'œuvre a fait progresser l'idée européenne". La Fondation européenne de la culture rejoignit donc à Amsterdam celle du prince Bernhard, ainsi que la Fondation Erasmanium partageant avec la Fondation du prince Bernhard, un pourcentage sur les recettes de la Loterie néerlandaise et des pronostics de football.

Parallèlement à l'attribution de subventions, la Fondation européenne de la culture organisa de 1957 à 1970 une série de congrès relativement relayés par les médias et lui permettant de jouer un rôle de coordinateur entre les institutions culturelles de l'époque. Les thèmes de la jeunesse, de la formation et de l'éducation revenaient prioritairement lors des sept manifestations organisées.

En 1959, le Congrès de Vienne vit la création d'une "Table ronde des institutions culturelles européennes" qui réunit représentants du Conseil de l'Europe, des Communautés européennes, de la Journée européenne des écoles, de l'Association des Instituts d'études européennes, de l'Association européenne des enseignants, du Bureau européen de la jeunesse et de l'enfance, des Instituts d'études des relations internationales. Un accord en résulta avec le Conseil de l'Europe pour lancer en commun une collecte de fonds privés. Révisé cinq ans plus tard, l'accord en question laissait à la Fondation la totale responsabilité de cette recherche. Une coopération durable s'instaura pourtant entre les deux organismes. En 1960, la Fondation créa un Comité exécutif de dix membres chargé de prendre les décisions courantes.

UNE VOLONTÉ PROSPECTIVE (1968-1984)

Huit ans après son installation à Amsterdam, sous l'impulsion de son nouveau secrétaire général, George Sluizer, la Fondation ressentit le besoin de fonder son action sur une réflexion prospective. Domaine-clé choisi pour "Europe 2000" : la formation de l'homme européen. Fondé sur des études à dimension européenne, ce programme s'inspire nettement de la futurologie, en vogue durant ces années. Quatre thèmes prioritaires sont retenus : l'éducation au XXIe siècle, les sciences sociales et l'industrie (proposé par l'OECE, devenue l'OCDE), l'urbanisation, et le monde rural en l'an 2000 (initié par la FAO). Un cinquième projet, consacré à la sauvegarde de Venise, fut traité à part. Le montant global financier d'"Europe 2000" était de 4 millions de dollars américains pour un programme de cinq ans. Plusieurs fondations y participèrent dont la General Mediterranea (Madrid), Giovanni Agnelli (Turin) et Calouste-Gulbenkian (Lisbonne). Shell, Unilever, la société française de British

Petroleum, Imperial Chemical Industries, Mobil Oil notamment, étaient de la partie. Les Communautés européennes et le Conseil de l'Europe apportèrent une contribution. Les fonds privés dominaient massivement. Réunissant des personnalités de premier plan comme Peter Hall, Bertrand de Jouvenel, le professeur Jamme, Tom Burns, le plan "Europe 2000" suscita un vif écho à son lancement en 1968 ; en 1975, il donna lieu à plus de quarante publications dans neuf langues, dans un contexte de relative indifférence. Il reste que, selon l'expression d'Isabelle Davignon, une "petite Europe de la prospective" était née et qu'"Europe 2000" avait permis de monter un partenariat européen intellectuel et financier d'une envergure inconnue jusqu'alors. En 1973, le Belge Raymond Georis, directeur du projet Education dans le plan "Europe 2000", succède à George Sluizer, comme secrétaire général de la Fondation. Il le restera jusqu'en 1994.

Un réseau d'instituts

La Fondation a en partie relayé les conclusions d'"Europe 2000" en suscitant la création d'un réseau de centres et d'instituts de recherche appliquée, un peu partout en Europe occidentale. De 1975 à 1985, huit instituts voient ainsi le jour sur des thèmes novateurs pour l'époque : travail et société, éducation et technologies, environnement, coopération intercontinentale. Bénéficiant d'une autonomie de gestion, la plupart étaient en principe financés à 50 % par la Fondation, durant les trois ou quatre premières années de leur fonctionnement, sur la base d'un programme. Certains de ces organismes ont disparu, d'autres ont créé des bureaux dans plusieurs villes européennes. D'autres enfin ont déménagé. Il est intéressant de noter que le principe de financements croisés à l'origine des instituts a été utilisé pour faire vivre à terme de façon autonome des programmes conduits au sein de la Fondation, comme le projet intitulé “Pratiques parlementaires Est-Ouest”.

S’il est impossible de décrire par le menu les activités des différents centres et instituts, il paraît important de réserver une place particulière à deux d’entre eux, qui ont incontestablement incarné la capacité anticipatrice de la Fondation dans les domaines culturel et éducatif : l’Institut européen d’éducation devenu Institut européen d’éducation et de politique sociale et le Fonds européen de coopération.

Basé à l’université de Paris-Dauphine, le premier a effectué de nombreuses recherches sur la coopération universitaire européenne, les relations entre éducation et emploi, l’éducation à distance, la formation continue. Publiant *L’European Journal of Education*, cet organisme dirigé par Ladislas Cerych – auquel a succédé Jean-Pierre Vallade – a bénéficié de nombreux contrats avec la Commission des Communautés européennes, les ministères belge, britannique et néerlandais de l’Education, le CEDEFOP (Centre européen de formation professionnelle), ainsi que certaines fondations américaines. On peut sans exagérer affirmer que les futurs programmes éducatifs de l’Union européenne ont bénéficié, grâce à l’Institut, de sérieux acquis en termes de prospective et d’études comparatives.

Quant au Fonds européen de coopération, directement géré par la Fondation jusqu’en 1996, il a été créé dans la droite ligne des recommandations du rapport Tindemans. L’auteur dudit rapport en prit d’ailleurs la présidence en 1979. Qualifié en 1991 par Raymond Georis, d’“outil majeur de lancement de nouvelles activités”, le Fonds assure en 1988 le secrétariat d’HEURAS (Association européenne d’établissements d’enseignement supérieur), organise la gestion du premier programme TEMPUS destiné à l'Europe orientale et initie trois programmes consacrés à la coopération "Est-Ouest". Il lance également le premier groupe de réflexion européen, basé sur le modèle des *think-tanks* du Brookings Institute à Washington. Mais c'est essentiellement dans le domaine du mécénat européen que le Fonds impulse une dynamique originale.

Un rôle fédérateur pour les fondations européennes

Créé en 1989 par le Fonds, avec le concours de sept fondations européennes, le Centre européen des fondations (European Foundation Centre, EFC) devient une plate-forme de rencontres et de coopération, ouvert dès 1991 aux entreprises mécènes. Vienne est en 1991 le siège d'une importante conférence organisée par la Fondation et l'Institut des sciences de l'homme de Vienne, avec le soutien d'Ente Nazionale Idrocarburi (ENI). "L'avenir de la coopération culturelle entre les pays de l'Ouest, du Centre et de l'Est de l'Europe : le rôle des fondations", réunit plus de quatre-vingts participants de toute l'Europe au Collège d'Europe à Bruges. Le Centre européen des fondations regroupait en 2004 plus de deux cents membres actifs dans plus de vingt-cinq pays, dont le Japon et les Etats-Unis. EFC représente les fondations dans le dialogue avec le Conseil de l'Europe et l'Union européenne, agit comme un forum, voire de "catalyseur" de coopérations entre elles, grâce à des initiatives "à la carte". Sept groupes de travail ont ainsi été créés : de l'éducation aux "relations extérieures", on constate l'absence d'un groupe explicitement consacré aux activités artistiques.

Concernant les relations avec l'Union européenne, EFC a publié en 1995, conjointement avec le CEREC (Comité européen pour le rapprochement de l'économie et de la culture), un guide intitulé *Cultural Fundings in Europe*.

En 1996, l'AICE, Association for Innovative Cooperation in Europe, remplace le Fonds européen de coopération, sous la houlette de Raymond Georis, remplacé par Stefan Rüdiger à la direction de la Fondation. Outre cette dernière, on trouve, au sein de l'AICE, la Fondation Roi-Baudoin (Bruxelles), la Fondation Oriente (Lisbonne), la Fondation de France (Paris), le Riksbankens Jubileumsfond (Stockholm), la Fondation Robert-Bosch (Stuttgart), la Compagnia di San Paulo (Turin), la Fondation Charles-Stewart-Mott (Prague), Charities Aid Foundation (Londres) et la Fondation Stefan-Batory (Varsovie). En 1999, trois membres d'AICE, devenue NEF (Network of European Foundations) ont mis en place avec ERICarts un programme intitulé "Creative Europe". Quatre instituts européens de recherche ont réalisé ou fait réaliser dix études de cas, permettant de déterminer les actions et les modes de partenariat les mieux à même de développer un cadre approprié au "développement culturel durable", à la "coopération culturelle internationale" et au soutien des activités artistiques. Sans remettre en cause la qualité des études menées et de la publication finale du groupe de travail, force est de constater que la prudence prévaut en matière de coopération culturelle des fondations européennes qui, plus généralement et comme le reconnaissait volontiers Raymond Georis, peinent à "européaniser" leur action. Les avancées accomplies par ce groupe semblent toutefois prometteuses, même si l'on souhaiterait une "avant-garde" plus rapide dans ses décisions en faveur des acteurs de la coopération culturelle en Europe.

Il reste que, au-delà des coordinations développées dans le cadre de NEF, la Fondation européenne de la culture collabore avec de nombreuses fondations européennes.

DU PARTENARIAT A L'AFFIRMATION D'UN RÔLE SPÉCIFIQUE (1985-1992)

En 1985, lors de la réunion à Vienne du Conseil des gouverneurs et des responsables du réseau, la Fondation définit de nouvelles priorités pour cinq ans : médias, enseignement des langues, relations Est-Ouest. La Fondation se dit attentive au "caractère européen, contemporain et original" des projets présentés par au moins trois ressortissants de pays européens et couvrant un large prisme d'activités : "Le mot «culture» ne se limite pas au patrimoine artistique européen, mais s'étend aussi aux domaines de l'éducation, des affaires sociales et de l'environnement."

En 1991, sur un budget global de 2,2 millions d'écus, les sommes consacrées aux subventions représentent 1,2 million d'écus.

Dans un contexte européen actif sur la question des "industries de programmes", le Conseil des gouverneurs décide de constituer un groupe de prospective sur la télévision européenne, lequel rend ses conclusions à Munich le 14 juin 1988. Créé en 1987 dans le cadre d' "Amsterdam, ville européenne de la culture" et initiative conjointe de la Conférence permanente des pouvoirs locaux et régionaux du Conseil de l'Europe et du CIRCOM (Coopérative de recherche et d'action en matière de communication), le prix Europa distinguera chaque année le programme de télévision le plus représentatif de "la diversité et de l'unité de la culture européenne". Le prix Europa est désormais géré à Berlin par Sendes Freies Berlin. En 1997, il a été rapproché du prix Futura, son homologue pour les radios, et ses activités se sont ouvertes aux programmes multimédias.

Concernant l'enseignement des langues, dès 1982, l'Institut franco-allemand de Ludwisburg faisait fonctionner, avec le concours de la Fondation, un bureau d'information et de recherche sur les méthodes d'enseignement des langues étrangères en Europe. Un projet-pilote de trois ans sur les conditions d'un enseignement multilingue était lancé en 1987 avec la Fondation Robert-Bosch.

La priorité est-européenne

A partir de cette date, les relations avec l'Europe centrale et orientale représentent un vecteur privilégié et durable des activités de la Fondation.

A travers le travail de ses instituts et le soutien à des manifestations et congrès européens, la Fondation européenne de la culture a, dès les années 1980, œuvré au rapprochement des ressortissants des deux Europe. A partir de 1990, la Fondation se préoccupe d'ouvrir le prisme de ses échanges. Il s'agit pour elle de recenser les collaborations existantes dans les domaines de l'environnement, des médias, de l'enseignement, de la traduction, des arts – en particulier la musique – et de leur donner une impulsion nouvelle. Lorsque le dialogue Est-Ouest devient le concert des différentes Europe – occidentale, centrale, orientale… –, la Fondation cherche des points d'appui parmi ses partenaires et trouve des opérateurs particulièrement créatifs en Finlande – son comité national – et en RFA – l'Institut franco-allemand de Ludwisburg. Mais c'est au Royaume-Uni, à Oxford, que la première initiative d'envergure de la Fondation va s'implanter : East-West Europe Publishing Project. Il s'agit de traduire et de promouvoir des textes contemporains venus d'Europe centrale et orientale, afin de les porter à la connaissance des Européens de l'Ouest.

Les relations avec la Commission européenne

Elles correspondent à un volet non négligeable des activités de la Fondation en matière éducative, et ce de 1975 à 1994 inclus.

Outre le rôle de l'Institut européen d'éducation et de politique sociale de Paris déjà cité, à la demande de la Commission et avec le soutien de cette dernière, la Fondation européenne de la culture crée à Bruxelles, en 1980, l'unité Eurydice, réseau d'information sur l'éducation dans la Communauté européenne. Son rôle : fournir aux responsables européens et à toute personne intéressée les informations utiles sur les différents systèmes d'enseignement en Europe. L'unité a notamment préparé ou géré le suivi des différentes mesures proposées par les Conseils des ministres européens de l'Education. Dès 1981, la Commission confie à l'Office de coopération en éducation, soutenu par la Fondation, la gestion d'un "Programme commun d'études et de visites de courte durée", préfigurant la création en 1987 du programme Erasmus. La Fondation se voit confier la gestion de l'Office, devenu le Bureau Erasmus, et ce jusqu'en 1995. Quant au Fonds européen de coopération, il gère, pour le compte de la Commission, la première version du programme TEMPUS.

Ces activités ont fait l'objet de commentaires contradictoires. D'une part, elles confortaient officiellement les acquis de la Fondation en matière éducative européenne, d'autre part, elles soumettaient certains de ses agents à un mode de gestion nouveau, commandé par un calendrier extérieur. Certains ont enfin fait valoir que cette reconnaissance confinait à une "instrumentalisation", compte tenu des inégalités de moyens entre la Communauté européenne et l'organisme basé à Amsterdam. Une chose est certaine : ce mode de collaboration avec la Commission a marqué le point culminant des préoccupations de la Fondation à l'égard des activités éducatives, au sens académique du terme. A partir de 1992, celle-ci s'est orientée beaucoup plus résolument vers la coopération culturelle et artistique.

Les relations avec le Centre européen de la culture : une affaire de famille

Jusqu'à la mort de Denis de Rougemont en 1985, la Fondation entretenait avec le Centre des relations dépourvues de passion tout en soutenant le financement de projets émanant du Centre. Pourtant, dès 1975, la création par la Fondation de centres et instituts européens spécialisés signait l'autonomisation de cette dernière, tout en contribuant à la marginalisation du Centre, non associé à la constitution de ce réseau. En 1988, la stagnation des échanges entre les deux organismes était d'ailleurs jugée préoccupante par Jacques Freymond. Le compromis finalement imaginé pour "régler" les relations entre le Centre et la Fondation fut d'intégrer officiellement le Centre européen de la culture dans le réseau des centres et instituts de la Fondation. Ce qui, *de facto*, "retournait" le rapport historique entre les deux organismes et mettait fin à la notion de "relations particulières", aussi insatisfaisantes fussent-elles. A l'instar de ses homologues, le Centre devait désormais justifier du bien-fondé de ses activités pour prétendre à des subventions de la part de la Fondation. Avec la réorientation des activités de ce dernier fin 2001, une page de la coopération culturelle européenne s'est bel et bien tournée. La Fondation, quant à elle, avait déjà refermé l'album de famille, quelque dix ans auparavant.

L'ARTICULATION ENTRE PROGRAMMES ET SUBVENTIONS DEVIENT UN AXE MAJEUR (1992-2000)

En 1992, la Fondation décide de "resserrer le tir" sur trois priorités, éminemment géopolitiques : la coopération Est-Ouest, les programmes méditerranéens, "le pluralisme culturel : politiques et pratiques", avec la volonté de développer "des projets et des programmes spécifiques de la Fondation", selon l'expression de Raymond Georis dans l'avant-propos à son dernier rapport d'activités en tant que secrétaire général, avant que Stefan Rüdiger lui succède.

En termes de programmes, le Fonds pour le livre en Europe centrale et orientale (Central and East European Book Project, CEEBP), basé à Amsterdam, a succédé en 1995 au programme d'Oxford. Le CEEBP accorde des subsides aux traductions de livres, articles, revues en provenance d'Europe centrale et orientale, tout en soutenant le mouvement réciproque : des écrits de littérature et de sciences humaines ouest-européens sont traduits dans les langues est-européennes. Géré par une association autonome, il accorde des bourses aux éditeurs est-européens pour se faire connaître lors des grands rendez-vous éditoriaux. Créé en 1990 avec le soutien de fondations américaines et géré indépendamment de la Fondation depuis 1995, le Projet des pratiques parlementaires Est-Ouest (East/West Parliamentary Practise Project, EWPPP) consiste en une série d'ateliers pour parlementaires et fonctionnaires des Etats d'Europe centrale et orientale, de Russie et de la CEI. La Commission européenne (notamment *via* PHARE et TACIS), le ministère des Affaires étrangères néerlandais (*via* son programme MATRA) et la Fondation Mott se sont associés à ces opérations. L'EWPPP dispose d'un correspondant régional à Sofia.

Un fonds pour la mobilité Est-Ouest

Emblématique des nouvelles perspectives de la Fondation est, en 1994, la création du fonds APEX, devenu APEXChanges lequel, moyennant des sommes annuelles extrêmement modestes, a permis à plus de mille jeunes artistes et professionnels d'Europe centrale et orientale de participer à des réunions d'importance pour eux à l'Ouest de l'Europe, de se former et de monter des projets conjoints, y compris entre Européens de l'Est. Avec des procédures extrêmement souples et la capacité de verser les fonds à des individus, APEXChanges permet à la Fondation d'opérer une synthèse originale entre ses priorités et son attention grandissante aux artistes et aux professionnels de la culture. Entre 1994 et 2000, le montant total alloué à ce programme a bénéficié d'une contribution annuelle de la Fondation de plus de 20 000 écus, ce qui paraît peu comparé aux sommes attribuées au CEEBP (228 670 écus) et au EWPPP (228 670 écus), durant la même période.

A partir de 1997, la Fondation concentre ses priorités sur le Sud-Est de l'Europe. C'est ainsi qu'en 1999 est créé, auprès du CEEBP, In Transitum, fonds qui octroie des bourses de mobilité aux traducteurs d'une langue des Balkans vers l'autre.

La dimension méditerranéenne

La nécessité de contribuer à créer un cadre de coopération sociale, éducative et culturelle avec la rive sud de la Méditerranée avait été évoquée dès 1988, au sein des instances de la Fondation. Mais c'est en 1992, avant même le processus de Barcelone, que l'idée prend corps.

D'une part la Fondation a mis en place, elle-même, deux programmes : "Diagnoses", qui offre à des écrivains et intellectuels arabes une plate-forme publique de discussion avec leurs homologues européens concernant les évolutions culturelles et sociopolitiques en Afrique du Nord et au Moyen-Orient, et "Mémoires de la Méditerranée", qui assure, avec un collège d'éditeurs et de traducteurs, la publication simultanée dans plusieurs langues européennes de textes arabes contemporains. En outre, elle s'est associée à un certain nombre d'initiatives : Ecole des traducteurs de Tolède, "Librairies de la Méditerranée",

"Répertoire méditerranéen" mis en œuvre par la Fondation René-Seydoux, "Echanges euro-méditerranéens" (mis en place par le Conseil international pour les échanges éducatifs), "Ateliers culturels méditerranéens", organisés avec Transeuropéennes. Enfin, la Fondation a assuré, de 1992 à 1998, le secrétariat du Groupe de contact méditerranéen créé suite à la conférence de Barcelone de 1995 – réunion informelle d'organisations non gouvernementales impliquées dans des activités touchant à la Méditerranée mais qui a échoué à trouver sa fonction. En 1999, la Fondation européenne de la culture participe, avec la Fondation René-Seydoux, au lancement, par Informal European Theatre Meeting (IETM), du Fonds Roberto-Cimetta.

Enfin, très lié aux préoccupations de l'Est européen post-communiste, le "Pluralisme culturel" se décline sous forme de stages et de sessions de formation, notamment en collaboration avec l'université d'été d'Amsterdam. La Fondation s'associe également au programme de la Fondation Roi-Baudouin "Améliorer les relations ethniques en Europe centrale et orientale", qui touche aux aspects culturels. Elle participe enfin aux travaux du groupe du Conseil de l'Europe "Démocratie, droits de l'homme et minorités : dimension éducative et culturelle".

Dans le cadre de ces trois priorités – mais non exclusivement –, des subventions sont accordées à des projets. De 1986 à 1997, le montant annuel des subsides accordés est d'environ 1,5 million d'écus. En 1995, la Fondation enrichit le contenu de la troisième priorité rebaptisée "Pluralisme culturel et minorités" en mettant l'accent sur le rôle des cultures issues de l'immigration et sur l'éducation interculturelle. En cette même année, elle commande à Christel Hartmann-Fritsch *Art as a Catalyst*, soit le compte rendu d'expériences ayant toutes en commun l'implication d'artistes dans des démarches associant des communautés soumises à des conditions économiques, culturelles et sociales difficiles. Les conclusions de cette enquête conduiront à la mise en place d'un programme "Art for Social Change" ("La participation à travers les arts"), aujourd'hui inclus dans les priorités de la Fondation.

Mobilité des professionnels, soutien aux réseaux, évaluation

L'expérience d'APEXChanges et la collaboration avec les Fondations Soros et Pro Helvetia, ainsi qu'avec l'organisme autrichien KulturKontakt et d'autres organismes européens, conduit les responsables de la Fondation au cœur des problématiques intéressant les artistes et les professionnels ainsi que les réseaux culturels.

Le 23 novembre 1998, la Fondation décide de systématiser – pour deux ans – son aide au fonctionnement des réseaux culturels professionnels, particulièrement impliqués dans le domaine des arts "vivants". Cette décision se fonde sur deux principes : "la ferme conviction que les réseaux apportent une importante contribution à la coopération culturelle européenne" et la nécessité de répondre à quelques interrogations récentes de plusieurs réseaux quant à leur difficulté à obtenir un soutien institutionnel, que ce soit sur le plan national ou européen. La Fondation décide de consacrer en 1999 et 2000 une somme annuelle de 100 000 écus à cette mesure présentée comme un appui "structurel", pour aider ces organisations à construire une stratégie à moyen terme : recrutement de personnel pour de nouveaux projets, campagnes d'adhésion, utilisation des nouvelles technologies... L'aide de la Fondation n'étant pas renouvelable, certains jugent l'initiative trop ponctuelle. Sans doute aussi la Fondation compte-t-elle sur cette expérience pour relancer le débat européen quant au financement des réseaux, alors que le programme CULTURE 2000 se trouve encore en négociation. Il reste que la Fondation européenne a “touché juste” en mettant ainsi l’accent sur une carence dénoncée sans relâche par les milieux intéressés depuis les années 1980.

Durant cette période, la Fondation reste fidèle à ses intérêts antérieurs : journalistes, associations caritatives, instituts de recherche appliquée à divers domaines sont bel et bien représentés. Mais les acteurs culturels paneuropéens y sont particulièrement mis en valeur : Association européenne des pépinières pour jeunes artistes, Association des centres culturels de rencontre, Manifesta, FEAP/EFAH, Jeunesses musicales d’Europe, EUNetArt, Trans Europe Halles, ENCATC, Parlement international des écrivains, Interarts. Citons enfin “Petits, petits”, l’intéressant périple européen de petites formes théâtrales organisé par l’association L’Espace d’un instant avec ses partenaires des Balkans et du Caucase.

I PORTI DEL MEDITERRANEO

En 1996, l’ETI (Ente Teatrale Italiano, organisme italien de soutien à la diffusion théâtrale) propose I Porti del Mediterraneo, série d’ateliers pour des jeunes acteurs de onze pays méditerranéens, autour de la figure tragicomique de Giufà, connu sous divers noms dans l’espace populaire méditerranéen. Les jeunes étaient issus d’Albanie, d’Algérie, de Croatie, de France, de Grèce, d’Israël, d’Italie, du Maroc, de Palestine, du Portugal et d’Espagne. Aux ateliers de Marseille, Messine et Mestre, ont succédé une première dans le cadre du Festival d’automne et une tournée. Le metteur en scène Marco Baliani était assisté d’artistes français, algériens, grecs, italiens, égyptiens – acteurs, metteurs en scène et musiciens. La Fondation a cofinancé l’opération par une subvention de 11 000 écus.

Le 4 décembre 2000, la Fondation réunit une série d'organismes privés et publics impliqués dans la mobilité des artistes et professionnels européens, afin de se livrer à un premier état des lieux et à un ensemble de propositions. Au nombre des thèmes abordés, on note les aspects pratiques de l'aide à la mobilité (administration des demandes, traitement du problème des visas, gestion des aides), aussi bien que des réflexions d'ordre théorique : l'importance de la mobilité pour l'apprentissage et l'échange d'expériences, et tout particulièrement, pour la préparation des professionnels à l'Elargissement. En somme, la mobilité comme part intégrante de la formation personnelle et professionnelle.

En mars 2000, en collaboration avec l'association Ecumest, la Fondation européenne de la culture a donné le coup d'envoi à un programme intitulé "Policies for Culture", essentiellement destiné aux pays du Sud-Est européen. Selon Hanneloes Weeda, alors en charge du programme pour la FEC, il convient de conférer une nouvelle dynamique au développement des politiques culturelles, en provoquant un débat permanent entre responsables politiques et administratifs, professionnels de la culture, artistes et citoyens dans les pays concernés. "Policies for Culture" se décline donc en une série de rencontres spécialisées entre parlementaires, fonctionnaires, autorités locales et organismes professionnels, experts ouest et est-européens, représentants des médias. En Bulgarie et en Roumanie, les conclusions des ateliers conduisent à l'édition de deux rapports concernant le développement culturel local respectivement consacrés à Plovdiv et au Timis. Le propos est volontariste, il s'appuie sur la conviction qu'un transfert d'expériences orchestré dans de bonnes conditions (petits groupes, études de cas *in situ*), permet d'accélérer des processus qui, en Europe centrale et orientale, semblent souvent trop lents parce que, par le poids de l'histoire, ils ne s'insèrent pas dans des processus démocratiques consolidés. Une question demeure : le phénomène de "retournement" amorcé par les nouvelles politiques culturelles à l'Est peut-il s'inscrire dans les faits en un laps de temps aussi court, quelle que soit la qualité des propositions et des protagonistes ? Ne risque-t-on pas ici de "prendre la partie pour le tout" et de généraliser des conclusions à partir d'exemples remarquables mais isolés ?

Gottfried Wagner dirige la Fondation depuis 2002. En 2000, celle-ci a redéfini ses priorités autour de trois axes : le dialogue interculturel, la participation à travers les arts, le renforcement du secteur culturel. Bourses de mobilité pour des individus, subventions à des projets conjoints, évaluation et communication des activités font partie de la panoplie de ses interventions à ce titre. Le programme Kultura Nova permet d'accompagner au long cours le développement d'organismes culturels indépendants en Europe orientale. Désormais soucieuse de contribuer à la formulation d'une véritable politique culturelle européenne, la Fondation s'attache également à repérer les besoins et les priorités de la nouvelle Union européenne.

La Fondation inaugure un nouveau cycle dans lequel ses responsables la définissent eux-mêmes comme un "groupe de réflexion" permanent et un défenseur engagé de l'importance de la culture dans le processus d'intégration européenne. Parallèlement, elle revendique une fonction d'anticipation dans le tissage ou le renouvellement des liens entre l'Union européenne à vingt-cinq et les "nouveaux voisins" de cette Union, selon l'expression de la Commission elle-même. Constatant qu'au "rideau de fer" risque de se substituer un "rideau de velours", facteur de nouvelles exclusions, la Fondation conforte son attachement de presque vingt ans à une Europe culturelle transcendant les barrières de l'Union. En même temps, son plaidoyer pour la culture s'est considérablement resserré depuis les années d'origine. S'il inclut encore l'éducation, il s'attache à prendre la mesure du chantier en cours, tant en ce qui concerne les politiques que les pratiques culturelles et artistiques. Elle a ainsi exercé une contribution active auprès de la Convention sur l'avenir de l'Europe, réuni des professionnels et des universitaires européens aguerris dans un "groupe de réflexion", et contribué à la formulation de nouvelles hypothèses pour le futur programme CULTURE 2007. Dans cette perspective, elle s'est rapprochée de la Commission européenne, et en particulier de sa Direction générale Education et Culture. En 2003, elle a lancé "Enlargment of Minds", ligne d'action conçue comme un fil rouge pour l'ensemble de ses activités. Depuis 2002, la Fondation a fait rebondir la balle lancée par le député européen Giorgio Ruffolo dans son rapport consacré en 2001 à la coopération culturelle européenne, avec l'idée d'un Observatoire de la coopération culturelle européenne. Le LAB, Laboratoire européen de la coopération culturelle, s'est donné pour objectifs de confronter les expériences, réunir les informations, stimuler les coopérations entre professionnels et décideurs, générer de "nouveaux savoirs" dans une perspective européenne. Lancé en 2004 pour une phase-pilote de quatre ans, le LAB bénéficie notamment de l'appui de financeurs publics – ministères néerlandais, norvégien et polonais de la Culture – et privés – Compagnia di San Paulo (Italie), Migros (Suisse), Fondation Robert-Bosch (RFA) et Fondation Riksbankens Jubileumsfond (Suède).

"ENLARGMENT OF MINDS"

"Enlargment of Minds" ("La dimension culturelle de l'Elargissement"), ce sont d'abord trois séminaires respectivement organisés à Amsterdam (juin 2003), Cracovie (octobre 2003) et Tolède (novembre 2003). Le premier portait sur la perception que l'Europe du Sud-Est (Slovénie incluse) manifestait sur les autres et sur elle-même à un an du premier Elargissement. Une série de monographies consacrées aux pays en question a été réalisée par les experts, ainsi qu'une enquête sur les initiatives et préoccupations des artistes et professionnels du Sud-Est européen. La réunion d'Amsterdam a aussi donné lieu au lancement d'un "Forum pour l'Europe du Sud-Est". A Cracovie, en collaboration avec la Villa Decius, il s'agissait d'analyser la possibilité d'une coopération artistique, culturelle et intellectuelle durable entre les nouveaux Etats membres et les pays voisins à l'Est – Russie, Belarus, Moldova, Ukraine en particulier. Enfin, en coopération avec l'Ecole des traducteurs, Tolède était le théâtre d'une discussion sur l'impact culturel pour la Méditerranée du nouveau contexte européen. Il y était aussi question d'outils, de dispositifs propres à renforcer la coopération artistique et culturelle de part et d'autre des "deux rives". Au nombre des recommandations issues de ces conférences, citons l'intégration – partielle ou totale – de ces pays dans les programmes communautaires, la suppression des obstacles bureaucratiques à l'obtention de visas, l'accompagnement logistique et financier des organisations culturelles indépendantes, une coopération accrue des journalistes culturels et des médias des pays concernés.

Mais "Enlargment of Minds", c'est aussi, à travers "STEP beyond" (littéralement "Un pas plus loin"), le soutien à des artistes et opérateurs culturels, journalistes et traducteurs issus de ou séjournant dans onze pays “au-delà de l’Elargissement” pour des recherches, mises en réseau, et ce au stade initial d’initiatives conjointes. Pays concernés : Albanie, Belarus, Bosnie-Herzégovine, Bulgarie, Croatie, Macédoine, Moldova, Roumanie, Russie, Serbie et Montenegro/Kosovo, Ukraine. Un programme doté de 75 000 euros par an. Enfin, la Fondation s’attache au rôle des médias pour stimuler les débats – trop peu nombreux à son sens – sur la culture et l’éducation en Europe. Dans cette perspective, elle a créé le New European Deal à l’attention des quotidiens européens.

FONDATION OU ORGANISATION NON GOUVERNEMENTALE ?

Se présentant comme une organisation non gouvernementale, la Fondation entend sans doute insister à la fois sur la modestie de ses moyens financiers et sur la souplesse et la réactivité de ses actions. Il est vrai que la constante capacité d’adaptation de cet organisme, sans pour autant renoncer à ses valeurs essentielles, force le respect. Mue dès le départ par un souci prospectif, la Fondation a su rester en prise avec les évolutions du monde culturel européen. Rompue dès sa jeunesse à toutes les formes de partenariat, elle a su agir en bonne complémentarité avec les institutions européennes. Si, comme le Conseil de l’Europe, elle s’est montrée perméable aux évolutions culturelles, elle a opté pour un mélange original de réflexion et d’action. Ayant contribué à la création d’un certain nombre de pôles importants pour la coopération européenne – y compris au-delà des strictes frontières de l’éducation et de la culture –, elle a utilisé cet acquis pour revenir à la source de ses missions : accompagner le travail des professionnels à la fois par des aides financières concrètes et par l’accès à des analyses et des confrontations utiles. Il nous semble en effet que, dans la limite de ses moyens, elle a accompli un double rôle de soutien et de carrefour de connaissances et de savoir-faire, en particulier depuis les années 1990. Enfin rendons hommage à la clairvoyance de la Fondation dans ses relations avec le milieu journalistique. Elle fait partie des rares organismes à reconnaître l'utilité d'un journalisme culturel et de revues indépendantes, capables de synthétiser les nombreuses informations susceptibles d'alimenter la réflexion et la pratique de la coopération culturelle européenne et de contribuer à un dialogue vivant sur ces questions, comme en témoigne son soutien continu à *Transeuropéennes* (Paris) à *Culture Europe International* (Paris/Saint-Denis) à *Ablak* (Amsterdam) et au site Book and Communication House (Tirana), pour ne citer que quelques exemples. Remercions-la aussi d'avoir constamment encouragé la libre rencontre entre praticiens de la culture et universitaires, contribuant à ce va-et-vient entre la théorie et la pratique, sans lequel aucune recherche contemporaine ne peut se développer. Un reproche toutefois, dans ce concert de louanges : bilingue à sa naissance, trilingue dans sa jeunesse (français-anglais-néerlandais), la Fondation tend à devenir majoritairement anglophone dans ses relations européennes, même si son équipe est plurilingue. Sans méconnaître la difficulté du multilinguisme, la promotion continue de celui-ci permettrait à la Fondation de pratiquer la diversité qu'elle prône excellemment dans ses programmes.

Dans le devenir encore incertain de cette Europe culturelle, la Fondation trouvera sans doute de nouveaux rôles à sa mesure. L'avenir dira quelle place la Fondation prendra au sein des espaces de coopération culturelle. Mais il nous semble essentiel que la Fondation ait les moyens de continuer à jouer son rôle d'expérimentateur. La souplesse et l'efficacité de certains des programmes qu'elle a mis en place avec – répétons-le – des moyens limités devrait inspirer beaucoup plus qu'aujourd'hui administrations et collectivités territoriales désireuses de contribuer à la mobilité européenne des jeunes et des professionnels de l'éducation et de la culture. La Fondation peut tisser avec des institutions européennes, mais aussi nationales et régionales, des partenariats afin de "profiler" à leur intention des futurs programmes ou dispositifs. Un rôle de "tête chercheuse" en somme. Il y faut du courage, de l'humilité, de l'expérience, le sens des relations et une bonne connaissance du terrain. Et de tout cela, la Fondation européenne ne manque certes pas. Conjointement avec le FEAP/EFAH (Forum européen pour les arts et le patrimoine), la Fondation a lancé en 2004 une campagne pour multiplier par dix les fonds alloués à la culture dans l'Union européenne : 70 centimes d'euro par an par habitant au lieu des 7 centimes actuellement dépensés. La campagne des "70 cents" a déjà recueilli plus de sept cents signatures.

III

POLITIQUES CULTURELLES NATIONALES ET INTÉGRATION EUROPÉENNE

En 1980, une plaisanterie britannique faisait du poste de responsable du bureau des Arts et des Bibliothèques (Office of Arts and Libraries), ancêtre de l'actuel ministère anglais de la Culture, une sorte de retraite anticipée... Depuis les années 1960, on a ainsi vu la fonction de ministre de la Culture osciller entre un rôle symbolique et une mission diplomatique à usage interne, destinée à s'attirer les bonnes grâces de professionnels souvent critiques à l'égard des systèmes politiques en place. Les mutations opérées dans les relations culturelles internationales et les pressions économiques à l'œuvre depuis deux décennies ont conduit les titulaires du portefeuille "culture" des pays d'Europe occidentale à devenir des ambassadeurs de l'excellence nationale ainsi que des arbitres précautionneux dans l'affrontement d'intérêts corporatistes divergents. Dans cette perspective, la coexistence/coopération engagée sous les auspices de la construction européenne depuis les années 1980 tend à concurrencer les relations diplomatiques culturelles traditionnelles, fussent-elles multilatérales dans le cadre du Conseil de l'Europe (François Roche, 1998). C'est donc un panorama versatile et contradictoire qui émerge des évolutions des politiques culturelles nationales en Europe de l'Ouest, durant les cinquante dernières années.

Quels que soient l'ampleur des moyens et le type d'organisation adoptée, beaucoup de gouvernements d'Europe occidentale affichent, à partir des années 1960, des ambitions comparables dont les séquences se repèrent chronologiquement : démocratisation culturelle puis démocratie culturelle (1950-1980), appui à la professionnalisation du secteur et prise en compte de l'environnement économique et industriel de la culture (1980-1990), généralisation de l'attention au secteur privé et débat sur le renouvellement des politiques culturelles dans un contexte de globalisation économique et de développement des technologies de l'information et de la communication, attention contradictoire aux processus interculturels (1990-2000). Dans l'ensemble des pays ouest-européens, quoique à des degrés divers, la culture – sa partie la plus consacrée – est perçue comme objet de politique publique. En outre dans un éventail ouvert à une gamme de disciplines de plus en plus nombreuses, le métier de ministre de la Culture devient multiforme. Forcément schématique, cette présentation ignore les contradictions et les décalages à l'œuvre d'un pays à l'autre. Elle a seulement pour objectif de suggérer que, au-delà de différences politico-administratives maintes fois soulignées, certains objectifs communs ont été liés à l'évolution même du champ culturel et de son rôle économique et social. Bien entendu, les "retrouvailles" avec l'Est de l'Europe ont pesé d'un poids significatif dans la nouvelle donne continentale à partir des années 1990. Pourtant, comme nous le verrons, elles ont moins d'influence directe sur les stratégies culturelles publiques nationales que sur les flux et les nouvelles orientations des milieux artistiques et des organisations non gouvernementales.

LES POLITIQUES CULTURELLES DE 1970 A 1984 : DES DISPOSITIFS DIVERGENTS ET DES PRIORITÉS DIVERSES

Deux principes s'imposent dès lors que l'on traite de politique culturelle. D'une part, les dispositifs mis en place résultent grandement de l'organisation politico-administrative en vigueur dans les Etats concernés, d'autre part, la perception même du rôle de la culture dans les sociétés européennes varie d'un pays à l'autre. Si l'on met à part le statut historique de la culture en France relevant d'une "fusion" entre Etat/nation et culture (Jean-Michel Djian, 1996), l'on trouve en Europe toutes les nuances de la palette, sachant que la taille des pays constitue aussi un critère déterminant.

Jusqu'en 1992, l'administration culturelle du Royaume-Uni s'appuyait principalement sur l'existence du Arts Council (Conseil des arts) créé en 1946, dont la marge de manoeuvre vis-à-vis du gouvernement et des députés était grande, avec des objectifs assignés de façon très lâche, et une indépendance proclamée, doublée d'une complicité affinitaire avec les cercles de la culture dominante et les équipes politiques au pouvoir (Stephan Collini, 1992). Pour le reste, les Britanniques ne manquaient pas de rappeler que les arts relevant d'une affaire privée, les principales institutions culturelles du pays – BBC, National Trust, etc. – étaient nées d'initiatives purement privées, relayées ensuite par la signature d'une Charte royale. Ils soulignaient aussi le rôle éminent joué en matière artistique et culturelle, par le bénévolat associatif *(charities)*, les fondations *(trusts)* ou le partenariat des entreprises.

La continuité du discours officiel durant cette période ne doit pas faire oublier qu'en 1964, la travailliste Jennie Lee, devenue secrétaire d'Etat aux arts, avait publié un

Livre blanc sur la politique culturelle, triplé en neuf ans le budget du Conseil des arts et présidé à la refonte de sa charte (Graham Devlin et Sue Hoyle, 2001). Malgré cet épisode, l'exception britannique jouait un rôle symbolique dans la vision des différences radicales entre les approches nationales européennes.

Quoique la plus spectaculaire, cette différence était loin d'être unique. Tout débat sur une politique publique de la culture renvoyait immanquablement à des expériences difficiles : si le Front populaire a préfiguré en France une administration *ad hoc* et si les Pays-Bas ont connu dès 1918 un ministère de l'Education, des Arts et de la Science, c'est le gouvernement de Mussolini qui a institué le premier ministère de la Culture, le ministère de la Culture populaire (Minculpop). De même, la période nazie en Allemagne a connu en Goebbels un ministre de l'Instruction publique et de la Propagande. Enfin les comités d'Etat pour la culture, nés dans le monde soviétique et en Europe centrale et orientale, témoignaient d'une instrumentalisation à des fins de contrôle. "L'expression politique culturelle (…) a encore – du moins pour des oreilles anglaises – des connotations désagréables qui font penser à des noms tels que (…) Jdanov ou même Goebbels (…), écrivait en 1987 Stephen Menuell. Elle rappelle à la mémoire des régimes sous lesquels les modes de vie de certains groupes éthniques ou socioéconomiques étaient approuvés et d'autres non, ou sous lesquels certaines formes d'art se voyaient officiellement reconnues et d'autres supprimées." En outre, les traditions polycentriques de certains pays – Allemagne, Italie, pour ne citer que ces exemples – s'accommodaient mal d'une formule centralisée.

Entre 1950 et 1980, des administrations spécialisées voient le jour. La diversité de leur dénomination illustre les disparités : arts ou culture, biens culturels, tourisme et spectacles ou bien-être, santé et affaires culturelles, sciences et culture, religion et culture sans oublier le sport ni le couple éducation/culture, les responsabilités administratives varient dans leur forme et dans leur philosophie. Tantôt les appellations sous-entendent le primat exclusif donné à une stratégie artistique ou patrimoniale, tantôt le vocable de culture souligne l'attention à une forme de démocratisation culturelle, liée aux traditions d'éducation populaire comme en France ou aux fondements de la social-démocratie comme en Suède. Par ailleurs, la répartition des responsabilités varie : les Etats nordiques, les Pays-Bas, le Royaume-Uni et l'Irlande confèrent à leur administration culturelle un rôle d'orientation générale, le gros des décisions en matière de subventions et de gestion revenant à des conseils spécialisés dans lesquels siègent des professionnels et des artistes. En Italie, l'éclatement des compétences culturelles entre deux ministères et la présidence du Conseil démontre la prudence de l'Etat. En outre, plusieurs pays s'engagent dans une décentralisation culturelle dès les années 1970 : la Norvège en 1967, l'Irlande en 1973, la Suède en 1974, pour ne citer que ces exemples. Enfin, dans la plupart des Etats concernés, le ministère des Affaires étrangères gère les affaires culturelles extérieures ; l'enseignement artistique est du ressort de l'Education, le statut des artistes dépendant des administrations du Travail et des Affaires sociales.

NAISSANCE PROGRESSIVE DES ADMINISTRATIONS *AD HOC* (1950-1993)

L'Italie se dote de deux ministères : en 1950, un ministère du Tourisme et des Spectacles puis en 1975, un ministère des Biens culturels et de l'Environnement ; le Danemark crée un ministère de la Culture en 1961, la Finlande et la Suède mettent en place des ministères de l'Education et de la Culture, respectivement en 1967 et 1974. Le Luxembourg organise le sien en 1971. Aux Pays-Bas, le ministère du Bien-Etre, de la Santé et des Affaires culturelles succède en 1982 à un ministère de l'Education, des Arts et de la Science (créé dès 1918), puis de la Culture, des Loisirs et du Travail social. La Grèce crée, sous la dictature des Colonels, un ministère de la Culture et des Sciences en 1971. L'Espagne crée un nouveau ministère de la Culture en 1977, le Portugal instaure en 1977 un secrétariat d'Etat à la Culture, sous la houlette de la présidence de la République puis du ministère de l'Education. L'Autriche se dote dans les années 1960 d'un grand ministère de l'Education, des Sciences et des Arts qu'elle scindera ultérieurement en deux administrations. Enfin le Royaume-Uni et l'Irlande s'en remettent essentiellement à un Conseil des arts, respectivement jusqu'en 1992 et 1993. Mais ils ont auparavant mis en place un bureau des Arts et des Bibliothèques pour le Royaume-Uni, et un secrétariat d'Etat pour les Arts et la Culture en 1982, pour l'Irlande. En Europe du Nord et aux Pays-Bas, une pléiade de comités et conseils spécialisés gère la politique culturelle et conseille le gouvernement.

Deux pays remettent l'essentiel des attributions culturelles aux Etats fédérés ou aux communautés : l'Allemagne confère dès 1949 une compétence exclusive en matière culturelle à ses Etats fédérés, les Länder, certains ministères fédéraux disposant de compétences en matière de commerce extérieur des biens culturels et de statut des artistes. Après avoir disposé d'un ministère fédéral de l'Education en charge des Affaires culturelles, la Belgique reconnaît en 1970 l'autonomie culturelle de ses deux principales communautés, puis crée en 1983 une communauté germanophone. L'Autriche reconnaît un pouvoir plus limité aux Länder.

En Europe occidentale, dans les années 1980, les différences administratives peuvent se résumer à trois principaux systèmes : centralisme et/ou décentralisation, administration directe ou "à distance", fédéralisme. On compte alors au nombre des Etats centralisés, avec un ministère de la Culture prédominant, la France, la Grèce, le Portugal et le Luxembourg. Les administrations nationales passent des accords plus ou moins étendus avec les collectivités territoriales, en acceptant une dose inégale de décentralisation, voire d'autonomie : Espagne, Italie, Suède, Pays-Bas. La délégation de l'exécution des tâches à des organismes indépendants du ministère, le fameux principe "d'administration à distance" *(arm's lenght)* est diversement représenté par la Suède, les Pays-Bas, le Royaume-Uni, l'Irlande, le Danemark et la Finlande. Enfin la fédéralisation ou "communautarisation" des compétences culturelles – et souvent éducatives – génère l'existence d'exécutifs liés aux territoires fédérés : RFA, Autriche, Belgique. Bien entendu, aucun de ces modèles n'existe à l'état pur, ni selon les mêmes principes : le *"arm's lenght"* britannique s'est longtemps distingué de l'administration à distance nordique, laquelle l'encadrait dans des contrats très précis, contrairement à ce qui se passait au Royaume-Uni. Quant à la France, dès la fin des années 1970, elle a combiné déconcentration et signature d'accords avec les collectivités locales. Enfin, si l'Italie a mis trente ans, selon Carla Bodo, à faire entrer dans les faits les principes de la décentralisation de 1947, elle a reconnu, dès l'après-guerre, un "statut spécial" – y compris linguistique – à un certain nombre de régions. Quoi qu'il en soit, Antonio Ca'Zorzi peut conclure dans son rapport remis à la Commission des Communautés européennes en 1987, que la plus grande disparité règne en Europe, du point de vue des politiques culturelles, en termes d'approches et de moyens. Ainsi la Suède s'efforce de développer une approche égalitaire dans laquelle les associations jouent un rôle majeur. Aux Pays-Bas, ce sont les associations mais aussi les fondations et les entreprises privées qui sont invitées à participer à la vie artistique et culturelle, sans que pour autant l'Etat renonce à son rôle d'orientation. Quant à l'Italie, elle expérimente de longue date le mécénat des entreprises, sans que pour autant les apports de ce secteur soient coordonnés avec l'administration centrale.

En termes de priorités, on constate aussi des nuances durant ces années : à l'échelle des Etats membres en 1981, ainsi que de l'Espagne et du Portugal, le patrimoine culturel absorbe plus du quart des dépenses culturelles des politiques publiques. Le livre et la lecture bénéficient d'efforts relativement importants de la part des Pays-Bas, du Danemark, du Royaume-Uni, de l'Allemagne et de la France. Le soutien aux bibliothèques publiques constitue également un trait du Nord de l'Europe et de l'Allemagne. Au-delà, les priorités disciplinaires divergent : le théâtre représente une part importante du budget en Allemagne, au Danemark et en France. Quant aux Pays-Bas, leurs investissements en matière d'arts plastiques les placent alors au premier rang européen.

Le primat donné au patrimoine comme fondement de l'identité nationale – et dont l'Etat constituerait le garant – est évident dans de nombreux pays. C'est le cas de l'Italie, comme le note Mario d'Angelo en 1997 : "La politique culturelle de la période 1945-1955 était fondée sur un objectif majeur : le patrimoine, que ce soit le bâti, les beaux-arts ou le spectacle. Il fallait avant tout restaurer, protéger, conserver et transmettre la tradition." L'Autriche elle-même illustre cette tendance dans ses politiques culturelles, malgré des tentatives pour valoriser le rôle social et contemporain de la culture : le ministère fédéral de l'Education et des Arts de ce pays édicte en 1975 un catalogue de propositions, démontrant le souci d'un aménagement culturel du territoire et d'une médiation appropriée entre éducation et art. La Grèce retrouve une politique culturelle démocratique avec Melina Mercouri, sous le signe du patrimoine. C'est l'un des fondements – quoique non exclusif – de la France d'après-guerre. Au Royaume-Uni, le malthusianisme financier de l'Etat le conduit à privilégier, *via* le Conseil des arts, une politique du patrimoine dans le domaine des arts vivants – opéra, orchestres de chambre, théâtres de répertoire, etc., tout au moins jusqu'en 1967. Un deuxième principe fondateur est parfaitement illustré par le modèle sociodémocrate tel qu'il se développe en Suède en 1974 : accès de tous à la culture et ouverture progressive à des formes d'art contemporaines, en particulier le spectacle vivant, encouragement aux associations de spectateurs ou de lecteurs, la culture étant ici considérée comme un droit dont tout citoyen peut se prévaloir. L'Autriche joue un rôle pionnier dans l'application de ces principes avec la création, en 1989, du Service culturel autrichien, ÖKS (Österreichische Kultur Service), organisme autonome spécialisé dans la médiation entre milieux artistiques, partenaires privés et enseignants. L'Allemagne illustre aussi cet attendu, avec une politique de démocratisation culturelle menée à l'échelle des Länder et des villes, quoique de façon inégale. En Suède comme en Allemagne, le théâtre de répertoire constitue l'un des fondements de la conscience nationale. A leur sortie de dictatures qui avaient muselé ou laissé en jachère les expressions artistiques, l'Espagne et le Portugal se rallient au principe de démocratisation culturelle, sans toutefois bénéficier des forces vives capables de la relayer dans la société civile, à la notable exception de régions comme la Catalogne ou le Pays basque. Ainsi, le principe même de démocratisation culturelle – non autoritaire dans son idéal – reste lié à l'exercice du pouvoir central au Portugal, alors que grâce à son volontarisme décentralisateur, le gouvernement espagnol contribue à fabriquer des sphères autonomes de démocratisation dans les régions. Le troisième principe est celui essentiellement illustré par la Belgique et les Pays-Bas : le champ d'expression de la culture contemporaine ne coïncide pas – ou plus – avec les limites assignées à l'Etat. Il convient donc d'encourager toutes les expressions artistiques, de quelque origine qu'elles soient, à condition qu'elles enrichissent l'espace public national. Ce principe est très bien illustré par les Pays-Bas, traditionnellement ouverts au pluralisme et aux activités culturelles internationales. Le cas de la Belgique est plus ambigu : si le pluralisme semble prévaloir dans la phase où les communautés autonomes cherchent à s'affranchir de l'Etat fédéral, l'on assiste depuis les années 1990 à une relative "renationalisation" au profit de chaque communauté. Il reste que, comme les Pays-Bas, la Belgique est une terre ouverte à de multiples influences. Terre plurilingue, le Luxembourg revendique également cette mosaïque d'expressions. Enfin la Suède développe une politique multiculturelle dont les difficultés tout comme les avancées sont source d'enseignement.

Outre une attention partagée au patrimoine, beaucoup de pays européens mettent en place des dispositifs publics de soutien au cinéma. Certes la cuisante expérience nazie empêche durablement toute reconstruction de la puissance cinématographique allemande de l'entre-deux-guerres tout en permettant aux majors américaines d'éliminer un dangereux concurrent en Europe. Mais l'on constate beaucoup d'initiatives, également inspirées et rendues urgentes par la suprématie américaine en la matière. Si la tutelle du cinéma ne relève pas systématiquement des ministères de la Culture et reprend les formes "d'administration à distance" déjà observées, il n'en reste pas moins que, durant ces années, les pays européens se montrent sensibles à l'intérêt de promouvoir leur cinéma national ou leur industrie cinématographique puis audiovisuelle. La défense de l'expression nationale d'un art de divertissement majeur se double du désir de compétitivité économique.

SYSTÈMES NATIONAUX DE SOUTIEN AU CINÉMA (1950-2000)

Si un système dual de soutien au cinéma "public" et au cinéma commercial existe en Italie depuis l'entre-deux-guerres, c'est en 1950 que le Royaume-Uni instaure le "Eavy Levy", redistribution aux producteurs et distributeurs d'une taxe prélevée sur le prix des places de cinéma. Légalisée en 1957, cette disposition sera annulée en 1985. De même, sont créés le Centre national du cinéma français en 1946, l'Office du film norvégien en 1948, le Fonds de production pour les films néerlandais en 1956, l'Institut suédois du film en 1963, la Fondation danoise du film en 1965. La première loi sur le cinéma, réglementant l'octroi des aides fédérales, date en Suisse de 1962 et en RFA de 1967. Le

Centre du cinéma grec est fondé en 1970, la Finlande se dote d'une fondation *ad hoc* la même année et le premier Institut portugais du cinéma est créé en 1971. Ainsi, dès la fin des années 1960, beaucoup de pays européens se dotent d'institutions ou de dispositifs publics en faveur du cinéma, qui perdureront sous une forme ou sous une autre, à la notable exception du Royaume-Uni. La deuxième vague viendra dans les années 1980, avec une prise en compte du cinéma mais aussi de l'audiovisuel, et la refonte de certains organismes existants : création de l'Institut espagnol du cinéma et des arts audiovisuels (ICAA) en 1977, Fonds du film islandais en 1979, Irish Film Board en 1980, Fonds du film autrichien en 1981, Centre national de l'audiovisuel luxembourgeois en 1989, Institut portugais de l'art cinématographique et audiovisuel (IPACA) en 1994. En 2000, la politique anglaise évolue et le gouvernement crée un Film Council (Conseil du film), chargé de soutenir la production et la distribution cinématographiques nationales.

Dans les années 1960, l'insistance mise sur la démocratisation entend concilier soutien aux arts labellisés comme participant de la "haute culture" et accès du plus grand nombre. Cette politique est souvent perçue comme un système de contrôle au sens où Michel Foucault l'entend. On neutraliserait ainsi l'effervescence artistique en s'efforçant "d'intégrer" au système ses représentants les plus en vue. Certains Etats membres se livrent à des appréciations chiffrées de l'assistance au spectacle, de la visite des musées, de la lecture. Support de la légitimation des politiques publiques, ces estimations laissent dans l'ombre toute une partie de l'activité culturelle et artistique. Surtout elles ne rendent pas compte des paramètres sous-jacents qui caractérisent la relation aux œuvres. La démocratie culturelle surgit alors comme contestation de la démocratisation culturelle, mais également porteuse de considérations qui supposent résolu le problème. La démocratie culturelle britannique s'efforce de réconcilier les deux acceptions du mot culture – artistique et anthropologique – en postulant que les individus ou les communautés pouvaient prendre leur vie en main grâce à la culture (Ursula Owen, 1998). En bref, là où la démocratisation culturelle peine à articuler politique artistique et culturelle, la démocratie culturelle émergente, d'abord soucieuse de favoriser l'accès de diverses minorités à l'espace public, aboutit, malgré elle, à fabriquer des contre-pouvoirs et des "niches identitaires alternatives", dès lors exploitables ou récupérables par des idéologies très diverses (Michel Maffesoli, 2000). Pourtant le terme et la pratique sont repris dans une perspective intégratrice en Allemagne, en Autriche, en France ou en Italie – souvent à l'échelon local pour ne citer que ces quelques exemples. Ce nouveau principe donne lieu à des initiatives intéressantes, dans le domaine de la reconnaissance des langues régionales ou minoritaires comme en Finlande, Italie, Suède, Autriche, Belgique, Italie et Espagne.

Toujours est-il que la question se pose lorsque, en 1984, la Commission organise la première réunion officielle des "ministres en charge des Affaires culturelles" : qui mettre autour de la table ? Le Portugal et l'Espagne étant invités en tant qu'observateurs, il est tout de même possible d'aligner cinq ministres et trois secrétaires d'Etat en charge de la culture pour douze pays représentés. Mais comment traiter le cas de l'Allemagne, celui de l'Italie, du Royaume-Uni ou de la Belgique ? Avant d'en arriver là, il a fallu vaincre – incomplètement comme on le verra plus loin – les objections de la RFA, compte tenu de la souveraineté attribuée aux Länder par la Loi fondamentale, tout comme les réticences constitutionnelles danoises.

A partir de 1975, un phénomène contradictoire s'accentue : d'une part les Etats membres trouvent des solutions comparables (sinon identiques) aux problèmes posés, d'autre part, de plus en plus souvent réunis avec des objectifs précis à l'échelle de l'Union, ils insistent sur leurs irréductibles différences et sur leur méfiance à l'égard des initiatives communautaires en matière culturelle. Autrement dit, l'Europe culturelle devient une scène sur laquelle chaque ministre ou représentant vient signifier un désir de dialogue, assorti d'une profession de foi de souveraineté nationale.

UN ÉPISODE RÉVÉLATEUR

Un épisode illustre assez bien les hésitations des Etats membres quant à la bonne "façon de marcher" en matière de coopération culturelle, celui du projet de fondation culturelle européenne intergouvernementale.

En 1977, à l'heure où, sous l'impulsion du Parlement européen et avec l'accord des Etats membres, la Communauté lançait son "Plan d'action dans le secteur culturel", un projet de fondation culturelle européenne intergouvernementale surgit. Ce projet a été abandonné en 1988. Mais les tribulations de onze ans qui marquent sa carrière avortée apportent un éclairage intéressant sur les contradictions à l'œuvre. La création de la fondation était proposée en 1975 dans le rapport de Léo Tindemans sur l'Union européenne, au chapitre relatif à "L'Europe des citoyens". Avec un statut indépendant des institutions communautaires, la fondation aurait joué un rôle additionnel, afin que l'intégration devienne "l'affaire de tous". Ses compétences se seraient appliquées à "tout ce qui peut accentuer la dimension humaine de la construction européenne qui repose sur la coopération entre Etats membres de la Communauté, nos peuples et nos citoyens". Le 17 novembre 1977, la Commission transmet au Conseil un rapport sur la création de cet organisme. Le Danemark, la France et le Royaume-Uni refusant toute compétence à la Commission en la matière et s'opposant même à sa participation dans le processus de création, le texte de base de la fondation ne pouvait donc s'appuyer sur un règlement communautaire. C'est par la voie d'une convention internationale signée à Bruxelles le 29 mars 1982 que la fondation est portée sur les fonts baptismaux, à l'initiative du gouvernement français. Beaucoup d'arguments s'opposent d'emblée à la maturation du projet : manque de clarté dans la définition des activités, financements prévus insuffisants, éventuel double emploi avec la Fondation européenne de la culture du point de vue néerlandais, siège parisien, etc. Pourtant en 1985, le gouvernement danois demande la ratification unanime de la fondation, suggérant que celle-ci constituerait un cadre approprié pour échapper au carcan communautaire. Après d'interminables pourparlers, malgré la signature du gouvernement des Pays-Bas, le Sénat néerlandais refuse en 1988 de ratifier l'accord. Quant au Parlement européen, souhaitant que le futur organisme s'inscrive dans le cadre communautaire, il constate avec dépit qu'il n'en est rien et que la fondation est née "indépendamment du Parlement, par des accords entre Etats, sans que l'on ait prévu le rôle, la part du Parlement ni dans la phase de constitution, ni dans celle de direction et de gestion, ni même aucun pouvoir de contrôle de sa part".

A partir de 1984, année de "relance" européenne, les Européens prennent acte du risque de marginalisation qui guette l'Europe en matière de cinéma et d'audiovisuel et de recherche-développement, tout comme de la nécessité de rendre l'Europe lisible par ses "citoyens". La culture est convoquée dans une double approche dont la Communauté européenne a le secret : humaniste et économique. Les Etats membres font alors preuve d'un relatif volontarisme, stimulé par la Déclaration solennelle adoptée au sommet de Stuttgart en 1983 par les chefs d'Etat et de gouvernement des Douze. Ceux-ci s'engagent à promouvoir une coopération plus étroite en matière culturelle pour affirmer la conscience d'un héritage commun en tant qu'élément de l'identité européenne. Mais les "industries de programme" s'imposent parallèlement comme un domaine de coopération urgent. Après la réunion de Luxembourg, le 22 juin 1984, l'heure est venue des résolutions qui vont se succéder à un rythme quasiment effréné entre 1984 et 1989. Ne comportant pas de caractère contraignant, celles-ci correspondent assez bien au niveau d'engagement que beaucoup d'Etats souhaitent prendre : affirmer des objectifs communs tout en conservant, au niveau national, le choix et les moyens de s'y inscrire. Sans revenir sur chacune d'entre elles, on en citera quelques-unes parce qu'elles semblent caractéristiques des préoccupations de cette période : résolution sur la prise en compte des "travailleurs culturels" par le Fonds social européen (1984), texte relatif à la promotion de la traduction d'œuvres importantes de la culture européenne (1987), résolution concernant les "futures actions prioritaires en matière culturelle" (1988). Arrêtons-nous sur cette dernière car elle caractérise les premiers pas des Etats en matière communautaire, tout en révélant la distance qui sépare les priorités affichées des avancées réelles. Les objectifs annoncés sont au nombre de quatre : promotion du secteur européen de l'audiovisuel ; secteur du livre ; formation dans le domaine culturel : mécénat des entreprises. Seul le premier sera rempli à la hauteur – relative – des attentes, avec la création de MEDIA. On ne peut en dire autant au sujet du livre qui bénéficiera du plus chétif programme communautaire de subventions, Ariane, en 1997, soit neuf ans après ladite résolution et alors même que le texte insiste pour "que le projet pilote (…) soit lancé aussitôt que possible". En matière de formation professionnelle, la résolution met en avant les métiers de l'image et du son et ceux de "l'art et de la restauration pour la conservation du patrimoine culturel", lesquels feront l'objet des aides de Raphaël. Enfin le mécénat des entreprises a donné lieu à la création du CEREC (Comité européen pour le rapprochement de l'économie et de la culture), qui connaîtra dans l'orbite communautaire un démarrage foudroyant au début des années 1990, sous l'égide de l'association britannique concernée, avant de devenir un réseau essentiellement animé par des agences nationales – Art & Business (Royaume-Uni), l'ADMICAL (France) puis Promethea (Communauté française de Belgique). "La conjonction de la récession, du cynisme, de la compétition entre les nouveaux secteurs et de la perte de foi dans les solutions paneuropéennes semble avoir réduit le mécénat culturel transfrontalier à une peau de chagrin. Le Marché unique n'a pas conduit à une croissance du mécénat transnational", écrivait en 1996 Andrew Mc Ilroy, alors secrétaire général du CEREC. Quoi qu'il en soit, ces rapprochements initiaux conduiront à l'adoption d'un petit nombre de directives et de programmes dans le domaine culturel.

UNE INITIATIVE INTERGOUVERNEMENTALE INTÉRESSANTE
Dans cet ensemble, les Villes européennes de la culture méritent une mention spéciale. Nées des suites de la réunion de Luxembourg en 1985, elles ont fait l'objet d'une initiative intergouvernementale jusqu'en 2000, avec un financement symbolique de la Commission. Or ce programme, lancé par Melina Mercouri en 1985, dans un scepticisme général, a prouvé son intérêt pour les métropoles régionales qui ont su utiliser ce levier de rayonnement et de notoriété. Ainsi, il est intéressant de constater que la Ville européenne de la culture qui a longtemps fait référence, Glasgow 1990, a fait preuve d'un dynamisme inversement proportionnel à l'implication de l'Etat membre concerné, le Royaume-Uni. Autre piquant constat : les Etats ont – tout au moins durant les premières années – joué souvent la carte des capitales, avec des résultats très inégaux. En même temps, la symbolique des Villes européennes de la culture a rencontré les préoccupations "post-industrielles" de beaucoup. Il conviendrait enfin de citer les autres mesures "symboliques" issues de Luxembourg, comme les Années européennes de la musique (1985), du cinéma et de l'audiovisuel (1988) ou encore des langues (2001). Cet exemple tend à souligner le fait que, au-delà de dossiers jugés centraux et épineux comme l'audiovisuel, les Etats membres sont restés des protagonistes ambigus de la coopération culturelle communautaire.

Trente-cinq ans après la signature du traité de Rome, l'insertion de l'article "Culture" dans le traité de Maastricht confirme ce bref tour d'horizon. Pour la première fois dans le traité CE, apparaît en 1992 ce court article dont chaque phrase a été pesée soigneusement. Les Etats membres y revendiquent une place de choix et laissent à la Communauté, devenue Union européenne, un rôle de contributeur timide, strictement encadré par le principe de subsidiarité. Le verrou du vote à l'unanimité achève de convaincre les plus réfractaires.

INFLUENCES RÉCIPROQUES ET IDENTITÉ DE SITUATION

Malgré toutes ces réticences, les représentants des Etats ont entretenu des relations régulières au sein du conseil Culture, comme du conseil Audiovisuel refondus en un conseil unique. Cette situation nouvelle a provoqué des rapprochements inédits. Ainsi les Etats membres envoient des représentants dans les comités de gestion, chargés de suivre les programmes communautaires. Ils proposent à la Commission les membres des jurys indépendants qui évaluent les candidatures, discutent avec les représentants de celle-ci du choix final des projets proposés. Ils se trouvent donc de fait engagés dans une coopération multilatérale. Ces représentants ont appris à se connaître, et l'apport mutuel d'informations et d'expériences n'est nié par aucun d'entre eux. Il n'est donc pas abusif de postuler que leur longue fréquentation les a conduits à s'influencer réciproquement et à opérer des transferts de connaissances d'un pays à l'autre. Une autre raison, plus impérieuse, pousse tous les protagonistes à reformuler leur politique culturelle dans une direction comparable, le nouveau statut social et économique de la culture, sur fond de globalisation économique.

LA CULTURE, PROMESSES ET PÉRILS

Une étude de la Commission européenne intitulée *Culture, Industries culturelles et Emploi* chiffre en 1995 à 2,5 millions – 3 millions si l'on inclut les métiers d'art – le nombre d'emplois culturels existant dans les quinze pays de l'Union. Entre les années 1980 et 1990, la croissance de l'emploi culturel a été plus forte que dans les autres secteurs. Une seconde enquête menée d'après les données d'Eurostat conclut à 2,5 % du total, en 2002, le pourcentage d'emplois culturels en Europe, avec une présence de diplômés avoisinant les 40 %, contre 24 % pour les autres professions. Certes, à l'exception des métiers du patrimoine, la plupart des emplois créés sont précaires, dans un environnement de plus en plus concurrentiel. Mais il n'en faut pas plus pour dépouiller partiellement la culture de son rôle "spirituel" et la regarder d'un œil neuf. Cette nouvelle donne, ajoutée au fait que l'on assiste, à partir de la fin des années 1980, à la crise de l'Etat providence, conduit les différents Etats membres à trouver des solutions nouvelles en faisant de la fonction même de ministre de la Culture, non plus un emploi subalterne ou hautement symbolique, mais une figure de gestionnaire-arbitre entre les différentes composantes de la vie artistique et culturelle, face aux opportunités et aux pressions nouvelles. Ainsi l'Union européenne se couvre de ministres qui vont apprendre les uns des autres.

MINISTRE DE LA CULTURE, UN MÉTIER UTILE

De 1959 à 1985, la fonction reste diversement valorisée, selon les pays. Au Royaume-Uni et en Irlande, les titulaires des fonctions culturelles administratives cultivent une modestie de bon aloi. Pour d'autres raisons, les ministres nordiques et néerlandais se vivent comme des fonctionnaires au service d'une mission collective qui les dépasse. C'est plutôt en Europe du Sud – France incluse – que la fonction revêt une aura particulière, à la notable exception de l'Italie. André Malraux en France, puis Melina Mercouri en Grèce et Jorge Semprun en Espagne. Leur arrivée coïncide avec la nécessité de donner un signal fort de "récupération" nationale, après des années sombres : l'Occupation en France, la dictature en Grèce et en Espagne. Ils rehaussent leur fonction autant qu'ils l'occupent. Sans doute sont-ils aussi choisis comme des figures internationales de premier plan. Melina Mercouri rêve d'une Grèce européenne comme Jorge Semprun s'efforce de faire dialoguer l'Espagne avec le reste du continent… Leur action est-elle à la mesure de leur image ? Peut-elle l'être ? Comme dans le cas d'André Malraux, Jorge Semprun subit des critiques tout au long de son investiture et dès son arrivée, notamment sous la plume de journalistes espagnols : "Inexplicable est la perduration de l'organigramme gouvernemental du portefeuille, échu en partage à Jorge Semprun, cette vieillerie du ministère de la Culture. Parce que les ministères des Affaires culturelles ne sont explicables que dans deux sortes de pays ; les sous-développés, où seul l'Etat a les moyens de subvenir aux besoins culturels, et les dictatures – qu'elles soient de droite ou de gauche – où le pouvoir, par crainte de la subversion idéologique, contrôle et surveille la culture, la rendant officielle pour mieux l'asservir" (Jorge Semprun, 1993).

Entre 1980 et 1990, l'importance prise par les médias et les industries culturelles ainsi que la compétition internationale qui les affecte, le développement foudroyant des activités culturelles dans un contexte de concurrence accru, conduisent les ministres ou les responsables culturels à devenir les arbitres de revendications professionnelles divergentes et à inventer de nouvelles formes de soutien indirect, en vue de garantir la compétitivité des activités culturelles nationales sur les marchés mondiaux. Les expressions culturelles collectives aux frontières de l'associatif et du professionnel "s'effacent" pour nourrir l'idée d'un professionnalisme individuel. Les intermédiaires se multiplient et se spécialisent. Toute une génération de nouveaux gestionnaires se développe. Parallèlement, les pressions et promesses du marché font éclater les frontières entre "haute culture" et "culture populaire", créant un nouvel avatar de la démocratie culturelle. La figure de Jack Lang se situe à la charnière entre deux figures du ministre de la Culture : l'ancienne, dans la lignée d'un Malraux, où le rayonnement personnel d'un ministre confère à sa fonction une visibilité nationale et internationale ; la nouvelle, dans laquelle le titulaire de la culture conjugue son expérience artistique avec ses compétences de professeur de droit pour réaliser une œuvre en accord avec les nouvelles nécessités du marché. Alors qu'il obtient le doublement du budget du ministère de la Culture, Jack Lang "liquide" symboliquement l'éducation populaire et les activités associatives, pour concentrer ses efforts sur les artistes "professionnels" et sur les technologies de l'information et de la communication. La Fête de la musique représente d'ailleurs un intéressant symbole de cette période. Assimilée à un rituel païen, la culture fait converger aspirations médiatiques et expression des talents. Par son charisme et sa connaissance des dossiers, Jack Lang agace ou séduit. La bruyante conversion de la France à la modernité culturelle inspire à long terme Britanniques, Italiens, Espagnols et Allemands. Lui-même s'est inspiré de pratiques d'autres pays comme pour le prix unique du livre.

MODIFICATION DES ORGANIGRAMMES SUR FOND DE STAGNATION BUDGÉTAIRE (1992-2004)

Les années 1990 sont placées sous le signe de nombreuses réformes et mutations dans les administrations culturelles européennes. Quatre facteurs se conjuguent au même moment : la stagnation de la plupart des budgets publics consacrés à la culture, l'apparition de figures ministérielles dans des pays où cette tradition n'existait pas, le développement d'une globalisation économique qui prétend à terme se débarrasser des protectionnismes de tout poil, à commencer par les subventions publiques à la culture, les mutations sociopolitiques en Europe centrale et orientale dont l'Allemagne devient le laboratoire. La plupart des ministres investis de leurs nouvelles fonctions se réfèrent à la nécessité d'une coopération européenne accrue, tout en faisant de la culture nationale un enjeu renouvelé. Walter Veltroni, ministre des Biens culturels et porte-parole de la présidence en Italie – de 1996 à 1998 –, met en avant le rôle du ministère dans la consolidation d'une identité nationale. De même en RFA, la réunification suscite une volonté d'arbitrage fédéral, malgré les résistances des Länder. L'art et la culture ne sont-ils pas "le fondement même d'une base de la continuité de l'unité de la nation", selon les termes de l'article 35 du traité de réunification ?

Les ministres du Patrimoine national (1992) puis de la Culture, des Médias et des Sports (1997) prennent leurs fonctions dans un Royaume-Uni, réduit aux seules dimensions de l'Angleterre. Enfin, suite à la publication en 1987 d'un Livre blanc intitulé *Acces and Opportunity, A White Paper on Cultural Policy*, et sans doute aussi inspirée par l'exemple britannique, l'Irlande se dote en 1993 d'un ministère des Arts, de la Culture et des Régions de langue gaélique. A sa tête en 1997, Sile de Valera, petite-fille de Eamon de Valera, président d'Irlande de 1959 à 1973, laquelle engage une politique volontariste. D'autres font officiellement référence aux nécessités européennes. Ainsi les ministres des Pays-Bas et d'Autriche prennent la tête d'un secrétariat d'Etat réformé dans l'optique d'une meilleure communication européenne. En même temps, la nécessité de trouver des moyens complémentaires en associant le privé naît dans l'esprit de plusieurs ministres – Angleterre, Italie, Espagne, Portugal. Si les accents socialistes ou sociodémocrates sonnent différemment de ceux des conservateurs, il reste que l'une des fonctions des nouveaux titulaires est de gérer la fin de l'Etat providence, tout en arbitrant au mieux les demandes formulées par les différents milieux professionnels. Un article d'*El Pais* commente en 1996 la stagnation voire la régression des budgets publics en faveur de la culture, à la notable exception de l'Italie, soit une augmentation de 9,67 % sous la houlette de Walter Veltroni. Les auteurs du rapport *International Data on Public Spending on the Arts* confirment en 1998 ces tendances générales, en isolant deux situations particulières : celle de l'unification allemande qui a conduit l'Etat fédéral à augmenter ses dépenses en faveur des nouveaux Länder, ainsi que l'augmentation substantielle survenue en Irlande, mais "à partir d'un niveau très bas".

LA CONTRAINTE DU COURT TERME

En 1998, l'Union européenne compte quinze ministres de la Culture et deux secrétaires d'Etat dont dix hommes et sept femmes. Leur marge de manœuvre s'avère souvent limitée à long terme. Le cas de Manuel Maria Carrilho est intéressant à cet égard. Professeur de philosophie, intellectuel respecté en Europe, Manuel Maria Carrilho se trouve en 1995 confronté à une situation portugaise dans laquelle toutes les urgences se présentent en même temps : protéger et valoriser le patrimoine, soutenir les arts vivants, aider au développement des industries culturelles indépendantes, équiper le pays en salles de spectacle et d'exposition et en bibliothèques, former des professionnels, favoriser le développement des publics. Il use de tous les leviers dont il dispose : création d'organismes spécialisés – en reprenant de façon atténuée le principe de l'administration à distance –, accords avec les municipalités pour un aménagement culturel du territoire, création d'une ligne de soutien aux projets culturels avec une partie des fonds structurels dont bénéficie le Portugal … Présent sur tous les fronts, le ministre obtient également la nomination de Porto "Ville européenne de la culture" en 2001. C'est pourtant au moment où ce travail doit s'inscrire dans la durée qu'il démissionne. Manuel Maria Carrilho a quitté brusquement le ministère de la Culture en juillet 2000, après une série de turbulences – dont des menaces de coupes sombres dans le budget de son ministère. L'arrivée du nouveau gouvernement portugais signifie un gel des subventions budgétaires, une remise en cause de l'architecture édifiée par Carrilho, avec la fusion d'un certain nombre d'organismes, des menaces de privatisation de la deuxième chaîne de télévision portugaise, bref une situation de régression dans laquelle le titulaire de la culture gère la pénurie beaucoup plus qu'il ne propose une vision à long terme. En effet, à l'exception notable de la Suède, du Royaume-Uni et du Luxembourg, les nouveaux ministres disposent d'un laps de temps de plus en plus réduit pour mettre en œuvre leurs priorités.

Entre 1996 et 1998, le journaliste et passionné de cinéma Walter Veltroni avait réussi à rendre la politique culturelle nationale italienne "populaire", comme en témoignent les nombreux articles de presse alors consacrés à celui que certains journalistes nommaient non sans ironie le *"Ministrone"*. Son arrivée est saluée par les milieux du théâtre, de la danse et du cinéma qui entrevoient une lueur d'espoir après des années de frustrations. Il réforme les musées, en ouvre de nouveaux, tente de dynamiser son propre ministère, passe des accords avec le secteur privé pour la protection des monuments, reprend le dispositif britannique de la loterie au profit du patrimoine, relance le cinéma d'auteur, signe des accords avec les villes… et obtient la création d'un ministère unique de la Culture qui regroupe "biens et activités culturels", pour la première fois en Italie depuis l'après-guerre. Il n'a pas le temps de s'y installer puisque la coalition gouvernementale démissionne. Giovanna Melandri lui succède et tente de poursuivre son œuvre, jusqu'au moment où le gouvernement change de couleur. Quant aux initiatives du ministre autrichien de la Culture Peter Wittman, elles resteront sans lendemain. En 1997, le nouveau secrétaire d'Etat pour les Arts, l'Europe et le Sport avait lancé une consultation qui aboutit en 1999 à la rédaction d'un Livre blanc sur la réforme de la politique culturelle. Reconnaissant la pression exercée par les médias et les changements considérables qu'a connus l'environnement culturel depuis les années 1970, le rapport proposait une conception ambitieuse de la politique culturelle. Certains auteurs ont souligné l'atmosphère de Kulturkampf prévalant en 2000, tout de suite après l'arrivée de la coalition de droite et d'extrême-droite en Autriche.

ANGLETERRE : "INDUSTRIES CRÉATIVES" ET ÉLARGISSEMENT DES PUBLICS

Avec retard mais détermination, les Britanniques prennent à partir de 1992 de nouvelles orientations en matière culturelle. La création du ministère du Patrimoine par un gouvernement conservateur, l'instauration de la Loterie nationale, puis la mise en place d'un ministère de la Culture, des Médias et du Sport sous le gouvernement de Tony Blair concourent à dessiner une image plus volontariste en matière d'intervention publique. Parallèlement, la "dévolution" de compétences à l'Irlande du Nord, à l'Ecosse et au Pays de Galles conduit à l'autonomie culturelle de ces régions, désormais dotées de leurs propres administrations. Nommé en 1997, le ministre anglais de la Culture, Chris Smith, fait preuve, des années durant, d'une ténacité sans faille pour défendre la cause de la culture. Il augmente progressivement le budget du ministère, contribue à la mise en place d'une Task Force pour les industries "créatives" en 1997. Tout d'abord réservé aux investissements, l'argent de la loterie est, sur son instigation, dirigé vers l'aide aux projets puis à l'action artistique des communautés. Il crée "Arts for Everyone" (A4E), premier programme d'action artistique où pratiques amateurs et formation sont pris en compte. Il "sauve" le théâtre régional en obtenant une dotation exceptionnelle du Conseil des arts, il met en place un plan de soutien aux orchestres anglais classiques. En se fondant sur les exemples européens, il inspire la création d'un nouveau Conseil du film... En contrepartie, il affirme quelques exigences : prise en compte interministérielle de la culture, participation de tous, et en particulier des enfants et des jeunes aux activités artistiques et culturelles. Enfin les *quangos (quasi-autonomous non governmental organizations)*, titulaires des compétences d'exécution dans tous les domaines culturels, se trouvent sommés de réviser leur fonctionnement. Un organisme de contrôle au nom révélateur est créé : "Quality, Efficiency and Standard Teams". Chris Smith a été remplacé par Tessa Jowell.

Comme nous l'avons indiqué, l'Allemagne constitue un laboratoire inédit pour la formulation de nouvelles politiques publiques. Le devoir de solidarité se double d'une nécessité de transformation des structures est-allemandes. En même temps, la crise des structures culturelles de l'Est révèle celle de l'Ouest, comme des observateurs l'ont noté à propos de la particularité allemande du Theaterensemble. La réunification du pays provoque toute une série d'initiatives locales et régionales mais, très vite, il apparaît qu'un budget exceptionnel de transition est nécessaire au bénéfice des nouveaux Länder. Neuf ans pourtant se passent avant l'accession au portefeuille de secrétaire d'Etat à la Culture, au sein du ministère de l'Intérieur, de Michael Naumann, éditeur de son état, à la tête de la section K – Culture et Médias, alors forte de cent cinquante personnes. Relayés par certains médias, les Länder s'empressent de souligner – à usage interne et externe – que ce ministre, sous la houlette directe du Chancelier, doit également rendre des comptes à plusieurs ministères fédéraux ainsi bien sûr qu'à la Conférence permanente des Länder pour l'éducation et la culture. Présenté comme un diplomate culturel, il est censé représenter l'Allemagne auprès de l'Union européenne, tout en respectant les prérogatives des Länder. Sans avoir les coudées franches, Michael Naumann met pourtant sur les rails des projets qui seront repris par son successeur, Julian Nida-Rümelin : maintien voire renforcement du prix unique du livre, élaboration de nouvelles lois en faveur des fondations, nouvelles dispositions pour le droit d'auteur et les médias, développement du cinéma allemand, programme de soutien aux infrastructures des nouveaux Länder allemands. C'est avec le cinéma que le ministre s'aventure au-delà de ses prérogatives habituelles. En effet la loi fédérale dispose que les Länder exercent des prérogatives en la matière, à travers divers fonds de soutien. Mais Naumann s'appuie sur un argument de poids : la place économique du cinéma allemand dans le monde et sa capacité d'exportation, aspects sur lesquels la Fédération est en droit d'intervenir. C'est donc au nom d'arguments économiques que le ministre augmente les subsides du cinéma d'art et d'essai, tout comme il conclut des accords de coproduction avec l'Espagne et l'Italie, avant d'accompagner la création d'une Académie franco-allemande du cinéma. Le 1er janvier 2001, Michael Naumann rejoint la rédaction de *Die Zeit*. Son successeur, le professeur de philosophie Julian Nida-Rümelin, a fait ses preuves à Munich, comme responsable de la Culture. Tout en poursuivant l'œuvre de son prédécesseur, il repousse encore les limites de ses prérogatives. Il poursuit la réforme du système fédéral de soutien au cinéma, tout en faisant explicitement référence à l'expérience française ; il s'intéresse à l'exportation des musiques actuelles, revoit le statut social des artistes et supprime l'augmentation d'imposition à l'égard des artistes étrangers opérant en Allemagne, pour donner l'image d'un pays "ouvert au monde". C'est finalement sur le terrain des relations culturelles extérieures et de la création contemporaine qu'il dame le pion aux Länder et provoque un débat fourni dans la presse allemande. En 2001, il propose en effet la création d'une Fondation fédérale culturelle avec l'objectif de promouvoir "une identité nationale fondée sur la culture, associant une vision ouverte sur le monde et la compréhension de l'art et la culture". Rappelant que les relations culturelles internationales sont du ressort de la Fédération, le ministre insiste également sur la nécessité d'offrir des opportunités de diffusion aux artistes et créateurs contemporains allemands, selon lui insuffisantes. Son initiative inquiète deux types d'interlocuteurs : d'une part l'Institut Goethe/Internaciones qui voit d'un œil méfiant la montée en puissance d'une fondation habilitée à traiter directement des échanges culturels internationaux, d'autre part un certain nombre de Länder auxquels, de surcroît, le ministre propose de fondre "leur" fondation – créée pour protéger les biens culturels allemands en acquérant des œuvres d'art – avec la nouvelle venue. Comme dans le cas des dispositifs d'aide au cinéma, la proposition du ministre incrimine "en creux" le manque d'audace des Länder en matière de création contemporaine. La plupart s'insurgent et, finalement, la Fondation fédérale de la culture (Kulturstiftung des Bundes) est créée indépendamment de celle des Länder, à Halle (Land de Saxe-Anhalt). Parmi ses nombreuses initiatives, signalons son soutien au fonctionnement international de la Fondation/galerie varsovienne d'art contemporain Foksal, sans exigence explicite sur la présence d'artistes allemands dans la programmation de cet organisme. "Les responsables de la Fondation sont intelligents, commente en 2003 Joanna Mytkowska, l'une des responsables de la galerie. Ils ont compris l'intérêt d'avoir des voisins prospères." Au terme de son mandat en 2002, Julian Nida-Rümelin émet un point de vue en forme de bilan : l'entité de deux cents personnes qu'il a dirigée au sein de la Chancellerie à Berlin lui semble tout à fait suffisante pour impulser les réformes nécessaires. Compte tenu de la richesse du paysage institutionnel allemand, Julian Nida-Rümelin juge inutile la création d'un ministère à part entière.

ESPAGNE : DES ANNÉES MOUVEMENTÉES

En Espagne, après treize ans de priorité nationale pour la culture qui ont eu pour effet de structurer la vie artistique du territoire tout en ouvrant largement la voie aux autonomies régionales, l'arrivée du Parti populaire en 1995 signe le renoncement à une politique d'envergure. Après le dispendieux "désordre" socialiste, le gouvernement souhaite "moins d'Etat" et une politique culturelle centrée sur la protection légale des biens culturels et l'élargissement des publics. Moyennant quoi, le ministère de la Culture est de nouveau rattaché à celui de l'Education nationale, ce qui permet d'afficher des intentions éducatives tout en réduisant les budgets. Le retour du PSOE au pouvoir en 2004 inaugure une nouvelle ère. La nouvelle ministre Carmen Calvo incarne les "promesses" de son parti pour la culture : augmentation de la dotation financière, création d'un ministère de la Culture et de la Communication, création d'un Conseil d'Etat pour les arts, en coordination avec les régions autonomes et amélioration de la loi sur le mécénat culturel, l'une des initiatives du ministère précédent.

TACTIQUES ITALIENNES : DÉSTABILISATION ET PRIVATISATION

En Italie, l'arrivée au pouvoir de Silvio Berlusconi génère une stratégie culturelle ambiguë, répondant aux attentes des différents courants d'opinion et partis politiques engagés dans sa coalition. Deux personnages assument pendant quelque temps un numéro de duettistes, alternant provocation et affabilité. Pour la provocation, Vittorio Sgarbi, secrétaire d'Etat en charge des Arts et du Patrimoine : destitution sans préavis de responsables (comme à la Biennale de Venise), restructuration à la hussarde d'un certain nombre de musées dont les Offices, voici quelques-uns des "hauts faits" de M. Sgarbi, jusqu'à ce qu'il soit contraint de quitter la scène le 20 juillet 2002, non sans avoir eu le loisir de distiller moult calomnies. "Il veut toujours dire ce qu'il pense, alors que moi, je mets de côté mes préférences personnelles. (...) Je n'oublie pas que je suis au service de 55 millions d'Italiens", déclare patelin, au sujet de Sgarbi, le ministre des Biens et des Activités culturels, Giuliano Urbani. Voici pour la face rassurante de la médaille. Urbani renchérit en insistant sur la nécessité de mieux valoriser le patrimoine et de rattraper le niveau d'investissement des autres Etats européens en la matière. Mais ses solutions ne manquent pas de semer la perplexité. Il souscrit en effet à l'adoption en juin 2002, de la loi "antidéficit" concoctée par son collègue des Finances. Celle-ci prévoit la création de deux sociétés, l'une habilitée à vendre certains biens culturels appartenant à l'Etat, l'autre permettant de faciliter l'apport de capitaux privés dans le financement des œuvres publiques. Certes, Walter Veltroni lui-même avait mis en place un système de sociétés par actions pour le patrimoine et impulsé la campagne "d'adoption" d'un monument par une entreprise ou une collectivité. Pourtant l'idée même de "vendre" une partie des biens culturels italiens ressort d'un changement de vocabulaire qui n'est pas innocent. Sur l'insistance des milieux culturels, une liste de ces biens "à vendre" a été publiée. De même au théâtre ou au cinéma, l'attention se porte sur les grosses productions rentables. Ainsi la direction de l'ETI (Ente Teatrale Italiano), chargé de l'aide à la diffusion des spectacles, est confiée à un important directeur de théâtre privé. Marketing et divertissement deviennent les paradigmes les plus saillants d'une politique culturelle par ailleurs essentiellement opportuniste. Cette dérive apparaît comme la conclusion (provisoire) d'une "résistible" odyssée qui a mis sous le contrôle de Silvio Berlusconi trois canaux hertziens de télévision, ainsi qu'une bonne partie de l'édition et de la presse-magazine de la péninsule.

Ainsi la bagarre pour l'augmentation des budgets culturels nationaux devient, dans les années 1990, une lutte pour leur maintien, face à des opinions peu informées de la réalité du travail artistique. En outre, la formidable technicisation du débat éloigne de quelques principes sur lesquels opinions et courants politiques sont loin de s'accorder. Mais il y a sans doute plus grave : les politiques culturelles nationales se sont construites dans le temps, avec la possibilité, jusque dans les années 1990, de mettre en perspective les différentes priorités et mutations, voire de les anticiper. Ce qui se passe depuis une dizaine d'années laisse le sentiment que, malgré des initiatives intéressantes, les administrations culturelles sont condamnées à répondre aux événements de façon strictement défensive. "Bien que les politiques culturelles tentent de s'adapter aux nouvelles circonstances, les mesures récemment prises semblent trop fragmentaires. (...) Le système des politiques culturelles est devenu instable", commentent les auteurs de *Creative Europe* en 2002. Si le portefeuille de ministre a gagné une place dans les arènes nationales, cet avènement signifie-t-il pour autant que les grandes questions de la vie culturelle soient plus présentes dans le quotidien ? Rien n'est moins sûr. On a pu le constater lors des élections qui, à partir de 2000, ont lieu en Autriche, au Danemark, aux Pays-Bas et en Italie. Auprès d'une partie de l'opinion, il a été relativement facile à certains responsables de partis xénophobes de "retourner comme un gant" les présupposés d'une politique culturelle démocratique pour montrer que les appareils d'Etat imposaient une dictature culturelle (Autriche), que les artistes devaient être libérés de cet autoritarisme et que c'était aux citoyens de décider de ce qui leur convenait en matière artistique et culturelle (Pays-Bas). Ce revirement s'est conjugué avec le poids de la culture de divertissement pour proposer de réserver les financements publics aux seuls représentants du patrimoine national – musées, théâtre de répertoire, écrivains consacrés, ensembles folkloriques –, en prétendant abandonner aux lois du marché la plupart des activités contemporaines. Une autre stratégie développée au Danemark et en Autriche a consisté à déstabiliser les responsables culturels en supprimant les échelons intermédiaires les plus proches de la société civile. Au Danemark, par exemple, l'autorité et les moyens des conseils spécialisés ont été sapés, le ministre de la Culture récupérant la plupart de leurs attributions. En Carinthie, Jörg Haider a paralysé les activités culturelles du Land, au prétexte de "mettre de l'ordre". Ainsi des pans entiers des sociétés européennes ont renoué avec une conception étriquée de la culture : populaire-nationale et "de bon goût". Cet appauvrissement permet de refermer l'imaginaire national sur une vision passéiste et figée, un "Disneyland sociologique", selon l'expression de Dragan Klaic en 2002. Mais il se fonde aussi sur une démagogie anti-artistique. On retrouve ici tous les poncifs éculés de l'artiste comme parasite, menace pour l'ordre établi et la cohésion "nationale". La rhétorique social-démocrate du rôle social de l'art sonne ici malheureusement creux, parce ses tenants s'en sont souvent tenus à une vision technocratique des activités culturelles, très en deçà des pratiques de terrain et des nouveaux métissages artistiques de tous ordres, portés par des associations trop souvent ignorées par les pouvoirs publics. En Autriche en particulier, les gouvernements sociaux-démocrates ont bien peu fait confiance à la société civile, semble-t-il (Gerald Raunig, 2002).

Il convient pourtant de s'interroger sur le rôle aujourd'hui possible d'une administration publique de la culture. Il convient aussi de rappeler que, quelle que soit l'organisation politico-administrative, ce sont les communes qui, dans la plupart des pays d'Europe occidentale – y compris en France – assurent la majorité des financements culturels. Ainsi c'est bien une politique partenariale qui paraît souhaitable entre les différents échelons de la puissance publique. Mais le rôle fédérateur des ministres ne s'arrête pas là : aujourd'hui, le soutien à la culture passe autant par des voies indirectes (fiscalité directe et indirecte, législation, statut des artistes) que par le soutien budgétaire direct. Or ces chantiers sont engagés de façon très inégale dans les pays européens. S'ils ont fait l'objet en France de mesures multiformes depuis 1981, ils rencontrent des sollicitudes diverses ailleurs : la Suède, les Pays-Bas, le Danemark et la Finlande se sont montrés de longue date attentifs au statut des artistes et des professionnels de la culture. C'est beaucoup moins le cas en Espagne, en Italie, au Portugal et en Grèce. De même, le prix fixe du livre – tradition de l'Europe nordique – ne relève pas de préoccupations prioritaires au sud de l'Europe, même si des avancées notables ont été réalisées au Portugal et en Grèce sur ces questions. Le débat communautaire sur le service public de télévision a montré les divergences à l'œuvre entre la France, l'Allemagne d'une part et le Portugal, l'Italie et l'Espagne de l'autre, pour ne citer que ces exemples. La bataille pour l'exception culturelle dans le cadre du GATT en 1993 a également montré la relative indifférence de nombreux pays, voire la "gêne" du Royaume-Uni à l'idée même de refuser tout engagement de libéralisation du cinéma et de l'audiovisuel dans le cadre des accords du GATT (Barrie Ellis Jones, 1999).

Or, aujourd'hui, cinq grands dossiers s'imposent aux Etats membres : développer une politique de partenariat avec le secteur privé et les collectivités territoriales, améliorer le statut des artistes et des professionnels de la culture – afin notamment de faciliter leur circulation d'un pays européen à l'autre –, se mettre d'accord sur un "bloc" de mesures directes et indirectes de soutien aux arts et aux industries culturelles indépendantes "non aliénables" dans le concert harcelant des négociations de l'Organisation mondiale du commerce, accroître leur capacité d'action multilatérale et enfin, mieux prendre en compte la dimension culturelle de l'Elargissement.

Il semble qu'une répartition *de facto* des compétences se soit instaurée entre la Commission et les Etats membres : sous la double pression de la globalisation et de la crise économique, ces derniers entendent garder sous leur contrôle les principales fonctions de la politique culturelle – des subventions publiques à la législation, *via* le statut des artistes et professionnels de la culture –, en laissant à l'Union européenne un rôle complémentaire : soutien à la circulation des œuvres et des artistes et aux coproductions, appui aux entreprises culturelles indépendantes agissant à l'échelle transnationale, et éventuellement appui à l'exportation des œuvres européennes dans les autres continents. Soutien du patrimoine dont le champ s'est vertigineusement élargi (en y incluant notamment les grandes institutions culturelles du type théâtre "national") et compétitivité des industries culturelles dessinent le fonds de signification des politiques culturelles nationales actuelles, ainsi que le consensus minimal sur lequel les Etats membres peuvent se mettre d'accord. Entre ces deux extrêmes, les arts visuels, le spectacle vivant, les activités d'éducation populaire et dites "socioculturelles", l'éducation artistique, en bref toute la partie de la culture qui ne relève ni de la reproductivité ni de la sphère d'intérêt identitaire national, font l'objet de discours rassurants mais aussi d'un intérêt moindre dans les faits. C'est pourquoi, dans certains pays, ils sont souvent abandonnés aux échelons locaux et rarement repris comme une priorité forte dans les discours nationaux, sauf dans des cas de "perdition" avérée, comme ce fut le cas au Royaume-Uni, en 2001, pour le théâtre régional.

PARTENARIAT, COEXISTENCE OU MIMÉTISME ?

Le mécénat ou parrainage des entreprises a fait l'objet de réformes successives en France, en Allemagne, en Espagne, en Italie. Comme on le constate d'après les chiffres produits par les différents Etats et par le CEREC, la plupart de ces financements va au patrimoine, à la musique et aux arts visuels reconnus, aux grandes expositions, à l'exception notable de l'Irlande et du Royaume-Uni où une longue tradition d'intervention privée tend à étendre la palette des soutiens aux activités contemporaines. Par ailleurs, les tendances observées depuis le début des années 1990 montrent que les financements culturels des entreprises tendent à marquer le pas au profit d'activités sociales ou humanitaires, éventuellement mieux perçues par leurs salariés, en plein déploiement de "plans sociaux". Enfin les fondations réunies au sein de NEF (Network of European Foundations) regrettent le manque de concertation en matière d'incitations fiscales et de partenariat public/privé. Il reste que des lois nouvelles ont été votées dans plusieurs pays européens dont l'Allemagne, la France et l'Espagne. En outre, les expériences de financement culturel grâce aux différentes loteries – Pays-Bas, Finlande, Belgique, Irlande, Royaume-Uni, Italie, Danemark, certains Länder allemands, etc. –

font l'objet de trop rares commentaires, à l'exception des travaux entrepris dans le cadre du CEREC et de CIRCLE.

UNE ARTICULATION SOUHAITABLE ENTRE LES DIVERS NIVEAUX DE DÉCISION

Les Etats fédérés supportent une partie des financements culturels, quoique de façon variable. Aux termes de la loi constitutionnelle en vigueur en Belgique comme en Allemagne, et des compétences qui leur sont dévolues en Espagne, au Royaume-Uni ou en Italie (notamment au titre des régions à "statut spécial"), Etats fédérés ou régions ont vocation à orienter les politiques culturelles et à les valider à leur échelle. Or qu'a-t-on constaté en Catalogne aussi bien que dans certains Länder allemands ? Le primat est d'abord donné – sauf exception – au patrimoine, au théâtre ou à la musique de répertoire, aux grandes institutions culturelles, d'ailleurs souvent en crise. Quant à la politique culturelle catalane, elle a fait l'objet de nombreux articles et rapports émanant de chercheurs ou de professionnels catalans eux-mêmes, regrettant que la récupération du patrimoine national catalan (langue, monuments, grandes institutions théâtrales et musicales) absorbe la majeure partie des subventions de la Généralité. La directrice du Conseil écossais des arts, Tessa Jackson, reconnaissait elle-même, dans le bilan d'activités de cet organisme en 2000, qu'en l'absence de moyens substantiels, la priorité de l'année 1999-2000 avait été le sauvetage de l'opéra écossais. Tony Bennett indique également que dans un certain nombre de pays européens, les principales avancées en matière socioculturelle ou interculturelle relèvent soit de l'Etat soit des communes. Dans le même temps, toutes les entités régionales se montrent très sensibles au deuxième volet des priorités nationales : la compétitivité des industries culturelles est un maître-mot en Catalogne, au Pays basque, en Flandre, en Ecosse, au Pays de Galles et dans certains Länder allemands – Berlin, Hambourg, la Westphalie du Nord-Rhénanie et la Bavière pour ne citer que ces exemples.

Dans cet échiquier, les communes, premiers financeurs de la culture dans la plupart des pays européens, jouent souvent le rôle d'innovatrices. C'est le cas en Allemagne depuis les années 1970 (Mireille Pongy et Jean-Pierre Saez, 1992). On retrouve cette capacité d'initiative en Italie, en France, en Espagne, en Belgique, aux Pays-Bas, au Royaume-Uni, en Suède et plus récemment au Portugal et en Grèce. Il s'agit bien entendu de capitales ou de grandes villes mais le phénomène concerne de plus en plus les villes moyennes, voire les petites villes, lesquelles, comme en Espagne, posent de plus en plus le problème de la légitimation par le niveau régional ou national d'une action intersectorielle de terrain menée au prix d'efforts importants. Il semble que la capacité d'attention aux formes d'art non labellisées, à la participation culturelle, à l'éducation populaire et aux activités interculturelles revienne à ces entités petites ou grandes qui bénéficient souvent d'une expérience antérieure aux Etats dont elles sont ressortissantes. L'idéal d'une politique culturelle nationale revient sans doute à articuler de façon dynamique les différents niveaux de décision publics et privés, autrement dit à faire vivre la subsidiarité dans une acception positive. La décentralisation, parfois érigée en accessoire dogmatique du néolibéralisme, peut s'avérer source d'inégalités et dessiner des espaces de concurrence au sein des Etats nations. Ainsi il importe qu'un certain nombre de principes soient portés à l'échelle nationale, dans un dialogue permanent avec les entités territoriales concernées et sans préjuger d'évolutions constantes.

LA NÉCESSITÉ D'UNE RÉFLEXION CONCERTÉE SUR LES STATUTS DES ARTISTES ET DES PROFESSIONNELS DE LA CULTURE

Les événements qui se sont déroulés en France en 2003, autour du sort des intermittents du spectacle, ont crûment révélé la fragilité d'un accord obtenu en 1969, tout comme le caractère interdépendant des politiques culturelles et du statut des artistes. Comme en témoigne une étude remise à la Commission européenne en 2001, la situation des artistes et des interprètes reste précaire dans la plupart des pays et seule une minorité d'artistes vit de sa profession, la plupart exerçant un second métier parfois à plein temps. Le malthusianisme financier, se doublant de la nécessité de renouveler rapidement les talents dans un contexte de médiatisation outrancière, tend à maintenir un marché de l'emploi largement surnuméraire dans lequel les intermédiaires économiques peuvent puiser à loisir. De surcroît, la configuration aléatoire des carrières artistiques tend à dissocier de plus en plus les intérêts des employeurs de ceux des artistes auxquels ils recourent, préfigurant ainsi un trait de plus en plus caractéristique des nouvelles formes d'emploi. Entre l'intérimaire à l'italienne et le micro-entrepreneur tel que le conçoivent les Britanniques, toutes les nuances existent, générant de fortes disparités à l'échelle européenne voire dans un même pays. Ainsi en Allemagne, la crise continue que subissent les théâtres publics depuis deux décennies conduit à des solutions drastiques au terme desquels metteurs en scène et interprètes font l'apprentissage d'une précarité nouvelle. Dans cette perspective, les artistes apparaissent comme les pionniers d'une forme d'organisation sociale qui privilégie innovation, mobilité, incertitude, multi-activités, et individualise le sens des carrières (Pierre-Michel Menger, 2002). C'est finalement toute la chaîne des revenus artistiques – commandes, bourses, subventions, royalties, recettes diverses – qui semble atteinte d'une difficulté structurelle de fonctionnement, face à des phénomènes de concentration inédits en matière éditoriale, musicale et audiovisuelle. A l'heure où l'on fabrique en quelques semaines et sous les yeux de millions de téléspectateurs des "stars" dans des "académies" racoleuses, en quoi la formation initiale et continue de chaque artiste reste-t-elle une nécessité pour l'opinion publique ? Merete Mazzarella critique, quant à elle, en 1998, le statut de certains créateurs en Finlande : "Les livres sont devenus une sorte de produit dérivé «épuisé» des écrivains, tandis que leurs vies sont beaucoup plus intéressantes." Ainsi à l'instar des sportifs, le milieu artistique n'existe dans la conscience collective qu'au rythme de ses apparences spectaculaires et disparitions immédiates. Par ailleurs, ces entrepreneurs "de soi-même" que sont devenus les artistes doivent jongler avec les priorités institutionnelles diverses de financeurs souvent plus exigeants quant au "retour d'image" que sur la qualité artistique.

La patience qu'exige le processus créatif se heurte à l'exploitation prématurée du talent et à la sous-estimation de la maîtrise artistique (Joost Smiers, 1998).

LES ARTISTES, SALARIÉS OU ENTREPRENEURS ?

Créé officiellement en 1995, le Conseil européen des artistes s'est donné pour tâche d'assurer une représentation aussi large que possible des artistes – plasticiens, auteurs, professionnels du spectacle vivant – auprès des organisations européennes. Anticipant l'Elargissement, le Conseil a réalisé une étude consacrée aux conditions de travail des artistes dans seize pays européens dont l'Estonie, la Lituanie, la Lettonie et la République tchèque. Au-delà de la diversité des politiques culturelles, la situation des artistes se résume, selon le rapport, à une seule phrase : "Personne ne vous a promis d'en vivre." Considérant que les représentants du spectacle vivant – du théâtre en particulier – sont mieux "traités" que les artistes visuels et les auteurs littéraires, le rapport insiste toutefois sur la faible prise en compte des spécificités artistiques à l'échelle européenne et sur le manque de mesures adaptées. Absence de contrats écrits, influence de la fiscalité sur le choix d'un statut (de salarié ou non salarié), divergences d'interprétation… Les rédacteurs de l'étude citée plus haut constatent aujourd'hui une tendance majoritaire des intéressés – artistes et techniciens du spectacle – à revendiquer un statut similaire à celui de salarié.

DES MESURES DISPERSÉES

Selon les auteurs de *Creative Europe*, reprenant les conclusions de travaux organisés sous la présidence suédoise de l'Union européenne en 2001, artistes et professions apparentées (design, artisanat, tourisme culturel) représentent 2 à 3 % de la population active européenne. Avec quelques caractéristiques : la féminisation croissante du milieu, le rôle des artistes issus de l'immigration, la multi-activité et la généralisation de contrats à court terme, y compris dans les pays nordiques ou en Allemagne. En outre, la concentration des canaux internationaux de diffusion a considérablement accru le "*gap*" entre audiences nationales et créateurs de ces pays. Parallèlement les festivals jouent un rôle de plus en plus prescripteur, alors que leur nombre a augmenté vertigineusement en Europe. Selon les rapporteurs de la présidence suédoise, 8 à 10 % des auteurs et traducteurs littéraires vivent de leurs revenus d'écriture. Quant aux compositeurs de musique, les rapporteurs estiment que 15 à 20 % d'entre eux gagnent un peu plus de la moitié de leurs revenus de la composition musicale. 80 % sont musiciens, enseignants ou exercent d'autres professions. Enfin, s'il fallait définir le statut de la plupart des artistes visuels, "le vocabulaire à indexer serait «précarité», «multi-activité» et «autofinancement»", note Antoine Perrot, artiste français, président de la Fédération des réseaux et associations d'artistes plasticiens (FRAAP). Une question enfin taraude beaucoup d'artistes : celle de la relation aux nouveaux médias. Les nouvelles communautés de travail se trouvent à l'intersection de l'art, de la science et de la technique. Les compositeurs contemporains utilisent l'informatique mais les matériels restent coûteux et difficiles d'accès. Le changement permanent des matériels et des systèmes risque de rendre les œuvres obsolètes. Que conserver et comment ? De surcroît, la plupart des institutions publiques soutiennent la digitalisation du patrimoine et des musées plutôt que la création d'œuvres contemporaines, malgré des avancées notamment en France et dans le Nord de l'Europe. Là encore, certains centres multimédias se sont organisés pour créer, dont ENCART (le Réseau européen du cyber art, European Network of Cyber Art). Les membres de ce dernier entendent mettre en place un réseau européen d'excellence avec le soutien du ministère fédéral de la Recherche et de l'Education allemand.

QUELLES CONDITIONS POUR LA MOBILITÉ ?

La question de la mobilité apparaît cruciale depuis une dizaine d'années. La coordination des statuts sociaux, la mise en place d'un fonds de soutien proportionné et automatique pour les artistes en déplacement, la suppression des surtaxes d'un pays à l'autre constituent autant de sujets de travail pour la Commission, sachant que, conformément à l'article 151, son intervention se résume à des actions d'encouragement "à l'exclusion de toute harmonisation des dispositions législatives et réglementaires des Etats membres". Toute une gamme de résidences existe, offerte par les gouvernements, les collectivités locales, voire les fondations privées. Ainsi, l'on peut citer la Maison des artistes de Visby, la Cité internationale de Paris, la Cable Factory à Helsinki, la Fondation italienne Pistoletto, le Château Solitude près de Stuttgart, les résidences nordiques... Beaucoup d'entre elles font partie du réseau Res Artis. Quelques villes allemandes ont inventé le concept de Stadtschreiber ou Stadtzeichner – "écrivains" ou "artistes" de la ville, pour six à douze mois. En l'absence de coordination des statuts professionnels et sociaux, la pratique de la résidence reste une mesure intéressante mais partielle. Rudi Fuchs s'inscrit en faux contre une conception de la mobilité, trop souvent substitutive d'un ancrage professionnel effectif : "Dans les grandes œuvres d'art, il s'agit surtout d'une tentative pour échapper aux contraintes de l'histoire ainsi qu'au goût collectif, bon ou mauvais. C'est peut-être pour cela qu'il est dangereux pour un artiste de voyager. A proprement parler, seules les personnalités fortes y survivent" (cité par Joost Smiers, 1998).

DROITS D'AUTEUR ET DROITS VOISINS

Souvent inventé sous la pression des créateurs (Paul Viala, 1985), le système de gestion collective a cent cinquante ans d'âge. Depuis 1994, il existe en Belgique une nouvelle loi concernant les droits d'auteur et droits voisins. Elle inclut le droit de prêt et d'emprunt. Au Danemark, différentes sociétés de gestion collective existent, dirigées par des organisations d'artistes. Depuis 1985, le reversement se fait également en faveur des interprètes. En Allemagne coexistent différentes sociétés de gestion. En Irlande, le système de gestion collective est partiel, ce qui oblige beaucoup d'artistes à recouvrer individuellement leurs droits. Aux Pays-Bas, toutes les sociétés ou fondations autorisées par le ministère de la Justice collectent les droits pour les différentes catégories concernées. Combinant gestion collective et accords individuels, le système norvégien semble très efficace. Toutes les catégories professionnelles ont leurs sociétés de gestion et les droits des artistes y sont respectés. Enfin, le droit de suite est partiellement appliqué en Europe où existe également la compensation pour copie privée dans un certain nombre de pays.

Il convient pourtant de se demander si la gestion actuelle des droits d'auteur et droits voisins correspond aux attentes des créateurs. Ainsi le cas espagnol est énigmatique : les compositeurs y touchent à peine de quoi vivre pendant quatre mois au salaire minimum, alors que le nombre de représentations augmente et que la SGAE (Sociedad general de autores y editores) y est florissante. En matière musicale, le copyright semble rentable pour les seules stars, à l'instar de ce qui se passe au Royaume-Uni où moins de 3 % des auteurs-compositeurs inscrits à la British Performing Rights Society ont reçu plus de 10 000 livres en 1993, alors que 80 % des auteurs se contentaient de moins de 1 000 livres par personne. Dans ces conditions, quoique source considérable de manque à gagner pour les producteurs, la piraterie ne représente pas le souci majeur des compositeurs de musique contemporaine pour lesquels la production d'un disque relève plus de l'outil de marketing que de l'enjeu commercial.

Dans un article pour *Le Monde diplomatique* de septembre 2001, Joost Smiers revient sur le fait que les droits d'auteur sont en train de devenir "l'un des produits les plus commerciaux du XXIe siècle". La financiarisation et la concentration qui affectent une partie du secteur culturel et la "convergence" technologique risquent d'aboutir à ce que "seule une poignée de compagnies dispose des droits de la propriété artistique, passée et présente". De fait, 90 % des revenus des droits d'auteur et du droit voisin iraient à 10 % des artistes. L'expansion des droits d'auteur favorise ainsi beaucoup plus les investisseurs – éditeurs et maisons de disques par exemple – que les créateurs et les interprètes. Le système ne joue pas non plus en faveur du Tiers Monde : "Ainsi le curare, le batik, les mythes et la danse lambada s'envolent des pays en voie de développement, alors que (...) *Lambada*, le film, y revient protégé par un ensemble de lois sur la propriété intellectuelle". Rappelant que la relation directe avec l'artiste, "telle que la concevait au départ la philosophie des droits d'auteur", n'existe pratiquement plus, Joost Smiers propose de substituer à cet ensemble de dispositifs un impôt prélevé sur les profits des entreprises utilisant du "matériel artistique". L'argent ainsi prélevé alimenterait un fonds destiné à trois catégories d'artistes : individuels, groupes d'artistes et artistes du Tiers Monde. Cette orientation aurait pour intérêt de "déconnecter" concrètement l'utilisation actuelle du travail artistique et la rémunération des artistes. En tout état de cause, Joost Smiers tire les conséquences de nombreux débats en vigueur dans les pays européens sur la pertinence des droits d'auteur tels qu'ils sont aujourd'hui mis en pratique (Joëlle Flichy, 1999). Un rapport remis en 2004 au Conseil économique et social par Michel Muller, secrétaire général du Syndicat du livre-CGT, propose d'intégrer le téléchargement gratuit "tout en protégeant les droits d'auteur", en assimilant cette pratique à de la copie privée et en taxant les disques durs ou les fournisseurs d'accès au profit des ayants droit.

Que proposer ? Tout d'abord, il semble important de compenser les pressions et les inégalités du marché par une action publique axée sur le soutien à la préproduction et à la distribution, en utilisant les revenus générés par le "domaine public payant" (médiathèques, artothèques, etc.). Ensuite, il convient d'harmoniser les cadres sociaux et légaux en se fondant sur les meilleurs exemples de protection : trop souvent, d'un pays à l'autre, les statuts sont contradictoires. Enfin une partie de la manne générée par Internet doit être utilisée au service des artistes – qu'il s'agisse de droits ou de projets de création. Sans doute aussi convient-il de préserver ou de restaurer des capacités directes de dialogue entre pouvoirs publics et artistes. La multiplication des intermédiaires, l'encouragement à une individualisation des carrières ont eu pour effet de fragmenter considérablement les capacités d'intervention des milieux artistiques. Or l'expérience de nouveaux collectifs se révèle intéressante pour beaucoup. Dans la concurrence/solidarité qui caractérise les milieux artistiques, le souci durable de responsabilité collective devrait sans doute actuellement prévaloir. N'oublions pas que, par le passé, sous des formes contradictoires, il a souvent fait la force de ces milieux. Antoine Perrot pointe en 2003 la responsabilité des artistes visuels français quant à leur absence dans les commissions et les lieux de décision : "Ils ont délégué depuis vingt ans leur parole et leur ambition pour préférer la flexibilité libérale des carrières individuelles." Le clivage – ancien – entre artistes établis et nouveaux venus a pris, semble-t-il, une acuité nouvelle, révélée par les crises des intermittents en France, les inquiétudes sur la survie des théâtres et des orchestres en Allemagne ou au Royaume-Uni et les débats autour de la réorganisation des politiques culturelles en Europe centrale et orientale. Conséquence : un comportement conservatoire des grandes institutions culturelles, un chantage permanent de leur part auprès des pouvoirs publics – sauver les trésors de la nation – et peu de place pour une réflexion prospective concernant le renouvellement des talents. Comme les politiques culturelles, les syndicats et organisations d'artistes semblent réduits à une attitude défensive ignorante du long terme.

QUELS PRINCIPES ET QUELS OUTILS POUR UNE COOPÉRATION CULTURELLE MULTILATÉRALE ENTRE ÉTATS MEMBRES ?

Les Etats membres seront amenés à s'engager plus résolument qu'ils ne le font actuellement dans une coopération multilatérale effective, destinée aux ressortissants européens comme à ceux des Etats tiers. Sur ce point, force est de constater que, au-delà de la fréquentation régulière entre représentants des Etats évoquée plus haut, beaucoup campent sur des positions bilatérales, à la notable exception du Conseil nordique des ministres, décrit plus loin. Or, comme nous le verrons, les moyens des programmes communautaires restent limités. Par ailleurs, ils ne répondent pas toujours à l'échelle des projets culturels européens qualifiés de "microprojets" et, à ce titre, justiciables d'un suivi national ou régional. Mais auparavant, rappelons brièvement le fonctionnement institutionnel des relations culturelles extérieures des Etats membres. Celui-ci reflète souvent l'organisation prévalant en interne. Notamment représenté par la France et l'Italie, le premier modèle est "volontariste" (François Roche, 1998). Dans ce cas, l'Etat agit directement et entretient un réseau d'instituts et de centres culturels qui sont autant de services extérieurs. Cette situation doit être toutefois nuancée par l'existence d'établissements publics ou d'associations auxquels sont confiées des missions spécifiques, comme l'AFAA, l'Association française d'action artistique. Il existe une deuxième voie dans laquelle, sans pour autant renoncer à son intervention, l'Etat préfère en laisser le soin à des agences autonomes, voire indépendantes, qu'il subventionne dans le cadre de contrats. Ce modèle est largement répandu en Suède, aux Pays-Bas, au Royaume-Uni, en Allemagne, et, à un moindre titre, en Espagne et au Portugal. Si les instituts Camões et Cervantès bénéficient de la personnalité juridique, leur degré d'autonomie est radicalement plus limité que celui des instituts finlandais, suédois ou néerlandais dont les directeurs se flattent de développer des actions, tout à fait indépendamment des ambassades des pays concernés. Dans la plupart des pays nordiques, il est d'ailleurs admis que toutes les institutions et associations culturelle peuvent mener leurs activités internationales, avec le soutien de l'Etat agissant en tant que cofinanceur.

RÉORIENTATIONS GÉOPOLITIQUES

Dans les années 1990, aux restrictions budgétaires se superposent les considérations géopolitiques. Celles-ci conduisent la plupart des pays ouest-européens à renforcer leurs implantations en Europe centrale et orientale et Nouveaux Etats indépendants, au détriment de la présence en Europe occidentale. Au-delà des coupes budgétaires, un "changement de paradigme" se profile un temps au Royaume-Uni, durant les années Thatcher, inaugurant une troisième conception des relations culturelles internationales : rangées sous la bannière du business éducatif, celles-ci ne relèveraient plus des politiques publiques. Ainsi le British Council se voit en 1979, sommé d'accentuer ses ressources d'ordre privé en recourant au parrainage, et d'augmenter ses recettes propres – liées à l'enseignement de la langue. L'arrivée des travaillistes au pouvoir n'a pas inversé cette tendance…

QUELLES MISSIONS EN EUROPE ?

Les instituts et centres culturels doivent justifier leur intervention dans un espace international "décentralisé" et "désétatisé", selon les termes de l'étude menée par CIRCLE. De ce point de vue, les organismes largement autonomes – comme le British Council ou l'Institut suédois – bénéficient d'une longueur d'avance car, dirigés par des professionnels indépendants de l'administration nationale, ils ont engagé depuis longtemps des relations directes avec nombre d'acteurs professionnels et privés. Enfin les relations bilatérales tardent à prendre la mesure des évolutions en cours : un observateur dénonce ainsi le primat accordé par la diplomatie culturelle française aux grandes manifestations nationales se déroulant à Madrid, alors que, compte tenu de la configuration institutionnelle de ce pays, les contacts entre régions françaises et autonomies espagnoles, ainsi qu'entre administrations déconcentrées ou décentralisées, devraient constituer, selon lui, la priorité actuelle. L'on peut également s'étonner du fait que le dialogue franco-allemand ait tardé à enregistrer l'importance de contacts directs entre Länder allemands et régions françaises.

L'on pourrait penser que leur présence sur le sol de l'Union européenne constitue une survivance. Or les crises survenues à l'occasion de fermetures d'instituts démontrent le contraire. On ne saurait sous-estimer le rôle que jouent encore les échanges culturels et linguistiques, dans une Europe où l'on se connaît encore très peu, malgré quarante-huit ans de construction communautaire. Les Etats d'Europe centrale et orientale ne s'y sont d'ailleurs pas trompés. Dans le même temps où ils se portaient candidats à l'Union européenne, ils ont ferraillé dur pour implanter ou faire évoluer un peu partout en Europe leurs centres et instituts. Dans le domaine linguistique par exemple, la faible implication concrète de l'Union européenne – malgré la rhétorique en vigueur – laisse penser que, en l'absence d'un véritable engagement communautaire sur le sujet, le maintien de lieux d'apprentissage non régis par des impératifs strictement économiques constitue une mission utile pour longtemps encore, et tout particulièrement pour les langues considérées comme de faible diffusion. Il reste que les gouvernements doivent dépasser une politique essentiellement orientée vers la promotion des aspects nationaux les plus prestigieux et soutenir les initiatives européennes des groupes et des individus, engagés dans la coopération multilatérale. "Les Etats ont un rôle à jouer pour combler l'énorme décalage existant en Europe, entre les agendas culturels nationaux et la création d'un espace culturel européen, l'encouragement de circuits créatifs et la mise à disposition de ressources pour susciter de nouveaux publics", lit-on dans l'étude sur la coopération culturelle en Europe, réalisée en 2003 par le FEAP et Interarts, pour la Commission européenne. Les centres culturels étrangers ont un rôle crucial à jouer en matière de repérage de partenaires, de mise en contact des professionnels et de diffusion des cultures locales, comme l'a notamment compris l'Institut français de Budapest ou celui de Varsovie. Ils apportent en effet une dimension de proximité au partenariat international. A l'instar du British Council, ils peuvent également réaliser des études, mettre en œuvre des formations professionnelles, s'inscrire dans des appels à propositions communautaires. Cela implique des recrutements privilégiant la connaissance des milieux culturels, des évolutions européennes et mondiales, la connaissance des langues, sans doute *via* une formation initiale mais aussi continue. Cela exige aussi une capacité d'action rapide, une souplesse d'initiative et de réaction. Le tout ne peut se faire sans moyens financiers. Ainsi la fétichisation des lieux – fussent-ils historiques – devrait céder le pas à un esprit de localisation pratique et moins coûteux, voire au développement constant d'activités "hors les murs", détachant ainsi les centres et instituts d'une symbolique diplomatique, dans des espaces transitoires et différents. Si la Suède et les Pays-Bas par exemple s'inscrivent désormais dans cette dynamique, est-elle pour autant conciliable avec les formes classiques de diplomatie culturelle ? L'autonomie de gestion va, semble-t-il, dans le sens de cette évolution. L'on peut ainsi constater le dynamisme international de Pro Helvetia, fondation créée par l'Etat fédéral suisse. Celle-ci n'hésite pas à s'inscrire dans des coopérations multilatérales qui n'incluent pas obligatoirement des ressortissants suisses. Quelques associations de centres et instituts se sont créées : le CICEB, Consociatio Institutorum culturalium europaeorum inter Belgas, le Forum européen des langues à Paris. Citons encore ECALIS, European Cultural Agencies Libraries and Information Services, créé à l'initiative du British Council en 1999, et associant des centres, des bibliothèques et des services d'information, ainsi que le FICEB, qui, suite à une initiative canadienne, organise chaque année une Semaine des cultures étrangères à Paris.

LE "COUPLE FRANCO-ALLEMAND"

"Je vais maintenant dire quelque chose qui vous surprendra : le premier pas vers la reconstruction de la famille européenne doit être une association entre la France et l'Allemagne", déclare Winston Churchill à Zurich en septembre 1946.

Evoquant la "nouvelle conscience européenne", Edgar Morin cite un sondage de la SOFRES indiquant que, en 1984, 57 % des Français interrogés expriment de la sympathie pour leurs voisins d'Outre-Rhin, contre 22 % en 1974. "Il s'est passé quelque chose d'énorme quand on songe aux fantastiques agressivités de 1914-1918 et 1939-1945 : les volcans hyperchauvins et nationalistes de l'Europe de l'Ouest sont entrés en sommeil", commente-t-il. Pourtant certains signes montrent que la machine grippe après l'euphorie de la chute du Mur. Ainsi une étude Schell sur la jeunesse portant sur les quinze à vingt-quatre ans en 2000 indique que, à la notable exception des étudiants, la majorité des jeunes Allemands n'a "ni grand intérêt ni espoir de nouvelles chances à l'endroit de l'Union européenne" (Henri de Bresson, 2001). En outre le professeur Grosser regrette que huit cents enseignants d'allemand en France aient dû renoncer à leur pratique au profit d'autres matières et que l'intérêt pour la langue des deux pays régresse d'une rive du Rhin à l'autre. Enfin certains déséquilibres s'avèrent préoccupants : selon le ministère des Affaires étrangères, l'on compte chaque année 15 millions de touristes allemands en France contre 1,5 million de visiteurs français en Allemagne. "La plupart d'entre nous connaissent la France beaucoup mieux que les Français l'Allemagne", regrette Joshka Fischer lui-même.

En 2003, le quarantième anniversaire du traité franco-allemand a été l'occasion d'un nouveau bilan. Il importait avant tout de souligner l'acquis : 65 institutions, mécanismes et procédures de coopération ont été institués dont 37 à l'actif des universités – et en particulier l'université franco-allemande (104 cursus intégrés, 114 établissements membres, 3 214 étudiants concernés), sans compter les apports des grandes écoles, des collectivités locales françaises, des Länder… 345 millions d'euros sont injectés chaque année du côté français dans la coopération franco-allemande dont 300 pour la chaîne ARTE. 450 accords de coopération associent des universités, 50 ont été signés entre établissements scolaires. La France est la deuxième destination des étudiants allemands. Quant à l'Allemagne, elle représente la troisième destination des étudiants français. 200 associations impliquées, des milliers de conférences, un partenariat essentiel en matière de recherche et de hautes technologies. Dans une mise en abyme de la construction européenne, le motif franco-allemand paraît exemplaire, en particulier à cause du caractère "intégrateur" de cette coopération, dotée d'instances bicéphales comme l'OFAJ (Office franco-allemand pour la jeunesse), le Haut conseil culturel franco-allemand, le secrétariat franco-allemand pour les échanges en matière de formation professionnelle, le Forum étudiants, universités, entreprises, l'Académie franco-allemande du cinéma et enfin ARTE. Malgré ce tableau impressionnant, la diffusion des médias et des livres d'un pays à l'autre reste faible et les stéréotypes assoupis se réveillent facilement, comme le prouvent certaines prises de position publiques récentes des deux côtés du Rhin. Le gouvernement français des Affaires étrangères a donc formulé quelques priorités pour "relancer" la coopération franco-allemande : la modernisation de certaines institutions, la formation initiale et continue des journalistes, la promotion d'expressions artistiques contemporaines, le débat d'idées, la défense des industries culturelles à l'échelle européenne et mondiale, la possibilité d'exercer une veille sur les relations franco-allemandes dans le secteur privé – afin de mieux cibler les interventions là où elles sont nécessaires et complémentaires.

Enfin, il convient d'appuyer le rapprochement engagé par les collectivités territoriales allemandes et françaises, en contribuant à enrichir leur contenu et leur conférant une visibilité accrue. En effet, comme le souligne Jean-Baptiste Cuzin, chargé de mission pour les questions européennes au ministère de la Culture et de la Communication, "alors que les collaborations intergouvernementales et décentralisées marchaient d'un même pas au sortir de la Seconde Guerre mondiale, il s'est peu à peu créé deux strates, totalement dissociées : celle de l'échelon gouvernemental, largement médiatisée dans le cadre des Sommets franco-allemands, et celle des échanges entre communes et régions, extrêmement riche mais dont les résonances ne parviennent ni dans les médias ni dans l'opinion publique".

Tous les partenaires s'accordent enfin à reconnaître la nécessité d'une perspective multilatérale pour le "couple franco-allemand". Création en 1985, du Programme de volontaires européens pour le développement, l'instauration d'un service civil franco-allemand pour l'aide aux personnes ou aux peuples en difficulté est proposé. Outre celle des établissements culturels français et allemands, des actions conjointes sont prévues dans les Balkans et en Afrique sub-saharienne. Un centre culturel luxembourgo-franco-allemand a été créé à Luxembourg. Un institut culturel franco-allemand s'est ouvert à Ramallah, en Palestine. Un fonds franco-allemand pour des programmes culturels dans les pays tiers, en Europe et au-delà, a été créé en 2003, doté de 500 000 euros en 2005.

Quant à l'OFAJ, il peut, depuis 1976, ouvrir ses programmes à des pays tiers. A partir de 1991, il a soutenu la réalisation de plus de six cents échanges avec l'Europe centrale et orientale, par le biais de programmes "trinationaux". En 2000, il lançait une coopération pilote en Europe du Sud-Est. Son action a d'ailleurs inspiré la création d'un Office germano-polonais pour la jeunesse en 1990.

La coopération franco-allemande a-t-elle suscité des vocations en Europe ? Comme on l'a constaté, la collaboration éducative ou en matière de jeunesse a été tardivement relayée par un volontarisme public en matière d'échanges artistiques qui sont restés essentiellement le fait d'organismes privés – théâtres, sociétés de production et de distribution cinématographiques, éditeurs, etc. Malgré des systèmes politico-institutionnels très différents, le dialogue franco-allemand a mobilisé les forces vives des deux sociétés : enseignants, étudiants, jeunes professionnels, associations, fondations, chercheurs, collectivités territoriales… Il reste que, contrairement peut-être à ce qui s'est passé dans le cadre de la coopération nordique, les initiatives privées ou associatives ont été moins relayées par les médias que les aspects officiels. L'Allemagne et la France ont vécu leur rapprochement de façon contradictoire et non synchronisée (Henri de Bresson). Il s'agit tout de même d'une réussite, susceptible d'inspirer les nouvelles relations germano-polonaises, tout comme la coopération entre les peuples des Balkans.

L'INSTITUT FRANÇAIS D'AIX-LA-CHAPELLE

Créé en 1952, l'Institut français d'Aix-la-Chapelle a œuvré à la diffusion de la langue française et de la culture francophone dans une région frontalière d'Allemagne. S'y ajoute la vocation de ville européenne d'Aix-la-Chapelle, en tant qu'élément de l'ensemble régional frontalier "Euregio Meuse-Rhin". Celui-ci comprend cinq aires culturelles – allemande, néerlandaise, communautés néerlandophone, germanophone et francophone de Belgique – et trois pays. En 1998, l'Etat français se résout à fermer quelques-uns de ses vingt-quatre instituts en Allemagne ou à y laisser un seul agent sur place. Du côté allemand, des décisions analogues avaient conduit à la fermeture de certains de ses instituts en France. Après moult protestations et discussions, il est convenu qu'à compter du 1er janvier 1999, l'institut français d'Aix-la-Chapelle deviendra un établissement d'intérêt public allemand, désormais intitulé Association de l'Institut culturel franco-allemand de l'Eurorégion Meuse-Rhin. Le directeur de cet organisme, Michael Jansen, est un Allemand francophone. Le programme de l'Institut est diffusé au-delà des frontières, et ses antennes culturelles françaises eurorégionales – alliances françaises de Verviers, Hasselt, Maastricht et Bruxelles – forment avec lui un groupe de travail pour préparer des éléments conjoints de programmes, susceptibles d'être présentés dans toute l'Eurorégion. L'Institut accueille en outre un centre de langue française et de culture francophone de Belgique, intégré à l'Institut de philologie romane de l'université technique de Rhénanie-du-Nord-Westphalie, et programme une série de manifestations belges. Enfin l'Institut agit comme relais et partenaire culturel du Centre culturel arabe du Pays de Liège qui compte une forte communauté algérienne. L'idée d'accueillir d'autres nations dans les plages horaires disponibles de la programmation de l'Institut correspond tout à fait, selon Michael Jansen, à l'esprit d'une Maison des cultures européennes. Une façon selon lui de conjuguer au mieux la diversité culturelle promue par la France, avec une proximité géographique et des projets conjoints, tout en respectant l'identité de chacun.

Si les organismes de coopération internationale sont de plus en plus amenés à coopérer localement ou à soutenir conjointement des initiatives multilatérales émanant des organisations non gouvernementales, leurs instances tardent à prendre la mesure de ce mouvement. Dans cette perspective, le Conseil nordique des ministres reste un cas unique, même si l'on doit citer également le Groupe de Visegrad (1990, Hongrie, Pologne, République tchèque et Slovaquie), qui soutient notamment des festivals, l'Initiative centre-européenne (1989, Autriche, Italie, Hongrie et Serbie/Monténégro), la Quadrilatérale (1996, Slovénie, Hongrie, Italie, Croatie), l'Initiative adriatique-ionienne, la Coopération culturelle balkanique, proposée par la Grèce en 1996, tout comme les aspects européens de l'Organisation internationale de la francophonie qui inclut des pays tels que l'Albanie, la Bulgarie et la Roumanie, et compte parmi ses "observateurs" la République tchèque, la Lettonie, la Lituanie, la Pologne et la Slovaquie.

LE CONSEIL NORDIQUE DES MINISTRES
La première réunion officielle des ministres en charge de l'éducation et de la culture s'est tenue à Copenhague en 1938. Après la guerre, les cinq pays impliqués (Danemark, Finlande, Islande, Norvège et Suède) portaient des objectifs ambitieux allant jusqu'à une coopération politique et militaire. Ils se sont finalement concentrés sur les affaires sociales, juridiques, économiques, éducatives et

culturelles. Après la mise en place d'une première commission culturelle en 1947, le Conseil nordique est créé en 1952. Réunissant aujourd'hui quatre-vingt-sept parlementaires des pays concernés, il émet notamment des recommandations concernant la convergence des lois et réglementations nationales nordiques. Créé en 1971, le Conseil nordique des ministres oriente les aspects pratiques de la coopération nordique, selon le principe d'administration à distance. Plus de quarante organismes – fonds spécialisés, instituts, conseils – ont ainsi été créés, couvrant tous les domaines de la coopération culturelle, éducative, scientifique, économique et sociale, y compris dans les trois régions autonomes (Groenland, îles Féroé et territoire d'Aland). La Convention culturelle nordique pour la coopération dans les domaines de l'éducation, de la science et de la culture a été signée en 1972. A partir de 1992, les gouvernements nordiques ont pris une double décision : intensifier la coopération culturelle et éducative dans le contexte de l'intégration européenne et créer en 1992 un Conseil des Etats de la mer Baltique. C'est aussi dans cette orbite nordique-baltique que les principaux domaines de collaboration ont été développés : échange d'étudiants, mobilité des artistes, coopération cinématographique (le Fonds nordique pour le cinéma et la télévision créé en 1989), échange de programmes télévisuels – Nordvision –, collaboration concernant l'enfance et la jeunesse, promotion de l'égalité et de la coopération linguistiques, soutien à des projets de coopération nordique dans les pays tiers, enseignement universitaire des langues nordiques à l'étranger. Parmi les actions de soutien aux professionnels baltes, polonais et originaires de l'Est et du Nord de la Russie, citons Sleipnir, programme de soutien individuel à la mobilité des jeunes professionnels, et Ars Baltica, forum pour la coopération culturelle multilatérale dans les pays de la région baltique, lequel soutient des projets d'envergure visant à la constitution de réseaux et de projets de coopération durables. Le comité permanent d'Ars Baltica comprend deux représentants de chaque Etat associé : Danemark, Estonie, Allemagne, Finlande, Lettonie, Lituanie, Norvège, Pologne, Russie et Suède. Enfin le Fonds culturel nordique consacre quelque 3 millions d'euros par an à des projets entre opérateurs baltes ou russes et ressortissants d'au moins trois pays nordiques ou régions autonomes. En octobre 2002, une conférence a permis de faire le point sur cette coopération dans le contexte du futur Elargissement. Saluant le rôle décisif de l'Institut suédois – conforme au désir d'influence de la Suède dans la région –, le rapport final de la réunion a conclu à la nécessité de donner la priorité aux microprojets ainsi qu'à des coopérations légères, impliquant des petites équipes. Parallèlement, les organismes nordiques ont pour tâche de contribuer à l'évolution des stratégies culturelles dans les pays baltes et en Russie. Directeur de 2. Tants Promotion et du théâtre von Krahl à Tallinn, Priit Raud souligne tout à la fois le bon fonctionnement de cette coopération et la faible mobilisation des jeunes artistes estoniens pour se rendre à Copenhague ou Stockholm… plutôt qu'à Berlin, Paris ou Londres.

ART ET CULTURE : ENJEUX MINORÉS DE L'ÉLARGISSEMENT

"Nous sommes convaincus que sans une lecture correcte de l'attitude des régimes communistes passés envers la culture et l'administration culturelle, il est impossible de comprendre la logique souvent contradictoire de la période de transition, en ce qui concerne l'orientation des politiques culturelles dans la région", écrit en 2003 Corina Suteu dans un rapport pour l'Unesco.

Malgré la diversité des situations nationales, l'art et la culture jouaient un rôle-clé dans le système communiste de propagande. Après 1956, l'Etat fustige la terreur inutile, comme en Hongrie. Dans ce pays, le socialisme a besoin de l'art. Il maintient donc une apparence d'autonomie pour les artistes, une liberté relative en les libérant de la "lutte pour la vie". Ainsi se crée, selon Miklos Haraszti (1983), une "culture dirigée". "Plus que de diktats politiques, il s'agit de l'intégration économique et intellectuelle de l'individu dans une organisation homogène qui embrasse la totalité de l'existence quotidienne", explique-t-il. Cette intégration offre aux artistes un rôle de bâtisseur loin des "humiliations" du marché, dans des grandes infrastructures de loisirs notoirement improductives, mais dont l'existence même constitue un signe de liberté anti-économique. L'importance des structures et des financements mis en place dans "l'ancien régime communiste" explique aussi la difficulté de leur transformation dans la période actuelle.

LE POIDS DE L'HÉRITAGE

Durant les années 1960, les régimes est-européens ont procédé à un équipement culturel de leurs territoires : théâtres, musées, centres culturels pour les jeunes, maisons réservées aux écrivains et aux peintres, centres de congrès, etc. La médiation culturelle devient le fait d'éléments professionnellement formés et "politiquement" préparés. Les livres, entrées aux concerts ou aux théâtres sont à des prix très bas, les institutions étant totalement subventionnées par l'Etat et les artistes bénéficiant d'un statut de salariés permanents. La crise économique s'approfondissant dès le début des années 1980, une vision moins généreuse s'instaure et différents scénarios se développent. En Hongrie, Tchécoslovaquie et Yougoslavie, un système flexible de petites organisations culturelles se développe, parallèlement aux institutions d'Etat. En Pologne, de 1982 à 1989, l'augmentation des crédits d'Etat à la culture s'efforce de juguler l'agitation souterraine des esprits. Dans d'autres pays comme les Etats de la Baltique, l'Albanie et la Roumanie, seuls les arts passeurs de la légitimité idéologique du régime sont subventionnés.

Dans ce contexte, les artistes sont à la fois surévalués et étroitement contrôlés. Dépendant des fonds publics à 100 %, certains intègrent les règles de censure – plus ou moins étendues selon les pays –, d'autres pratiquent une communication à double sens. Même s'ils parviennent à exister comme en Pologne et en Tchécoslovaquie, les courants contemporains ne sont guère encouragés, à moins de constituer un produit inespéré "d'exportation" ou une "soupape de sécurité" à l'égard des jeunes. La relation entre art et public devient une sorte de lien de subordination : d'une part, les instances choisissent ce que ce public doit voir, lire ou entendre, d'autre part son adhésion ou son absence n'a aucune incidence sur les mécanismes de production ou de distribution. Le tri soigneusement effectué entre le grain et l'ivraie dans le patrimoine national et la création internationale conduit à un "construit" folklorique envahissant : une fois liquidée la petite paysannerie et ses pratiques vivantes, il convient de réinventer un "authentique" fonds de traditions nationales. Les stratégies suivies en Bulgarie, en Roumanie et en Albanie ont été significatives à cet égard. Cet emprisonnement mental explique la violence de réactions complémentaires après la fin des régimes communistes : récupération identitaire forcenée et/ou adhésion sans réserve au système du marché. Il explique aussi la difficulté du secteur non gouvernemental à exister dans une relation conjuguant dialogue et autonomie vis-à-vis du secteur public. La trace de la composante paranoïde des régimes communistes a pour corollaire une méfiance généralisée à l'œuvre dans l'ensemble des composantes de la société, artistes inclus. Pour ces derniers, la difficulté est parfois accrue, du fait que toute une génération de créateurs bridés mais protégés des vicissitudes de la vie quotidienne se sont trouvés déclassés du jour au lendemain. D'où la réaction conservatrice et défensive de certains d'entre eux, peu pressés de céder les rênes de la vie artistique et intellectuelle aux nouveaux entrants, et leur culte d'une nostalgie vécue comme un refuge.

L'évolution des politiques culturelles est-européennes est à la fois radicale et conservatrice. L'Etat ne peut se désengager des nombreuses institutions surdimensionnées héritées de la période communiste. Il ne peut ou n'ose pas : ainsi en Slovaquie, après moult atermoiements, les gouvernements postcommunistes ont décidé de poursuivre le dispendieux projet de construction du théâtre national qui absorbe une bonne part des financements publics. En 1997, l'Europe centrale et orientale compte 680 théâtres de répertoire employant 55 000 personnes (Dragan Klaic, 1997). Comme en Pologne, la crise que traversent certaines de ces structures montre que le choix du passé reste la règle dans la plupart des pays concernés. Autre source de paradoxes : la législation. En matière culturelle, cette dernière doit être revue. Pourtant, certains domaines sont abusivement privilégiés par rapport à d'autres : le patrimoine, le cinéma et l'audiovisuel, du fait de la perspective de l'adhésion communautaire. Par contre, le spectacle vivant et les arts visuels souffrent d'un abandon chronique. Enfin les lois se succèdent et se contredisent les unes les autres, suivant les volontés de leurs inspirateurs. Les pays d'Europe centrale et orientale ont découvert la vertu des lois et l'ont idéalisée, ignorant le poids des pesanteurs sociales (Corina Suteu).

LA DIFFICILE ÉMERGENCE D'UN SECTEUR INDÉPENDANT

Le secteur non gouvernemental s'est développé lentement, essentiellement grâce aux soutiens extérieurs : Fondation européenne de la culture, Pro Helvetia, British Council, AFAA, instituts et centres culturels français, Institut Goethe, Institut suédois, KulturKontakt, certains réseaux comme IETM et Res Artis… Le programme PHARE de l'Union européenne comportait des possibilités de soutien aux organismes de ce type de 1998 à 2000. Au moment où certains gouvernements comprennent l'importance du secteur indépendant, les financeurs privés investis dans la région se retirent des nouveaux Etats membres : Fondations Soros, Fondation Pro Helvetia, pour ne citer que ces exemples. Le risque est donc toujours la discontinuité des politiques qui réserve aux artistes et aux opérateurs culturels un soutien irrégulier voire limité. Par ailleurs, les stratégies restent instables : ainsi, après avoir créé en Slovaquie, à la demande des artistes, Pro Slovakia, un fonds réservé aux projets artistiques contemporains, le gouvernement en a fait un outil du ministère de la Culture. De même, le Fonds national pour la culture hongrois a connu de nombreuses tribulations avant d'acquérir une autonomie de fonctionnement. Enfin la décentralisation engagée dans un certain nombre de pays reste de portée inégale. Ainsi les artistes contemporains redoutent souvent que les conformismes locaux ne se révèlent à terme plus dévastateurs que les insuffisances nationales. Présente sur tous les fronts, la nouvelle génération de producteurs, d'éditeurs, de responsables de compagnies – la plupart du temps autodidactes – s'inscrit dans le travail des réseaux européens, participe à des festivals internationaux, en organise. Mais sa tâche ne s'arrête pas là. Ses représentants doivent bien souvent servir de conseillers officieux aux députés ou ministres de la Culture. "Nos Etats sont plus jeunes que nous", commente Priit Raud. Le même de souligner que les Etats adorent se prévaloir de l'existence d'une danse contemporaine estonienne par exemple, sans pour autant construire les conditions de son existence. Force est de constater la remarquable faculté d'adaptation de ces professionnels, leur véritable enthousiasme pour les collaborations internationales, l'importance qu'ils donnent à l'art dans les nouvelles perspectives européennes. Au risque de passer parfois pour des naïfs à l'Ouest…

Face à ces transitions tumultueuses, quelle solution les Européens ont-ils proposée ? Sans doute faut-il ici rappeler que les consultations multilatérales et la refonte des politiques culturelles est-européennes ont retenu l'attention du Conseil de l'Europe et de la Fondation européenne de la culture. L'Union européenne a signé des contrats d'association, puis elle a ouvert certains de ses programmes dont CULTURE 2000 aux futurs Etats membres. Si l'audiovisuel – et en particulier l'adoption de la directive "Télévision sans frontières" – a fait partie des acquis communautaires, aucun plan d'action spécifique culturel n'est venu poser le problème des politiques culturelles et du statut des artistes, conditions pourtant préalables à toute forme de coopération, comme les responsables du Conseil nordique des ministres l'ont noté. L'on propose ainsi aux ressortissants est-européens de revêtir un costume *a priori* encore plus mal taillé pour eux que pour les professionnels ouest-européens : la participation aux projets soutenus par CULTURE 2000 génère des risques financiers et des contraintes de gestion qui font de ce type de coopération “une aventure à haut risque”, comme l’indique la productrice lettone Baiba Tjarve. C’est donc plutôt du contact direct entre professionnels des deux Europe qu’émergent la fertilisation réciproque des expériences et la possibilité de nouveaux modèles de développement en matière artistique et culturelle, comme nous le constaterons plus loin. Si les Etats membres n’ont pas ménagé leurs efforts en direction de ces pays, ils l’ont fait de façon dispersée, parfois concurrente. Rien d’étonnant à ce que les ressortissants de l’Est perçoivent avec difficulté une “unité de culture” européenne au-delà du Marché unique. Enfin, les instances ouest-européennes se sont souvent comportées comme si nous n’avions rien à apprendre de l’Est ou comme si l’Elargissement restait une opération technique – la reprise de l’acquis communautaire –, sans conséquences sur notre imaginaire et notre vision du monde. Passé l’euphorie des “retrouvailles”, l’émergence d’expressions artistiques nouvelles dans des pays aussi différents que la Pologne, la Hongrie, la Slovaquie ou la Slovénie a été insuffisamment promue en Europe de l’Ouest, malgré l’acharnement de quelques professionnels. Quant aux “Années” ou “Saisons culturelles”, elles sont le fait de différents Etats membres de l’Union qui négligent de mutualiser leurs énergies (France, Italie, Autriche, Espagne, Suède, etc.).

Soulignant que quelque 35 millions d’euros auraient suffi à l’Union européenne pour prendre le relais du soutien de la Fondation Soros qui a permis l’émergence d’un secteur culturel “autonome mais fragile”, Dragan Klaic s'inquiète en 2001, du fait que "personne n'utilise l'Elargissement comme un moyen de repenser l'Europe comme un projet culturel à long terme". Selon cet auteur, des mesures s'avèrent urgentes pour combler le fossé d'ignorance entre les peuples des deux Europe : reconnaître le rôle central de la culture dans le développement, faire du multilinguisme la règle (et pas seulement au niveau des institutions communautaires), développer des programmes de mobilité, soutenir les réseaux culturels qui travaillent depuis quinze ans en Europe balte, centrale et orientale, privilégier les projets novateurs au détriment des actions prestigieuses… Sans doute ces mesures devront-elles se décliner à l'échelle conjointe de l'Union, des Etats et des collectivités territoriales. En tout état de cause, elles impliquent que des recherches paneuropéennes s'intéressent de près "à la transformation en cours de l'espace culturel européen".

Quelques mois après le premier Elargissement, l'on peut souhaiter que les coopérations engagées trouvent des réponses institutionnelles concertées à leur mesure, à l'Ouest comme à l'Est de l'Europe. Il y va de l'avenir du projet culturel européen. Le doute n'enlève pas l'espoir.

IV

L'UNION EUROPÉENNE ET LA CULTURE

En septembre 1998, le budget de la Commission atteignait 85 milliards d'écus. C'est alors qu'elle s'est retrouvée sous le feu des projecteurs médiatiques. "Trafic d'influences, détournement de fonds, violation des règles budgétaires, fonctionnaires corrompus : les accusations se bousculent, donnant de l'exécutif bruxellois une image peu reluisante", écrivait en 1998 Jean Quatremer dans *Libération*. L'examen des programmes euroméditerranéens révélait par exemple que la Commission avait demandé à des consultants extérieurs de créer une association de droit belge, l'ARTM, afin de contrôler les fonds de ces programmes. Or, deux des quatre administrateurs de l'ARTM dirigeaient en même temps des bureaux d'aide technique liés entre eux par une prise de participation croisée. Ils s'étaient taillé la part du lion dans l'attribution des contrats. Le 17 décembre 1998, le Parlement européen refusait de donner décharge à la Commission pour l'exécution du budget de 1996. Les deux institutions demandèrent à un Comité indépendant de mener des investigations qui aboutirent à la publication de deux rapports. La Commission démissionna en bloc le 15 mars 1999, après la publication du premier de ces rapports.

On a peut-être moins prêté attention au constat général fait dans le cadre de ces audits : certains services de la

Commission ont pris le parti de recourir à des intervenants extérieurs pour la gestion et le contrôle desdits programmes, faute de personnel. Contrairement à des clichés alimentés avec bienveillance, l'encadrement de la Commission est insuffisant pour un certain nombre de programmes, dont ceux qui intéressent la culture. On peut s'étonner que le Parlement européen, prompt à dénoncer les dérives communautaires, n'ait pas cru bon d'insister sur ce point. En 2004, sur un budget communautaire de 109 milliards d'euros, la ligne "Education et culture" représentait 847,6 millions d'euros.

QUINZE ANS DE NÉGOCIATIONS

1977-1984 : DE TIMIDES PREMIERS PAS

Il faut attendre 1974 pour que, sur l'insistance du Parlement européen, la Commission s'attelle à des premières propositions "pour une action communautaire dans le secteur culturel". En 1977, elle propose une communication sur ce thème au Conseil. Elle lance ensuite une série d'études à caractère économique et juridique, notamment au droit des interprètes et des artistes plasticiens. En 1987, le programme ERASMUS est adopté pour deux ans, avec un budget de 85 millions d'écus.

L'alliance entre culture et économie restera la "marque de fabrique" de la Commission européenne et fondera dans un premier temps tout à la fois la nouveauté de son approche, la légitimité et le caractère criticable de son action. Président de la Commission, Jacques Delors ne déclarait-il pas le 12 novembre 1985 devant le Parlement européen : "Aux termes du traité, nous n'avons pas les moyens de mettre en œuvre une politique culturelle mais nous allons tâcher de l'aborder par le biais économique. Il ne s'agit pas simplement de programmes télévisés. Il s'agit de bâtir une puissante industrie européenne de la culture" ?

Chef de la division "Problèmes du secteur culturel" au secrétariat général de la Commission, Robert Grégoire résume de façon magistrale en 1982 les fondements et limites de l'action communautaire durant cette période : "Il n'appartient pas à la Commission de dire si une œuvre est bonne ou mauvaise ni si elle est belle ou laide. Il ne lui appartient pas non plus de décider soit d'un créateur soit d'un interprète qu'il a du talent ou qu'il n'en a pas. Il lui appartient d'abaisser les obstacles économiques et sociaux qui ralentissent la marche des créateurs et des interprètes et qui, par là, gênent l'élaboration et la diffusion des œuvres : de toutes les œuvres, quelles qu'elles soient. L'expression «travailleurs culturels» qui remplace le mot «artistes» dans la terminologie communautaire témoigne d'un respect absolu pour la liberté de la culture (...). La Commission suit la chaîne qui part de l'économique, passe par le social et aboutit au culturel." Dans ce texte, il est aussi question de l'adaptation du droit d'auteur et du droit voisin aux nouvelles évolutions technologiques, du droit de suite des plasticiens, de la prévention contre le vol des œuvres d'art, du fait que l'aide au secteur culturel s'apparente à un investissement pour la création d'emplois. En outre, Robert Grégoire pressent une dimension de l'action communautaire, en passe de devenir essentielle : l'ouverture aux professionnels de la culture des dispositifs mis en place dans le cadre des Fonds structurels et autres dispositifs financiers de l'Union européenne. L'accent est donc mis sur une approche technique supposée "neutre" à l'égard des réalités culturelles et artistiques, et partant, rassurante au regard des souverainetés nationales. Un combat feutré se poursuit pourtant depuis les années 1960 entre certains Etats et la Commission : la reconnaissance d'une spécificité culturelle – pour ne pas dire exception – dans les échanges commerciaux communautaires et la constitution d'un marché unique. En effet, les dissensions entre la direction générale chargée de la Concurrence et certains Etats se font sentir dès cette époque. Jack Lang déclare ainsi à Naples en 1982 : "Il y a eu de la part de la Commission des Communautés européennes, la volonté (tentation) de vouloir appliquer à l'industrie du cinéma, sous prétexte qu'elle est une industrie, les règles du traité *stricto sensu.* Or nous savons bien qu'une industrie culturelle, que ce soit le livre ou le film, n'est pas une industrie comme les autres et qu'on ne peut brutalement lui imposer les règles de la libre concurrence internationale."

1984-1992 : ESQUISSE D'UN RAPPROCHEMENT ENTRE ÉTATS MEMBRES

Après des réunions informelles à Naples puis Athènes, la relance européenne de 1984 conduit à organiser la première réunion formelle des ministres des Etats membres chargés de la Culture, le 22 juin 1984 à Luxembourg. Le parcours semble accompli avec l'inclusion de l'article 128 (devenu 151) dans le traité de l'Union européenne en 1992, lequel autorise désormais l'Union européenne à proposer des actions en matière culturelle. Les articles 149 et 150 consacrent la "contribution" de la Communauté en matière "d'éducation, de jeunesse et de formation professionnelle". Quant à l'article 3 du traité, il prévoit "une contribution à une éducation et à une formation de qualité ainsi que l'épanouissement des cultures des Etats membres". Il est intéressant de comparer les grandes lignes de ces articles. Tous trois excluent "toute harmonisation des dispositions législatives et réglementaires des

Etats membres". Tous trois impliquent la consultation du Comité des régions. Tous trois "favorisent la coopération avec les pays tiers et les organisations internationales compétentes". Les trois visent la coopération européenne et les échanges. Mais les similitudes s'arrêtent là. Concernant l'éducation et la jeunesse, le vote à la majorité qualifiée est instauré. A l'article 150 (formation professionnelle), on peut lire que "la Communauté met en œuvre une politique de formation professionnelle", laquelle certes "appuie et complète l'action des Etats membres". Rien de tel en ce qui concerne l'article 151. Il reste un alinéa très intéressant, le quatrième, d'ailleurs souvent invoqué par les professionnels de la culture : "La Communauté tient compte des aspects culturels dans son action au titre d'autres dispositions du traité, afin notamment de respecter et de promouvoir la diversité de ses cultures."

ARTICLE CULTURE (151 DU TRAITÉ CE)

1) La Communauté contribue à l'épanouissement des cultures des Etats membres dans le respect de leur diversité nationale et régionale, tout en mettant en évidence l'héritage culturel commun.
2) L'action de la Communauté vise à encourager la coopération entre Etats membres et, si nécessaire, à appuyer et compléter leur action dans les domaines suivants :
– l'amélioration de la connaissance et la diffusion de la culture et de l'histoire des peuples européens,
– la conservation et la sauvegarde du patrimoine culturel d'importance européenne,
– les échanges culturels non commerciaux,
– la création artistique et littéraire, y compris dans le secteur de l'audiovisuel.

3) La Communauté et les Etats membres favorisent la coopération avec les pays tiers et les organisations internationales compétentes dans le domaine de la culture, et en particulier avec le Conseil de l'Europe.
4) La Communauté tient compte des aspects culturels dans son action au titre d'autres dispositions du présent traité, afin notamment de respecter et de promouvoir la diversité de ses cultures.
5) Pour contribuer à la réalisation des objectifs visés au présent article, le Conseil adopte :
– statuant conformément à la procédure visée à l'article 251 et après consultation du Comité des régions, des actions d'encouragement, à l'exclusion de toute harmonisation des dispositions législatives et réglementaires des Etats membres. Le Conseil statue à l'unanimité tout au long de la procédure visée par l'article 251.
– statuant à l'unanimité sur disposition de la Commission, des recommandations.

La conjonction de l'unanimité et du pouvoir de codécision du Parlement européen a eu pour conséquence un délai de dix-huit mois pour l'adoption de CULTURE 2000, entre 1998 et 2000. Dans la préparation du Conseil européen de Nice, le passage à la majorité qualifiée avait été envisagé pour la culture. Mais cette question a été confondue avec celle de l'exception culturelle, laquelle pourtant relève de l'article 133 traitant de la politique commerciale commune. Visant à préserver la souveraineté des Länder, les réticences allemandes se sont ajoutées pour faire triompher une fois de plus le *statu quo*.

La première esquisse de politique communautaire originale se fait sans doute dans le domaine cinématographique et audiovisuel : en effet, conçu en concertation étroite avec les professionnels européens, MEDIA – aujourd'hui MEDIA + – synthétise les deux attendus de la Communauté : promouvoir une économie de la culture dynamique, tout en assurant le rayonnement de la création européenne. Mais ce qui est nouveau, ce sont la méthode, le montant et la nature des moyens envisagés, ainsi que le degré de contrainte auquel s'engagent les Etats membres, et en particulier la possibilité de directives intéressant la culture, l'audiovisuel et d'autres domaines. Elles sont peu nombreuses mais leur seule existence parfois "surmédiatisée", alimente le fantasme d'une supranationalité contraignante auprès de certains Etats membres et des entreprises multinationales. Enfin l'objectif d'une coopération multilatérale supplante peu à peu la seule notion d'échange.

Quant aux résolutions déjà évoquées, elles ne comportent pas d'aspect contraignant mais illustrent la volonté des Etats membres de mettre en œuvre certaines politiques conjointes ou similaires. Ainsi celles de 1995 sur la promotion des statistiques culturelles, de 1999 sur la libre circulation des personnes travaillant dans le secteur culturel et de 2000 sur la qualité architecturale.

A partir de 1994, trois programmes culturels sont mis en chantier : Kaléidoscope consacré à la coopération artistique européenne, Ariane pour le livre et la lecture et Raphaël, consacré au patrimoine. En 1998 la Commission propose la mise en place d'un programme-cadre se substituant aux trois premiers, CULTURE 2000, originellement doté de 167 millions d'euros pour la période 2000-2004, soit une faible augmentation par rapport au montant total des programmes antérieurs. Il comporte trois innovations majeures : la prise en compte de la dimension interdisciplinaire des activités artistiques, la possibilité de contracter des accords pluri-annuels sur projet, ainsi qu'une collaboration plus affirmée avec les pays tiers. Enfin des "points de contact Culture" sont mis en place, chargés de promouvoir le programme et de faciliter les démarches des porteurs de projets. Nous reviendrons plus loin sur CULTURE 2000 et les jalons posés pour un nouveau programme culturel à partir de 2007. Mais examinons tout d'abord rapidement le rôle transversal accordé à la culture dans les programmes communautaires.

LA CULTURE DANS LE LABYRINTHE COMMUNAUTAIRE

Politique régionale, formation professionnelle, échanges universitaires, recherche, relations culturelles extérieures… "La Commission découvre avec stupeur ce que le monde culturel savait depuis quelque temps : il existe plus d'argent dans l'ensemble des programmes communautaires que dans le tiroir étiqueté «culture»", écrivaient en 1990 les membres d'IETM (Informal European Theatre Meeting). L'ouvrage réalisé en 2001 par le Relais Culture Europe, *Les Financements culturels européens*, recense quelque soixante-dix programmes ou dispositifs potentiellement ouverts aux acteurs culturels. Le gisement de fonds le plus important est celui des Fonds structurels.

LES FONDS STRUCTURELS

Le terme de "culturel" a fait en 2000 son entrée dans le nouveau règlement des Fonds structurels, immédiatement accolé à celui de "développement" : "Le développement culturel, la qualité de l'environnement naturel et bâti, la dimension qualitative et culturelle du cadre de vie et le développement du tourisme contribuent à rendre les régions économiquement et socialement plus attractives dans la mesure où ils favorisent la création d'emplois durables." La recension effectuée par la Commission européenne sur la programmation 1989-1994 faisait état de quelque 400 millions d'écus par an en faveur de projets comportant un volet culturel. Une nouvelle étude sur le sujet a été réalisée à la demande de la Direction Education et Culture de la Commission européenne, sur la programmation 1994-1999, et contenant également des éléments sur la période 2000-2006. L'étude conclut à une extrême disparité des projets soutenus et à leur inégale dimension culturelle, compte tenu de la diversité des définitions retenues pour le mot de "culture". En outre, le caractère fragmentaire des informations recueillies est souligné par les Etats membres eux-mêmes, étant donné le caractère décentralisé de la gestion des fonds dans beaucoup de pays.

Bien d'autres programmes – recherche et développement technologique, société de l'information, éducation, formation professionnelle, information, coopération avec les ONG, coopération extérieure – sont ouverts aux professionnels de la culture. Pourtant, à quelques exceptions près, les "outils" proposés s'avèrent d'un maniement sophistiqué. En outre, ils tendent à renforcer le rôle "subsidiaire" de la culture dans un environnement relevant d'autres priorités. Comme le soulignait un responsable d'INTERREG en 2003, les opérateurs culturels doivent "prouver la valeur ajoutée de leurs propositions en termes de cohésion sociale, de développement économique, de coopération durable". Certes, la culture participe de tout cela. Mais elle décline aussi sa propre logique, source de rayonnement social et économique et de richesse immatérielle.

DEUX POIDS, DEUX MESURES

La politique commerciale communautaire a des incidences essentielles sur les activités artistiques et culturelles, dans au moins deux domaines : les aides d'Etat face au principe de libre concurrence et la fiscalité indirecte.

Au chapitre "Concurrence" du traité, l'article 87 prévoit la possibilité "d'aides destinées à promouvoir la culture et le patrimoine, quand elles n'altèrent pas les conditions des échanges et de la concurrence dans la Communauté, dans un sens contraire à l'intérêt commun". L'interprétation de cet article a suscité de nombreux conflits à propos du prix unique du livre. La Commission statue sur l'application de cette disposition, qui, comme toute mesure dérogatoire, doit être appliquée de façon restrictive. Quant à l'article 30, il restreint la notion de libre circulation pour la "protection des trésors nationaux ayant une valeur artistique, historique ou archéologique", sans pour autant donner une définition de la notion de "trésor national", laissée au soin de chaque Etat.

Face à la lenteur de décision concernant l'adoption des programmes culturels, on ne peut que constater la célérité et le zèle dont font preuve les instances communautaires lorsqu'il s'agit de dénoncer un accord austro-allemand sur le prix du livre ou de vérifier scrupuleusement que le montant des aides nationales au cinéma ne dépasse pas 50 % des budgets de production. Y aurait-il deux poids, deux mesures et – au-delà des innombrables déclarations sur le rôle essentiel de la culture dans la construction communautaire –, celle-ci resterait-elle un "problème" pour une Union européenne dont les priorités seraient avant tout économiques et commerciales ? Somme toute, le combat feutré mais inégal qui se poursuit entre autorités de la concurrence et de la culture au sein de la Commission rappelle la complexité des relations entre ministères des Finances et de la Culture dans les Etats membres. Mais, compte tenu du poids de la législation communautaire au regard des prérogatives nationales, l'on peut parfois rester perplexe quant à la sélectivité de l'énergie déployée par la Commission.

LE RÔLE DU PARLEMENT EUROPÉEN

Le Parlement européen est investi d'une fonction législative, avec un pouvoir mis en œuvre principalement par trois procédures : codécision, avis conforme, avis consultatif. Grâce au traité de Maastricht, entré en vigueur en 1993, le Parlement européen a reçu le pouvoir de codécision dans un nombre accru de domaines dont la culture.

Dès les années 1960, la question de la compétence en matière culturelle se trouve posée. Face au silence des traités et contre l'avis de certains Etats membres, en particulier le Danemark et la RFA, suivant la cour de justice des Communautés européennes, le Parlement européen développe en 1963 un argumentaire par la négative, en vertu du principe que "tout ce qui n'est pas formellement défendu est admis". En 1973, il crée une Commission de la Jeunesse, des Sports, de la Culture et de l'Information – devenue Commission de la Culture, de la Jeunesse, de l'Education, des Médias et des Sports – et décide de la création d'une ligne budgétaire consacrée aux dépenses relatives à "l'action culturelle". A l'expression communautaire de "secteur culturel", le Parlement préfère celle, moins connoté économiquement, de "domaine culturel". Par ailleurs, il ne se prive pas de faire référence à l'idée d'"une politique culturelle européenne", expression bannie, jusque récemment, du vocabulaire de la Commission et des Etats membres. Enfin il valorise l'expérience du Conseil de l'Europe.

Dès 1979, il participe à la bataille pour l'inclusion de compétences culturelles et éducatives dans le traité. Entre le Parlement, la Commission et le Conseil, les escarmouches ne manquent pas même si, au total, la première génération de programmes communautaires recueille son avis positif. Il reste qu'en 1996, le blocage par le Conseil de Kaléidoscope, Raphaël et Ariane résulte de divergences sur les montants financiers à leur allouer. Pour le seul programme Raphaël, le Parlement souhaitait 70 millions d'écus contre les 30 proposés par le Conseil, montant finalement retenu. De même, avant l'adoption de CULTURE 2000, de lancinants allers et retours entre le Conseil et le Parlement ont porté tant sur la forme que sur le montant alloué à ce programme. Ce dernier répondait pourtant au souhait conjoint du Conseil et du Parlement européen "d'une approche globale et transparente pour l'action culturelle, y compris, entre autres, d'un instrument unique de programmation et de financement".

Jusqu'en 2004, le Parlement intervient aussi dans le domaine culturel par une autre voie : dans le cadre des crédits de fonctionnement du budget général de l'Union européenne, il accorde des subventions destinées à couvrir les frais de gestion et de fonctionnement d'organisations oeuvrant dans l'intérêt culturel européen – lignes A 3021 et A 3042, respectivement dotées de 1,8 million et de 2,6 millions d'écus en 2000, pour soutenir quinze organisations. Considérées comme "opaques" par certains observateurs, ces lignes représentaient une "exception" prisée par les associations européennes qui toutefois regrettaient l'amalgame opéré entre des organismes réellement indépendants et certaines initiatives mises en place par l'Union elle-même comme l'Orchestre des jeunes de l'Union européenne. Après la suppression de la ligne A 3021, la Commission européenne a fait une proposition pour la gestion de la ligne A 3042, sur la base d'un appel à propositions annuel.

Dès 1984, le Parlement européen s'est mobilisé en faveur du soutien communautaire au cinéma et à l'audiovisuel. En 1988, Année européenne de la Télévision et du Cinéma, Ettore Scola, Peter Fleichmann et le futur commissaire européen Carlo Ripa di Meana ont convaincu Jacques Delors de la nécessité de mettre en place un intergroupe dédié au cinéma.

En 2001 et 2002, la Commission Culture, Education, Jeunesse, Médias et Sports du Parlement européen a transmis à la Commission et au Conseil quatre rapports respectivement consacrés à "la coopération culturelle européenne" (rapport Ruffolo), à " la mise en œuvre de CULTURE 2000" (rapport Graça Moura), à "l'importance et [au] dynamisme du théâtre et des arts du spectacle dans l'Europe élargie" (rapport Fraisse) ainsi qu'à "certains aspects juridiques liés aux œuvres cinématographiques et autres œuvres audiovisuelles" (rapport Vander Taelen). Sans revenir ici en détail sur le contenu de chacun d'entre eux, on constate qu'ils démontrent tous une perméabilité des parlementaires au souci des professionnels et une détermination à jouer leur plein rôle dans la redéfinition d'objectifs culturels pour la coopération européenne. Nous nous arrêterons sur le rapport Ruffolo sur la coopération culturelle dans l'Union européenne. Il revient sur deux éléments essentiels : la proposition de "coopérations renforcées" dans le domaine culturel et la possibilité d'une implication plus forte des Etats dans cette coopération européenne. Ce texte marque un certain infléchissement de la position du Parlement désormais, semble-t-il, conscient du rôle incontournable des Etats, tout en insistant sur leurs responsabilités. Le rapport mesure le déficit d'adhésion publique aux initiatives en cours. Trois des propositions émises par le rapport ont été relayées par la Commission : organisation d'un forum sur la coopération culturelle européenne (21 et 22 novembre 2001), nouvelle étude sur l'utilisation des

Fonds structurels par les projets à dimension culturelle, travaux préparatoires à la mise en œuvre d'un Observatoire de la coopération culturelle européenne.

Examinons à présent la façon dont certains domaines culturels sont pris en charge par l'Union européenne. A cet inventaire "raisonné" nous avons ajouté les programmes consacrés à la jeunesse, à l'éducation et à la formation professionnelle, tous de grand intérêt pour les opérateurs culturels. Les programmes intéressant la coopération culturelle extérieure de l'Union européenne sont décrits au chapitre VII.

LE PATRIMOINE, "VIEIL ENFANT GÂTÉ" DE LA COOPÉRATION CULTURELLE COMMUNAUTAIRE

Si le patrimoine apparaît aujourd'hui comme l'un des domaines les mieux dotés par les programmes européens communautaires, c'est sans doute que dans une perspective symétrique de celles des industries de programme (cinéma, audiovisuel), il réconcilie des objectifs se trouvant au cœur des politiques publiques européennes : mise en évidence d'une culture commune et source non négligeable de revenus et d'emplois. Il importe aussi de souligner que les ravages causés par un urbanisme dévastateur dans les années 1960 et 1970 ont provoqué un sursaut salutaire : "Pour la première fois de son histoire, l'Europe occidentale a trouvé une opinion publique qui supporte et favorise la sauvegarde de son passé", indiquait Robert Lemaire en 1980. Objet privilégié de la nostalgie identitaire européenne, le patrimoine se classe aussi désormais parmi les enjeux économiques de première importance.

LES PREMIERS PAS DE LA COMMUNAUTÉ EUROPÉENNE

A partir de 1977, la Communauté européenne s'intéresse à la question patrimoniale sous l'angle économique et juridique. Elle commande des études visant à mettre en relation le coût de restauration et de conservation du patrimoine au regard des exploitations économiques que l'on peut en attendre. A partir de 1984, en toute prudence, elle "vise à soutenir l'action des Etats membres en faveur de la conservation du patrimoine architectural", avec des priorités annuelles. Sous l'impulsion du Parlement européen, la Communauté soutient en outre la restauration de monuments ou ensembles jugés exceptionnels et menacés de dégradation : Parthénon et Acropole à Athènes, mont Athos, Quartier du Chiado à Lisbonne, collège de la Trinité à Coimbra, partie des chemins de Saint-Jacques-de-Compostelle…

Enfin la Communauté s'intéresse aux actions de sensibilisation dont les Journées européennes du patrimoine initiées par le Conseil de l'Europe.

DE RAPHAËL A CULTURE 2000

Après de longues et difficiles négociations portant notamment sur son montant, Raphaël voit officiellement le jour le 13 octobre 1997, avec un budget de 30 millions d'écus pour la période 1997-2000. Le programme s'adresse à un éventail diversifié de partenaires : institutions publiques ou privées, centres de recherche, entreprises, avec toutefois des exclusives concernant, par exemple, le rôle obligatoire de filtre des Etats membres pour les projets exemplaires de restauration et conservation intitulés "Laboratoires européens du patrimoine". Les grandes orientations du programme sont au nombre de quatre : conservation, sauvegarde et mise en valeur du patrimoine culturel européen par la voie d'une coopération européenne, échange d'expériences et développement de techniques appliquées au patrimoine, accès et sensibilisation du public, coopération avec les "pays tiers" et les organisations internationales dont le Conseil de l'Europe. En 1997 et 1998, plus de trois cents projets ont été soutenus, impliquant plus de mille cinq cents opérateurs. En 2000, Raphaël s'efface au profit de CULTURE 2000.

L'EXEMPLE DU RÉSEAU EUROPÉEN DES CENTRES CULTURELS-MONUMENTS HISTORIQUES

Il paraît intéressant d'analyser la démarche retenue par le Réseau européen des Centres culturels-Monuments historiques. Ce réseau s'est développé parallèlement aux opportunités offertes par la Commission européenne : bénéficiaire d'un programme Kaléidoscope (au titre d'accueil de stagiaires), puis de deux programmes Raphaël (étude de cas de réutilisation et publication, échanges de savoir-faire autour de la réutilisation), ce réseau voué à la réutilisation culturelle contemporaine de monuments historiques a reçu le soutien de CULTURE 2000-2001 au titre des Actions pluriannuelles. Comme en témoigne l'un de ses initiateurs, Jean-Noël Mathieu, directeur de l'Association des Centres culturels de rencontre (ACCR), le montage d'un réseau européen génère un certain nombre d'expectatives et de contraintes qu'il faut gérer chemin faisant : "D'une part faire vivre le réseau existant, d'autre part rester disponible pour l'intégration progressive de nouveaux membres dans une limite raisonnable." En 2000, la mise en place d'accords pluriannuels de coopération dans le cadre de CULTURE 2000 permettait de tirer un fil à plus long terme – sur deux ans à trois ans – et de proposer une série d'initiatives propres à diversifier les projets et les partenariats. Le programme proposé à la Commission se décomposait en trois volets : la réalisation d'un document de référence sur la pratique de la réutilisation culturelle et artistique des monuments historiques – associant notamment l'ACCR (avec Royaumont et La Tourette), à Suomenlinna (Finlande), le Grand Hornu (Belgique) et l'Ospitale (Italie) –, un travail mené en commun sur les jardins d'insertion (Le Grand-Jardin – France et l'Ospitale – Italie), enfin une coopération avec des artistes sur le thème de l'environnement et des paysages liés aux monuments – Fondation Serralves (Portugal), Château Ujazdowski (Pologne), Saline d'Arc-et-Senans (France), Châteaux de Plüschow et Bröllin (Allemagne). Le chef de file désigné pour ce projet est l'équipe de Suomenlinna, forteresse historique située sur l'archipel d'Helsinki. Ainsi l'effort de coordination accompli antérieurement par la seule ACCR s'est déplacé vers un autre partenaire qui partage aujourd'hui la responsabilité de la relation avec la Commission, les tâches exécutives du réseau restant assurées par l'association française (ACCR). Le réseau a obtenu un nouveau soutien de CULTURE 2000 en 2003, pour un projet touchant aux relations originales que la réutilisation d'un monument peut induire avec les populations de proximité (France, Allemagne, Belgique, Espagne, Hongrie, Pologne).

Si CULTURE 2000 a constitué un horizon pour accélérer une mise en commun qui se serait peut-être déroulée à un rythme différent, la présentation et la gestion du dossier exigent une mobilisation de tous les instants qui contrarie parfois le travail sur les contenus et génère une routine. "Sans une complicité longue et une solide confiance déjà acquise entre tous les intervenants, ce type de projet est impossible à monter", précise Jean-Noël Mathieu, conscient du fait qu'aujourd'hui le Réseau européen des Centres culturels-Monuments historiques s'essaye à des exercices dont la difficulté sera payante à terme mais devrait également constituer un précieux corps de références et d'expériences pour la Commission.

PATRIMOINE ET DÉVELOPPEMENT RÉGIONAL

En 1986, une résolution des ministres responsables des Affaires culturelles conclut à l'intérêt des "Itinéraires culturels transnationaux" initiés par le Conseil de l'Europe, tout en constatant que ces projets "peuvent bénéficier du soutien des différents instruments communautaires existants". Au premier rang d'entre eux, les Fonds structurels. Dans ce cadre, plusieurs types de projets ont pu être financés, intéressant souvent le patrimoine local ou régional non classé : restauration et aménagements, valorisation, réutilisations, signalétique, restauration ou création de musées, réhabilitation d'espaces publics, formation et réinsertion.

BLIESBRUCK-RHEINHEIM, UN PARC "A CHEVAL" SUR LA FRONTIÈRE

Situé dans l'Eurorégion Saar-Lor-Lux, le parc archéologique européen de Bliesbruck-Reinheim a bénéficié de deux financements *via* le programme d'initiative communautaire INTERREG (I et II) pour offrir aux visiteurs les restes d'une nécropole celte, d'une petite ville, de thermes et de villas romaines. Créé par des archéologues français et allemands "à cheval sur la frontière", le parc a inventé un mode de gestion commun et collabore avec plusieurs universités européennes. Le conseil général de Moselle et le Land de Sarre ont développé une coopération très dynamique dans ce cadre, également ouvert aux manifestations culturelles contemporaines (littérature, concerts, etc.).

Dès le début des années 1980, la Commission des Communautés européennes distribue des bourses aux instituts de conservation et de restauration européens engagés dans le perfectionnement des professionnels, et participe au programme Pro Venetia Viva. Le besoin de professionnels formés à la restauration a fait l'objet d'une initiative cofinancée par l'Institut de l'emploi en Espagne et le Fonds social européen les "Ecoles-ateliers" (Escuelas-talleres), à l'attention de jeunes chômeurs.

LES ENJEUX TECHNOLOGIQUES DU PATRIMOINE

Autre volet des programmes intégrant le patrimoine, les programmes de recherche et d'application technologique. Depuis quelques années, l'Union soutient une approche scientifique et technologique portant sur quatre domaines : prévention des risques, protection – structure, matériaux, résistance aux conditions météorologiques, analyses climatologiques des espaces intérieurs –, conservation, gestion et présentation des collections, étude des interactions entre les contextes urbains et les patrimoines qu'ils recèlent. Il importe notamment de prévoir une fréquentation des monuments ou des sites qui ne "consomme" pas ce qui doit être préservé pour l'éducation et l'agrément des générations futures. C'est notamment le sens du projet REACH (Rationalized Economic Appraisal of Cultural Heritage), lancé avec le soutien du quatrième Programme-cadre de recherche, associant universitaires et professionnels britanniques, suédois, norvégiens, tchèques et portugais. RACE I et II, puis ACTS (Technologies et services avancés de télécommunication, 681 millions d'écus pour la période 1995-1999) ont appuyé la mise en place d'EMN (European Museum Networks) – système-test multimédia numérique complet à partir du concept client-serveur, ou encore RAMA (Accès à distance aux archives des musées), service devant être proposé aux éditeurs, chercheurs et établissements scolaires.

Le cinquième Programme-cadre de recherche et de développement de l'Union européenne (cinquième PCRD, 1998-2002) a réservé, dans le cadre de son quatrième programme thématique – "Energie, environnement et développement durable" –, une place au patrimoine sous le titre "La ville de demain et le patrimoine culturel". Cette action-clé était dotée de 170 millions d'euros. La préservation, le développement de stratégies novatrices de conservation, une meilleure intégration du patrimoine culturel dans le contexte urbain faisaient partie des priorités. Cette action a été reconduite sous une autre forme dans le sixième Programme-cadre.

C'est dans le cadre du programme IMPACT (Plan d'action pour la création d'un marché des services de l'information et le renforcement de la compétitivité de l'industrie européenne des services d'information) que Jean-Paul de Saint-Aubin, alors en poste à l'Inventaire du ministère français de la Culture, a conduit de 1988 à 1990 le projet conjoint d'une banque de données sur les services d'inventaires patrimoniaux, avec le Service britannique de l'Inventaire et l'Inventaire italien des biens culturels. Cette coopération entre administrations publiques a inclus une société privée productrice de documents multimédias pour la région d'Emilie-Romagne, laquelle a administré le programme en question, pensé au départ pour tous les publics. Ce dernier est pourtant resté réservé aux spécialistes du secteur. Convaincu de la nécessité de travailler au-delà des frontières dans le domaine des applications technologiques au patrimoine, il fait état d'un progressif "désenchantement scientifique" au profit d'une machinerie administrative et technologique de plus en plus lourde à gérer. Or, pour M. de Saint-Aubin, c'est la formation et l'implication des professionnels comme la restitution de ces trésors au public qui représentent les véritables enjeux. L'une des solutions réside certainement dans la formation d'équipes pluridisciplinaires entre chercheurs, économistes et usagers, comme l'UCL (University College London's Center for Social and Economical Research), entrepris en collaboration avec des universités française, néerlandaise, belge et suisse.

Engagée dès les années 1970, la numérisation des inventaires, des catalogues et instruments de recherche s'avère aujourd'hui essentielle en termes de compatibilité technique des systèmes publics d'information culturelle à l'échelle nationale, européenne et internationale. Afin de développer le contenu européen sur les réseaux mondiaux, la Commission européenne a mis en œuvre le programme "eEurope" dont l'un des volets vise à améliorer les mécanismes de coordination des programmes de numérisation. En avril 2001 à Lund en Suède, lors d'une réunion d'experts et de représentants des Etats membres, des principes d'action ont été adoptés parmi lesquels figurent en bonne place la promotion de l'interopérabilité et les études sur les schémas propres à favoriser l'intégration des données européennes.

Les rencontres de Lund ont aussi conduit à la mise en place de MINERVA (Ministerial Network for Valorising Activities in Digitisation) pour la coordination des politiques publiques nationales européennes de numérisation des données culturelles. Ce programme associe notamment la France, l'Italie, la Finlande, la Suède, le Royaume-Uni, l'Espagne, la Grèce et les Pays-Bas. Une collaboration s'est engagée avec HEREIN (programme du Conseil de l'Europe déjà mentionné).

LE VOLET LÉGISLATIF COMMUNAUTAIRE
Selon le traité de Rome, toute restriction à la libre circulation des marchandises doit être progressivement bannie. Mais il existe une dérogation pour les "trésors nationaux ayant une valeur artistique, historique ou archéologique" (article 30 du traité CE). En complément, un règlement a été établi le 9 décembre 1992, en vue de l'exportation des biens culturels hors de l'Union, laquelle impose une licence d'exportation qui peut être refusée si l'on considère que le bien est un "trésor national", ce qui peut conduire à un classement, assorti de l'indemnisation du propriétaire. Enfin la directive sur la restitution des biens culturels ayant quitté illicitement le territoire d'un Etat membre a été adoptée le 15 mars 1993, afin de compenser la disparition des mécanismes de contrôle aux frontières entre les Etats membres, dans un contexte de vol et de trafic florissants à l'échelle mondiale. Sans effet rétroactif, le texte ne règle pas le cas des différends préexistants. De surcroît, l'effectivité de la règle dépend "du souci de coopération entre les Etats", comme le soulignait Marie Cornu en 1995. Du ressort des Etats, la définition de "trésor national" diffère selon que ces derniers sont principalement exportateurs ou importateurs de biens culturels. Le bilan de la directive reste mitigé puisque qu'elle n'a fait l'objet que de rares demandes de restitution depuis son adoption. "Il semble qu'une coopération policière serait une voie plus appropriée", notait Maurice Blin en 2000.

Directrice du Centre des monuments historiques, de collections et des sites à l'UCL de Londres et consultante auprès de la Commission, May Cassar revient sur les effets induits par la réutilisation du patrimoine dans les centres urbains : qualité de vie, attention aux moyens de transport non polluants, introduction du patrimoine dans les cursus scolaires. Selon les informations qu'elle communiquait en 2000, 50 % des aménagements urbains en Europe découlent de cette activité. Elle stimule également l'activité des PME, le recours aux technologies de l'information et de la communication, elle encourage les investissements dans des régions défavorisées "disposant d'une forte concentration de potentiel culturel". Il reste que l'évaluation culturelle des projets montés dans le cadre des fonds structurels reste aléatoire et inégale, suivant l'engagement des régions et des responsables culturels locaux. En outre, l'indispensable association entre particuliers et organismes privés et publics dans la gestion des différents aspects du patrimoine mobilier comme immobilier demande certainement la mise en place d'une fiscalité incitative à l'échelle européenne.

LES INDUSTRIES CULTURELLES : UNE INÉGALITÉ DE TRAITEMENT POUR DES ENJEUX TOUS DÉCISIFS

LES AVANCÉES EN MATIÈRE CINÉMATOGRAPHIQUE ET AUDIOVISUELLE

Après l'adoption d'un Fonds Eurimages auprès du Conseil de l'Europe, une série de concertations entre les professionnels du secteur, les Etats membres, le Parlement et la Commission conduisent à l'adoption, le 31 décembre 1990, d'un premier programme MEDIA ("Programme d'action pour encourager le développement de l'industrie audiovisuelle européenne"). A titre expérimental, des actions sont mises en place autour de trois axes qui resteront les priorités de MEDIA : préproduction, distribution et formation. Deux constatations s'imposent d'emblée : le secteur de l'aide à la production est exclu de MEDIA et sa base juridique se fonde essentiellement sur l'article 157 du traité, consacré à "l'industrie" dont le terme-clé apparaît comme celui de compétitivité. Les objectifs généraux de cet article relativement court sont "d'accélérer l'adaptation de l'industrie aux changements structurels, d'encourager un environnement favorable à l'initiative et au développement des entreprises (...) et notamment des petites et moyennes entreprises de la Communauté, de favoriser un environnement favorable à la coopération entre entreprises, de favoriser une meilleure exploitation du potentiel industriel des politiques d'innovation, de recherche et de développement technologique". En 1989, la situation n'est en effet guère florissante pour le marché des programmes européens, largement dominé par la pénétration américaine – 70 % de la distribution cinématographique, sauf en France (57 %), plus de 50 % de la diffusion télévisuelle en moyenne. En effet, le triplement des chaînes de télévision entre 1980 et 1991, généré par l'ouverture des canaux hertziens aux entreprises privées, a créé un déficit de programmes que l'industrie américaine s'est empressée de combler : en 1988, sur cent fictions diffusées sur les écrans européens, cinquante-sept sont américaines, avec de fortes disparités selon les pays : 16 % au Royaume-Uni contre 85 % en Italie. C'est donc en termes économiques que les points faibles de l'industrie européenne de programmes sont appréhendés : atomisation des producteurs et des distributeurs européens, manque de fonds pour la préparation des projets de production – écriture, développement, préproduction –, manque d'expérience de la coopération européenne, faible circulation des programmes européens en Europe (3 % des films et programmes télévisuels en 1988). Quant à la formation professionnelle, elle vise dans un premier temps le montage de coproductions européennes et l'appropriation des nouvelles technologies. Dix-neuf associations – existantes ou créées *ad hoc* – sont mises en place de 1991 à 1995 pour gérer les différents aspects du programme. Sans revenir sur le détail de leurs activités, il est intéressant de constater qu'elles représentent une première tentative pour gérer, à l'échelle communautaire et de façon décentralisée, les différents aspects d'un programme culturel. Ainsi, par exemple, European Script Fund à Londres sélectionne et accompagne les projets européens d'écriture de films de fiction à l'échelle des Douze, EFDO à Hambourg accorde des prêts aux distributeurs européens, Cartoon à Bruxelles se préoccupe du film d'animation… Bien entendu, les marchandages entre Etats membres conduisent aussi à des attributions d'ordre politique ou à des doublons – comme les deux agences chargées du documentaire respectivement créées à Copenhague et à Amsterdam. Parallèlement, des MEDIA Desks – bureaux d'information et de conseil logistique – sont créés dans tous les Etats membres. En 1989, le président François Mitterrand convoque à Paris les Assises européennes de l'audiovisuel. Le programme MEDIA se trouvant déjà sur les rails, un Eurêka Audiovisuel, librement inspiré du programme d'innovation industrielle Eurêka, est porté sur les fonts baptismaux. Il s'occupera de l'Europe centrale et orientale et constituera un "sas d'entrée" pour les Etats non membres de la Communauté européenne. A l'effervescence du début de la décennie succède dans les années 1993, une phase de doute et de prudence, notamment orchestrée par le nouveau commissaire à la Culture et à l'Audiovisuel, M. Dodelinger. Les négociations de 1993 du GATT pèsent désormais sur les discussions en cours et la nouvelle Commission s'interroge sur le bien-fondé d'un programme comme MEDIA – pourtant seulement alors doté de 200 millions d'euros. Un audit réalisé en 1993 conclut tout de même à la pertinence du programme, mais non sans réserves. L'approche de MEDIA est qualifiée de "micro-économique", sans effets structurants majeurs sur le tissu entrepreneurial, la circulation des programmes européens en Europe reste faible (8 %), le déficit commercial avec l'Amérique du Nord, dans ce secteur, n'a pas diminué, au contraire (4,3 milliards de dollars US en 1994, source OEA). Si la création de structures transfrontalières et le regroupement d'entreprises apparaissent positifs, les budgets accordés semblent encore trop faibles pour assurer une véritable viabilité à long terme… Le 21 juin 1995, MEDIA II est finalement adopté avec une enveloppe de 310 millions d'écus. Le vote du nouveau programme s'assortit de conditions : resserrement des objectifs, suppression des accords antérieurs avec les dix-neuf agences citées – invitées à se porter candidates aux appels à propositions de la Commission. La gestion, la commercialisation et la connaissance du droit font leur apparition comme matières de formation pour les entreprises du cinéma et de l'audiovisuel, avec l'écriture de scénarios et la formation aux nouvelles technologies. La composition des jurys est également revue pour être essentiellement constituée d'experts indépendants.

MEDIA Plus et MEDIA Formation sont adoptés en 2000 sous la présidence française, enfin dotés de 400 millions d'euros au terme d'âpres discussions. Chemin faisant, ils ont connu des adaptations : instauration d'un fonds de soutien automatique pour les distributeurs de films européens non nationaux, assouplissement des délais de sélection, soutien plus déterminé à la promotion des œuvres, accueil d'un ensemble de projets proposés par un producteur en préproduction, création de MEDIA Desks dans un certain nombre de régions…

Contre 50 millions d'euros pour la formation et 70 millions consacrés au développement, le soutien à la distribution, à la promotion se taille la part du lion (280 millions d'euros au total). Il couvre la distribution sur tous supports : aide aux salles, aide aux distributeurs, soutien vidéo, soutien à la distribution télévisée. Cette priorité semble évidente au regard des difficultés du secteur : alors que la production cinématographique européenne est plus importante que celle des Etats-Unis – 752 films de long métrage pour l'Union européenne à vingt-cinq, contre 459 pour les USA en 2003 –, les marchés nationaux restent cloisonnés. En 2000, 22,2 % des films ont été diffusés dans d'autres pays européens. Quant au marché américain, il reste hermétiquement fermé aux productions européennes, avec 2 % de pénétration. Au Festival de Cannes 2000, Viviane Reding, commissaire en charge de la culture et de l'audiovisuel à Bruxelles, lançait la création d'un "prix" du film européen : récompenser le film soutenu par MEDIA, qui a le mieux "voyagé" en Europe, chiffres de fréquentation à l'appui. Geste symbolique visant à marteler la nécessité d'une meilleure circulation des films européens en Europe. Signal complémentaire de celui donné par l'insertion de l'éducation à l'image dans le programme "elearning". Responsable du département "Informations sur les marchés et financements" à l'Observatoire européen de l'audiovisuel, André Lange souligne pourtant que, si en 2002-2003, *Le Pianiste*, *Magdalena Sisters* ou *Dogville* ont obtenu des scores intéressants grâce à leur circulation européenne, avec respectivement plus de 8 millions, 2,2 millions et 1,6 million d'entrées, ce sont les comédies nationales qui ont sauvé la fréquentation des salles – films qui ne voyagent pas. "A l'heure où les Européens s'apprêtent à adopter une Constitution commune, sont-ils vraiment condamnés à rire chacun dans leur coin ? Cette perspective-là serait la vraie torture", commente André Lange. Autres chiffres à méditer : en 2003, six films en provenance des nouveaux Etats membres ont été distribués dans l'Europe des Quinze où ils ont réalisé moins de 37 000 entrées, soit 0,005 % de part de marché… A côté des circuits traditionnels, l'on constate une "explosion" des festivals de cinéma dont le public représenterait 10 % du public des salles. Quant au marché du DVD, il a presque doublé son chiffre d'affaires en sept ans, accentuant dans un premier temps les déséquilibres entre Etats-Unis et Union européenne. La piraterie informatique devient une préoccupation pour les majors du cinéma. L'on se trouve donc face à de nouvelles mutations technologiques et économiques qui ne manqueront pas d'appeler des mesures spécifiques et des réponses appropriées.

Corollaire des développements technologiques se (re)pose la question des catalogues et des fonds patrimoniaux cinématographiques. C'est pourquoi la question du dépôt légal prend une acuité nouvelle. Ainsi le Parlement européen souhaite que l'Union européenne libère des moyens pour soutenir les Etats membres dans leur travail d'archivage, de restauration et de numérisation des films. Du 15 au 23 novembre 2002, la Commission a organisé une Semaine du patrimoine cinématographique européen. Enfin, le Parlement européen a recommandé que le sixième Programme-cadre de recherche-développement et la Banque européenne d'investissement s'intéressent aux investissements nécessaires en matière de patrimoine cinématographique.

Malgré la relative faiblesse de ses montants, MEDIA a su, semble-t-il, tirer le meilleur parti d'une coopération continue avec le milieu professionnel. Pourtant la création attendue d'un fonds de garantie européen pour les professionnels du cinéma et de l'audiovisuel a connu bien des vicissitudes. Certes la Banque européenne d'investissement a mis en place, suite au sommet de Lisbonne en 2000, des mécanismes financiers de nature à soutenir "l'industrie européenne des contenus". Il reste à vérifier si les dispositifs proposés répondent au mieux aux besoins et à la spécificité des entreprises audiovisuelles, d'où la création en mars 2002 d'une *"task force"* audiovisuelle au sein de la BEI. Enfin, le montant global consenti au titre de MEDIA Plus est considéré comme notoirement insuffisant par les fédérations internationales de professionnels du cinéma : "Nous suggérons le doublement ou le triplement de ce programme", souligne notamment la FERA (Fédération européenne des réalisateurs de l'audiovisuel). Que représentent les aides de MEDIA au regard des aides publiques nationales et du volant des activités cinématographiques et audiovisuelles européennes ? En 2001, les montants annuels consentis par MEDIA et Eurimages représentaient un volume de 100 millions d'euros, face à 1,742 milliard d'euros distribués par les fonds d'aide nationaux et régionaux des Quinze. Concernant le nombre de films soutenus en distribution par MEDIA, la commissaire Viviane Reding faisait état en 2000 de 1 930 campagnes de promotion et de distribution pour 400 films, et de 100 films français diffusés en salle en Europe pour la même période, avec le soutien de MEDIA. Responsable d'Europa Cinémas, association chargée du soutien aux salles qui diffusent des programmations européennes dans le cadre de MEDIA, Claude-Eric Poiroux estimait en 2004 que, sur les 5 000 écrans particulièrement actifs pour faire connaître ce cinéma, Europa Cinémas en soutenait 1 119 en Europe. Quant aux effets de MEDIA sur le petit écran, ils restent encore plus difficiles à mesurer, tant il est vrai que la nécessité de produire des programmes s'est traduite pour la plupart des chaînes en la fabrication de fictions nationales qui circulent peu en Europe. A la frayeur des "*europuddings*" des années 1980 a en effet succédé un mouvement de production nationale qui "contribue à nourrir et par voie de fait à renforcer les imaginaires nationaux", comme l'expliquaient en 2001 Monique Dagnaud et Régine Chaniac, s'appuyant sur l'exemple de *Navarro* ou de *Coronation Street*. De ce point de vue, les diffuseurs européens généralistes restent, à quelques exceptions près, des bastions de l'identité nationale, rôle d'ailleurs souligné par les cahiers des charges des chaînes de service public.

Directrice du MEDIA Desk France, Françoise Maupin soulignait en 2001 l'impact de MEDIA dans les domaines du documentaire dont l'Europe est le premier producteur mondial, ainsi que du film d'animation. Plus généralement, MEDIA bénéficie plus à l'audiovisuel qu'au cinéma, tout au moins au stade de la préproduction et de la formation. Ce constat doit toutefois être nuancé par le recours croissant des producteurs de films au *slate funding* (politique de développement des projets d'une société), comme en témoigne la présence au Festival de Cannes 2004 de quatre longs métrages ayant bénéficié de ces fonds, dont celui ayant reçu la "Caméra d'or". La mise en réseau des producteurs et des distributeurs, l'apprentissage des coopérations européennes résultent, selon elle, largement des opportunités offertes par MEDIA. Quant au soutien sélectif à la distribution, il souffre d'un relatif engorgement. "Une Europe de l'audiovisuel se dessine petit à petit, avec des œuvres de qualité. Simplement, c'est un long processus dont les résultats ne sont pas immédiatement perceptibles."

Créé en 1992 par la Commission européenne, le soutien aux festivals est désormais intégré aux activités de MEDIA.

MEDIA Plus : un programme nécessaire, des adaptations souhaitables

Dans l'expérience quotidienne des professionnels qui travaillent à l'échelle européenne, MEDIA s'est imposé comme un outil indispensable.

Diaphana a commencé ses activités depuis quelque douze ans, son créateur, Michel Saint-Jean s'intéressant particulièrement à la distribution de films européens – sans exclure les œuvres américaines produites par des sociétés indépendantes. Diaphana a collaboré avec MEDIA, dès la création de ce programme. Outre des avances remboursables pour la distribution, la société bénéficie de subventions notamment pour le sous-titrage des films. C'est l'ampleur de la distribution européenne qui justifie l'intervention de MEDIA, comme le souligne Anne Mathieu. Le nombre théorique de partenaires requis est de trois, mais en réalité, la prime va aux projets incluant six, voire huit à neuf distributeurs. Dans le cadre du soutien sélectif à la distribution, Diaphana bénéficie en moyenne de deux aides par an pour des œuvres comme *Les Virtuoses*, *Le Fils*, etc., pour des sommes avoisinant les 100 000 euros par film. L'instauration de l'aide automatique à la distribution – dont le montant est calculé en fonction du nombre d'entrées en salle – permet une logique de réinvestissement dans de nouvelles opérations, ce qui est également appréciable. Compte tenu de la fragilité des sociétés indépendantes de distribution et du caractère forcément aléatoire des résultats commerciaux remportés par les films – l'accueil d'un film restant très disparate d'un pays à l'autre –, l'apport de MEDIA s'avère indispensable. Anne Mathieu salue également l'existence de bonnes relations avec les responsables du programme, l'existence d'un MEDIA Desk qui dispense informations et conseils aux producteurs et aux distributeurs. Elle apprécie aussi le fait que les critères de choix des dossiers soient indépendants du jugement artistique sur les projets. Pourtant, elle regrette la lourdeur administrative des procédures, les retards dans la signature de contrats et le versement des fonds. A plus long terme, Diaphana souhaite explorer de nouvelles pistes : vidéo, DVD. La société sollicitera sans doute MEDIA dans ce cadre. Enfin Anne Mathieu apprécie la possibilité d'appuis à la gestion des sociétés proposée par MEDIA Plus.

Elle regrette pourtant que la perspective d'une collaboration plus étroite entre distributeurs indépendants, esquissée dans le cadre d'EFDO, se soit estompée au fil du temps. "Aujourd'hui, MEDIA se contente de verser des avances aux distributeurs alors que le programme pourrait impulser des stratégies communes plus conséquentes. Mais, au-delà de MEDIA, c'est sans doute le problème des professionnels eux-mêmes, qui tardent à mettre en commun leur stratégie de promotion et de distribution. A cet égard, les marchés européens du cinéma restent étanches les uns par rapport aux autres."

Idéale Audience, société de production audiovisuelle, a collaboré avec MEDIA II dès le tout début de ce programme. Elle a bénéficié de l'aide au développement des entreprises, supprimé depuis lors. En 1997, lors de la restructuration d'Idéale Audience, ce prêt sans intérêt d'un million de francs (150 000 écus) s'est avéré décisif pour accompagner l'augmentation de son capital. Par la suite, MEDIA Plus a mis en place le *slate funding*, soutien au développement d'un ensemble de projets, ce qui représente une aide tout aussi importante pour les sociétés indépendantes : soit un montant de 125 000 euros pour un ensemble de sept à huit projets. Une fois le remboursement effectué, le montant de l'aide figure dans le compte de résultats de l'entreprise. Idéale Audience, qui produit environ dix documentaires par an à vocation internationale, consacrés à la musique et à la danse, a également bénéficié de l'appui à la diffusion télévisuelle pour des productions allant jusqu'à réunir quinze partenaires de onze pays. MEDIA 2007 sera doté de plus de 1 milliard d'euros pour sept ans. Il se concentrera sur la pré et la postproduction.

Les aspects réglementaires

Parallèlement à la mise en place de MEDIA, certains Etats membres ont souhaité disposer de directives réglementant radiodiffusion et circulation des programmes. Citons en particulier la directive de 1989 sur la coordination de certaines dispositions législatives, réglementaires et administratives des Etats membres relatives à l'exercice d'activités et de radiodiffusion télévisuelle, et celle de 1992 relative à la coordination de certaines règles du droit d'auteur et droits voisins applicables à la radiodiffusion par satellite et la retransmission par câble. La plus connue d'entre elles, "Télévision sans frontières", a fait, depuis sa mise en œuvre, l'objet de commentaires aussi nombreux que contradictoires.

Entre les deux fondements originels de la directive – libre circulation et volonté de protection des productions européennes –, le second l'a finalement emporté sur le premier, au cours d'une gestation qui a duré quelque quatre ans. Plusieurs Etats se sont d'emblée opposés à l'existence même de la directive : la RFA au nom de la compétence des Länder en matière de programmes audiovisuels, le Danemark toujours soupçonneux envers les initiatives communautaires en matière culturelle, le Royaume-Uni, alors lui-même engagé dans une déréglementation de son propre système. La concurrence avec le Conseil de l'Europe qui préparait sa propre Convention sur le sujet a en outre favorisé une “dialectique de la réglementation minimale”, les Douze étant aussi membres du Conseil. La pression des majors américaines a bien entendu joué à plein, ainsi que celle des groupes européens transnationaux.

Suite aux amendements du Parlement européen et à la demande des professionnels, la directive fixait un quota de diffusion de 60 % du temps d’antenne au bénéfice des programmes communautaires. Au terme de la procédure, l’article 4 évoque le fait que les télévisions des Etats membres doivent réserver “à des œuvres européennes une proportion majoritaire de leur temps de diffusion”, “chaque fois que cela est réalisable”. De même, le quota de 10 % du temps d’antenne (ou du budget de programmation) prévu par l’article 5 de la directive, pour des œuvres émanant de producteurs indépendants n’est prescrit que “chaque fois que cela est réalisable”.

L’existence même de cette directive a pourtant donné lieu à une véritable levée de boucliers de la part de certains lobbys américains et en particulier la Motion Picture Association of America (MPAA) qui dispose d’un bureau à Bruxelles et défend les intérêts des majors américaines du cinéma et de l’audiovisuel.

La nouvelle directive a été adoptée le 23 juin 1997 par le Conseil de l’Union européenne et le Parlement européen. Elle précise certains points. En cas de manquement à des aspects réglementaires de la directive, l’Etat membre compétent pour intervenir est déterminé en fonction du lieu du siège social effectif et de celui où les décisions de programme sont prises. Pour garantir l’accès de tous aux grands événements, notamment sportifs, les Etats membres peuvent établir une liste d’événements obligatoirement diffusables en clair, même si des droits exclusifs ont été achetés par des chaînes à péage. La protection des mineurs et le droit de réponse restent des points importants de la directive.

La définition de la notion d'œuvre reste à la discrétion des Etats membres. Ainsi, en Allemagne, les "plateaux" sont considérés comme des œuvres, alors que ce n'est pas le cas en France. Sont toutefois exclus la publicité, le télé-achat, les retransmissions sportives, les informations. Sur le calcul du temps d'antenne également, des ambiguïtés se glissent selon qu'on le calcule sur la seule durée de diffusion des œuvres ou sur le temps total d'antenne. La notion de producteur indépendant est également définie par chaque Etat.

Enfin, la directive est restée muette sur les nouveaux services multimédias dont on imagine les conséquences sur l'organisation et la diffusion des programmes (débat qui s'ouvre à nouveau dans le cadre du réexamen de la directive et d'un éventuel besoin d'adaptation en fonction des effets constatés et de l'évolution technologique comme économique du marché). De son côté, le département d'Etat américain envisageait une nouvelle ligne de front, après les négociations du GATT de 1993 : éviter que les mesures "restrictives" s'appliquent aux nouveaux services de communication ; améliorer les conditions d'investissement des firmes américaines en Europe en libéralisant les réglementations existantes et multiplier alliances et investissements sur le continent ; lier les questions audiovisuelles et le développement de nouveaux services de communication et de télécommunication dans le sens de la déréglementation ; rechercher "discrètement" l'adhésion aux positions américaines des opérateurs européens affectés par les quotas ou les réglementations : télévisions privées, publicitaires, opérateurs de télécommunication... Le point principal de cette stratégie repose sur la "convergence" liée à la numérisation. Au prix d'un glissement de l'aspect technologique à la dimension juridique, en évacuant toute considération d'intérêt général. La Commission a publié en 1998 un Livre vert sur la convergence, qui donna lieu à quatre versions successives, à la demande du commissaire à l'Audiovisuel. Ce document revient sur quatre principes : séparation de la réglementation entre le contenant et le contenu, neutralité technologique, respect des intérêts généraux de la société, légitimité du service public de télévision. Dans leur optique, les intérêts des majors américaines étaient de veiller à ce que le "modèle européen" ne s'étende pas au-delà des frontières de l'Union, en particulier lors des négociations avec les pays candidats. Or tout le sens de l'intégration des "acquis communautaires" va à rebours de cette conception. Le double langage tenu par certains lobbys – y compris européens – et qui se répercute jusqu'au sein de la Commission, laisse présager de nouvelles batailles plus ou moins feutrées pour la renégociation de la directive.

Deux dossiers brûlants : le service public de télévision et les aides d'Etat au cinéma et à l'audiovisuel

Le service public de télévision

Les définitions le concernant restent de dimension nationale et la pratique elle-même du service public de télévision varie d'un pays à l'autre. Y compris son mode de financement puisque, si la redevance reste en vigueur en France, au Royaume-Uni, en Allemagne, en Suède, en Belgique notamment, dans ce dernier pays, la totalité de ses recettes n'est pas entièrement allouée à l'audiovisuel. L'Espagne n'applique pas le système de redevance et le Portugal l'a supprimé. Selon Kees Brant et Karen Siurne, auteurs de *Public Broadcasting in a State of Flux*, "la télévision de service public est marquée par une certaine responsabilité vis-à-vis des représentants politiques, du public et du marché, par certains éléments de financement public, par la réglementation du contenu, par une couverture géographique complète et par une protection vis-à-vis de la concurrence". Dans une résolution votée à l'unanimité, le Parlement européen avait souhaité que le cadre normatif des médias européens – en particulier "Télévision sans frontières" –, soit complété sur trois points : la garantie du pluralisme et du service public, la limitation des phénomènes de concentration abusifs des moyens d'information, une directive pour le cinéma. Rien de tout cela n'a été réalisé. Pourtant, malgré les prédictions des années 1980 concernant l'effondrement de l'audience du service public de télévision face à la montée des chaînes privées, celui-ci conservait, en 2000, 40 % de l'audience en moyenne en Europe de l'Ouest. Cette situation s'est accompagnée d'adaptations – augmentation du montant de la redevance comme en Suède –, mais surtout recours accru aux ressources publicitaires, en particulier en Belgique, au Danemark, en Espagne, en Suède et en Italie, ce qui n'a pas manqué de provoquer en retour des protestations des diffuseurs privés auprès de la Commission, ces derniers bien déterminés à utiliser tous les arguments pour réduire au maximum le champ du service public de radiotélévision. Après une série d'escarmouches dans les années 1997 et 1998, un Protocole du Conseil du 25 janvier 1999 sur le sujet a été annexé au traité d'Amsterdam, préservant l'autonomie des Etats membres en matière de définition du service public de télévision.

Les aides d'Etat au cinéma et à l'audiovisuel

Les entreprises culturelles sont soumises aux règles de la concurrence même si elles peuvent bénéficier des aides d'Etat. En principe interdites, celles-ci restent possibles pour la préservation du patrimoine et la promotion de la culture, "quand elles n'altèrent pas les conditions des échanges et de la concurrence dans la Communauté dans une mesure contraire à l'intérêt commun (article 87-3-d)".

Une résolution du Conseil des ministres de l'Audiovisuel a été adoptée le 23 novembre 2000, concernant les aides d'Etat au cinéma et à l'audiovisuel. On y lit notamment que "les aides nationales au cinéma et à l'audiovisuel constituent l'un des moyens principaux d'assurer la diversité culturelle" dont l'objectif "suppose un tissu industriel (...) et justifie la nature spécifique des aides nationales au cinéma et à l'audiovisuel". Les critères de la Commission qui examine régulièrement les systèmes d'aides depuis 1998 sont les suivants : limitation de l'aide à 50 % du budget d'un film (sauf pour les films "difficiles et à petit budget" ou d'une aire linguistique ou culturelle limitée) ; absence de supplément d'aide pour certaines activités spécifiques de production comme la postproduction ; liberté pour le producteur de dépenser 20 % du budget dans d'autres Etats membres. Certains professionnels s'insurgent contre la catégorie de "film difficile", laquelle risque de connoter d'un signe pour le moins négatif l'existence d'un certain nombre d'œuvres européennes. En 2004, la Commission est revenue sur un point, considéré par elle comme essentiel : la "territorialisation" des aides ne devrait pas concerner les activités techniques et se limiter aux postes "identifiés comme culturels ou artistiques". Comme l'indique Luckas Vander Taelen, l'argumentaire de la Commission semble ignorer la sous-capitalisation des entreprises du secteur. Ce dernier insiste sur la nécessité "d'assouplir les règles plutôt que de les renforcer, sachant que l'industrie audiovisuelle européenne est loin de se concurrencer au sein de l'Union et de faire concurrence à des industries des pays tiers". Les agences nationales en charge du cinéma et de l'audiovisuel ont en 2004 remis une lettre à la Commission européenne, s'opposant à tout changement des critères d'examen de ces aides. Ces organismes évoquaient notamment le cas des nouveaux Etats membres dont l'audiovisuel national est particulièrement fragilisé. Un moratoire a été adopté jusqu'en 2007. Anciennement directeur de la Culture et de l'Audiovisuel à la Commission européenne, Jean-Michel Baer jugeait en 2003 que la question des aides d'Etat a été insuffisamment prise en considération dans la perspective du futur traité constitutionnel : "Le maintien du système actuel aboutit à considérer *a priori* comme illégales les aides à la culture. D'où leur notification obligatoire par les Etats à la Commission qui doit décider de leur comptabilité avec le traité."

Si le cinéma et l'audiovisuel sont devenus, pour des raisons économiques aussi bien que culturelles, l'un des principaux chevaux de bataille de l'Union européenne et le domaine où celle-ci a su développer des stratégies originales, il n'en demeure pas moins que leur double nature les met sous la menace d'interventions toujours plus appuyées en faveur du respect de la libre concurrence. Comme le souligne Françoise Maupin, quoique en majeure partie fondé sur l'article 157 du traité – politique industrielle –, le programme MEDIA a "su montrer sa pertinence en termes culturels". Pourtant les œuvres cinématographiques et audiovisuelles semblent à tout moment rester l'otage des priorités industrielles et commerciales de l'Union, d'autant plus que le déficit commercial audiovisuel avec l'Amérique du Nord s'est encore accru : il était de plus de 6 milliards de dollars US en 1998. Face à cette situation, il conviendrait peut-être de redéfinir un minimum de règles communes au cinéma et à l'audiovisuel en matière de conditions propres à la création, à la recherche et à l'intérêt général, au-delà même des spécificités nationales. Faute de quoi, l'on risque d'assister à un développement du cinéma et de l'audiovisuel de création européens régis par des procédures et des priorités en partie étrangères au secteur, alors que les enjeux restent plus que jamais la connaissance mutuelle des Européens, la circulation intra-européenne des œuvres, leur rayonnement dans le monde et le soutien aux œuvres des pays tiers.

LES INDUSTRIES MUSICALES

Curieusement, l'impact économique des industries musicales a été perçu tardivement par l'Union européenne. Le Bureau européen de la musique (European Music Office, EMO) dénonçait en 1996 le fait que, malgré un chiffre d'affaires global supérieur à celui du cinéma et de l'audiovisuel, les industries musicales ne faisaient pas partie des considérations communautaires en termes culturels. Plusieurs raisons à cela sans doute. Tout d'abord, le secteur musical s'est internationalisé très tôt, non seulement à travers des regroupements capitalistiques mais aussi par la création d'associations et de fédérations à vocation d'emblée internationale, et ce dès la fin de la Seconde Guerre mondiale, comme les Jeunesses musicales internationales créées en 1948. On ne compte pas moins aujourd'hui de vingt-huit organismes de ce type en Europe. Quant aux auteurs et compositeurs, ils se sont organisés très tôt à l'échelle de pays européens et des Etats-Unis pour exiger la reconnaissance de leurs droits. Ce fut ensuite le tour des interprètes. Selon l'expression de Mario d'Angelo en 2002, "le faisceau d'Euterpe" constitue un monde musical tissé de relations complexes et interdépendantes qui s'est instauré, caractérisé par des rapports de force mouvants. Malgré l'entrée, dans les politiques publiques nationales, de catégories comme celles des "musiques actuelles" en France ou des musiques "pop" en Suède, il faut attendre les premiers bouleversements technologiques des années 1980 pour voir s'organiser au niveau des pouvoirs publics une prise en compte généralisée des musiques dites de divertissement et des industries musicales. Quant au Royaume-Uni, premier producteur actuel de musique enregistrée d'Europe, il se penche très tardivement sur le sort des "industries créatives". Parallèlement, les sources de conflit et de complémentarité ne manquent pas entre les majors du disque et la myriade de sociétés indépendantes qui œuvrent en Europe pour la découverte de nouveaux talents. Enfin sur les cinq majors du disque (devenues quatre), et qui représentent 80 % des ventes mondiales, une seule est d'origine américaine. La lisibilité du combat pour l'exception culturelle s'en trouve brouillée. Plusieurs phénomènes obligeront les différents acteurs à des rapprochements à l'échelle européenne : après la crise du disque, le développement d'un piratage sans précédent puis l'intrusion d'Internet et de la "musique gratuite en ligne", sources considérables de manque à gagner pour l'ensemble des professionnels. Entre-temps, les professionnels ont introduit un recours contre la fusion entre BMG et Sony. Une autre considération plus discrète mais présente dans les rapports du Conseil de l'Europe comme dans ceux de certains Etats membres souligne, à partir des années 1980, le rôle social des musiques dites actuelles, voire de toutes les musiques : dans des sociétés européennes déboussolées, dont les repères éducatifs traditionnels se trouvent en crise, la musique, première activité culturelle des jeunes en termes d'écoute et de pratique, peut jouer un rôle essentiel dans le dialogue interculturel et pour une meilleure cohésion sociale. Enfin, les revendications identitaires – régionales, communautaires – s'appuient sur l'argumentaire de la "démocratie culturelle", puis sur celui de "l'identité culturelle" dans le cadre de la globalisation, tant il est vrai que, pour "ces formidables machines à fabriquer de la différence" que sont les cultures (Jean-Pierre Warnier, 1999), la musique représente un vecteur privilégié et une source non négligeable de revenus. Ajoutons à cela les négociations dans le cadre de l'Organisation mondiale du commerce et les nouveaux enjeux qui en découlent.

Sur le plan juridique, les relations entre Bruxelles et les milieux professionnels sont tout d'abord orageuses. A partir des années 1980, les sociétés d'auteurs-compositeurs se mobilisent – la SACEM au premier rang d'entre elles – pour contrecarrer les velléités de Bruxelles de faire adopter par l'ensemble des ayants droit européens le système anglo-saxon de licence légale, afin de faciliter la circulation des programmes audiovisuels en Europe, en particulier dans le cadre de la directive "Télévision sans frontières". Ces discussions contribueront à la naissance en 1992 de la directive relative au droit de location, droit de prêt et de certains droits voisins et, en 1993, de celle relative à l'harmonisation de la durée de protection du droit d'auteur et de certains droits, portant à soixante-dix ans la durée de protection des auteurs et à cinquante ans celle des interprètes. Vigilants sur le respect des droits d'auteur et droits voisins dans la mise en place du marché commun, les pouvoirs publics de certains pays européens, appuyés par les professionnels, prônent par ailleurs la baisse du taux de TVA sur le disque. Une première réunion sur ce thème a été organisée à Paris le 20 juin 1996. Cette demande passe par l'inscription des prestations musicales dans l'annexe H de la directive sur la TVA (dite sixième directive), faute de quoi aucun Etat membre ne peut, s'il le souhaite, baisser le taux de TVA sur les supports musicaux. Comme l'indiquent plaisamment les responsables d'IMPALA (Association des sociétés indépendantes dans le domaine musical, forte de plus de mille huit cents membres), si les fleurs coupées relèvent de l'annexe H, le disque peut bien y figurer. Par ailleurs, l'Union européenne a bloqué certaines fusions, comme celle de AOL-Warner avec EMI en 2000. Enfin, au titre des subventions "aux organisations œuvrant dans l'intérêt culturel européen", le Parlement européen a soutenu dès les années 1980 un certain nombre d'associations et de groupes, comme l'Orchestre baroque de l'Union européenne créé à Londres en 1985. Dans le cadre de Kaléidoscope puis de CULTURE 2000, l'éventail des organismes soutenus s'est ouvert à toutes les formes du spectacle musical vivant.

La mise en place du Bureau européen de la musique (EMO) à Bruxelles marque un tournant. Ni syndicat ni association européenne de musiciens ou de professionnels, EMO se veut une plate-forme de réflexion et de mise en œuvre de projets communs au service de toutes les musiques et de tous les professionnels. Il réalise en 1996 les premières études paneuropéennes sur les activités musicales – industrie et spectacle vivant. Mais son rôle fédérateur l'oblige à marcher du même pas que les différents protagonistes. Pourtant son secrétaire général, Jean-François Michel, persiste et signe et cette ténacité permet la mise en œuvre d'une journée de travail à Bruxelles, sous présidence belge de l'Union européenne, le 13 octobre 2001. "C'est la première fois que l'on voit responsables de majors comme producteurs indépendants et représentants de sociétés d'auteurs-compositeurs et d'interprètes prêts à progresser dans le même sens", observait à ce sujet l'un des membres du cabinet de la commissaire Viviane Reding. Selon EMO et Kern European Affairs, la musique fait aujourd'hui l'objet d'un intérêt croissant des pouvoirs publics nationaux et européens en raison de plusieurs facteurs : l'intégration des catalogues musicaux dans le giron de grandes entreprises transnationales qui a attiré l'attention des autorités antitrust de part et d'autre de l'Atlantique ; le rôle décisif que peut jouer la musique dans le développement des nouvelles plate-formes technologiques (Internet, téléphonie mobile, télécommunications, hyperbande), et sa contribution au commerce électronique et à l'enseignement en ligne.

Un marché européen fragmenté

L'industrie du disque est marquée par plusieurs phénomènes liés à la globalisation économique. Relativement homogène, le marché américain est le premier du monde. Il bénéficie d'un public à forte capacité d'achat et d'un retour sur investissement important. Le Bureau européen de la musique estimait en 1998 que le secteur musical européen emploie plus de 600 000 personnes et que 280 000 musiciens professionnels travaillent en Europe, dont beaucoup ont une vie difficile. Le marché européen reste cloisonné en marchés nationaux relativement actifs : de source IFPI, en 1999, la Grèce, la France et le Royaume-Uni connaissaient le plus fort pourcentage de ventes pour les musiques locales, avec respectivement 56 %, 53 % et 49 %. Dans le même temps, une nouvelle génération d'artistes et de producteurs s'inscrit d'emblée dans cette dimension internationale, aujourd'hui essentielle pour le développement de la carrière des artistes.

L'industrie musicale face à de nouveaux modes de diffusion

L'illusion de la fin de la musique gratuite n'a duré qu'un temps, après les rachats des différents sites "gratuits" (notamment Napster) par les majors du disque. Mais malgré les difficultés de ladite nouvelle économie, une pratique s'est généralisée : le *peer to peer*, c'est-à-dire l'échange de fichiers Mp3 entre internautes sur des sites tels que Kazaa ou Soulseek. Par ailleurs, l'achat des graveurs de cédéroms connaît une expansion spectaculaire. Ces nouvelles pratiques provoquent une crise profonde dans l'industrie mondiale musicale. L'industrie musicale tente de s'adapter aux nouveaux modes de diffusion et de promotion, avec la mise en place de plate-formes payantes. Pour les différents acteurs de la filière musicale, il s'agit donc de rester vigilants face aux évolutions qui devraient bouleverser à terme les modes traditionnels de "consommation" de la musique. Le marché du disque allemand a accusé une baisse de 40 % depuis les quatre dernières années, celui du disque français a perdu 15 % par an en 2003 et 2004. Au-delà des bouleversements induits par les nouveautés technologiques, le piratage traditionnel reste une activité florissante dans certains pays européens comme l'Espagne.

Au nombre des projets pilotes retenus par la Commission en 2003 au titre des "actions préparatoires à la coopération culturelle", figuraient quatre projets à dimension musicale : un Forum européen pour l'enseignement et la formation en matière musicale (EFEMT), "la coopération entre opérateurs" sous la houlette des Jeunesses musicales internationales. Le seul projet véritablement consacré aux industries musicales émane d'EMO et consiste en la réalisation d'une plate-forme d'échanges d'informations entre organisations nationales de promotion, la création d'un bureau européen à New York et la programmation conjointe de jeunes talents européens. Au MIDEM 2003, la Commission a créé un prix du premier album ayant le plus circulé en Europe.

La réalisation d'un marché musical européen repose également sur la réceptivité des acheteurs. Or, entre "musiques du monde" et expression "locale", les médias jouent très peu le jeu d'un répertoire européen : les festivals, associations et réseaux consacrés aux musiques européennes comme EuroSonic (Pays-Bas), le Réseau européen du jazz (EJN) ou le Festival et Académie baroque européenne d'Ambronay – pour ne citer que ces exemples –, restent connus des seuls "amateurs éclairés" et milieux spécialisées.

Une autre question, éminemment culturelle celle-ci, jette une ombre au tableau de la musique comme facteur de développement des identités et des échanges culturels nationaux et régionaux : des groupes européens de plus en plus nombreux diffusent un répertoire majoritairement anglophone. Comme le soulignait en septembre 2001 l'actrice et chanteuse Björk dans un entretien avec le journal islandais *Morgunbladidi* : "Lorsque je chante dans mon pays lors d'un concert, il ne me viendrait pas à l'idée d'utiliser une autre langue que l'islandais. Ce serait absurde." Les langues nationales et régionales seraient-elles donc promises à un usage purement local, face à des répertoires mondiaux en anglais ? Les contre-offensives déterminées des artistes corses, catalans ou gallois pourraient nous rassurer sur ce point, tout comme la "renaissance" de la chanson allemande. Encore faudrait-il que la langue anglaise ne devienne pas – en l'absence de tout débat sur ce point – le seul vecteur de fait d'une culture musicale européenne. La pratique plurilingue de certains groupes constitue peut-être une réponse à cette épineuse question. Celle-ci n'est en tout cas nullement négligeable dans la perspective de la coopération musicale européenne.

LE LIVRE ET LA TRADUCTION : PARENTS PAUVRES DE LA COOPÉRATION CULTURELLE EUROPÉENNE

Dans un excellent dossier de la revue *Esprit* publié en juin 1999 et intitulé "La traduction, un choix culturel", François Jullien, Thierry Marchaise, Michèle Gendreau-Massaloux et Michel Prigent rappelaient que la traduction est constitutive de la pensée occidentale, tout en appelant l'Union européenne à développer une "politique multilatérale de la traduction". Dénonçant une "nouvelle tendance mondiale lourde", les auteurs indiquent que "la quasi-totalité des éditeurs, de par le monde, ont décidé – à peu près tous en même temps – de faire à peu près tous la même chose : à savoir, geler leurs anciens projets de traduction et limiter radicalement le nombre de leurs nouveaux projets en la matière". Les traductions accusent une chute de plus de 50 %, avec une baisse très significative dans le cas de la philosophie. Si la science peut penser "hors langue", il n'en est pas de même de la philosophie, de la littérature et de l'ensemble des sciences humaines, voire de la presse écrite. Conformément à l'expérience des intellectuels européens des siècles passés, "la culture européenne, passée et à venir, n'est historiquement et politiquement pensable que comme une culture de la traduction". La coïncidence actuelle du phénomène de "détraduction" et de la construction européenne appelle donc, selon ces auteurs, un "geste politique", consistant en une "véritable politique de la traduction en Europe comme en France", engagement non spectaculaire et aux résultats non quantifiables mais dont la nécessité s'impose si l'on souhaite, pour l'Europe, une politique culturelle digne de ce nom. De façon complémentaire, Jean-Michel Delacomptée exhortait les instances françaises et européennes à se départir du primat donné à l'audiovisuel et aux nouvelles technologies en "se penchant sans délai sur l'importance du livre dans la construction européenne".

Des collèges pour les traducteurs

Année de la relance européenne, 1984 a vu se multiplier les initiatives en matière de citoyenneté et de culture. Plusieurs chantiers s'ouvrirent alors, dont celui des industries culturelles. Si le cinéma et l'audiovisuel allaient vite se tailler la part du lion des financements culturels communautaires, le livre bénéficia d'un début d'attention, fortement relayé par les professionnels et certains représentants des pouvoirs publics. C'est ainsi que les 10 et 11 juin 1985 à Arles, eut lieu une conférence intitulée "Pour un espace européen du livre" qui, à l'initiative du ministère français de la Culture, permit de réunir cent cinquante professionnels venus de quatorze pays. Parmi eux, des écrivains, des journalistes, des éditeurs, des libraires, des responsables institutionnels… et des traducteurs. Dans le groupe de travail consacré à "la création littéraire et la traduction", la nécessité d'une reconnaissance professionnelle et sociale pour les traducteurs littéraires fut largement soulignée. En écho à ces préoccupations, c'est de Straelen en Allemagne que partit l'idée de fonder, en 1987, l'Association des promoteurs du Collège européen des traducteurs de Straelen.

Depuis 1987, dix autres collèges de la traduction se sont créés en Europe, de fonctionnement et d'envergure divers, mais tous animés par le même esprit : offrir aux professionnels un lieu permanent de travail et de recherche, de rencontres et d'échanges, un centre de documentation et de consultation également ouvert aux écrivains, linguistes, lexicologues, professionnels du livre et étudiants. Après la charte constitutive du réseau, signée à Procida (Italie) en 1991, l'ouverture du premier centre de traduction littéraire en Europe centrale et orientale à Budmerice en Slovaquie a conduit les membres du réseau à redéfinir, en 1996, les objectifs et les moyens de leur collaboration. Quoique fidèles à l'esprit d'indépendance et à la singularité de chaque collège, ils se sont prononcés en faveur d'un soutien confirmé du Conseil de l'Europe et de la Commission européenne, en dehors des financements particuliers que trouve chaque collège : ministères, collectivités territoriales, fondations. Ils ont bénéficié de bourses dans le cadre du programme Ariane.

Pour l'aide au livre et à la traduction, c'est le programme Ariane qui a porté l'essentiel des subventions au secteur, avant d'être relayé par CULTURE 2000. Doté de 7 millions d'écus pour les années 1997 et 1998, Ariane s'était donné trois priorités, avec le souci de promouvoir les langues les moins diffusées : soutenir la traduction d'œuvres contemporaines littéraires, théâtrales, d'essais et de biographies de la seconde moitié du XXe siècle ; encourager la coopération entre professionnels du livre et les projets destinés à promouvoir le livre et la lecture ; permettre le perfectionnement des professionnels œuvrant pour la connaissance mutuelle et la diffusion des littératures européennes. Le programme a ainsi permis la traduction de trois cents œuvres, la diffusion de quatre-vingts auteurs de langues dites minoritaires dans des idiomes de plus large diffusion comme le Portugais Antonio Lobo Antunes, le Danois Henrik Stangerup ou le Norvégien Knut Hamsun. Soixante projets de coopération au service du livre et de la lecture ont associé bibliothèques, associations culturelles, animateurs socioculturels, centres de lecture, réseaux, et permis la création de partenariats durables. En outre, neuf cents traducteurs littéraires ont pu se perfectionner dans le cadre d'Ariane. Enfin, la Commission a créé un prix littéraire européen Aristeion et un prix de la traduction, décernés chaque année, dans une relative confidentialité. A l'évidence, Ariane a subi les critiques réservées aux deux autres programmes historiques, Kaléidoscope et Raphaël, pourtant mieux lotis. Pourtant des réseaux se sont créés, des éditeurs ont renforcé leur collaboration et l'intervention de la Commission a constitué un soutien apprécié par les professionnels du secteur. En outre, s'inspirant des priorités nationales, la Commission a souhaité réserver ces aides aux petites et moyennes entreprises du secteur. C'est pourtant au moment où une professionnalisation des rapports s'instituait entre administrations nationales, professionnels et responsables de la Commission que l'ensemble de l'édifice a été bouleversé, au nom de priorités nouvelles dans lesquelles il reste à prouver que les professionnels du livre et de la traduction se soient sentis particulièrement représentés. A la décharge de la Commission, il convient aussi de s'interroger sur le silence des Etats membres, quant aux spécificités du milieu éditorial européen. Face à la montée en charge de groupes monopolistiques, les petites et moyennes entreprises qui tissent fil à fil le patrimoine littéraire de demain connaissent des jours difficiles. Si elles ont eu peu accès aux aides d'Ariane, alors que le programme leur était *a priori* destiné, l'ont-elles seulement fait savoir ? Une autre raison, objective celle-ci, peut expliquer la discrétion des professionnels : pour les éditeurs indépendants, les questions de fonds propres et de distribution s'avèrent tout aussi cruciales que celle de la publication.

Dans le cadre de CULTURE 2000, le livre bénéficie de deux types d'aides : les premières s'adressent à des projets européens de coopération dédiés au thème du livre et de la lecture – avec une faible participation d'éditeurs –, les secondes concernent les aides à la traduction. A titre d'exemple, on retiendra la création, par le Parlement international des écrivains, de la revue *Autodafe*, avec la participation de quatre éditeurs européens et d'une maison américaine. Un projet paraît emblématique des attendus de la Commission en matière de coopération littéraire, celui de la Scène nationale d'Orléans, conduit avec des partenaires européens, dont des éditeurs : "Ateliers européens de la traduction", soit l'animation de six programmes de traduction (comprenant résidences d'auteurs et de traducteurs, médiation, recherche, séminaires, conférences et lectures), des partenariats avec le système éducatif, la mise en relation des protagonistes *via* Internet, la préfiguration d'une revue européenne de la traduction théâtrale. Les auteurs de cette initiative s'efforcent d'approfondir les partenariats tout en ouvrant les activités à des non-spécialistes, et insistent sur l'une des priorités de la Commission en matière de traduction (les œuvres théâtrales) tout en visant à moyen terme la réalisation d'un produit commun.

Les aides à la traduction

Ce sont quelque quarante-cinq éditeurs européens par an qui ont bénéficié de ces aides dans le cadre de CULTURE 2000, jusqu'en 2003 inclus. Sandrine Thévenet a déposé pour l'éditeur L'Esprit des péninsules une demande d'aide à la traduction dans le cadre de l'appel à propositions de 2002. Elle remarque la faible mobilisation des éditeurs français vis-à-vis du programme et souligne que les dossiers de demande à la Commission font la part belle aux aspects budgétaires, sans véritablement solliciter les éditeurs sur les raisons de leur choix ni sur leur politique éditoriale. Elle regrette notamment qu'aucun extrait de traduction ne soit demandé. “Le plus beau texte du monde peut être massacré par une traduction inopportune.” Par ailleurs, les aspects budgétaires et les obligations contractuelles lui semblent inadaptés aux réalités de son métier : “Le formulaire de demande est celui – plus ou moins adapté – de l'organisation d'un colloque. En outre, l'obligation de ne pas engager le travail du traducteur avant que le contrat avec Bruxelles soit signé s'avère incompatible avec la nécessité de publier dans les délais prescrits.” Finalement, l'éditrice a établi sa liste de titres, non pas en fonction de ses seules préférences ou priorités, mais en tenant compte de l'attention du programme aux seules langues dites de faible diffusion : bulgare, tchèque… “Ce sont en somme des critères linguistiques qui semblent décider principalement du succès de la demande”, conclut Sandrine Thévenet.

Les bibliothèques, des acteurs omniprésents

Une institution a su, nous semble-t-il, tirer le meilleur parti des possibilités de coopération communautaire : la bibliothèque publique, dont la fréquentation est la deuxième activité culturelle des Européens, selon une enquête réalisée en 2002 à la demande de la Commission. La coopération entre bibliothécaires a, en effet, retenu l'attention de la Commission européenne dès les années 1970. “Curieusement, ce n'est pas la Direction générale X (Information, Communication et Culture) qui avait été active dans ce domaine, mais la Direction générale XIII (Télécommunications, industries de l'information et de l'innovation), et plus particulièrement la

DG XIII-B, en charge des industries et du marché de l'information", notait Martine Poulain en 1992. Dès les années 1970, la DG XIII encourage la création de systèmes documentaires automatisés et de réseaux de transmission de données. En 1985, le Conseil des ministres de la Communauté européenne a pris une première résolution en faveur d'une action pour les bibliothèques des pays de la Communauté. Celle-ci appelait à "la collaboration entre bibliothèques dans le domaine de l'informatique" et invitait la Commission à "prendre en considération l'opportunité d'une action rapide en faveur des bibliothèques", visant à "rendre plus accessible l'ensemble du patrimoine des bibliothèques européennes". En 1987, à l'issue d'une ample consultation, la Commission a adopté un pan d'action qui a donné lieu à des appels à propositions. Ces préoccupations ont été reprises en 1996, dans le cadre d'une résolution du Conseil sur l'édition électronique et les bibliothèques. Martine Poulain insiste pourtant sur d'autres aspects qui lui semblent tout aussi essentiels : la formation professionnelle et la mise en commun des expériences et des savoir-faire. Sur ce plan, les bibliothèques ont également su développer les liens que leur a permis de créer le programme Ariane, à l'instar des initiateurs du Sac bleu des fées : avec ses partenaires finlandais, danois et grecs, la bibliothèque départementale du Var a réuni en 1997, professionnels, bibliothécaires, animateurs professionnels et bénévoles autour de l'élaboration d'une méthodologie documentaire pour la présentation thématique des contes et mythes méditerranéens et scandinaves.

BIBLEX

Les bibliothèques ont su coopérer avec des universités, des organismes de formation et des centres sociaux pour s'inscrire dans la dynamique du programme communautaire de formation professionnelle LEONARDO DA VINCI, au titre de la formation professionnelle. Conduit de 1998 à 2000, sous la houlette de l'université Pierre-Mendès-France (Grenoble-III), BIBLEX a réuni les pouvoirs publics français et hongrois, quatre collectivités territoriales françaises et italiennes, la Hochschule für Bibliotheks und Informationswesen (Ecole supérieure de bibliothéconomie de Stuttgart), l'Ecole normale pédagogique de Budapest, ainsi qu'un centre social de cette ville et quatre bibliothèques municipales – Grenoble, Turin, Szabo Ervin de Budapest et Böblingen – autour du nouveau rôle des bibliothèques urbaines, en termes de lutte contre toutes les formes d'exclusion.

Aides à la traduction au bénéfice des langues de moindre diffusion, soutien à la formation professionnelle des bibliothécaires, priorité explicite aux petites et moyennes entreprises du secteur, soutien aux opérations en faveur du livre et de la lecture, tout se passe comme si, en termes de soutien, l'Union européenne s'en tenait – chichement – au caractère "ultra-culturel" des aspects éditoriaux, sans pour autant prendre concrètement la mesure des bouleversements qui ont affecté la production de livres et sa distribution, depuis quelque vingt années, non plus que la sous-capitalisation des petites et moyennes entreprises du secteur. Il est vrai qu'entre les années 1990 et 2000, l'internationalisation et la concentration du secteur ont pris une envergure inédite, relativisant de fait les bases sur lesquelles s'étaient fondées les stratégies communautaires. A l'instar de ce qui se passe dans la presse, la situation actuelle menace le pluralisme des idées et la diversité culturelle tant célébrée. C'est donc dans le domaine de la réglementation qu'il faut aussi apprécier l'intervention communautaire, sans pour autant en masquer les contradictions.

La "globalisation" de l'édition

La bonne santé de l'édition européenne ne doit pas faire illusion. A première vue, les chiffres sont flatteurs : l'Europe représentait, en 1998, 55 % de la production mondiale – en nombre de titres produits, face à 25 % pour l'Asie, 17 % pour l'Amérique, et 3 % partagés à part égale par l'Océanie et l'Afrique. Pourtant, comme l'indiquait Pascale Casanova en 1998, "l'accélération de la rotation des stocks et l'augmentation continuelle du nombre de titres ont pris le pas sur les politiques d'investissement à long terme qui caractérisaient l'économie des grandes maisons d'édition", au prix d'une "dissociation de la logique intellectuelle et de la logique éditoriale".

La stratégie des entreprises européennes est désormais mondiale, *via* une production éditoriale largement anglophone. C'est sans doute aussi en réaction contre ce phénomène que la décision de vendre la partie livres de Vivendi Universal Publishing à Hachette représentait pour le ministère français de la Culture et de la Communication "une solution française et industrielle" même si, comme le note la revue *Esprit*, elle tendait à confondre "exception culturelle" et "exception française" et si le nouveau groupe aurait ainsi contrôlé 60 % de la distribution en France. La direction générale de la Concurrence de la Commission européenne a amoindri le périmètre de cette fusion puisque, Hachette n'a pu racheter que 40 %

d'Editis. Rappelons que, en 1997, elle avait interdit la fusion entre Reed-Elvesier et Wolters Kluwer, pour entrave à la concurrence dans les domaines de l'édition académique et des publications fiscales et juridiques.

Taux réduit de TVA sur le livre

Cette mesure résulte directement du volontarisme des Etats membres et des bonnes dispositions de la Commission, lors des années 1980 : c'est en effet en 1992 que la directive TVA a été modifiée de façon à y faire figurer l'annexe H avec une liste de dix-sept domaines auxquels peut s'appliquer un taux réduit de TVA. Le livre et l'écrit en font partie : "Fourniture de livres – y compris par le prêt en bibliothèque (…), journaux et périodiques autres que dédiés totalement ou essentiellement à la publicité". Il en résulte que, comme le dit plaisamment un producteur musical néerlandais, dans la plupart des pays européens, une revue pornographique est moins taxée qu'un cédérom de Mozart. Ainsi, tous les Etats membres appliquent un taux réduit de TVA sur le livre, à l'exception du Danemark et de la Suède. Ce statut fiscal, fort envié par les milieux musicaux, reste en effet à la discrétion des Etats membres. Il faut toutefois noter que la situation actuelle est considérée par la Commission comme transitoire. Considéré comme une "survivance", le taux zéro est théoriquement appelé à disparaître dans les pays où il est appliqué – Estonie, Irlande, Lettonie, Lituanie, Pologne, Royaume-Uni.

Le prix unique du livre

Le Conseil et les ministres de la Culture des Etats membres avaient pris acte de cette singularité lors du Conseil Culture du 18 mai 1989 : "En ce qui concerne la question du prix du livre, vu l'absence de solution de rechange acceptable pour tous, ils se sont prononcés (...) en faveur de la poursuite des politiques nationales visant à assurer un équilibre entre les intérêts des auteurs, des éditeurs, des libraires et du public, dans le respect des règles de concurrence", lit-on dans les conclusions.

Alors que le prix unique du livre est en vigueur dans plusieurs pays – Danemark, Belgique néerlandophone, Espagne, Irlande, Luxembourg, Pays-Bas, Royaume-Uni, certes à l'époque essentiellement sous forme d'accords interprofessionnels, le gouvernement de François Mitterrand instaure le 10 août 1981 une loi sur le prix unique du livre. La FNAC et les centres Leclerc contre-attaquent et saisissent la cour de justice des Communautés européennes, au motif de non-conformité de la loi française avec les règles européennes de libre circulation et de libre concurrence. La cour de justice tranche en faveur de la loi française en 1985. Quelque cinq ans plus tard, tous les Etats membres sauf le Royaume-Uni se montraient favorables à l'existence de systèmes de prix unique dans les "zones linguistiques homogènes" de l'Union européenne. C'est le moment que le commissaire alors chargé de la concurrence, Karel Van Miert, a choisi pour épingler l'existence d'un prix unique s'appliquant aux échanges entre l'Allemagne et l'Autriche, au motif que ce dernier portait atteinte au principe de la libre concurrence au sein du marché unique européen, selon les termes de la plainte déposée par la chaîne autrichienne de livres, Libro. "Les pays qui ont supprimé le prix unique du livre où dans lesquels il n'a jamais existé n'illustrent que trop clairement ce qui peut se passer. Si de la compétition ne subsistent que les "bonnes affaires", le spectre éditorial se rétrécit, écrivait en 1998 Dieter E. Zimmer dans *Die Zeit*. "Le schéma final est le suivant : le client économise sur l'achat des «best-sellers» ce qu'il devrait payer pour les autres livres mais il subit la réduction des coûts structurels puisqu'il sera victime d'une offre rétrécie ainsi que d'un service moins développé." De plus, les zones linguistiques homogènes constituent des espaces particulièrement dynamiques en matière de commerce éditorial intra-européen. "Dans cette affaire, tout s'est passé comme si, avec une interprétation étroite du principe de libre concurrence, la Commission en arrivait à travailler contre ce qu'elle considère comme une priorité : le développement du marché intérieur !", note un observateur. La mobilisation d'un certain nombre d'administrations nationales et de représentants des professionnels, ainsi que le point de vue de la direction en charge de la Culture, amena la Commission à commander une étude sur le sujet. Malgré sa décision du 4 juillet 1999 de ne pas interdire les systèmes nationaux allemands et autrichiens de prix fixe du livre, la RFA et l'Autriche ont annulé leur accord transfrontalier en 2001. Dans son article pour *Le Monde* du 14 septembre 1993, Denys Simon revenait sur l'importance de réfléchir à une stratégie européenne de distribution : "Il serait alors possible de mettre sur pied un dispositif plus approprié, par exemple en créant un prélèvement de type parafiscal dont le produit pourrait être affecté au financement d'un fonds européen destiné à favoriser la création littéraire et artistique, à organiser l'édition et la publication, et à soutenir les circuits de diffusion spécialisés, sans pénaliser le consommateur final par un prix minimal élevé entravant l'accès au livre." Une telle proposition pourrait, dans le cadre du futur traité constitutionnel, faire l'objet d'une coopération renforcée. Il reste que le prix unique du livre reste aujourd'hui en vigueur, voire conforté dans une majorité d'Etats d'Europe occidentale membres. Ainsi la RFA et l'Autriche ont remplacé leur accord interprofessionnel par une loi dans chaque pays. Quant à la Grèce, elle s'est également dotée d'une loi sur le prix unique du livre. La Pologne a mis le projet à l'étude.

Le livre dans le nouvel environnement technologique
Perspectives de partenariat et sources d'inquiétudes ne manquent pas dans ce domaine. Tout d'abord, l'impact des décisions communautaires en matière de droit d'auteur et de commerce électronique exige une attention permanente des pouvoirs publics comme des professionnels. Par ailleurs, le commerce électronique peut permettre le contournement des systèmes nationaux de prix fixe du livre et aggraver la concentration.

En même temps, le commerce électronique autorise *a priori* un plus large accès aux sources bibliographiques et la diffusion de documents auprès de publics qui s'en trouvaient jusque-là écartés. En outre, la production électronique permet à des petits éditeurs d'imprimer quasiment à la demande et d'éviter ainsi la constitution de stocks élevés, pénalisants pour leurs résultats financiers.

Au-delà des aspects purement économiques, ce sont des bouleversements anthropologiques qui se dessinent pour le livre et l'écrit. L'Union a mené à bien la mise en œuvre de la directive "Droits d'auteur et droits voisins dans la société de l'information" mais d'autres combats se profilent autour des prestations éditoriales en ligne. La mise au point d'une régulation adaptée au commerce du livre électronique s'avère cruciale, pour les libraires tout autant que pour les éditeurs. Dans cette perspective, les négociations au sein de l'Organisation mondiale du commerce – notamment sur le commerce de détail – seront également décisives. Les expériences d'édition électronique se sont pour l'heure soldées par des échecs, en Europe comme aux Etats-Unis. Loin du marché de masse attendu, on parie aujourd'hui sur des secteurs spécialisés – édition de référence, édition juridique, etc.

JEUNESSE, ÉDUCATION, FORMATION PROFESSIONNELLE, DES ENJEUX DÉCISIFS POUR LE MONDE CULTUREL

JEUNESSE(S)

L'article 149 du traité évoque la jeunesse dans le cinquième alinéa de son deuxième paragraphe : "L'action de la Communauté vise : à favoriser le développement des échanges de jeunes et d'animateurs socioéducatifs."

Sur cette base, un programme a été lancé en 1995, doté de 105 millions d'écus, intitulé "Jeunesse pour l'Europe". Des projets à dimension culturelle avaient été montés dans ce cadre, expositions, publications, studios d'enregistrement, avec toutefois une certaine prépondérance des organisations de jeunesse comme acteurs ou promoteurs des échanges. Avec un budget de 520 millions d'euros jusqu'en 2006, "Jeunesse" lui a succédé en 2000. "Jeunesse" bénéficie des expériences faites durant la première génération du programme et il intègre également des innovations comme le Service volontaire européen. L'idée est simple : toute personne de dix-huit à vingt-cinq ans, résidant dans l'un des pays concernés par le programme, peut effectuer un travail au service de la collectivité, pour une durée maximale de douze mois. Hébergement et accompagnement sont assurés mais le jeune volontaire ne perçoit pas de salaire. Ce dispositif a été utilisé en 1998 par l'association finlandaise Kaapelitehdas et le réseau Trans Europe Halles, pour envoyer sept jeunes participants dans divers lieux culturels, afin de se former tout en aidant à la réalisation de projets artistiques. Les Pépinières européennes pour jeunes artistes ont également mis en place en 1997, un projet "Artistes contre l'exclusion" (devenu "Artists in context"), consistant à envoyer neuf jeunes artistes dans des communautés urbaines, pour y réaliser un projet artistique à dimension sociale. Pour que ce projet ambitieux réussisse dans les meilleures conditions, un organisme déjà rompu aux coopérations européennes a dû se porter médiateur de l'ensemble et informer les artistes, tout en les sollicitant. Plus récemment, "Bruges 2002, capitale culturelle de l'Europe" a accueilli vingt jeunes volontaires européens engagés pour assister les coordinateurs de la manifestation, dans le montage d'événements, l'accueil de spectateurs ou de visiteurs, tout comme "Gênes 2004" l'a fait... Intéressant exemple de la liaison entre deux programmes communautaires. En 1999, à l'issue de la phase pilote du Service volontaire européen, le Centre d'études de formation et de ressources pour l'art et la culture (CEFRAC, Saint-Denis), la Fondation Marcel-Hicter (Bruxelles) et l'université d'Algarve (Faro) ont réalisé, à la demande de la Commission, une étude sur le rôle du Service volontaire européen dans les milieux culturels et auprès des jeunes issus de milieux défavorisés au sens large du terme (social, matériel, professionnel, géographique, psychologique). L'étude avait alors conclu que les agences nationales ou communautaires en charge de ce programme bénéficiaient de faibles moyens d'information et d'accueil à l'égard de ces jeunes. En outre, les jeunes concernés n'avaient le plus souvent aucun statut et la perspective de partir quelques mois dans un autre pays, sans reconnaissance formelle de ce séjour à leur retour aggravait leurs hésitations à s'impliquer dans le programme. La décision du Parlement européen et du Conseil établissant le programme “Jeunesse” pour 2000-2006 invite également les Etats membres à “faciliter la reconnaissance de la spécificité du volontariat des jeunes”. Dans cette perspective, une mesure intitulée “Capital Avenir” permet d’aider les jeunes volontaires européens à exploiter l’expérience acquise, en lançant une activité professionnelle, en organisant des événements ou en faisant reconnaître leur acquis dans le cadre d’un processus de formation professionnelle.

Outre le Service volontaire européen désormais également ouvert aux pays tiers, le programme “Jeunesse” accueille également les “initiatives en faveur des jeunes”, conçues et mises en œuvre par des jeunes à l’échelle locale, mais impliquant une dimension européenne. C’est dans ce cadre qu’Audrey Folacci et Alice Feuger-Mulla ont réalisé, à vingt-trois ans, des cafés européens sur le thème “L’Europe vue des autres continents” et singulièrement d’Afrique, en s’appuyant sur les cultures d’origine des immigrés résidant en Europe : lectures poétiques, concerts, débats ont été orchestrés dans des “bistrots” à Paris puis à Barcelone. Cette initiative a obtenu le prix “Jeunesse” en 2003. Reconnaissante du label apporté par le programme, Audrey Folacci s’est toutefois étonnée des délais très longs de paiement de la subvention. Une mesure intitulée “Initiatives de groupe” complète ce dispositif en faveur de projets présentés par des groupes de jeunes défavorisés. “Jeunesse” s’intéresse également aux actions conjointes proposées par les porteurs de projets, en relation avec les programmes LEONARDO DA VINCI et SOCRATES. La plupart des candidatures sont gérées par des agences nationales. Mais la Commission européenne lance également des appels à propositions, notamment dans le domaine de la coopération avec les pays tiers. Directrice jusqu'à sa brutale disparition, en 2004, du Bureau "Jeunesse" à l'Institut national de la jeunesse et de l'éducation populaire (INJEP), la regrettée Catherine Lesève-Nicolle soulignait un fait intéressant pour le rayonnement en France du programme : l'implication grandissante d'élus dans les jurys de "Jeunesse", dont certains désormais régionaux, et la signature de conventions avec certains conseils départementaux et régionaux. En outre, pour mieux impliquer les jeunes en difficulté, l'agence française travaille avec des réseaux de professionnels actifs sur le terrain : éducateurs de rue, missions locales pour l'Emploi, partenaires de la délégation interministérielle à la Ville… Elle souhaitait le même type de partenariat pour le Service volontaire européen et notait les avancées du Royaume-Uni en la matière. Mme Lesève-Nicolle regrettait la lenteur des délais de paiement bruxellois qui pénalise les jeunes porteurs de projets, ainsi que l'annualité des conventions passées par la Commission avec les agences nationales. Enfin elle constatait un "chaînon manquant" entre les projets culturels des jeunes Européens et CULTURE 2000.

Les Etats membres ont décidé de développer entre eux une "Méthode de coordination ouverte" dans le domaine des politiques de jeunesse. Le programme "Jeunesse 2007" s'adressera aux jeunes de treize à trente ans.

ÉDUCATION, DES AVANCÉES INÉGALES

Contrairement à la formation professionnelle, l'éducation ne figurait pas dans le texte du traité de Rome. C'est en 1971 que les ministres de l'Education des six Etats membres se réunissent pour la première fois. En 1976, la première résolution du Conseil et des ministres de l'Education "relative à la coopération dans le domaine de l'éducation" propose modestement des recherches et collectes d'information concernant les systèmes nationaux d'éducation, ce qui conduira en 1980 à la création d'Eurydice, "Réseau d'information sur l'éducation en Europe". Les conclusions du Conseil des ministres de l'Education de 1988 s'inscrivent encore dans la droite ligne des objectifs définis à Lausanne : enseignement des langues, histoire et cultures européennes, faire en somme partager aux jeunes générations le fonds commun européen. Faute de compétence communautaire en la matière, le programme LINGUA, dédié aux échanges linguistiques, reste réservé à l'enseignement technique. Pourtant, très tôt considérées comme relevant de la formation professionnelle suite à un arrêt de la cour de justice des Communautés européennes, les universités bénéficient dès 1987 du programme ERASMUS. L'inscription de l'éducation dans le traité de Maastricht permet, en 1994, l'adoption d'un programme complet, SOCRATES. Publié en 1994, le Livre blanc *Croissance, compétitivité et emploi* insiste largement sur "l'adaptation des systèmes éducatifs et de formation" aux défis économiques et sociaux de l'Union européenne. Lancé en 1998, le processus dit de Bologne se donne clairement pour objectif de faire converger les systèmes d'enseignement supérieur. En 1999, les Etats adoptent la "Méthode de la coordination ouverte". En 2000, le Conseil de Lisbonne trace la perspective : faire de l'Europe "l'économie de la connaissance la plus compétitive et la plus dynamique" et faciliter "l'apprentissage tout au long de la vie" dans une économie mondialisée "où l'intelligence et la créativité sont les premières des ressources". Puis la présidence française propose un projet de Plan d'action pour la mobilité. C'est à Barcelone, en 2002, qu'un programme "détaillé" de travail est arrêté, pour la réalisation "d'un espace européen de l'éducation et de la formation".

Si la Commission rappelle "qu'un consensus a été atteint concernant les quatre objectifs suivants qui se renforcent mutuellement : l'épanouissement personnel, la citoyenneté active, l'inclusion sociale, l'adaptabilité", Christian Laval et Louis Weber font remarquer en 2002 que "ce sont essentiellement les liens avec l'emploi qui sont développés dans les rapports et les propositions concrètes". Toutefois le processus de Bologne permet aux Etats membres d'avancer rapidement vers une convergence "licence/master/doctorat", jugée utile par les observateurs spécialisés. De même, l'instauration des licences professionnelles permet de renforcer les matières généralistes dans l'enseignement professionnel, mesure jugée souhaitable. L'un des objectifs poursuivis par cette réforme sera de pouvoir offrir à terme des cursus "européens" aux jeunes chercheurs des pays tiers. En effet, la convergence des systèmes d'enseignement supérieur sera finalement jugée à leur effet à l'aune de la mobilité étudiante et enseignante. Dans tous les cas de figure – définition des savoirs de base pour le secondaire, critères de convergence dans le supérieur –, les Etats membres gardent leur liberté d'action et de validation. Il reste qu'en particulier pour les professions artistiques – formation des artistes comme des professionnels de la culture –, le processus de Bologne semble "plaqué" sur des cursus extrêmement divergents et dont les bases n'ont pas été suffisamment repensées. Quant au "management culturel", figure nouvelle des cursus académiques, il demeure lié à des pratiques d'origines fort différentes dans lesquelles l'intégration des connaissances et compétences techniques et professionnelles se combine – à des degrés divers – avec l'accès à un savoir de type humaniste.

La première génération du programme SOCRATES a trouvé un écho important auprès des pays membres et de ceux en voie d'adhésion, dans un contexte difficile pour l'emploi et où les technologies de l'information et de la communication se développaient rapidement. Quant au plus connu d'entre eux, ERASMUS, il bénéficie d'un succès considérable qui met en lumière la nécessité de l'étendre au-delà du million d'étudiants qu'ERASMUS touchait fin 2002, soit une minorité. Première du genre, ERASMUS a même été "mis en scène" dans un film de Cedric Klapisch, *L'Auberge espagnole*, jouant comme un "effet de réel" pour le programme en question. Les apports des séjours d'études ERASMUS sont en effet évidents : découverte d'une autre culture européenne, apprentissage du comparatisme, possibilité à terme de travailler dans un autre pays de l'Union. Mireille Azzoug, directrice adjointe de l'Institut d'études européennes à l'université de Paris-VIII, souligne pourtant quelques difficultés : la réduction imposée du nombre d'universités partenaires, qui ne permet pas à tous les étudiants – notamment ceux en arts et administration culturelle, souvent les plus mobiles – de trouver des enseignements correspondant à la réalité de leurs études, l'impréparation linguistique de la plupart des étudiants qui les empêche de profiter pleinement de ces échanges. Quant aux étudiants, ils déplorent le faible montant des bourses et les lenteurs de paiement qui les obligent souvent à préfinancer leur séjour, même si de plus en plus de collectivités régionales apportent aujourd'hui des financements. Esther Besson-Pollatsek et Sandra Molnar, deux étudiantes françaises germanisantes, ont choisi de suivre un enseignement à la Freie Universität qui ne bénéficiait d'aucun accord préalable avec leur université d'origine, Paris-VIII. "Il a fallu faire nous-mêmes une partie des démarches auprès de l'université berlinoise mais cela valait la peine, indique Sandra. L'enseignement sur l'Europe centrale et la Russie que nous avons suivi là-bas présente un caractère unique dans un contexte international." Saluant la qualité de l'accueil qui leur a été réservé au bureau ERASMUS de Berlin, les deux étudiantes ont perçu la différence des systèmes universitaires : "Il faut avoir l'esprit ouvert et accepter que les six ou huit mois passés en ERASMUS relèvent plus de l'approfondissement de la culture générale européenne que de la poursuite des enseignements initiaux", commente Esther Besson-Pollatsek. Les cours suivis à Berlin ont tous été validés dans le cadre du "Système européen de transfert d'unités capitalisables" (ECTS). Les deux étudiantes soulignent tout de même le trop faible montant des bourses attribuées, versées en deux fois, au départ et à la fin du séjour. "Lorsque j'ai entendu le montant de la bourse en réunion ERASMUS à Paris-VIII (25 euros par mois), j'ai failli éclater de rire, commente Esther. Sans famille ni travail d'appoint, pas question de se payer un séjour ERASMUS !"

Les actions de SOCRATES

Bénéficiant d'une enveloppe globale de 1,850 milliard d'euros pour la période 2000-2006, SOCRATES II vise tous les niveaux d'enseignement, ainsi que l'éducation des adultes et l'enseignement à distance, avec un nombre plus réduit d'objectifs que son prédécesseur. Les partenariats y deviennent possibles avec de nombreux acteurs de la vie locale. Les projets engagés entre établissements scolaires dans le cadre de COMENIUS reposent souvent sur un engagement personnel considérable des enseignants et sur la nécessité, pour nombre d'entre eux, de convaincre leur propre hiérarchie de la nécessité de tels échanges. Le patrimoine, l'éducation interculturelle et la découverte de l'environnement font partie des thèmes souvent traités dans le cadre des coopérations mises en œuvre avec le soutien de COMENIUS.

LA FORMATION PROFESSIONNELLE : UN ENJEU MAJEUR

La formation professionnelle a constitué l'un des enjeux initiaux des Communautés européennes. Dès 1958, le Fonds social européen a été créé, alors principalement destiné à accompagner le développement puis les restructurations industrielles européennes. C'est en 1988 qu'une résolution du Conseil et des ministres en charge des Affaires culturelles rangeait la formation professionnelle dans le secteur culturel au rang des priorités communautaires. C'est aussi l'un des domaines dans lesquels la Communauté européenne s'est adjoint le concours d'agences : le Centre européen pour le développement de la formation professionnelle (CEDEFOP) créé en 1975, et la Fondation européenne pour la formation, établie en 1995. Après une série d'actions pilotes, un programme de formation professionnelle, LEONARDO DA VINCI, a été instauré en 1995 puis reconduit pour six ans (2000-2006) avec un budget global de plus d'un milliard d'euros.

En date du 18 décembre 1984, la résolution du Conseil et des ministres chargés des Affaires culturelles, relative "à un recours accru au Fonds social européen en ce qui concerne les travailleurs culturels" se fonde sur la nécessité de réduire le chômage et le sous-emploi des travailleurs culturels et le postulat selon lequel "l'art et la culture constituent une source importante de revenus et d'emploi".

LEONARDO DA VINCI et la culture

Sur la base de l'expérience du programme précédent, LEONARDO DA VINCI II a consisté en la mise en place de dispositifs intéressants : tout d'abord une aide à la mobilité des personnes, fait suffisamment rare dans l'architecture des programmes communautaires pour être souligné : projets transnationaux de placements pour les personnes en formation, les étudiants, les jeunes travailleurs et les jeunes diplômés ; projets d'échanges entre entreprises et organismes de formation ou des universités ; visites d'études destinées aux responsables de la formation professionnelle, sur des thèmes proposés par la Commission européenne. Ces initiatives sont directement gérées par les agences nationales du programme, dans les Etats membres. En outre, le programme n'applique pas systématiquement la règle des trois partenaires : pour la mobilité des personnes, deux partenaires suffisent dont un obligatoirement ressortissant d'un Etat membre de l'Union européenne. Dans les attendus du programme, on retrouve les critères prioritaires de la Commission, avec une attention spécifique portée à la gestion des ressources humaines et à la formation en alternance : la collaboration entre divers domaines de formation, le caractère novateur, l'acquisition de nouvelles compétences, la lutte contre l'exclusion, l'utilisation des outils multimédias… L'Association européenne des conservatoires (AEC), l'Association pour la recherche sur la ville et l'habitat (ARVHA), le Centre national du cirque, les Compagnons du tour de France ont notamment bénéficié de soutiens dans le cadre de LEONARDO DA VINCI. La liste des projets soutenus entre 1996 et 2001 montre une diversification croissante des projets culturels présentés.

Présidente de l'ARVHA (Association pour la recherche sur la ville et l'habitat), Catherine Guyot indique que la collaboration avec le programme LEONARDO a "accompagné" la réflexion européenne de l'association et le mûrissement de ses projets. C'est le cas du programme présenté en novembre 2002 au titre des "projets pilotes", et portant sur la comparaison des pratiques professionnelles des architectes en Europe. Chargée de la présélection et de la gestion de cette partie du programme, l'agence nationale LEONARDO a joué un rôle indispensable de conseil et d'assistance. En outre, les contrats sont signés rapidement et les premiers fonds débloqués tout aussi vite par cette même agence. Catherine Guyot estime que la collaboration avec l'Union européenne représente elle-même une sorte de formation continue : "On maîtrise de mieux en mieux les règles comptables, administratives, on approfondit la connaissance des partenaires et des autres pays." Une telle démarche relève donc d'un choix préalable, d'un "désir d'Europe" que l'on entend partager, faute de quoi tout ce "parcours du combattant" apparaîtrait dénué de sens.

L'ESPRIT "CONNECT" SOUFFLE-T-IL ENCORE ?

A la demande du Parlement européen, une ligne de crédit a été dégagée en 1999 pour cofinancer des projets susceptibles d'améliorer les relations entre l'éducation, la culture, la formation, l'innovation, la recherche et les nouvelles technologies. Inscrit dans les actions préparatoires à une "Europe de la connaissance", CONNECT (Innovation et connexion des programmes communautaires) était doté de 15 millions d'euros au total. Compte tenu de l'existence de deux Directions générales X et XXII, respectivement en charge de la Culture et de l'Education, les 15 millions d'euros ont fait l'objet d'un double appel à propositions à hauteur de 7,5 millions d'euros chacun.

Comme l'indique le bilan d'évaluation réalisé en 2002 à propos de CONNECT, l'objectif premier de CONNECT – "la création d'interconnexions entre les programmes communautaires dans les domaines de l'éducation, de la formation, de la culture, de l'innovation, de la recherche et des nouvelles technologies" – a été peu perçu par les porteurs de projets et ne figurait pas explicitement dans l'appel à propositions de la Direction générale X. Paradoxalement, la recension de ces initiatives démontre que la modestie des ambitions assignées au volet culturel de CONNECT a permis le développement de projets atypiques qui n'auraient pas forcément trouvé leur place dans CULTURE 2000 ou dans les programmes éducatifs, à ce stade de leur développement. A titre d'exemple, citons "Ruth Berlau", projet artistique éducatif et expérimental européen proposant à des étudiants d'histoire un voyage théâtral à travers le XXe siècle, à partir de l'histoire de vie d'une personne. Après avoir vu la pièce *La Ballade* de Ruth Berlau, les étudiants font leur propre recherche sur une destinée européenne particulière. Ils choisissent un personnage et mettent sa vie en scène, en tenant compte des circonstances historiques dans lesquelles elle s'est déroulée. Associant des partenaires danois, grecs, suédois et finlandais, cette initiative, qualifiée par les évaluateurs, de "projet d'avenir" pour COMENIUS et "dont la méthodologie devrait être diffusée", aurait-elle pu s'inscrire dans les cases du programme en question avant d'avoir prouvé sa validité en termes de réalisation et d'impact ?

Au nombre des meilleurs projets recensés par les experts, on trouve celui de l'association française "Hors les murs" qui a mis en œuvre un projet de formation dans le domaine des arts de la rue et des arts du cirque sous le titre "Réseau européen de formation et d'information pour les arts de la rue et du cirque". Un colloque européen a été organisé et un site Web, extrêmement documenté sur les conditions d'exercice de ces professions, a été créé. La base de données recensait, en 2003, 250 écoles et organismes de formation, 540 festivals, 1 700 artistes et 4 200 compagnies. "Les arts de la rue et les arts du cirque se jouent des frontières, commente Stéphane Simonin, directeur de Hors les murs. On peut travailler d'emblée au niveau européen, voire international". Créé avec des partenaires belges, britanniques et espagnols, le réseau a conçu en commun cette base de données trilingue, que chacun d'entre eux alimente désormais activement. L'aventure s'ouvre rapidement à de nouveaux pays – dix-sept dans un proche avenir, dont le Canada. Stéphane Simonin garde un "bon souvenir" de la collaboration avec les responsables de CONNECT. Il regrette l'arrêt de ce programme, dont il a trouvé le rôle essentiel pour des projets pouvant difficilement s'inscrire dans le cadre de CULTURE 2000.

A l'issue de leur rapport, les évaluateurs proposaient trois thèmes selon eux fédérateurs pour les actions conjointes : la construction de communautés d'apprentissage, "l'employabilité", la citoyenneté active. Ils mentionnent également l'intérêt de prévoir un volet culturel dans ce cadre…

CULTURE 2000 A L'ÉPREUVE DES FAITS

En 1998, à l'issue du Forum culturel de l'Union européenne, la Commission européenne fait une communication concernant CULTURE 2000 à l'adresse du Conseil, du Parlement européen et du Comité des régions.

Sept messages émanaient des consultations engagées par la Commission et le Parlement européen : simplifier les procédures, donner à la culture toute son importance dans le processus d'intégration européenne, accorder toute sa place à la création, respecter la spécificité des activités culturelles, stimuler le rôle de dialogue et de cohésion sociale de la culture, développer les liens avec les pays tiers, reconnaître les droits culturels. Ils seront pour la plupart repris dans la décision du 14 février 2000 instaurant le programme, à deux nuances près : à la "création" se substitue son avatar affadi : la créativité. La prise en compte des projets est clairement soumise à leur capacité d'insertion. Opportunément, "le rayonnement des cultures européennes dans les pays tiers" est remplacé par le "dialogue interculturel" et les "échanges entre cultures européennes".

Dans l'agenda initialement proposé par les rédacteurs, les "actions intégrées au sein d'accords de coopération culturelle, structurée et pluriannelle" arrivent en tête, avec la nécessité de sept partenaires et une durée de trois ans (35,9 % du budget). Viennent ensuite les "actions majeures à rayonnement européen et/ou international" dont les Villes européennes de la culture, l'intégration de journées européennes dans les manifestations internationales, la "reconnaissance des grands talents" et la "diffusion télévisée d'événements culturels" (28,7 % du budget). Quant aux "actions spécifiques et innovatrices dans la Communauté ou dans les pays tiers", elles arrivent en troisième position (30,3 % du budget). Tous ces points feront l'objet d'une lutte acharnée. L'action 3 devient la première, la préférence de la Commission allant aux actions pluriannuelles qui verront d'ailleurs leur pourcentage augmenter – jusqu'à 40 % du budget total. Les actions emblématiques se trouvent reléguées à la troisième place, avec 10 % du budget. Il faut ici tenir compte des démarches opérées par les réseaux et associations culturels, lesquels soulignent l'importance des actions dites "novatrices" parce qu'elles intéressent des organismes peu connus mais qui jouent souvent un rôle de laboratoire et, bien entendu, l'intérêt pour ces interlocuteurs des actions pluriannuelles, sollicités explicitement lors du Forum de 1998. Le débat rebondit avec le rapport parlementaire de Nana Mouskouri, proposant une grille indicative de répartition entre disciplines artistiques. Cette proposition est dénoncée comme attentant à l'esprit pluridisciplinaire du programme. C'est pourtant la Commission qui réintroduira des priorités disciplinaires dans le programme en 2001. Résumons enfin le feuilleton des discussions sur le montant du programme, variant du simple au quadruple : 400 millions d'écus demandés par le Parlement européen contre 90 de la part de l'Etat néerlandais, traditionnellement suspicieux à l'endroit d'un programme centralisé et directement géré par la Commission. Le curseur s'arrêtera à 167 millions d'euros pour la période 2000-2004. L'aspect le plus prospectif du programme – les accords de coopération pluriannuelle – exige désormais la participation de cinq et non de sept partenaires, comme proposé initialement. L'autre innovation de taille – l'ouverture à la coopération avec les pays tiers – autorise l'octroi de “moyens supplémentaires”. Dans la pratique, ces projets s'insèrent comme ils le peuvent, dans la limite des moyens consentis. Enfin la valse-hésitation entre pluridisciplinarité et priorités disciplinaires illustre l'impossibilité pratique de ranger toute la création sous la bannière de l'interdisciplinarité.

CULTURE 2000

Budget total sur la période 2000-2006 : 236,50 millions d'euros

Pays concernés en 2004 : les Vingt-Cinq, les trois Etats membres de l'Espace économique européen (EEE), la Roumanie et la Bulgarie.

Priorités annuelles : les arts visuels en 2002, le spectacle vivant en 2003, le patrimoine en 2004.

Actions 1 : "Actions spécifiques, novatrices et/ou expérimentales" (jusqu'à 45 % du budget total).

Impliquant des professionnels d'au moins trois Etats participant au programme, elles visent à encourager l'émergence de nouvelles formes d'expression culturelle, permettre un meilleur accès des citoyens à la culture (en particulier les plus défavorisés et les jeunes), favoriser la création d'outils multimédias, encourager les échanges d'expériences entre acteurs culturels et socioculturels, et favoriser le rayonnement des cultures européennes dans les pays tiers.

Actions 2 : "Actions intégrées au sein d'accords de coopération culturelle transnationale, structurés et pluriannuels" (pas moins de 35 % du budget total).

La Commission entend favoriser le travail en commun d'au moins cinq opérateurs européens en vue de la réalisation d'actions pluriannuelles en Europe. Des "accords de coopération culturelle" proposés pour deux à trois ans comprennent notamment le type d'actions suivantes : coproductions, opérations favorisant la mobilité, actions de sensibilisation.

Actions 3 : "Evénements culturels spéciaux ayant une dimension européenne ou internationale" (environ 10 % du budget total).

Il s'agit d'opérations dotées d'une résonance symbolique significative. On citera notamment les Capitales européennes de la culture, l'appui à des manifestations culturelles mises en œuvre dans le pays qui exerce la présidence de l'Union, l'organisation d'opérations novatrices associant les arts, l'éducation et la culture, et les "Laboratoires européens du patrimoine".

Les autres dépenses, y compris les frais liés aux points de contact, représentent environ 10 % du budget annuel du programme.

LES PROJETS POUR CULTURE 2007 (2007-2013)

La Commission européenne a publié en 2004 une proposition pour le nouveau programme CULTURE 2007. Trois objectifs seraient retenus : circulation transnationale des œuvres et produits culturels, mobilité pour les personnes travaillant dans le domaine culturel, dialogue interculturel. Le budget proposé est de 408 millions d'euros pour sept ans. 77 % des fonds iraient au soutien d'actions de coopération, 10 % restant réservés au soutien d'organismes européens actifs dans le champ culturel et la préservation du patrimoine, ainsi que dans la commémoration de sites européens majeurs et des archives traitant des déportations. 5 % irait aux études et à la diffusion de l'information dans le domaine culturel. Le programme encouragerait également la coopération avec les pays tiers : pays candidats et tous pays ayant signé un accord comportant une clause culturelle.

Après une mise en place expérimentale en 1999, les différents appels à propositions de CULTURE 2000 publiés de 2000 à 2003 inclus montrent l'évolution et la précision apportées à la mise en œuvre du programme, conformément à la déclaration liminaire de la Commission : "En fonction de ces objectifs, la Commission définira régulièrement les priorités nécessaires." Un thème fait son apparition en 2000 : la connaissance mutuelle de l'histoire culturelle des peuples de l'Europe. Particulièrement prisé des universités et des centres de recherche, il disparaîtra en 2002, réintégré de fait dans le domaine patrimonial dont il relève à l'évidence. Publié le 24 janvier 2001, le deuxième appel à propositions comporte quelques aménagements de taille. L'obligation de financement à hauteur de 5 % du budget total du projet – en fonds propres ou mobilisés – apparaît pour chaque coorganisateur. Le trait saillant est, semble-t-il, l'implication "précise et essentielle" en termes de conception, de réalisation et de participation financière. Dans chaque catégorie, le nombre et le profil des projets sont clairement indiqués, assimilant plus que jamais le programme à une commande : archéologie subaquatique, dimension européenne d'un mouvement culturel ou d'une école artistique caractéristique du XIXe ou du XXe siècle, etc. Le document provoque moult réactions parmi les responsables institutionnels et les professionnels, en particulier ceux regroupés au sein du Forum européen pour les arts et le patrimoine : "L'énoncé des priorités et des critères de participation n'ayant pas de dimension proprement culturelle vise à imposer une ligne de conduite aux projets et aux professionnels (...), au lieu d'offrir un cadre de coopération ouvert et flexible", lit-on en décembre 2000.

Sans doute le "cahier des charges" ainsi proposé vise-t-il à alléger le travail de la Direction générale concernée dont les effectifs sont trop réduits pour le suivi de CULTURE 2000 – comme nous l'avons indiqué. Une partie des critères de sélection est ainsi déplacée en amont. Face aux protestations, des voix s'élèvent pour dire qu'en l'état, le fait essentiel est de faire fonctionner les échéances annuelles. Entre 2000 et 2001, le nombre des projets présentés diminue sensiblement. Publié le 15 août 2001, l'appel à propositions 2002 est beaucoup plus court que son prédécesseur. A partir de cette date et pour trois ans, un secteur d'activités est privilégié : les arts visuels en 2002, le spectacle vivant en 2003, le patrimoine culturel en 2004. La justification avancée est de deux ordres : donner aux opérateurs la certitude que leur secteur d'activités sera privilégié à un moment donné, soutenir des projets "témoignant d'une approche imaginative et créative et apportant une véritable valeur ajoutée européenne". L'appel à propositions pour 2004 introduit en outre "la promotion du dialogue culturel et la meilleure connaissance des autres cultures".

Second principe : la qualité, introduite dans l'appel à propositions pour 2002. Dans cette perspective, la Commission laisse le soin de l'évaluation artistique ou scientifique aux experts, tout en se concentrant sur les moyens effectivement mis à la disposition du projet. C'est moins l'originalité de la proposition que la précision de sa méthodologie – aussi bien financière qu'organisationnelle – qui prévaut.

QUELS PROJETS POUR CULTURE 2000 ?

Un examen des 903 projets soutenus de 1999 – année d'actions préparatoires – à 2003 inclus permet de tirer quelques enseignements en termes de pays représentés et de structures candidates. Il autorise également à esquisser une typologie des projets le plus souvent sélectionnés.

Sur les cinq années considérées, l'Italie arrive en tête pour la coordination des projets annuels (sauf en 2000). Concernant l'initiative de projets pluriannuels, la France est la mieux représentée (sauf en 2002). Autres pays flirtant avec la deuxième ou la troisième position, tous projets confondus : l'Allemagne, l'Espagne et le Royaume-Uni. Certes on peut invoquer le nombre d'habitants expliquant statistiquement la forte présence de ces pays. On constate pourtant le dynamisme constant de la Belgique, des Pays-Bas, de la Suède, de la Finlande et de l'Autriche. La participation de la Norvège et de l'Islande reste sporadique, ainsi que celle du Luxembourg. Celle de la Grèce accuse des irrégularités. Le Portugal est de plus en plus impliqué. Un pays étonne par sa discrétion : l'Irlande. A titre d'exemple, en 2001, les ressortissants de ce pays “chefs de file” de projets se trouvaient à égalité avec ceux de Bulgarie, de Lettonie et de Lituanie, alors nouveaux venus dans le programme. Le score irlandais était tout aussi faible en termes de coorganisateurs. L'Estonie, la Lettonie, la Lituanie, la Hongrie, la Pologne et la République tchèque se montrent très actifs et, selon la Commission européenne, 9 pays candidats dont la Roumanie et la Bulgarie avaient augmenté leur participation au programme de 50 % entre 2001 et 2002, avec 115 organisations parties prenantes. De 2001 à 2003 inclus, la seule Pologne aligne plus de 30 participations dont 12 en tant que chef de file.

Compte tenu de l'aventure à haut risque que représente la participation au programme pour les opérateurs non gouvernementaux, certains Etats ont mis en place des formes de soutien aux lauréats de CULTURE 2000. C'est le cas en Hongrie et en Lettonie. Mais institutions nationales et collectivités territoriales sont également souvent de la partie.

GALERIE VIRTUELLE ET LABORATOIRE D'ART ÉLECTRONIQUE

Le Centre international d'art et de nouvelles technologies de Prague, CIANT, a mis en place en 2002, avec le soutien de CULTURE 2000 et ses partenaires français (CYPRES, Centre interculturel de pratiques, recherches et échanges) et espagnol (MIDE, “Musée international d'électrographie”), une plate-forme électronique commune, dotée de son propre système de navigation. Avec des artistes sélectionnés par chacun des centres, des ateliers conjoints ont été organisés puis les artistes ont travaillé, restant en contact étroit les uns avec les autres grâce à la plateforme. La galerie virtuelle a permis de présenter leur travail passé et présent en ligne. Cette expérience tente à la fois d'offrir de nouvelles opportunités de travail aux artistes et de mettre en œuvre de nouvelles formes de diffusion du travail artistique. Etablissements d'enseignement français et tchèques sont associés à cette initiative.

Les affinités régionales sont également perceptibles dans la nationalité des acteurs engagés : Suédois, Danois, Finlandais se retrouvent souvent. A l'autre extrême, Italiens, Français et Espagnols se fréquentent assidûment. Les configurations régionales retrouvées ou anciennes font également recette, plaçant certains pays en situation de pivot : la Suède et la Finlande dans nombre de projets baltiques qui associent également la Lituanie, l'Estonie, la Lettonie voire la Pologne. L'imaginaire baltique est d'ailleurs au fronton de nombreux projets. Moins homogènes mais tout aussi puissantes sont les constellations "Europe centrale", "Danube", avec un rôle clé pour l'Allemagne et l'Autriche. La Méditerranée fait recette essentiellement dans le domaine patrimonial. Certains pays s'aventurent ensemble sur les territoires "romains". Pourtant certains pays semblent plus capables que d'autres d'évoluer dans toutes les configurations géoculturelles : la mobilité italienne est ainsi stupéfiante, tout autant que celle des opérateurs britanniques. La forte participation de certains pays s'explique par la pluralité des acteurs engagés : associations – majoritaires –, compagnies théâtrales, musées, organismes publics et parapublics, universités, collectivités territoriales. C'est particulièrement le cas de l'Italie et de l'Espagne. Les collectivités jouent en effet un rôle croissant : communes au premier chef mais aussi entités fédérées, régions, départements, provinces, voire communautés de communes… Quant aux universités, essentiellement mobilisées sur les thèmes du patrimoine et de l'histoire culturelle, on les trouve aux côtés des associations artistiques et culturelles en 2002 (pour les arts visuels) et en 2003 (pour le spectacle vivant), avec, il est vrai, une forte proportion d'écoles d'art, de design, d'architecture ou de spectacle impliquées. La pluralité des intervenants ne doit pourtant pas faire perdre de vue le fait que la plupart des projets déclinent une participation majoritairement homogène : projets d'universités, de musées, de collectivités territoriales, de compagnies théâtrales, d'organismes de traduction, même si un organisme d'un autre type se glisse parmi les partenaires. Par ailleurs, si elle n'est pas majoritaire, la présence d'organismes étatiques ou para-étatiques n'en est pas moins réelle : les ministères eux-mêmes (ou certaines de leurs directions) en Europe du Sud mais aussi les organismes "semi-autonomes" nordiques ou anglo-saxons tels que le British Council, Visiting Arts ou le Conseil de la littérature suédois, ainsi que les fondations néerlandaises bénéficiant d'une délégation de compétences de la part de l'Etat. Les instituts et centres culturels européens sont également intervenants dans le cas de projets impliquant une coopération avec des pays tiers, mais aussi dans l'Union européenne elle-même, et en Europe centrale et orientale. Leur participation semble même décisive dans le cas de certains projets montés par des organismes est-européens. Enfin, même si nombre d'acteurs moins consacrés interviennent, la participation des grandes institutions culturelles européennes n'est pas négligeable : théâtres et musées nationaux, festivals ou biennales de renom, organismes privés de premier plan, l'on retrouve une bonne partie du cercle des organismes les plus connus, avec souvent des activités nouvelles en faveur d'artistes émergents. Le caractère spécialisé de certaines activités conduit des organisations à figurer comme coorganisateurs de plusieurs projets. C'est vrai dans le domaine des arts électroniques mais aussi dans celui de la musique contemporaine ou du design. Par ailleurs, outre la reconduction de plusieurs accords pluriannuels, les mêmes équipes sont soutenues plusieurs années de suite, certes avec des infléchissements de leurs objectifs. Ainsi la multiplicité des objectifs retenus par le programme tout comme le nombre des partenaires et le montant des contreparties exigés ont des effets contradictoires : générer des coopérations inédites et opérer un décloisonnement souvent difficile à réaliser dans le cadre national. Mais aussi consolider les initiatives d'opérateurs déjà bien inscrits dans le panorama communautaire. Au risque d'une endogamie dangereuse pour ces derniers.

ESSAI DE TYPOLOGIE

Au-delà des différences disciplinaires, il était intéressant de voir dans quelle mesure une typologie des actions proposées était possible. Il n'existe pas – et heureusement ! – de projets types dans le cadre de CULTURE 2000. L'on peut toutefois proposer quelques regroupements : recherche, mise en commun de savoir-faire, création, coproduction, diffusion, distribution, formation, information. Pourtant, et c'est là un élément commun à presque tous les projets, aucun d'entre eux ne comporte un seul volet, quelle que soit sa dominante. Beaucoup d'initiatives contiennent donc tout ou partie des éléments suivants : réunions entre partenaires (pendant ou après), concours ou prix, stages ou *master class*, ateliers (entre professionnels), conférences publiques, document écrit (rapport, ouvrage, etc.), lettre d'information (le plus souvent virtuelle), banque de données, site Internet ou "page Web", CD, cédérom au minimum bilingue, travail en direction de plusieurs publics. Hors de cette moyenne, certains projets se présentent comme de pures initiatives de création et de diffusion, arguant du caractère novateur de la démarche artistique – sans le souci particulier de publics cibles, à l'inverse d'autres qui fondent l'architecture de leurs projets (y compris leur partenariat) sur le public ou les bénéficiaires : jeunes socialement défavorisés, handicapés, personnes hospitalisées, prisonniers…

LES AILES DE DÉDALE

Dédale, mythique architecte, sculpteur et inventeur athénien, dut fuir sa cité natale après avoir assassiné son talentueux disciple et encombrant rival, Talos. C'est grâce à l'invention d'ailes attachées avec de la cire qu'il put, avec son fils Icare, s'échapper du labyrinthe qu'il avait construit pour le roi Minos et qui était devenu pour lui un piège. Le compositeur italien de musique Mauricio Squillante a trouvé dans le cadre des rencontres annuelles de théâtre musical, New-Op, les ressources productives, artistiques et esthétiques qui ont généré la coproduction européenne des *Ailes de Dédale*, opéra contemporain électronique. L'organisation néerlandaise Codarts, l'agence française Namaste et l'Italien Pan 3.1 ont mis en œuvre cette entreprise qui a donné lieu à neuf représentations dans trois pays. Grâce à un soutien annuel renouvelé de CULTURE 2000 en 2000 et 2001, Mauricio Squillante a pu vérifier l'intérêt de la collaboration entre entités européennes indépendantes pour le développement et le rayonnement de l'opéra contemporain.

Enfin d'autres mettent en place de véritables dispositifs, souvent grâce à des accords de coopération pluriannuelle : organisation de résidences artistiques, octroi de bourses, commandes d'œuvres, création d'un fonds de mobilité, d'un observatoire… Outre Dance Web, citons Theorem, association de douze festivals de douze pays qui se sont donné pour mission de promouvoir les jeunes talents de la mise en scène et de la danse centre et est-européennes.

Sous l'impulsion de Bernard Faivre d'Arcier, alors directeur du Festival d'Avignon, le projet, conçu en 1998, a bénéficié de deux accords pluriannuels avec CULTURE 2000. Initié en 2003, le second programme entend faciliter la circulation des spectacles au sein de l'Europe orientale et il sera géré à partir de Riga. Citons encore la Fédération européenne des jeunes orchestres nationaux (EFNYO) qui propose l'échange de musiciens, ainsi préparés à travailler dans n'importe quel contexte européen, et les initiatives du Festival d'art lyrique d'Aix-en-Provence à travers son académie européenne.

Les jeunes sont au cœur de beaucoup de projets – soit en tant qu'artistes ou opérateurs culturels, soit comme public privilégié à conquérir. Autre référent majeur : les technologies de l'information et de la communication, en termes de création et de diffusion. Enfin le multilinguisme est fréquemment évoqué ; certains projets mettent la traduction au cœur de leur initiative – des éditeurs bien entendu, mais aussi des compagnies théâtrales. On dénombre une infinité de secteurs patrimoniaux – depuis les constructions en pierres sèches jusqu'aux demeures privées du XIXe siècle, *via* l'art nouveau et le patrimoine militaire côtier. Certains projets naissent autour d'un monument comme le temple de Jupiter Stator de Rome. L'Empire romain fait recette, beaucoup plus que l'ère byzantine, les Omeyyades ou l'Empire ottoman. Le racisme, la xénophobie inspirent des œuvres, des stages de création collective. La culture des migrants est parfois mise à l'honneur. Cultures juive, rom et traveller font l'objet de recherches et de créations. La création féminine est au cœur de plusieurs projets. La ville est souvent le sujet, le cadre, le référent de ces initiatives. Certaines sont montées en relation avec les Capitales européennes de la culture. En contrepoint, de rares projets évoquent la vie rurale, l'agriculture dans sa relation avec l'art, comme l'idée d'une Fondation européenne pour l'agriculture et les arts, présentée en 2000 par un organisme britannique. Plusieurs projets explorent les relations entre art et science, art et religion. L'imaginaire maritime est souvent convoqué.

UN FONDS DE COPRODUCTION POUR LA DANSE CONTEMPORAINE

Ce fonds de coproduction a été mis en place par Dance Web, organisme autrichien, et ses partenaires en 2000, avec le soutien de CULTURE 2000. Des bourses étaient offertes à quelque 50 jeunes artistes – danseurs et chorégraphes, chacun rejoignant les ateliers ou stages de son choix en Europe. Trente-huit représentations ont été organisées lors du Festival Tanz 2000. En 2001, l'organisme autrichien développe ses activités avec 140 ateliers et académies d'été, le développement de son site Web, l'organisation d'une manifestation de hip-hop. En 2002, il contracte avec ses partenaires un accord pluriannuel avec CULTURE 2000. Le Centre chorégraphique national de Montpellier, l'organisme suédois Ifir, le South Bank Centre de Londres et Ultima Vez, organisation belge, sont les coorganisateurs de cette entreprise qui associe 10 festivals et structures culturelles.

Diverses contributions ont appuyé la préparation d'un nouveau programme à l'horizon de 2007. Leurs conclusions se rejoignent quant aux difficultés de CULTURE 2000 : nombre trop élevé d'objectifs pour un programme aussi peu doté, rigidité des procédures administratives et délais trop importants de publication des appels à propositions, insuffisance d'informations pour les candidats "recalés", obstacle de la règle des 5 % pour la participation des chefs de file et coorganisateurs. D'autres insuffisances ont été plus rarement relevées comme une évaluation artistique trop sommaire des projets : le temps accordé aux experts indépendants pour étudier les projets semble trop réduit. Par ailleurs, les opérateurs souhaiteraient entretenir avec la Commission européenne un dialogue plus suivi sur le fond des projets. C'est pourtant sur la qualité artistique des projets que le programme fonde sa crédibilité et sa valeur à long terme. Au risque d'ajouter à l'abondante littérature suscitée par CULTURE 2000, il nous semble important de suggérer quelques pistes. Les priorités retenues par la Commission européenne à l'issue de l'évaluation du programme semblent intéressantes : mobilité, dialogue interculturel… Ainsi le nombre des objectifs se verrait opportunément réduit. C'est aussi toute la charpente du programme qui mérite réflexion : plusieurs spécialistes ont proposé une délégation de compétences exécutives à un ou plusieurs organismes, selon le principe d'administration à distance déjà évoqué *(arm's lenght)*. La caractérisation de ces organismes varie mais tous s'accordent sur un point : ils doivent apporter la preuve de leur compétence européenne et de leurs partenariats dans un ou plusieurs domaines disciplinaires. Ils seraient ainsi à même de jouer le rôle de veille indispensable, tout en accordant des bourses aux nouveaux venus soucieux d'expérimenter la coopération européenne. Contrairement à ce qui se passe pour les programmes Jeunesse, LEONARDO DA VINCI et SOCRATES, ces organisations ne reposeraient pas sur une base nationale, mais plutôt sur des compétences spécialisées. Le projet actuellement à l'étude d'une agence unique chargée des missions exécutives pour l'éducation, la formation et la culture semble une réponse limitée par rapport à ces attentes. La proposition française insiste en outre sur une application plus déterminée de l'alinéa 4 de l'article 151 : pratiquer au maximum les cofinancements avec d'autres instruments communautaires. Les industries culturelles – musique et livre – devraient aussi bénéficier de programmes adaptés, sur le modèle de MEDIA. Deux tensions restent manifestes, à la lecture des différentes propositions : faut-il privilégier les actions "emblématiques" ou réserver la priorité à des initiatives moins spectaculaires et plus expérimentales ? Faut-il privilégier les actions pluriannuelles en faveur d'acteurs expérimentés ou dégager des lignes de financement pour des actions de mobilité plus modeste et plus souples ? Ce débat n'est pas nouveau : pourtant, les questions qu'il soulève sont tout à fait liées aux modes de sélection et d'organisation qui prévaudront dans le futur programme. L'organisation d'appels à propositions conjoints – formation professionnelle/culture, Fonds structurels/culture ou programmes EUROMED/programmes culturels par exemple – peut permettre à la Direction générale Education et Culture et aux experts indépendants de mieux faire prendre en compte la dimension culturelle des projets opérant de façon intersectorielle, leur conférant ainsi un véritable rôle de validation. Par ailleurs, le rôle transversal de la culture se verrait confirmé de façon plus positive. Enfin une coopération directe de la Commission avec les Etats ou les collectivités locales sur projets jouerait un rôle incitatif non négligeable mais permettrait aussi sans doute de clarifier ce qui doit effectivement revenir aux professionnels indépendants dans cet ensemble.

LA PLACE DE LA CULTURE DANS LE TRAITÉ CONSTITUTIONNEL

Dans un article du *Monde diplomatique* intitulé "Une Convention européenne conventionnelle", Bernard Cassen revenait en 2002 sur les deux questions à ses yeux essentielles au moins depuis la ratification du traité de Maastricht : "Quel projet européen ? Quelles institutions pour le servir ?"

"Le meccano institutionnel passionne les responsables gouvernementaux, mais il fait tout naturellement l'impasse sur le contenu des politiques à mener, celles-ci étant réputées ne plus faire l'objet de débats, sinon sur la manière de les renforcer." Dans les efforts concurrents des différentes parties prenantes institutionnelles, les "conventionnels" qui constituaient le présidium se sont attachés à convoquer les représentants de la société civile, pour l'essentiel associations et syndicats. Quant au calendrier retenu pour ces consultations, il laisse à penser qu'elles avaient essentiellement une fonction d'affichage. "Ainsi le groupe de contact «Culture», réuni le 12 juin 2002, en présence d'une cinquantaine d'organisations et de quatre membres de la Convention, dut expédier en une journée des sujets aussi importants que l'art et le patrimoine, la coopération culturelle, les Eglises et les religions, l'éducation et les langues minoritaires, mais en étant prié de limiter ses réflexions aux aspects institutionnels."

Les interventions des associations reçues durant cette journée ont fait l'objet d'un compte rendu. Au nombre des suggestions institutionnelles retenues par la Convention, citons : le vote à la majorité qualifiée pour la culture, l'inscription de la Charte des droits fondamentaux dans le futur traité, voire, selon certains, la nécessité d'y inclure une référence aux valeurs spirituelles et culturelles qui sont à l'origine de la construction européenne. A l'issue de ces auditions, rendez-vous était pris pour une prochaine session en juin 2003, "à l'écoute de la société civile". Temps de parole proposé pour la coopération culturelle, les arts, le patrimoine et l'éducation : dix minutes à répartir entre les représentants d'Europa Nostra et ceux du FEAP/EFAH ! Dans la contribution française à la Convention sur "la place de la culture dans le futur traité", Pascale Andréani, membre suppléant de la Convention, remarque que si le projet européen a puisé dans la culture "l'une de ses inspirations", celle-ci est restée "à la marge de la construction communautaire". Sur le plan du commerce extérieur, la France avec l'appui de l'Allemagne a en outre obtenu que le vote à l'unanimité reste conditionnellement en vigueur pour les services culturels et audiovisuels, dans le cas des accords commerciaux internationaux régis, pour le reste, à la majorité qualifiée : "Le Conseil statue à l'unanimité pour la négociation et la conclusion d'accords dans le domaine du commerce des services culturels et audiovisuels lorsque cela risque de porter atteinte à la diversité culturelle et linguistique de l'Union." Cette clause s'applique également aux services sociaux, d'éducation et de santé. Toute la question étant de savoir à qui incombera la charge de la preuve. Sans doute à la cour européenne de justice des Communautés européennes. L'article III-280 du traité (culture) prévoit le vote à la majorité qualifié en matière culturelle.

La contribution Andréani approuve le fait que la Charte des droits fondamentaux soit intégrée au futur traité, puisque celle-ci évoque la culture dans plusieurs de ses articles : 11, au titre de la liberté d'expression, de la liberté des médias et de leur pluralisme ; 22, où l'on peut lire que l'Union "respecte la diversité culturelle, religieuse et linguistique" ; 25, où il est fait référence au droit des personnes âgées de mener une vie digne et de participer à la vie culturelle et sociale ; 13, stipulant que "les arts et la recherche scientifique sont libres" et que "la liberté académique est respectée". En 2002, Roland de Bodt fait remarquer que, au-delà de l'inventaire de droits fondamentaux d'ores et déjà adoptés par les différents Etats membres, la Charte ne prévoit aucune procédure d'amendement ni de réactualisation, non plus que l'existence d'une autorité supérieure capable de garantir le respect de ces obligations. Aucune sanction non plus. N'était-il pas plus raisonnable, se demande Roland de Bodt, que l'Union européenne accomplisse les démarches nécessaires pour adhérer à la Convention de sauvegarde des droits de l'homme et des libertés fondamentales du Conseil de l'Europe ? Enfin, souligne cet auteur, la Charte ne fait aucune référence à la Déclaration universelle des droits de l'homme ni ne mentionne les "droits culturels". "La référence n'est plus constituée par «l'idéal à atteindre afin de garantir la justice et la paix dans le monde», mais par le plus petit commun dénominateur – en matière de droits de l'homme – accepté par les Etats", conclut-il.

Au total, la place de la culture dans le traité reste caractéristique des "embarras" qu'elle suscite dans le processus d'intégration européenne. Elle figure dans le préambule mais sous le registre du patrimoine : "S'inspirant des héritages culturels, religieux et humanistes de l'Europe..." Certes le respect de la "richesse de la diversité culturelle et linguistique" compte au rang des objectifs de l'Union, pourtant ce terme n'est pas encore assorti d'une stratégie claire et d'une juridiction contraignante. Par ailleurs, la culture figure dans le traité constitutionnel comme faisant partie des "domaines d'action d'appui, de coordination ou de complément", au même titre que l'industrie, la protection et l'amélioration de la santé humaine, l'éducation, la formation professionnelle, la jeunesse et le sport ainsi que la protection civile. Soit ceux où l'implication de l'Union est la plus faible. Ainsi, quel que soit l'horizon de son adoption, les progrès accomplis en faveur de la culture – et de l'éducation – restent minces. Enfin, comme le soulignait en 2001 Jean-Michel Baer, la concentration des entreprises culturelles européennes – menace concrète pour la diversité – reste mesurée à la seule aune de la politique de concurrence, alors que leur évaluation devrait intégrer des paramètres culturels. De même, toutes les formes d'aides ou d'incitations en faveur des activités culturelles – comme le prix unique du livre – devraient relever d'une approche spécifique, jugée "compatible" avec les règles du marché unique. "Une règle de droit ne suffit pas, elle doit servir de support à de véritables politiques culturelles", souligne Jean-Michel Baer. Les débats actuels concernant la directive sur les services et le secteur de l'audiovisuel renforcent les inquiétudes quant au risque de dumping social qu'elle encourage.

Le bilan de l'Union européenne en matière culturelle reste limité au terme de vingt-sept ans d'exercice.

L'Europe de la culture n'a pourtant manqué ni de défenseurs actifs ni de fonctionnaires ou de parlementaires engagés pour son développement. Il convient aussi de reconnaître qu'au travers de différents programmes, des coopérations intéressantes se sont développées. Mais il semble que le caractère passionnel voire insaisissable du sujet ait découragé les plus entreprenants. Par ailleurs, les Etats membres ont fait la plupart du temps assaut de prudence. Enfin la Commission européenne a jusqu'ici manqué de volontarisme en la matière. En outre, son insistance tâtillonne sur l'application des procédures commerciales au secteur culturel a suscité un mouvement de méfiance de la part de certains Etats membres comme des professionnels de la culture. Le plus grave est sans doute qu'une juxtaposition de programmes ne fait pas une politique. Jusqu'en 1992, l'exercice culturel communautaire restait simple dans sa difficulté : une Communauté européenne, essentiellement investie de responsabilités économiques, accomplissait des petits pas en matière culturelle. En outre, le poids de la guerre froide incitait certains à la prudence, comme le rappelait le journaliste suédois Mikael Af Malmberg en 2001 dans *Svenska Dagbladet* : "En Europe occidentale, on ne pouvait ni ne voulait se mettre d'accord sur un contenu ou un fondement culturel." Avec la création d'une Union européenne en 1992, la perspective d'un Elargissement à vingt-huit Etats membres ou plus, le tout sur fond de mondialisation, la dimension culturelle – en tant qu'ensemble de valeurs – acquiert un statut différent. Il s'agit d'un véritable "retournement" dont les différents acteurs – et en particulier les Etats – ont inégalement pris la mesure. Loin de rester l'aimable escorte du processus communautaire, la culture devient l'un des fondements possibles de "cet espace démocratique européen" encore à construire. Dans l'état actuel – et futur – du traité et des moyens communautaires consentis au secteur culturel, les propositions de financement conjoint entre Commission européenne et Etats ou collectivités territoriales constitueront peut-être un pas décisif pour "refonder" non pas une mais des politiques culturelles européennes, avec plusieurs pôles de décision et d'action. Dans cette perspective, la méthode des "coopérations renforcées" facilitées par le traité, tout comme les processus expérimentés entre Etats membres pour la jeunesse et l'éducation, pourraient inspirer des initiatives en matière culturelle. Une alliance plus résolue avec les fondations et entreprises mécènes pourrait doter ces différents pôles d'une dynamique accrue. Enfin, la prise en compte de la culture au titre des différents programmes et actions de l'Union européenne devrait revêtir un caractère systématique, le nouveau commissaire en charge de la Culture (Jan Figel) devenant un véritable porte-parole des attentes et des critères propres aux milieux culturels, auprès des autres directions générales. Le dialogue culture/économie s'en trouverait dynamisé au bénéfice de la première. De façon générale, l'urgence est à l'engagement de toutes les parties prenantes en faveur d'une "européanisation" déterminée de leurs activités. De cet ensemble peuvent émerger de nouvelles dynamiques, à condition de reconnaître – une fois pour toutes – l'importance et l'intérêt des aides publiques à la culture et d'opérer des choix clairs en faveur des activités culturelles contemporaines. Dix ministres et secrétaires d'Etat européens en charge de la Culture ont signé à Berlin le 27 novembre 2004 une déclaration : "Nous souhaitons octroyer un rôle substantiel à la culture dans le processus de réunification européen." Ce travail, qui associe notamment les ministres polonais, allemand et français, s'est poursuivi à Paris, les 2 et 3 mai 2005.

V

ASSOCIATIONS, GROUPEMENTS ET RÉSEAUX

Après l'expérience des premières associations européennes, souvent fondées sur une représentativité nationale, le paysage des initiatives européennes se fragmente à compter des années 1980, selon deux directions différentes : la création d'associations nationales opérant à l'échelle européenne ou la constitution de réseaux paneuropéens. Dans les deux cas, surgissent des équipes réduites et mobiles qui entendent investir l'espace culturel européen de façon renouvelée.

UNE EXPÉRIENCE PIONNIÈRE : EUROCRÉATION

En 1984, année de relance communautaire, Jean-Michel Djian mobilise sa double expérience en tant que directeur de maisons des jeunes et de la culture puis au ministère de la Culture, pour concevoir l'idée d'une "Agence française des initiatives de la jeunesse en Europe" (AJIJE), laquelle deviendra Eurocréation. Une troisième expérience l'inspire fortement : celle de son travail comme chargé de mission au Fonds d'intervention culturelle, organisme voué au soutien d'opérations culturelles novatrices et résultant d'un montage interministériel et d'un partenariat entre Etats et collectivités territoriales. En

1985, l'Année internationale de la jeunesse représente un cadre approprié pour préfigurer cette initiative. De quoi s'agit-il ? Réunir des moyens publics – et privés – nationaux, régionaux, européens, pour accompagner et promouvoir les initiatives de jeunes professionnels européens de la culture – artistes, producteurs, galeristes, diffuseurs… Se fondant sur le décalage existant entre les aspirations des jeunes à l'endroit de l'Europe et les réponses institutionnelles apportées, Jean-Michel Djian professe que "la conscience européenne ne peut se forger que par le biais d'initiatives individuelles" (Hélène Crié, 1988). Avec le soutien de plusieurs ministères français (Culture, Jeunesse, Travail, Relations extérieures et Affaires européennes) et de partenaires privés dont Nouvelles Frontières, les promoteurs de l'opération initient rapidement un tour d'Europe, cherchant à consulter et mobiliser des organismes concernés comme l'Office franco-allemand pour la jeunesse, la Fondation Gulbenkian, l'association italienne ARCI, tout comme des responsables ministériels, des fonctionnaires de la Direction générale V de la Commission et des parlementaires européens, au total trois cent soixante-dix personnes. Présidée par Alfred Grosser, Eurocréation voit le jour en 1986 pour cinq ans, avec une équipe restreinte, l'aval de la Commission européenne et le soutien de la Fondation européenne de la culture. En France, sa stratégie est d'emblée interministérielle. Rapidement, elle se dote d'un comité d'experts européens. A partir de 3 000 écus, toute demande de subvention est examinée par un jury européen de trois experts européens. L'agence octroie en effet soit des études de faisabilité – de fait souvent consacrées à préparer la mobilité de ses bénéficiaires –, soit des sommes plus importantes – toujours en cofinancement – pour la réalisation de projets en vraie grandeur. L'accompagnement des projets et l'appui en termes de contacts européens requiert le travail de l'équipe tout autant que les cofinancements. Les initiatives à soutenir relèvent de quatre domaines : sciences et technologies, production et diffusion culturelles, communication et information, tourisme, quatre domaines identifiés comme porteurs d'emplois par l'OCDE et la CEE. Trois critères sont essentiels pour le soutien aux projets portés par des jeunes de dix-huit à trente ans : Ils doivent concerner au moins deux pays de la Communauté européenne dont la France. Ils doivent présenter un caractère novateur ou expérimental et déboucher sur une production commune ou la création d'une entreprise. Outre le financement d'Eurocréation (de 40 % maximum), deux autres partenaires financiers de deux pays doivent s'engager à la soutenir (publics, privés, nationaux, régionaux, locaux). Sont exclus du financement les échanges, colloques et festivals. Par contre, les projets de formation professionnelle sont les bienvenus, à condition qu'ils impliquent une réelle responsabilisation des jeunes, et des objectifs concrets d'insertion. Ce "mélange des genres" provoque une série de réactions contradictoires : bien qu'Eurocréation prenne très vite le soin de s'entourer d'experts dans chaque domaine, le soupçon pèse d'un possible manque de professionnalisme, s'agissant de sujets aussi divers. La notion de "jeune professionnel" soulève des réactions contradictoires : certains s'insurgent contre ce "jeunisme" exacerbé, d'autres s'inquiètent qu'Eurocréation semble vouloir s'approprier un label de plus en plus prisé par les institutions. Enfin certains se montrent enthousiastes. Outre l'accompagnement de projets, l'association prévoit des réunions européennes annuelles consacrées à l'un ou l'autre thème. Conscient de la fragilité de l'entreprise et des moyens limités de l'agence,

Jean-Michel Djian s'entoure d'un noyau de neuf journaux et magazines, de façon à ce que "l'exemplarité" des projets soutenus soit relayée par la presse, et, à terme, par des institutions mieux établies : création de *house-boats* dans le cadre d'un stage franco-britannique, production franco-italienne du disque du groupe italien de rock Litfiba, coproduction d'émissions musicales par deux radios locales danoise et française, création d'une entreprise d'édition électronique opérant entre la France et le Portugal (Textavri), participation à la coproduction européenne des *Troyennes* d'Euripide, mise en scène par le Belge Thierry Slamon… L'agence accompagne une cinquantaine de projets par an – avec des sommes allant de 1 500 à 30 000 écus. Elle les présente dans un document annuel intitulé *L'Europe a du talent*. Une lettre d'information mensuelle – rapidement bilingue français-anglais – voit le jour en 1984. Sous l'égide d'Anne Engel, Eurocréation UK est créée à Londres auprès de la Fondation du prince Charles.

L'EUROPE DES JEUNES ARTISTES

La naissance d'une Biennale des jeunes créateurs de la Méditerranée ouvre en 1985 un nouveau chapitre. On doit cette idée à l'association italienne Arci Kid's. La municipalité de Barcelone la reprend à son compte en 1985 et 1987, entre-temps relayée par Thessalonique en 1986. Puis Bologne l'organise en 1988. Coorganisatrice de l'événement, Eurocréation assure le rôle de comité national de sélection durant cette période. Six cents jeunes artistes européens de quinze disciplines différentes sont ainsi présentés. La Biennale connaît d'ailleurs une longévité exceptionnelle. Pourtant dès 1989, Jean-Michel Djian tire quelques enseignements de cette expérience et relève les contradictions qui taraudent les villes organisatrices : "Il est temps désormais de privilégier les critères de qualité artistique et de rompre avec un certain nombrilisme démagogique qui conduit à vouloir tout (et donc trop) montrer pour prouver que dans telle ou telle ville, existent des artistes et qu'une politique a été mise en place en leur faveur." Ces réflexions conduisent Eurocréation à s'interroger sur l'amont d'un tel festival, les conditions dans lesquelles des jeunes artistes sont amenés à développer leur carrière. De ces questions naît en 1989, le projet de créer des Pépinières européennes pour jeunes artistes. Conformément à ses principes, Eurocréation entend agir sur les conditions de la production artistique, tout en s'entourant de garanties artistiques sur la sélection des candidats. Un jury international "chevronné" est donc appelé à sélectionner des artistes de dix-huit à trente-cinq ans, de toutes disciplines, issus ou non de formations artistiques, pour qu'ils effectuent dans une ville européenne d'accueil une résidence de trois à six mois, à charge pour eux de réaliser un travail. Contrepoint de la Biennale, les Pépinières le sont aussi de concepts comme les Villa Médicis ou Velázquez pour ne citer que ces deux exemples. La proposition suscite moult débats. Le terme même de "pépinière" emprunté au vocabulaire économique des "pépinières d'entreprises" en trouble plus d'un. Toujours est-il qu'au terme d'âpres discussions, le projet bénéficie en 1989 d'une étude de préfiguration soutenue par le ministère français de la Culture. Ainsi naissent les Pépinières, "autrement dit des lieux dont la vocation exclusive sera de permettre à de jeunes créateurs de différentes nations de produire une première ou une seconde œuvre dans une optique de diffusion européenne". Largement relayée par la presse nationale, le premier appel à candidatures suscite 3 200 demandes pour 40 élus. En avril 1990, 10 villes de 46 pays s'engagent à accueillir les jeunes artistes dans des champs disciplinaires différents. Les présélections sont organisées de façon nationale, les villes offrent des facilités matérielles, et des bourses de 1 666 écus par an en moyenne sont allouées aux jeunes, notamment grâce à l'intervention du Fonds social européen. L'association des Pépinières européennes pour jeunes artistes est créée en 1992, sous la direction de Claude Véron et la présidence de Raymond Weber. Au milieu des années 1990, les difficultés récurrentes de gestion, notamment dues aux retards de paiement du Fonds social européen et à la complexité des transferts de l'association française vers ses partenaires européens, ne doivent pas masquer la formidable réussite de cette entreprise et sa capacité à utiliser de façon cohérente les différents fonds communautaires. Le rôle moteur de l'Union européenne est évident dans ce programme. Par ailleurs l'idée initiale d'impliquer les administrations nationales des autres pays européens s'est concrétisée au fil des années. Claude Véron développe le partenariat avec les organismes artistiques locaux, mieux à même de garantir un suivi approprié des artistes et une diffusion adéquate de leur travail. Se développe ainsi un dispositif tripartite : l'association qui attribue la bourse de mobilité, la ville qui offre matériel et hébergement, la structure artistique chargée du suivi des artistes et de leurs relations avec les milieux culturels locaux et nationaux. En 2000, après dix ans d'existence, les Pépinières ont soutenu 400 artistes et développé des partenariats avec 42 villes des 15 pays de l'Union européenne, ainsi qu'en Slovaquie, Roumanie, Pologne, Hongrie et au Québec. 117 partenaires européens ont été partie prenante, 130 lieux de création ont été associés. L'association a bénéficié du soutien de la

Commission européenne (FSE et programme Kaléidoscope) et engagé un programme "Artistes contre l'exclusion", dans le cadre du Service volontaire européen. Chemin faisant, la tranche d'âge des bénéficiaires s'est resserrée de vingt à trente-cinq ans. En 2002, sous la direction de Patrice Bonnaffé, les Pépinières européennes pour jeunes artistes signent, sous le titre de MAP (Mobility in Art Process), un contrat de coopération pluriannuelle avec la Commission européenne, dans le cadre de CULTURE 2000, avec 7 coorganisateurs et 52 partenaires associés de 16 pays. MAP comprend quatre volets : un Observatoire des nouvelles expressions ; un programme de mobilité axé sur un concept de résidence plus ouvert, élargi à toutes les formes de coopération entre artistes ; un Forum européen de la jeune création organisé à Graz, Capitale européenne de la culture, du 30 juin au 7 juillet 2003. Enfin une Agence européenne des jeunes créateurs pour faire fructifier les collaborations esquissées entre artistes européens et leur offrir un "libre parcours" de coproduction. Par ailleurs, l'Agence offre une assistance à tous les artistes pour trouver des partenaires et des financements en adéquation avec leurs projets. Ainsi la boucle semble – provisoirement – bouclée : d'une agence nationale "inventant" les Pépinières pour jeunes artistes en 1990, l'on est passé à un programme de résidences éprouvant le besoin de structurer les suites de ces apports aux jeunes artistes à travers une agence européenne. Trois résidences – Fondation municipale de culture de Gijón en Espagne, Les Subsistances à Lyon et l'Institut néerlandais Sangberg – sont explicitement pluridisciplinaires mais beaucoup d'entre elles confrontent les disciplines autour d'une dominante : écriture, chorégraphie et performances sont représentées à Cumbria (Royaume-Uni), et vidéo et chorégraphie sont présentes à Québec. La France, l'Espagne, la Grèce, les Pays-Bas et le Québec sont les premiers pays en termes d'accueil d'artistes. Par ailleurs le programme “Artistes contre l'exclusion” devenu “Artists in context” se poursuit, l'actuelle équipe des Pépinières se montrant particulièrement intéressée par les créateurs “mobiles et sensibles aux contextes dans lesquels ils évoluent”, comme en témoignait le thème de l'un des forums organisés par l'association à Lille en 2000. La multiplicité des partenariats est intéressante, montrant une montée en charge des partenaires institutionnels nationaux autrichiens, néerlandais, luxembourgeois, espagnols, portugais, de Communauté française de Belgique et du Québec qui assurent désormais le financement des prix à la création, mais aussi une implication continue des villes : pas moins de dix partenaires du programme ainsi qu'une région, le Piémont. Le partenariat avec la ville de Huesca a permis aux Pépinières européennes pour jeunes artistes de s'associer au programme Okuparte. Ce dernier se déroule entre les mois d'avril et mai et a déjà regroupé de nombreux artistes depuis sa création en 1999. Originellement conçu pour animer la zone urbaine de la ville de Huesca en Aragon, Okuparte est devenu un rendez-vous annuel durant lequel les artistes présentent les événements qui se sont déroulés dans la ville durant l'année précédente. Depuis janvier 2003, la ville de Paris et les Pépinières européennes pour jeunes artistes ont en outre initié le programme “Artiste en ville” qui permet à de jeunes artistes, hébergés à la Cité internationale des arts, de venir développer un projet de création dans la capitale. Enfin, un Institut européen de la jeune création met en relation jeunes artistes et entreprises et assure des formations auprès des premiers, pour se préparer à une carrière européenne.

Désormais considérée comme une référence dans le paysage culturel européen, les Pépinières représentent un exemple de coopération exemplaire entre pouvoirs publics nationaux, collectivités territoriales et milieux artistiques. Dans cette mutualisation bien comprise des compétences et des moyens, la qualité artistique s'avère le garant et non pas l'otage de stratégies culturelles nationales ou locales.

SESAM, Programme de mobilité pour jeunes apprentis en Europe, Université européenne de l'environnement, Africréation, création d'un fonds de micro-capital risque avec Eurocréation Finance, Rencontres Est-Ouest des professionnels du cinéma et de l'audiovisuel en 1989 et 1992, coproductions audiovisuelles européennes, études et publications dans le cadre d'Eurocréation Conseil... Lorsqu'Eurocréation cesse ses activités en 1995, elle a mis sur les rails certaines initiatives durables et contribué à promouvoir en France une conception vivante de l'Europe culturelle pour toute une série de professionnels, comme en témoigne par exemple, Sylviane Sambor. Créatrice du Carrefour européen des littératures à Bordeaux (1989-2003), cette jeune femme entreprenante a bénéficié du soutien d'Eurocréation pour mettre sur les rails ses premières rencontres, alors franco-portugaises. "A l'époque, il était difficile de trouver des moyens adéquats pour monter une entreprise de type européen. Les pouvoirs publics français s'intéressaient essentiellement à la dimension locale. Et puis j'étais très jeune et il semblait à certains difficile de me confier un budget, malgré mon enthousiasme pour la promotion de la littérature. Quant aux institutions portugaises, elles étaient quasiment inaccessibles. Au-delà du soutien financier, c'est l'engagement d'Eurocréation à nos côtés qui nous a conféré une crédibilité dans les deux pays et permis de nouer rapidement des contacts décisifs avec les milieux portugais concernés.”

En tant qu’agence nationale à vocation européenne, Eurocréation offre un modèle novateur. Elle préfigure aussi ce que certains opérateurs reprennent aujourd’hui à leur compte : utiliser les ressources de l’Union européenne pour les décliner de façon souple et à l’échelle de micro-projets. Enfin l’existence de bourses de faisabilité semble un gage essentiel de bon fonctionnement à long terme pour les projets. L’autre acquis d’Eurocréation est la constitution de son équipe : plurilingue, venant d’horizons différents – l’action culturelle, la finance, la formation professionnelle, les politiques de jeunesse, la connaissance des milieux artistiques et culturels. Perçue avec une certaine méfiance à l’époque, cette mixité est tout à fait celle que requièrent aujourd’hui les projets prospectifs à l’échelle européenne : capacités interculturelles mais aussi intersectorielles. Pourtant l’idée même d’Eurocréation implique un second terme, essentiel, selon nous, au développement d’une coopération culturelle durable : l’engagement conjoint de plusieurs niveaux de responsabilité. Qu’il s’agisse des ministères nationaux de la Culture ou de la Jeunesse, des collectivités locales, des fondations privées et des associations, le maître-mot est le partenariat politique, autrement dit articulé sur des priorités définies à long terme. Or, comme nous l’avons vu, le caractère instable des politiques culturelles actuelles met en péril cette vision d’ensemble. Ce que démontre le bilan d’Eurocréation, c’est la double nécessité d’une charpente conceptuelle forte combinée avec un fonctionnement souple. Au contraire d’un démantèlement des politiques d’Etat, tout l’effort – modeste – d’Eurocréation portait sur son renforcement par des moyens adaptés aux exigences européennes de l’heure.

Un mélange de pragmatisme et de volontarisme ; un volontarisme sans lequel toute initiative reste isolée et fragile ; un pragmatisme faute duquel les idées les plus généreuses se perdent dans les sables d'une concertation vide. Ce message est aussi celui des réseaux culturels, qui, dès les années 1980, naissent en Europe, à la fois d'une protestation contre la routinisation des institutions culturelles et de l'espoir d'une véritable prise en compte du rôle essentiel de la société civile dans l'intégration européenne.

DES INITIATIVES, FRUIT DE NOUVELLES PRÉOCCUPATIONS

Il est intéressant de montrer que, parallèlement aux Pépinières européennes pour jeunes artistes, se développaient en Europe des structures d'un type nouveau, utilisant le fonctionnement en réseau pour édifier des stratégies nouvelles. C'est notamment le cas de Germinations. Fondée en 1981 par Georges Boudaille en collaboration avec l'Office franco-allemand pour la jeunesse, Germinations est une exposition biennale d'écoles d'art et d'académies françaises et allemandes, qui a rapidement atteint une dimension européenne. L'association sélectionne des jeunes artistes ayant achevé leurs études depuis trois ans maximum pour faciliter leur accès à la vie professionnelle, en réalisant la promotion de leurs œuvres dans des lieux prestigieux. Expositions et ateliers ponctuent le travail de Germinations qui a bénéficié du soutien de CULTURE 2000. Quant à Manifesta, elle est née en 1996 pour "répondre aux changements politiques et sociaux dus à l'évolution récente sur le continent européen". Manifestation nomade notamment soutenue par la Fondation européenne de la culture, elle recourt à un groupe de jeunes commissaires européens, avec l'idée de créer un réseau toujours plus dense de relations entre commissaires, critiques et acteurs de l'art contemporain. Manifesta a obtenu en 2002 le soutien de CULTURE 2000 pour digitaliser ses archives et lancer de nouveaux projets. Résolument tournée vers les expressions artistiques d'Europe centrale et orientale, Manifesta conjugue qualité artistique, partenariat européen diversifié et soutien aux carrières d'artistes européens, confirmés ou non. Enfin Gulliver a été créé en 1987 lors d'une rencontre intitulée "Amsterdam Cultural Capital of Europe – a future to ideas". Une plate-forme de deux cents personnes – artistes et intellectuels – s'est constituée. En 1992, avec le soutien du Conseil de l'Europe, a été créé le Gulliver Clearing House pour collecter et échanger des informations sur la mobilité des personnes et des idées en Europe. En 1996, Gulliver's Connect a été mis en place avec le soutien et la collaboration de KulturKontakt (Vienne) et de l'Open Society Institute (Budapest). Cette initiative a permis à de jeunes artistes indépendants de séjourner dans une institution culturelle d'un autre pays. Dans l'orbite de Gulliver est né en 1999, à la Fondation Felix-Meritis d'Amsterdam, Essay International, afin de faciliter la coopération entre revues culturelles et politiques européennes, et de faire circuler des articles en langue originale et en traduction. De ce creuset est sorti *Eurozine*, revue électronique multilingue diffusant des articles publiés par un certain nombre de revues et périodiques européens, avec le soutien de CULTURE 2000. Tous ces exemples démontrent les préoccupations communes d'une génération de professionnels de la culture dans la deuxième moitié des années 1980. Il est en outre intéressant de constater que leur émergence s'est superposée à l'existence d'associations plus anciennes, gardant un fonctionnement de représentation nationale pays par pays, à l'instar des Jeunesses musicales. Si l'on ajoute ce maillage à celui des organismes créés dans la mouvance de l'Union européenne, l'on parvient à un paysage extrêmement divers du début à la fin des années 1980. C'est pourtant lors de ces années que vont se multiplier les réseaux culturels européens, nés d'une double nécessité : renouveler les formes de coopération et tresser des diagonales dans un contexte culturel européen déjà sédimenté sur le plan institutionnel.

L'EUROPE EN RÉSEAUX

Autant l'écrire d'emblée : la notion de réseau est polysémique et ambivalente. Le succès qu'elle a remporté à partir des années 1980, en particulier dans le domaine culturel, a, semble-t-il, comblé un vide conceptuel et institutionnel, en tant que référence "de passage". Issu du vocabulaire scientifique et technique, le mot apparaît au XVIIIe siècle, dans les dictionnaires français, concernant l'ordre domestique et professionnel. A partir de la deuxième moitié du XIXe siècle, la notion de réseau "se décentre" pour désigner ce qui est en dehors de l'institution, non inscrit dans les règles et les hiérarchies officielles. Lié au souvenir de la Seconde Guerre mondiale, le mot a encore un parfum de clandestinité en France. Partie d'Europe du Nord dans les années 1980, la notion contemporaine de réseau culturel reprend certaines de ces caractéristiques : non pas tant le refus du pouvoir que celui d'exercer à terme une influence sur les institutions, une informalité qui se démarque de la notion d'association par le primat des relations de personne à personne, le refus d'une représentativité nationale, la relation directe et non hiérarchique entre professionnels vivant dans des environnements différents, voire organisés de façon hétérogène. Les réseaux culturels se présentent d'emblée sur deux registres, parfois contradictoires : le partage de valeurs et un fonctionnement ductile, adapté à la nouvelle donne européenne et internationale. Le mot de "subversion" semble caractéristique des premiers réseaux, nés en réaction à l'immobilisme des institutions et des grandes associations, puis assez vite conduits à engager avec les pouvoirs publics un dialogue souvent difficile. Parallèlement, le fonctionnement en réseau se développe dans un contexte de globalisation financière et de généralisation des technologies de l'information et de la communication : "Les réseaux sont parfaitement appropriés à une économie de type capitaliste reposant sur l'innovation, la globalisation et la concentration décentralisée (...) ; à une culture de la déconstruction et de la reconstruction sans fin ; à un système politique conçu pour traiter instantanément des valeurs et des opinions publiques changeantes ; à une organisation sociale visant la négation de l'espace et l'annihilation du temps" (Manuel Castells, 2001). Dans le désarroi général de la pensée scientifique, de l'action politique, de la sociologie des organisations, le concept de réseau ou de "*network*" résout la crise du marché ou des institutions par "la mise en avant de dynamiques relationnelles", comme le suggère Emmanuel Négrier en 1999. Au-delà de la métaphore du "passage", s'instaure une "philosophie réticulaire" du monde, consistant à "faire avancer par le bas et de l'intérieur des conceptions nouvelles de l'ordre social". Au contraire – ou au-delà ? – du lobbyisme, lequel conforte l'existence des institutions par la pression d'intérêts partiels qu'il exerce auprès d'elles, "le *networking* s'insinue (...) au sein des appareils institutionnels comme une tentative d'en subvertir la logique, les limites référentielles ou opérationnelles", postule Emmanuel Négrier.

Un rapide historique des réseaux culturels européens permet de postuler une histoire en trois temps : les gestes pionniers des premiers créateurs, fondés sur une approche plurielle permettant des forums de rencontre et d'échanges, d'apprentissage réciproque et de discussion, et générant, à terme, la création de projets communs entre leurs membres ; une seconde période a vu la multiplication de réseaux plus "spécialisés", ainsi que leur regroupement au sein de forums, conçus pour assurer leur représentation auprès de l'ensemble des décideurs culturels et des institutions. Une troisième période enfin, dans laquelle le succès même du fonctionnement en réseau appelle une clarification de la notion et une mise en question des réseaux historiques au regard de leur apport professionnel et intellectuel.

Mais revenons tout d'abord sur les principales caractéristiques du fonctionnement "en réseau" : une organisation ou un individu rejoint un réseau en payant souvent une cotisation, en fonction d'une grille qui différencie le budget et la taille des organismes. Des critères sont souvent présents pour le fait de devenir membre. Parfois le conseil d'administration du réseau décide d'accepter la nouvelle organisation, parfois l'organisation est cooptée par des membres existants… Chaque réseau a son propre système. En retour, le nouveau membre a accès aux services suivants : participer aux réunions, recevoir les publications, bénéficier de conseils et des contacts, contribuer à l'orientation et aux décisions du réseau, avoir un accès continu au site Internet, participer aux activités, aux projets (et quelquefois bénéficier d'une partie des subventions qui les accompagnent)… Mais le bénéfice fondamental est la rencontre interpersonnelle avec les autres membres et toutes les “suites” pratiques ou intellectuelles qui en découlent. Ces réunions ont lieu une fois par an, toujours dans des villes différentes, des régions, des pays, et permettent aux membres de découvrir qui fait quoi et comment, dans le pays en question…

LE RAPPORT AUX INSTITUTIONS NATIONALES, RÉGIONALES ET EUROPÉENNES

Le recul d'une histoire certes récente permet de différencier les attitudes des institutions nationales et européennes face au phénomène de réseau. Le Conseil de l'Europe – lui-même à l'origine de la création de certains réseaux – s'efforce, dès les années 1980, de créer un cadre pour que les réseaux naissants puissent occuper l'espace culturel européen. Partagée par la Fondation européenne de la culture, cette préoccupation n'a pas été d'emblée celle de la Commission européenne. Quant aux Etats membres, ils ont développé diverses stratégies à l'égard des réseaux, que l'on peut caractériser de trois façons. La première, illustrée par le primat de l'intervention publique dans un cadre national, a consisté à financer les réseaux sur projets, à condition de pouvoir mesurer les retombées nationales des expériences européennes menées, comme en France. La seconde, fondée sur une intervention minimale de l'Etat, a laissé exister les réseaux comme une réponse à la faiblesse des financements publics, tout en leur permettant d'opérer à l'échelle communautaire, comme au Royaume-Uni. La troisième, enfin, s'est efforcée de combiner intervention publique, délégation à des organismes extérieurs et soutien à la mise en réseau des acteurs, dans laquelle la puissance publique devient d'ailleurs l'un des “nœuds” de multiples réseaux internationaux. Ce pragmatisme est bien illustré par les Pays-Bas, dont un observateur soulignait récemment que ce pays "est lui-même un grand réseau". Les réseaux culturels y ayant leur siège sont financés, quelle que soit la nationalité de leur coordinateur, voire même au-delà, puisque IETM, basé à Bruxelles, bénéficie de son soutien. C'est aussi à Amsterdam, sous présidence néerlandaise de l'Union européenne, que la première réunion associant des ministres de la Culture, des responsables de réseaux et des représentants de la Commission a été organisée en 1997. Bien entendu, aucun de ces modèles n'existe à l'état pur. Les trois attitudes se combinent, comme en France où les collectivités territoriales ont repris souvent le flambeau des initiatives étatiques, accueillant de plus en plus volontiers telle ou telle réunion de réseau. En outre, l'organisation politico-administrative des pays a une incidence diverse : ainsi la force des Länder en Allemagne a été souvent considérée comme un obstacle à la constitution ou la consolidation de réseaux, fonctionnaires et politiciens allemands manifestant leur méfiance à l'égard de ce nouvel étage "bureaucratique" entre les artistes et le public. Quant à la "communautarisation" belge, elle reste contradictoire. Pour la première fois en 2002, le ministère de la Culture de la Communauté flamande a reconnu l'intérêt de garder le siège des réseaux européens en Belgique. La Communauté française ne finance que sur projets. La forte concentration de sièges de réseaux à Bruxelles tient plus à l'existence de la loi belge d'association de droit international et à la proximité des institutions communautaires. Force est tout de même de reconnaître que le développement de réseaux a été fortement lié aux ressources dont bénéficiaient les opérateurs au niveau national ou local. De ce point de vue, le paradoxe français est que, malgré leur faible légitimité au regard de la puissance publique, des réseaux spécialisés importants y ont vu le jour, d'une part parce que leurs initiateurs étaient sensibles à ce type de démarche, d'autre part parce qu'ils bénéficiaient d'un soutien non négligeable des pouvoirs publics et de l'implication du ministère de la Culture et de la Communication ou d'organismes comme l'ONDA ou l'AFAA.

En novembre 1991, une résolution du Conseil des ministres de la Culture a été adoptée sur le rôle et l'importance des réseaux culturels européens. Elle prend acte du fait que les réseaux "contribuent à la cohésion européenne", facilitent "la mobilité des travailleurs culturels ainsi que de la production culturelle", tout autant que "la communication interculturelle", "renforcent les conditions de développement culturel qui ne sont pas le résultat de facteurs purement économiques" et "favorisent la mise au point de partenariats avec les pays tiers". Malgré toutes ces vertus prêtées aux réseaux, le document rédigé par Judith Staines à la demande du FEAP en 1996, lors de la réunion organisée à Turin par le Forum européen des arts et du patrimoine (FEAP) et le Forum des réseaux culturels, porte des recommandations encore d'actualité, dont la demande de fonds de développement et de garantie pour les réseaux culturels. A cette occasion, Luciana Castellina, alors présidente de la commission de la Culture, de la Jeunesse, de l'Education et des Médias du Parlement européen, fustigeait "l'absence" de la Commission en ces termes : "Jamais dans l'Histoire on n'a réussi une unification politique sans la faire précéder d'une assimilation culturelle ou religieuse capable de donner une base et une justification fortes aux nouvelles institutions. (…) Dans le cadre des contributions financières possibles, la Commission devrait privilégier le soutien à ces réseaux, car c'est précisément à travers eux que l'on va bâtir l'Europe." Le Parlement européen a d'ailleurs esquissé une réponse à la question à travers la gestion des lignes déjà citées. Certes, en 1998 les réseaux culturels ont été invités au Forum préparatoire concernant le lancement de CULTURE 2000 et leur insistance sur la nécessité de prévoir des contrats pluriannuels a été reprise dans le programme en question. Le Forum de novembre 2001 a également consacré l'une de ses tables rondes au rôle des réseaux. Il reste qu'avec la relative complicité des Etats membres, la Commission est restée sourde aux principaux arguments des réseaux culturels, énoncés dès la fin des années 1980. Ce phénomène persistant de "non-écoute" a été attribué à différents facteurs : méconnaissance du terrain culturel, caractère hétérogène du secteur… Sans doute tous ces arguments sont-ils valables. Pourtant, là où le Conseil de l'Europe et la Fondation européenne de la culture préconisent et mettent en œuvre une approche tant civique et culturelle que professionnelle de la notion de réseau, il semble que la Commission européenne s'intéresse de fait surtout à la troisième dimension du phénomène. Le mot même de "réseau" apparaît très souvent dans les textes communautaires, comme un mode de fonctionnement approprié à toutes les formes d'activités qu'elle impulse. La mise en réseau des agences nationales en charge des programmes SOCRATES ou LEONARDO, celle des acteurs engagés dans des collaborations communautaires, voire des Etats membres et des collectivités territoriales, est recommandée comme la meilleure façon de diffuser "les bonnes pratiques" et de transmettre une "méthodologie appropriée". Donc la Commission n'est pas étrangère au fonctionnement en réseau, qu'elle facilite à plusieurs niveaux de coopération. Mais sa vision apparaît essentiellement instrumentale. Dans cette optique, la notion est “recyclée” à des fins de “gouvernance” horizontale, laquelle permet d’apparaître, quand il le faut, à l’écoute du terrain, tout en labellisant au coup par coup, telle ou telle initiative relevant de critères préconstruits. Comme l’indique Manuel Castells, “l’inclusion/exclusion dans les réseaux et l’architecture des relations entre les réseaux, mises en œuvre au moyen de technologies opérant à la vitesse de la lumière, dessinent les fonctions et les processus dominants dans nos sociétés”. Selon les auteurs des *Réseaux raisonnés* (2001), c’est donc beaucoup plus de la vision d’une “toile” vouée à l’efficience professionnelle qui prévaut dans ce cas. Le débat privilégie les questions de méthode et tend à confiner les valeurs fondatrices dans un rôle rhétorique et ornemental. Une version *light* en somme du réseau culturel, une acception “postmoderne” qui fait l’impasse sur le débat indispensable à la construction d’un espace démocratique européen. Il s’ensuit un combat plus ou moins feutré entre les réseaux culturels et l’Union européenne, combat dont l’issue reste à ce jour incertaine. L’ultime illustration de ces divergences est d’ordre sémantique : certains experts abordent aujourd’hui une problématique “post-réseaux”, d’autres s’intéressent à de nouveaux vocables tels que “plates-formes de coopération culturelle” résultant de l’expérience accumulée par les réseaux. Selon Dragan Klaic, les réseaux représentent une forme initiale de coopération internationale, appelée à se perfectionner. Il est en outre évident qu’une nouvelle génération d’acteurs culturels, inscrivant d’emblée leur parcours sous les fourches caudines de la coopération communautaire, tendent à privilégier les regroupements rapides et “à géométrie variable”, selon eux, porteurs de résultats immédiats. Pourtant les réseaux constitués à partir des années 1980 bénéficient d’une longévité inattendue. Plusieurs raisons à cela : ils ont su pratiquer une veille constante à l'égard des évolutions institutionnelles européennes, ils ont saisi le tournant des nouvelles technologies, tout en maintenant le principe de rencontres interpersonnelles, ils ont su interroger leur pratique, pour certains d'entre eux. Enfin, par capillarité et de proche en proche, ils ont été capables d'accueillir des professionnels d'Europe centrale et orientale dès 1989, et d'ouvrir leurs activités à des opérateurs méditerranéens, asiatiques, africains, américains, contribuant ainsi à préfigurer ce que pourrait être une future politique culturelle extérieure de l'Union européenne. Revenons sur leur histoire.

LES GESTES PIONNIERS : 1981-1992

Fondé en 1981, l'IETM (Informal European Theatre Meeting) a connu des débuts informels à la villa Nappi, durant le festival de Polverigi, autour de dix professionnels dont Roberto Cimetta, directeur du festival et Philippe Tiry, fondateur et premier directeur de l'Office national de diffusion artistique (ONDA). "Philippe Tiry parle d'affinité artistique, d'une «famille d'esprit» théâtrale, dans laquelle on retrouverait la même sensibilité et disponibilité dans la rencontre avec les artistes, la même liberté de créer et la volonté de prendre des risques" (*Petite histoire de l'IETM*, 1997). L'assemblée constituante a lieu à Paris, le 15 octobre 1981, à l'invitation de l'ONDA et du théâtre Gérard-Philipe de Saint-Denis, avec soixante participants. Les suivantes à Amsterdam, puis Londres en 1982, réunissent deux cents personnes. C'est seulement en 1989 à Salzbourg, lors d'une séance plénière annuelle, que l'IETM décide de se constituer en association internationale de droit belge, en recherchant "une meilleure lisibilité de son action vis-à-vis des gouvernements et des instances européennes". Un secrétariat général est installé, assuré par Hilde Teuchies. Un comité exécutif est chargé de préparer la réunion suivante, à Zagreb en 1990. Celle-ci donnera le coup d'envoi des Rencontres Est-Ouest dont la première a lieu, la même année, à Budapest. Dès 1990, l'IETM prévoit de consacrer 10 % de ses revenus à l'acccueil des professionnels est-européens.Très vite ouvert aux professionnels de la danse, l'IETM se définit comme un lieu de rencontres "conviviales", d'apprentissage mutuel, de réflexion sur les formes d'une meilleure coopération culturelle en Europe. Une fois installée dans ses locaux bruxellois, l'IETM enchaîne les publications : une étude sur "le théâtre et la danse dans les années 1990" (1991), un magazine bi-annuel, *Inform*, un bulletin d'informations trimestriel, ainsi que divers ouvrages dont *Panem et Circenses, Programmes et projets de la Communauté européenne ouverts aux arts de la scène*, première publication à vocation transversale exposant aux professionnels les différentes opportunités qui leur sont offertes par les programmes communautaires. Les auteurs présentent plaisamment la "nature de l'animal CE" qu'ils invitent leurs lecteurs à disséquer sous toutes ses arêtes. Ultérieurement, l'IETM et le Conseil des arts de Grande-Bretagne s'associent pour rédiger, à partir de leurs publications respectives, un ouvrage intitulé *Le Vade-mecum des aides culturelles en Europe*, de facture plus austère, mais reprenant à son tour le flambeau du "décryptage" communautaire. En 1994, l'IETM décentralise un temps certaines de ses publications, notamment en coopération avec le théâtre Archa de Prague. Fin 1994, Mary Ann de Vlieg succède à Hilde Teuchies, en qualité de secrétaire générale. L'organisme distingue alors deux catégories de membres : membres effectifs et membres associés – institutions bénéficiant des avantages du réseau. Composée de tous les membres effectifs, l'Assemblée générale est administrée par un conseil d'administration composé d'au moins trois membres nommés par l'Assemblée générale pour un an, dont un de nationalité belge. Traditionnellement constitué d'une très petite équipe, le secrétariat coordonne les différentes activités, assure le financement et le fonctionnement du réseau. La secrétaire générale représente également le réseau dans les différents espaces de la coopération culturelle européenne. Suite à l'augmentation de ses membres – quatre cent cinquante en 1999 –, un conseil de vingt et un membres, tous bénévoles, et un comité exécutif sont institués, afin, notamment, de faciliter la "communication interne". Malgré son dynamisme, l'IETM peine à faire percevoir la réalité de son travail par les diverses instances : le réseau tire ses ressources d'abord des cotisations de ses membres, puis, sur projet, de diverses subventions nationales et communautaires, ainsi que du Conseil de l'Europe. Il double son budget par l'organisation de réunions (plénières ou plus réduites), la plupart du temps cofinancées par des autorités régionales ou locales.

Jusqu'en 2001, l'IETM a maintenu son mode de travail, malgré l'augmentation du nombre de ses membres. Il a toutefois encouragé la tenue de "sous-rencontres thématiques" ou forums ouverts, sur telle ou telle question d'intérêt pour certains de ses membres. Des réseaux comme DBM (Danse Bassin méditerranéen) ou Junge Hunde, se sont appuyés sur les contacts générés par ce réseau.

L'IETM ou des effets du travail en réseau

En 1998, l'IETM a publié, avec la fondation Fitzcarraldo et le Conseil des arts de Finlande, un ouvrage intitulé *Les Réseaux raisonnés*, sous-titre *Etude IETM des effets du travail en réseau*. Menée pendant une année, cette enquête a notamment permis de recueillir les témoignages de cent personnes. Le but de l'étude était "d'analyser la manière dont le réseau évolue, se diversifie et devient de plus en plus hétérogène". L'IETM regroupait alors quatre cent cinquante membres répartis dans une quarantaine de pays, et dont les intérêts et motivations sont extrêmement variés : théâtres, centres culturels, festivals, compagnies de théâtre et de danse, centres de documentation, organisations de service, autorités publiques…

L'analyse des parcours individuels et des modes d'utilisation du réseau conduit à dégager deux lignes directrices : l'une "existentielle-politique" : "Le travail en réseau permet de mieux comprendre les valeurs d'autrui, contraint à l'examen de ses propres valeurs, établit des relations interculturelles, est porteur de signification politique, met en place des canaux de communication entre les différents environnements, permet un enrichissement personnel, et met en évidence la compétence interculturelle de ses membres." L'autre, "professionnelle" : la participation à un réseau est un domaine d'activité fondamental pour le développement d'une organisation. "Il permet d'identifier de nouvelles opportunités de collaboration et de coopération au niveau international. Dans ce sens, l'activité en réseau crée des perspectives professionnelles intéressantes pour chaque personne impliquée."

Ces deux lignes peuvent se recouper chez la même personne comme "les deux clés d'une même compréhension".

Les plus influencées par les aspects existentiels et politiques sont les 33-55 ans. Les 29-46 ans insistent plutôt sur l'aspect "professionnel". "L'attrait du politique cède le pas à un comportement à vocation plus professionnelle", conclut sur ce point l'étude.

Elle s'intéresse également à l'autonomie que confère l'appartenance à un réseau comme l'IETM : "Le délégué qui participe aux réunions de l'IETM ne s'y rend pas bardé d'un mandat précis par son organisation, et n'évolue pas dans un contexte régi par les règles normales de la représentation démocratique."

Dans le même temps, cet "écroulement de la hiérarchie" permet de nouer d'autres contacts avec les interlocuteurs locaux et facilite les rapports entre générations.

Le réseau joue un rôle de catalyseur et d'incubateur, nécessaire à la formation des idées et des projets, même si les auteurs notent un "clivage" entre la naissance de l'idée "où l'IETM joue un rôle essentiel" et la mise au point du projet, qui n'est plus directement liée à ce moment initial. Mais les avis sont unanimes sur le fait que les effets intangibles sont considérés comme les plus importants, sur le plan existentiel comme professionnel. Ils englobent l'élargissement des horizons personnels, de nouvelles connaissances, une compréhension approfondie, un débat sur les valeurs, une amélioration des compétences individuelles liées à l'activité en réseau. S'y ajoutent un renforcement de son propre ancrage sur le plan territorial, des avantages matériels – en particulier le fait que plusieurs personnes sont passées d'un emploi à un autre, grâce à leur rôle actif au sein de l'IETM.

Bien entendu, le problème de la taille du réseau est posé. Les auteurs font ici une claire distinction : en tant que "toile", le processus est virtuellement illimité. Du point de vue de la capacité d'interaction entre ses membres, il l'est. Au-delà d'un seuil (cinq cents personnes ?), "un certain chaos (peut) bloquer la communication et entamer l'efficacité des échanges dans le cadre du réseau." En outre, une croissance rapide peut mettre fin au "rituel" de choix mutuel et de transmission qui entretient l'atmosphère propre à l'IETM.

En 2001, l'IETM a entrepris une réorganisation de ses activités, afin de mieux répondre à la demande de ses membres d'offrir de nouveaux outils, d'améliorer la qualité des rencontres et de jouer un rôle plus affirmé d'incitateur auprès de ses membres. Le secrétariat s'est donc doté de deux unités : la première poursuit le travail habituel du réseau ; la seconde, baptisée "Info services" produit des guides, réalise des modules de formation pour les jeunes professionnels, sur des sujets très spécifiques – le montage d'une tournée européenne, "l'internationalisation" d'un festival… Cette unité se charge également d'un portail Internet sur la mobilité des artistes et des professionnels, "On the move", avec le soutien de la Fondation européenne de la culture et de la Commission européenne. Enfin, l'unité "Projets" prend en charge des initiatives "prioritaires pour un grand nombre de participants" et s'inscrivant dans ses priorités géographiques. Elle aide au lancement de réseaux là où ils peinent à exister. Elle peut également agir pour le compte d'autres organismes (festivals, centres culturels, etc.). L'IETM a ainsi notamment lancé le projet-pilote "Cent artistes en Palestine". Quarante artistes belges, français, italiens, suédois et allemands se sont rendus en Palestine en 2002, pour des séjours de travail de trois à dix jours ; de même, l'IETM a organisé deux colloques sur la danse contemporaine africaine, le premier à Bruxelles dans le cadre d'Africalia en mars 2003, le second à Birmingham. La teneur de ces projets est bien entendu soumise à l'approbation du conseil d'administration de l'IETM. Mais, audelà, Mary Ann de Vlieg a pu vérifier la mobilisation des membres du réseau sur ces questions : "Soixante et onze réponses en quarante-huit heures concernant l'Afrique !", souligne-t-elle.

L'IETM travaille en relation avec EuropAid (Commission européenne) – concernant l'Afrique – et les programmes de coopération avec l'Amérique latine. Elle a également bénéficié de la ligne A 3042 du Parlement européen. L'IETM agit aussi comme conseiller pour ses membres, en les initiant au montage des projets, notamment dans le cadre de CULTURE 2000. Mary Ann de Vlieg note enfin la collaboration "continue et excellente" avec la Fondation européenne de la culture.

Si nous nous sommes attardés sur le fonctionnement de ce réseau, c'est que son parcours nous semble emblématique d'une capacité d'anticipation et de dialogue avec les différents niveaux de coopération culturelle en Europe. L'IETM agit à la fois comme un représentant des professionnels, comme une "tête chercheuse", comme un pourvoyeur d'informations, comme une pépinière de projets et comme un porte-parole des intérêts et des attentes du milieu professionnel. Il n'a pas hésité à combler les vides institutionnels en proposant la création du Fonds Roberto-Cimetta (cf. chapitre VII) ou le projet "Cent artistes en Palestine". Parallèlement, on constate que le principal effet du travail en réseau est encore considéré par beaucoup d'institutionnels comme du "non-travail", dans la mesure où il ne génère pas des résultats immédiats, tangibles et mesurables. En outre, le caractère interpersonnel des relations heurte le souci de représentativité formelle de certains organismes. Le mode de fonctionnement des réseaux rejoint en effet la logique anglo-saxonne du trust, "un contrat de confiance individuel", plus qu'elle ne s'apparente à "la notion collective de redistribution de l'association", comme le souligne Raymond Georis. Pourtant, le caractère massif des adhésions à l'IETM doit faire comprendre que, au-delà des cooptations individuelles, c'est tout un ensemble de professionnels qui, sur une base volontaire, s'engage dans le travail de ce réseau, ce qui n'exclut pas d'ailleurs l'appartenance à d'autres organismes. Enfin, la réactivité de l'IETM, voire sa capacité d'anticipation, s'appuie – et c'est un paradoxe – sur le capital d'expériences et de réflexion accumulé depuis plus de vingt ans. C'est dans la transmission patiente de tous ces repères que les générations suivantes de professionnels trouvent matière à de nouvelles expériences. De ce point de vue, l'expérience de l'IETM s'apparente à un compagnonnage, et ce n'est pas là son moindre atout. Mais il reste à l'IETM à maintenir "la bonne distance" avec les institutions pour préserver son rôle de "laboratoire" indépendant.

Trans Europe Halles

Trans Europe Halles a été porté sur les fonts baptismaux en 1983, par sept organismes : Halles de Schaerbeek à Bruxelles, Huset à Copenhague, la Kultur Fabrik à Coblence, le Melkweg à Amsterdam, la Rote Fabrik à Zurich, Ny Scen à Göteborg et Pali Kao à Paris. Après trois années de fonctionnement informel, le réseau s'est constitué en association internationale de droit belge en 1986. Il regroupait, en 1998, vingt-sept centres dans dix-neuf pays d'Europe. Les friches industrielles, militaires ou marchandes ont constitué les espaces de prédilection des activités de Trans Europe Halles qui s'est d'emblée montré ouvert à toutes les formes d'expression artistique, y compris amateurs. Caractère privé et citoyen des initiatives, aspect pluridimensionnel de l'action culturelle, soutien aux nouvelles générations de créateurs et affirmation "transeuropéenne" de la programmation, autant de principes qui unissent les membres de ce réseau. Ses objectifs sont alors de "valoriser les anciens entrepôts, fabriques, lieux désaffectés, réhabilités en centres culturels et artistiques, de constituer un espace de rencontre entre praticiens de l'action culturelle, programmateurs, artistes, chefs de projets, etc., de promouvoir l'idée de multiculturalisme, de soutenir la jeune création et de confronter les genres artistiques". Elle-même créatrice d'un lieu musical "hors normes", le Confort moderne, à Poitiers, Fazette Bordage, coordinatrice du réseau de 1994 à 2000, a perçu l'intérêt immédiat de cet échange d'expériences et de connaissances "qui permet d'analyser autrement sa propre réalité". Quoique confrontés à des réalités locales différentes, les premiers membres de Trans Europe Halles se heurtaient aux mêmes incompréhensions institutionnelles : le fait d'accueillir des artistes et du public dans des lieux *a priori* non destinés à cet effet, le caractère de proximité avec l'environnement local immédiat – allant du restaurant à la mise à disposition de salles, voire la vente de produits biologiques à la UfaFabrik à Berlin. "Or c'est précisément le caractère inachevé de ces lieux, le "vide" de leurs espaces, qui offrent aux artistes et au public de nouvelles possibilités d'investigation et de rencontre", souligne Fazette Bordage.

"Comme nous étions de plus sur des champs de professions «inexistantes», les effets du réseau sur les équipes en train de se constituer et les artistes en développement ont été considérables", écrivait en 1999 Fazette Bordage. Marginaux dans les années 1970-1980, ces lieux se sont considérablement développés, tout en gagnant petit à petit la reconnaissance des autorités publiques. Après quelques années de rencontres informelles, le réseau se dote d'une coordination en 1994. Consciente du fait que la participation de chaque centre au réseau pose des problèmes en termes de priorités locales, Fazette Bordage insiste enfin sur la nécessité "de faire vivre l'idée que l'Europe puisse se construire (…) là où on est, et pas seulement en allant au siège des institutions". En novembre 1996, dans le cadre de "Copenhague, Ville européenne de la culture", Trans Europe Halles a mis en œuvre la première phase du projet Phœnix, visant à développer des débats et des échanges d'opinions sur des questions d'intérêt citoyen sur le thème "Temps et travail", en y associant les artistes. Chacun des membres impliqués avait conçu une programmation spécifique. Après l'Est, Trans Europe Halles a mis le cap au sud et hors d'Europe, comme en témoignent les collaborations engagées avec le Sénégal, le Burkina Faso, le Brésil et l'Inde. Dans le cadre du Programme économico-culturel entre l'Inde et l'Union européenne, le réseau a notamment bénéficié d'une aide de 10 000 euros – certes au prix d'importants retards de paiement – pour une étude préparatoire sur la mise en place de lieux de production et de diffusion de spectacles en Inde, avec des professionnels de Jaipur, et la collaboration de l'Alliance française de Trivandrum. En 1999, à Vienne, à l'invitation de KulturKontakt et avec le soutien de la Fondation européenne de la culture, soixante responsables de lieux étaient présents, dont vingt-cinq d'Asie, de Colombie et d'Afrique. La constitution d'une base numérique de données y était proposée. Au projet Phœnix succède le thème du "Rôle de l'art et de la culture dans les conflits", relayé lors d'une réunion à Ljubljana, avec le soutien actif de Metelkova, membre de Trans Europe Halles et la collaboration du Forum des réseaux culturels. Enfin "In and Out of Europe" regroupe les initiatives internationales déjà citées, avec le but "d'identifier les structures nées hors d'Europe, pour les connecter aux centres membres du réseau".

Le réseau a entretenu des relations suivies avec la Commission européenne. Financé plusieurs fois au travers du programme Kaléidoscope, Trans Europe Halles a également monté un projet dans le cadre du Service volontaire européen et bénéficié de la ligne A 3042 du Parlement européen. A Mains d'œuvres à Saint-Ouen, siège de la coordination de Trans Europe Halles jusqu'en 2001, le lieu a soutenu des porteurs de projets pour faire acte de candidature auprès du programme CULTURE 2000. Ce fut notamment le cas pour la compagnie du chorégraphe Joël Borges, IXKIZIT et pour la revue d'art électronique, *Synesthésie*, tous deux basés à Mains d'œuvres.

Face au succès du phénomène des friches et aux nombreuses demandes d'assistance technique de la part de professionnels et d'artistes, le réseau Trans Europe Halles s'est trouvé à la croisée des chemins. Comme souvent, le dilemme – en termes de temps et de ressources humaines – s'est posé entre l'ouverture à de nouveaux partenariats – tant nationaux qu'internationaux – et le souci de "la communication interne" qui est de continuer à faire prévaloir une interaction forte entre les membres. La question de l'avenir du réseau est sérieusement posée en 2000. La relève vient des jeunes membres : ils "planchent" pendant un an sur la définition de nouvelles missions pour le réseau. "A ma surprise, constate Philippe Grombeer, cofondateur du réseau, ils se sont placés dans la ligne des principes fondateurs, sans les remettre en question. Leur approche était simplement plus pragmatique. Plus que la question du «pourquoi», elle posait celle du «comment». Ils ont proposé des nouvelles modalités de coopération." Après des incertitudes sur le fonctionnement du réseau, le membre finlandais de Trans Europe Halles, le Kaapelitehdas, a fait état de financements locaux lui permettant d'en assurer le secrétariat, chaque membre étant désormais plus responsables de ses collaborations européennes au sein du réseau.

Par ailleurs, sous la houlette de Fazette Bordage à Mains d'œuvres, ont été créés un centre de ressources et une base de données repérant à ce jour deux cents lieux dans le monde, Artfactories. Selon leurs animatrices, Sandrine Crisostomo et Anne Lalaire, ce qui compte désormais, c'est moins la nature du lieu en tant que tel que le projet qui l'anime. Après des contacts au Canada, aux Etats-Unis, en Asie, en Argentine et au Brésil, Artfactories s'est mobilisée pour la création d'une antenne à Dakar et d'une autre à Shanghai. En même temps que cette ouverture internationale, Mains d'œuvres est désormais de plus en plus associée aux débats français sur l'avenir des friches industrielles. "Ces collaborations ne vont pas sans difficultés, souligne Fazette Bordage. On a parfois l'impression que les collectivités locales veulent se contenter de la reproduction à l'identique d'expériences dont chacune est ancrée dans une histoire très singulière." Encore une démonstration de la difficulté à garder son statut de laboratoire.

Trans Europe Halles regroupe aujourd'hui encore une trentaine de membres. Si certains membres ont quitté le réseau – la Rote Fabrik de Zurich, l'Usine de Genève et le Vooruit à Gand – d'autres, très actifs, l'ont rejoint : la Friche Belle de mai à Marseille, le Cinéma Rex à Belgrade, Metelkova à Ljubljana… "Le travail engagé doit maintenant être repris par une nouvelle génération, dans un contexte qui a changé et où les modalités de l'alternative elle-même se sont modifiées", commente Philippe Grombeer. "Sans cette renaissance dont le devenir nous échappe, faire exister le réseau comme fin en soi, ne présenterait aucun intérêt."

CIRCLE

Créé en 1984, CIRCLE (Cultural Information and Research Centres Liason in Europe) regroupe des centres de recherche, d'informations et de documentation liés aux questions culturelles. L'une des priorités de ses fondateurs – Augustin Girad, Geneviève Gentil, Carla Bodo, Ritva Mitchell, Rod Fisher – était d'établir des passerelles entre chercheurs et décideurs, et de s'assurer que les résultats des recherches seraient communiquées aux bons interlocuteurs. Avec le soutien du Conseil de l'Europe, CIRCLE s'est consacré aux relations entre l'Est et l'Ouest de l'Europe depuis 1988. Il a effectué de nombreuses publications dont *Le Guide des Affaires culturelles en Europe* et *La Participation culturelle en Europe* (1992). Le réseau s'est aussi efforcé de fournir des données comparables à l'échelle européenne. L'un des fondateurs de CIRCLE, Rod Fisher insiste sur le rôle du Conseil de l'Europe "dans la mise en œuvre d'une interrogation continue sur le rôle des politiques culturelles européennes". Mais il mentionne également que l'introduction de l'article 128 (151) dans le traité a "généré un incontestable dynamisme". Même s'il regrette que les travaux du Conseil de l'Europe aient été trop peu repris par l'Union européenne.

AUGMENTATION ET SPÉCIALISATION DES RÉSEAUX (1992-1996)

A partir de 1990, le nombre des réseaux se multiplie, couvrant peu à peu toutes les sphères des activités culturelles. Parmi les adhérents à IETM en 1994, on trouve une dizaine de réseaux créés, pour la plupart, entre 1987 et 1993. Citons notamment Eu Net Art, "réseau de spécialistes pour l'enfance et la jeunesse", fondé en 1991, la Convention Théâtrale européenne, regroupant à partir de 1987 de grandes institutions théâtrales, le Réseau européen des Centres culturels-Monuments historiques créé en 1991, le Réseau européen des centres d'information du spectacle vivant (1990). En 1996, à Turin, cinquante réseaux sont représentés et les différents annuaires réalisés à la fin des années 1990 font état d'une centaine de réseaux actifs à l'échelle de l'Europe.

Sans prétendre ici à un panorama exhaustif, il est intéressant de suivre le parcours de certains d'entre eux. Notons que l'itinéraire d'autres réseaux est relaté dans les chapitres IV et VII : Réseau européen des Centres culturels-Monuments historiques, Hors les murs, Réseau européen des collèges de traducteurs, Danse Bassin méditerranéen.

Un réseau pour les écoles d'art

Commençons par ELIA (European League of the Institutes of Art). Ce réseau a été créé en 1990, à l'initiative de l'Ecole d'art supérieure d'Amsterdam. A sa demande, Carla Delfos, enseignante à l'Ecole du théâtre, avait réalisé une étude sur l'intérêt et la nécessité de mettre en relation les établissements européens d'enseignement artistique. Une première rencontre a été organisée avec des homologues venus de Berlin, Madrid, Londres et Paris, et avec le soutien de la Commission européenne. Le réseau a ensuite été créé en s'inspirant de modèles existants, dont l'IETM en tout premier lieu. Aujourd'hui, ELIA, dont la direction exécutive est assurée à Amsterdam par Carla Delfos, compte 370 institutions membres de 46 pays, dans toutes les disciplines artistiques dont l'architecture. L'implantation du réseau aux Pays-Bas tient, selon Carla Delfos, à plusieurs raisons : le ministère de la Culture néerlandais a soutenu dès l'origine la création de réseaux culturels et une initiative hollandaise semble mieux acceptée de tous les partenaires dans la mesure où elle émane d'un petit pays dont on ne soupçonne pas de visées hégémoniques. Tout en insistant sur le caractère transnational du réseau, Carla Delfos reconnaît qu'il existe des particularités nationales : les Pays-Bas, le Royaume-Uni et les pays nordiques se montrent extrêmement actifs dans ELIA, en particulier la Finlande. Les ressortissants d'Europe du Sud s'impliquent de façon inégale. La France apparaît dans une situation intermédiaire. L'Allemagne a connu des difficultés initiales pour s'impliquer dans le réseau. ELIA comprend d'ores et déjà un certain nombre de membres en Asie, en Australie et aux Etats-Unis. L'association s'appuie sur une assemblée générale qui élit un conseil d'administration d'où émane un "comité exécutif de huit personnes maximum". ELIA a trois catégories de membres : à part entière et investis du droit de vote, non européens et associés.

Depuis sa création, ELIA a conduit des projets. Carla Delfos estime très important cet aspect, tout en rappelant que ces projets sont approuvés par le conseil d'administration et que, dans cette perspective, "ils appartiennent aux membres" : organisation de congrès, d'ateliers destinés aux enseignants et aux étudiants, production de publications et de recherches, expertise auprès des institutions européennes, tels sont les principaux domaines d'activité d'ELIA. Plus le réseau grandit, plus il s'avère difficile de satisfaire l'ensemble des attentes des membres. La réunion organisée à Dublin en octobre 2002 a réuni six cents personnes. "Or certains étudiants des écoles membres ne connaissaient même pas l'existence du réseau", souligne Carla Delfos. La création d'un site Internet a bien entendu permis d'améliorer cet aspect des choses. Pour mieux diffuser les informations concernant le réseau et ses activités, les membres du conseil d'administration ont été sollicités afin que chacun organise des réunions d'information dans son propre pays.

En 2000, avec le soutien de Kaléidoscope, ELIA a convoqué un séminaire européen sur le rôle des artistes dans la société et en particulier leur implication dans l'enseignement et dans des lieux moins habituels – hôpitaux, prisons… Enfin, ELIA participe activement à la mise en place du processus de Bologne que Carla Delfos considère comme une opportunité fantastique pour les étudiants : "Notre idée n'est donc pas de refuser ce processus mais plutôt de l'influencer en montrant les spécificités de notre secteur." ELIA a d'ailleurs mis en place une plate-forme étudiante pour suivre le processus de Bologne ainsi que d'autres sujets d'importance pour eux. ELIA organise également des rencontres pour les enseignants avec une "Académie des enseignants" (Teachers' Academy) et pour des responsables d'organismes de formation, et ce à l'échelle mondiale.

ELIA a bénéficié des aides de la Commission européenne à deux titres : Kaléidoscope et SOCRATES. Avec le soutien de Kaléidoscope, il a pu monter des réunions. Quant à SOCRATES, il a reconnu ELIA, en tant que "réseau thématique". Carla Delfos regrette pourtant le manque d'implication de la Commission dans le fonctionnement des réseaux. Regrettant la faible dotation de CULTURE 2000, Carla Delfos insiste sur deux priorités, à ses yeux fondamentales pour l'avenir : miser sur la relation entre éducation et culture pour s'engager dans un processus susceptible de faire évoluer les mentalités à long terme ; rendre aux artistes toute la place qui leur revient dans ce processus. Carla Delfos se dit en effet inquiète de leur marginalisation dans le débat actuel sur l'art et la culture, à l'échelle de l'Europe. Dans cette perspective, le programme SOCRATES et l'ensemble de ses sous-programmes devraient se détacher d'un fonctionnement – déjà – routinier pour "miser beaucoup plus sur l'innovation". En outre, la coordinatrice d'ELIA souhaite attirer l'attention sur une réalité trop peu perçue par les représentants des administrations : les personnes impliquées dans la gestion des réseaux travaillent vingt-quatre heures sur vingt-quatre dans des conditions harassantes et pour des salaires peu gratifiants. "A long terme, cette situation n'est guère tenable", conclut-elle.

L'ENCATC, un réseau pour les formateurs en administration culturelle

Au terme de discussions engagées dès 1989, l'ENCATC, (European Network of Culture Administration Training Centres, Réseau européen des centres de formation d'administrateurs culturels) a tenu son assemblée constitutive à Varsovie en décembre 1992, sous les auspices du Conseil de l'Europe. Il s'est donné pour rôle de soutenir la formation des formateurs, de conseiller les institutions européennes en matière de formation à l'administration culturelle, d'identifier et d'appuyer des projets de recherche communs aux membres. En 2005, l'ENCATC rassemblait plus de 100 organismes d'enseignement et de formation dans 33 pays. Son action soutenue vers les pays d'Europe centrale et orientale a généré la création en 1999 d'un fonds de mobilité, le Fonds Thomassen. Cette initiative permet aux professionnels de l'Est européen qui le souhaitent de participer aux activités et aux projets de formation du réseau. Dès 2001, des membres de Croatie, Géorgie, Lettonie, Lituanie, Macédoine, Moldavie, Roumanie, Russie et Ukraine ont notamment rejoint cet espace d'échanges, de partenariat et de professionnalisation. Avec le soutien du Fonds culturel nordique, l'ENCATC a mis en place en 2000 une

“Plate-forme nordique-baltique dans le domaine du management culturel”. L’ENCATC permet à ses membres de se familiariser avec les politiques culturelles et les systèmes administratifs européens, ainsi qu’avec l’apprentissage des outils empruntés au monde du management mais adaptés aux besoins du secteur culturel. En mai 2002, l’ENCATC a fêté son dixième anniversaire au Collège des arts de Dartington, au Royaume-Uni. A cette occasion, il a accueilli des collègues de son “réseau-frère” américain, l’AAAE (Association of Arts Administration Educators). Durant les dernières années, les projets conjoints de formation se sont développés, avec notamment, la création de masters européens communs mais aussi la coopération transatlantique. A l’automne 2002, le coup d’envoi d’un projet consacré aux échanges en matière de “profils culturels urbains” a été donné. Il s’agit d’une série de séminaires associant une association de villes, Eurocités, des instituts de recherche et l’ENCATC autour du rôle de la culture en matière de gouvernance urbaine. L’originalité de ce partenariat européen paraît suffisamment rare pour être soulignée. Après le soutien initial du Conseil de l’Europe, l’ENCATC a bénéficié pendant trois ans de la ligne A 3042 du Parlement européen, avec une nette diminution en 2001 et 2002, et la nécessité de rechercher de nouveau des financements sur projets à partir de 2003. Certains membres du réseau ont également pu s’inscrire dans les programmes SOCRATES ou LEONARDO DA VINCI, en particulier pour le montage d’un programme intitulé Calliope, lequel, à l’initiative de l’ARSEC, proposait sur trois ans un Forum européen de la formation en gestion artistique et développement culturel, en collaboration avec l’Académie Sibelius et le Centre international pour la culture et le management de Salzbourg (ICCM). Sur la base de cette expérience, l'ENCATC a instauré une "Académie européenne" annuelle pour la formation des formateurs. C'est encore au titre de LEONARDO que l'ENCATC s'est engagé aux côtés du Business College de Køge au Danemark pour développer un module de formation-pilote à destination des "entrepreneurs culturels européens". Après des débuts à Bruxelles à la Fondation Marcel-Hicter, l'ENCATC a installé son secrétariat à Copenhague, avant de revenir à Bruxelles en 2002, sous la houlette de sa nouvelle directrice exécutive, Gianna-Lia Cogliandro.

Banlieues d'Europe

Banlieues d'Europe est née en 1990, à l'issue d'une rencontre organisée à la Maison des cultures frontières de Freyming-Merlebach, sur le thème du rôle de l'artiste dans la société. "L'aventure est née du mépris dans lequel, au tournant des années 1990, on tenait toute aventure artistique qui, de près ou de loin, entendait poser un problème politique ou nouer d'autres liens avec la population", expliquait en 1998, Jean Hurstel, son président et cofondateur, lors des Septièmes Rencontres annuelles du réseau Banlieues d'Europe, à Strasbourg. Lancé avec des partenaires allemands, belges, portugais, le réseau s'ouvre rapidement à la plupart des pays d'Europe occidentale, en particulier le Royaume-Uni. Bien entendu le terme de "banlieue" n'était guère adapté aux configurations belges ou britanniques où ce sont plutôt certains quartiers du centre-ville qui souffrent de déshérence. Mais l'esprit était le même. Créée sous le régime alsacien d'association, Banlieues d'Europe a installé son siège à Strasbourg en 1995. Jean Hurstel revient sur le caractère exceptionnel de ce type de coopération européenne en Lorraine ou Alsace à l'époque. "Il fallait faire accepter localement l'idée qu'au-delà du bilatéral transfrontalier, toute coopération devait désormais se dérouler dans un cadre européen", souligne-t-il. Associant des acteurs de terrain – travailleurs sociaux et socioculturels, artistes, acteurs culturels, élus, chercheurs –, Banlieues d'Europe se veut un lieu de discussions et de réflexions, d'échanges d'expériences. Le cadre créé par le réseau a également permis le développement de projets conjoints, notamment entre Berlin et Lisbonne. "Au-delà, c'est une notion politique du projet qui anime Banlieues d'Europe", précise Jean Hurstel. Plus que d'autres réseaux, sans doute à cause de la personnalité de son président, mais aussi compte tenu des thèmes traités par Banlieues d'Europe, la réflexion occupe ici une place importante et revendiquée. La lecture des Actes de différentes rencontres montre le souci constant d'opérer un va-et-vient entre exemples de projets "de quartier" et théorisation de ces exemples. Cette vigilance est d'autant plus importante que, depuis dix ans, les termes de l'alternative ont changé : "L'effondrement de l'auto-représentation de la société, le délitement de l'ordre symbolique et imaginaire qui tenait nos sociétés ensemble, posent une nouvelle dimension de l'aventure artistique et culturelle, celle de la recherche, de l'invention, de la création de nouveaux repères imaginaires et symboliques", déclarait Jean Hurstel en 1998. En septembre 2002, Banlieues d'Europe s'est mise à l'écoute de l'Europe du Sud-Est à Berlin, lors de son séminaire sur "Les pratiques culturelles innovantes dans les pays d'Europe du Sud-Est" qui s'est tenu à Berlin. Aujourd'hui, Silvia Cazacu, membre du conseil d'administration, met en place à Bucarest une nouvelle association dédiée aux échanges avec l'Europe centrale et orientale : "Banlieues d'Europ'est".

Saluant le soutien du Conseil de l'Europe – notamment *via* l'accueil de réunions et la facilitation de contacts –, Banlieues d'Europe a par ailleurs bénéficié de deux subventions successives dans le cadre du programme Kaléidoscope de la Commission européenne. Des difficultés ont surgi sur l'éligibilité des dépenses engagées par le réseau. Jean Hurstel regrette "cette rigidité" qui met en péril les associations. Avec le soutien de CULTURE 2000 ("Action I"), Banlieues d'Europe s'est associée à une initiative germano-espagnole autour des arts visuels, conduite entre Strasbourg, Francfort et Barcelone, et intitulée "Villes, cultures et lien social en Europe". En 2002 et 2003, c'est dans le cadre de la collaboration avec la direction générale Emploi et Affaires sociales que se sont engagés des activités qui s'efforcent de trouver des espaces de dialogue entre le monde artistique et culturel et la société civile. L'un des produits de ces collaborations multiples est l'ouvrage *Kreuzberg en s'arrêtant*, publié par Banlieues d'Europe et le centre multiculturel Schlesische 27 de Berlin, à l'issue d'une résidence de quatre mois dans cet organisme du photographe Eric Vazzoler, qui, outre son travail artistique, a animé un atelier photographique pour des jeunes filles d'origine turque.

Avec quinze partenaires européens – dont les universités de Southampton, de Belgrade et de Ljubljana – impliqués dans les programmes de recherche, Banlieues d'Europe développe un travail sur trois ans, sur le thème "L'espace des villes en mutation, de nouveaux défis pour les politiques culturelles en Europe", impliquant chercheurs, artistes et élus de plusieurs villes européennes. En outre, le réseau a signé une convention triennale avec le ministère de la Culture et de la Communication, partenaires engagés de longue date aux côtés de la structure, ainsi que la délégation interministérielle à la Ville, et certaines collectivités locales comme la ville de Reims.

Les ressources propres sont alimentées par les cotisations des membres, mais surtout par les inscriptions aux rencontres du réseau, comme le souligne l'actuelle coordinatrice de Banlieues d'Europe, Sarah Levin. Un projet de formation professionnelle au niveau européen est également en développement. Le réseau a mis en place un abonnement à sa lettre d'information électronique bimensuelle et bilingue. Avec une équipe permanente restreinte de deux personnes, Banlieues d'Europe compte aujourd'hui environ trois cents partenaires dans l'Europe élargie et noue des contacts au-delà de la Méditerranée.

Un réseau d'accueil pour les artistes

Association internationale de centres et de résidences d'artistes créée par Michael Haerdter, alors directeur de la Künstlerhaus Bethanien à Berlin et par l'Irlandais Bernard Loughlin, en collaboration avec des partenaires nord-américains, Res Artis a vu le jour en 1995. Aujourd'hui forte de ses trois cents membres, Res Artis tire essentiellement ses ressources de leurs cotisations. Si une majorité de ceux-ci sont européens, Res Artis accueille des représentants nord-américains, africains et asiatiques. Les membres du réseau passent entre eux des accords – formalisés ou non – sur une base individuelle, étant donné la grande diversité des approches esthétiques et la diversité des modes d'organisation des centres en question. Ce qui les réunit, c'est leur intérêt pour les visions nouvelles, les "utopies" qui traversent le champ artistique et "le mouvement des artistes qui sont des nomades et ne se limitent jamais à la dimension européenne", selon l'ancien coordinateur de Res Artis, Christopher Tannert. Res Artis est actuellement dotée d'un président américain et d'un vice-président européen. L'une des évolutions majeures de ces dernières années est le regroupement des membres de Res Artis au niveau national, voire régional. C'est le cas en Allemagne, en Suisse, au Japon, en Chine, mais aussi à l'échelle nordique/baltique et dans les Balkans.

Res Artis a bénéficié du concours de Kaléidoscope pour engager des contacts avec des partenaires est-européens. Même si certains membres du réseau ont déposé des projets auprès de CULTURE 2000, le réseau en tant que tel ne l'a jamais fait. “Les procédures sont inadaptées pour un réseau comme le nôtre”, constate Maria Tuerlings, directrice de Transartists à Amsterdam, qui assure actuellement la coordination du réseau. Par ailleurs, rappelons-le, Res Artis a une vocation internationale, quoique l'association envisage à terme de développer des projets européens spécifiques et de solliciter CULTURE 2000 dans ce cadre. Chacun des membres doit donc trouver auprès des autorités régionales ou nationales les moyens de participer aux activités du réseau. Celui-ci organise des rencontres annuelles, des ateliers consacrés à des questions spécifiques. Il réserve à ses membres toute une série d'informations de type professionnel. Enfin, il tente de faire entendre, à l'échelle européenne, la voix des professionnels des arts visuels.

RÉSEAUX OU CONSORTIUMS DE PROJETS ? (1996-2003)

Réseau européen de musiques et danses traditionnelles (REMDT)

Cet organisme s'est donné une double fonction : source d'informations et de rencontres pour ses membres, il conduit également des projets. Son président dit "tenir beaucoup à cette double dimension", peut-être liée à la spécificité des activités de ses membres.

Apparues dès les années 1970, les associations de musiques et danses traditionnelles se sont organisées en France en réseau national dès 1985. Constatant les avantages de cette configuration – échange d'expériences, possibilité de mieux se faire entendre –, la FAMDT (Fédération des associations de musiques et danses traditionnelles) a convoqué en 1997 des Premières Assises européennes, avec des représentants de sept pays européens. Outre un intérêt pour les relations internationales dont l'Europe apparaissait comme une composante plus facile d'accès et plus aisée à maîtriser en termes de travail, les membres du réseau éprouvaient le désir de contribuer à l'émergence d'une citoyenneté européenne dont la composante culturelle apparaît essentielle à Jany Rouger, premier président du REMDT. La charte du réseau embrasse d'ailleurs l'ensemble des traditions musicales et chorégraphiques, tout en affirmant "qu'aucune tradition musicale ne peut se prévaloir d'une quelconque forme de supériorité ou d'exclusivité territoriale par rapport à d'autres traditions, si minoritaires ou étrangères qu'elles soient". Très vite, un premier projet a été déposé auprès de Kaléidoscope et retenu en 1997. Puis, dans le cadre de Raphaël, un second projet a été soutenu sous le titre "La Route européenne des musiques traditionnelles" en 1998-1999. Aujourd'hui, le réseau comprend douze membres très actifs et une quinzaine de partenaires plus occasionnels. Jany Rouger reconnaît que la situation des musiques traditionnelles en France, constamment soutenues par le ministère de la Culture, a permis à la FAMDT de trouver le temps et les moyens d'investir dans ce "travail de très longue haleine" que représente la mise en place d'un réseau européen dont elle assure aujourd'hui le secrétariat permanent. Il constate une grande disparité entre les partenaires européens : bénéficiant d'une implantation solide et de soutiens logistiques de la part des pouvoirs publics, Suédois, Norvégiens et Finlandais sont extrêmement actifs. La fédération nationale allemande rencontre les plus grandes difficultés à trouver des financements réguliers, dans un pays encore en délicatesse avec son passé. Bien entendu, chaque partenaire du réseau cherche des ressources régionales, d'autant que chaque réunion ou conférence est organisée dans un pays différent. Pourtant aucune association européenne de régions ni de communes n'a pour l'heure manifesté son intérêt pour le réseau, à la notable exception des Rencontres. Mais le réseau européen ne rencontre pas toujours non plus l'attention des Etats membres ; il est aujourd'hui essentiellement financé par la France et le Luxembourg (ministère de la Culture) où s'est tenu le dernier congrès du REMDT en mai 2003. Le ministère espagnol de la Jeunesse s'est récemment joint à ces partenaires.

De Kaléidoscope à CULTURE 2000, *via* Raphaël, Jany Rouger constate la progression des budgets (25 % du budget dans le cadre de Kaléidoscope, 50 % dans celui de Raphaël, 60 % au titre de CULTURE 2000). La Commission européenne a accompagné, de façon indispensable, la naissance et le développement du réseau – toutefois toujours sur la présentation de projets précis. Par ailleurs, une relation de confiance s'est progressivement instaurée avec les représentants de la Commission. Jany Rouger note d'ailleurs le rôle utile joué à cet égard par le Bureau européen de la musique. Enfin il conclut à l'extrême utilité des points de contact Culture – le Relais Culture Europe mais aussi ses homologues dans les Etats membres –, que le réseau n'hésite pas à solliciter pour des contacts avec des groupes ou des associations de musiciens.

Avec le soutien de CULTURE 2000, le Réseau européen de musiques et danses traditionnelles a engagé en 2000 un programme de trois ans, répartissant les responsabilités entre ses membres : nouvelles technologies et formation avec la création d'un site et d'un portail (projet conduit par la Suède), formation de formateurs (Irlande et Finlande), circulation européenne des jeunes artistes avec la création d'un orchestre composé de onze jeunes issus de dix pays (Italie), rencontres de jeunes artistes (France, Italie, Espagne), production d'œuvres (cédéroms et livres consacrés à des thématiques communes comme le violon et la voix), organisation de conférences sur le thème du multiculturalisme et du dialogue des cultures.

Si la nécessité de réunir cinq partenaires ne posait pas de problèmes au réseau, la mise en œuvre du programme s'est avérée difficile : nécessité de prévoir un programme sur trois ans jusque dans les moindres détails, non prise en compte par le dossier de postes financiers aussi importants que les rémunérations des artistes, responsabilité financière énorme. Les retards de paiements de la Commission, s'ajoutant au gel des crédits du ministère de la Culture et de la Communication, se sont traduits en 2002 par une multiplication par dix des agios bancaires. Vigilante quant aux documents diffusés, la Commission veille "précisément" à la grosseur de son logo. En même temps, elle a permis au réseau d'être associé à des réflexions d'envergure comme le Forum sur la coopération culturelle européenne de 2001. Jany Rouger a donc le sentiment qu'un vrai dialogue s'est instauré avec cette institution ainsi, d'ailleurs, qu'avec le Parlement européen. Mais, comme il l'indique, la collaboration avec la Commission implique une "veille" constante pour se tenir au courant des appels à propositions et des différentes opportunités proposées. Il faut ensuite rentrer véritablement dans la logique communautaire, en comprendre les priorités. Par ailleurs, il indique que le parcours du réseau a également été émaillé d'échecs : un premier refus dans le cadre de Kaléidoscope, la non-acceptation du dossier au titre des "Actions expérimentales" (1999), le rejet d'un projet présenté dans le cadre de CONNECT. "Sur ces échecs, il faut demander des explications, encore une fois comprendre ce qui a manqué ou s'est révélé peu convaincant", souligne-t-il.

La FAMDT a cessé d'assurer le secrétariat permanent du REMDT, les responsabilités étant désormais mieux réparties entre les membres, selon le souhait de Jany Rouger. Revenu à ses "premières amours", ce dernier dirige une école de musique. Il est désormais président honoraire du réseau. Les partenaire suédois du REMDT ont présenté à CULTURE 2000 un nouveau projet qui n'a pas été retenu.

Il reste que, tout en saluant deux innovations de taille dans CULTURE 2000 – la pluridisciplinarité et la possibilité de contrats pluriannuels –, Jany Rouger fait état de quelques suggestions pour améliorer les conditions de la coopération culturelle européenne : tout d'abord réserver 20 à 30 % de sa dotation au soutien structurel des réseaux – en assortissant bien entendu cette aide de conditions claires. Il souhaite également que les Etats membres s'accordent pour harmoniser les conditions de travail des artistes : "Les musiciens et danseurs membres de notre réseau font plus des trois quarts de leurs concerts et représentations en dehors de leur territoire national. Mais c'est au prix d'innombrables casse-têtes juridiques et administratifs.” En conclusion, Jany Rouger revient sur la nécessité du statut d'association européenne, dont l'utilité serait hautement symbolique pour mieux rendre tangibles les formidables enjeux de la citoyenneté européenne : “L'impact de notre travail reste difficile à mesurer. Les médias citent parfois les festivals que nous organisons à travers les artistes présentés, mais sans jamais faire référence à l'existence non plus qu'à l'activité de notre réseau européen. Comme si cette histoire ne valait pas d'être racontée, alors que c'est elle qui contribue à poser les fondations d'un espace public européen.”

Un tremplin pour les arts vivants : Junge Hunde

L'idée de Junge Hunde est née à Kampnagel à Hambourg, en 1994, de l'expérience conjointe de Sabine Gehm et de Res Bosshart, à partir d'un festival s'ouvrant aux coopérations internationales. Une association internationale de droit belge a été créée à Bruxelles, avec le concours d'un partenaire belge. Sabine Gehm assure à Hambourg le secrétariat de ce réseau intéressé par le théâtre, la danse et les performances. Pour cerner la particularité de Junge Hunde, Sabine Gehm explique que ce réseau s'intéresse aux lieux qui créent des relations différentes avec le public, aux professionnels qui travaillent hors des scènes traditionnelles, sous la dénomination anglo-saxonne d'*ambiant theatre*. En 2004, le réseau comptait huit membres : Kanonhallen à Copenhague, Monty à Anvers, le parc de La Villette à Paris, Yorkshire Dance à Leeds, Bunker à Ljubljana, BIT Teategarasjen à Bergen, Sosta Palmizi à Cortona et le Staatstheater à Meiningen. “Tout repose sur des affinités esthétiques et professionnelles qu'il ne serait pas évident de trouver dans un réseau beaucoup plus étendu”, souligne Sabine

Gehm. Les projets sont organisés à partir des propositions artistiques de tel ou tel membre, dans deux centres partenaires. Codiffusion, coproduction, séminaires dans le cadre de festivals, résidences croisées d'artistes, séminaires et conférences constituent les principales activités de Junge Hunde qui s'est développé grâce au soutien de Kaléidoscope, puis de CULTURE 2000. Dans ce cadre, les membres du réseau ont présenté en 2000 un projet intitulé "European Development Exchange Network for Performing Artists", acronyme : EDENPA. Les éditions 2003 et 2004 d'EDENPA font apparaître une combinaison d'événements liés à des festivals comme les Rencontres urbaines de La Villette ou le Festival Octoberdans de Bergen, mais aussi des moments de programmation directement placés sous le label "Junge Hunde" à Paris, Copenhague, Anvers, Meininger et Catane. Si Sabine Gehm juge que le processus de travail avec la Commission s'est complexifié depuis les premiers programmes, elle n'en valorise pas moins le très utile apport de CULTURE 2000, tout en soulignant la situation difficile des centres de spectacle vivant en Europe, y compris en Allemagne où, désormais, les financements locaux diminuent constamment. "L'argent manque pour les rencontres, souligne-t-elle. Il est de plus en plus difficile pour les artistes émergents de commencer une carrière." Tout au long de leurs activités, les membres de Junge Hunde organisent des moments d'évaluation. "Il est très important de comprendre ce qui a fonctionné et ce qui a moins réussi. Il faut également entendre le point de vue des artistes sur l'utilité de ce que leur a offert le réseau." Il faut enfin convaincre les partenaires locaux et les médias. "Lors du lancement de Junge Hunde, la presse allemande a publié des articles. Cela a contribué à faire exister un «label Junge Hunde», reconnaît Sabine

Gehm. Au-delà des événements ponctuels, il est difficile d'intéresser les journalistes à un processus de longue durée." A quoi reconnaît-on un artiste de Junge Hunde ? Au fait qu'il (ou elle) a été choisi(e) par les membres du réseau et qu'il revendique cette appartenance. Au fait aussi que Junge Hunde représente pour lui (ou elle) un tremplin dont il (ou elle) n'a plus besoin à terme. Selon Sabine Gehm, les artistes qui se sont appuyés sur le réseau pour ensuite "voler de leurs propres ailes" sont le meilleur symbole de la réussite de Junge Hunde. Elle cite ainsi Huuman Sharifi, chorégraphe de Norvège, et l'Italienne Rebecca Murgi. "Ils ont acquis grâce au réseau une notoriété qui leur permet aujourd'hui de circuler sur toutes les scènes européennes." En somme, Junge Hunde offre aux artistes émergents une configuration originale par son regroupement de producteurs, de programmateurs et de diffuseurs. Junge Hunde est membre de l'IETM dont elle apprécie beaucoup l'apport en termes de contacts et de reconnaissance professionnelle. En 2003, Sabine Gehm a quitté Hambourg pour Brême. Il a fallu recommencer les négociations pour obtenir des appuis et des fonds. "On verra bien, commentait-elle. Nous sommes maintenant habitués à ces mutations et adaptations perpétuelles."

Trans Danse Europe

Les Hivernales ont préparé à partir de 1998, dans le cadre des "Villes européennes de la culture en l'an 2000", "Trans Danse Europe 2000". Trans Danse Europe 2000, initié par Amélie Grand (directrice) et Daniel Favier (administrateur), était tout d'abord la mise en réseau de structures chorégraphiques européennes (Les Hivernales, Avignon ; Bellone Brigittines, Bruxelles ; Carte Blanche AS, Bergen ; Teatri di Vita, Bologne ; Helsinki

City Theatre, Helsinki ; Iceland Dance Company, Reykjavik ; Tanec Praha, Prague) dans le but d'organiser un festival de danse itinérant. Ce festival résultait de la programmation commune de sept jeunes compagnies de danse (une compagnie venue de chaque pays concerné). Le voyage a commencé à l'occasion des Hivernales en février 2000, s'est poursuivi à Bergen, Prague, Bologne, Bruxelles, Helsinki, Reykjavik pour se terminer à Avignon en février 2001, dans le cadre des neuf Villes européennes de la culture de 2000.

Ainsi est né le réseau Trans Danse Europe que Les Hivernales coordonnent. Trans Danse Europe 2000 a reçu le soutien du programme CULTURE 2000 de la Commission européenne dans le cadre de l'Action 1.

Le réseau s'est depuis étoffé avec la venue de nouveaux membres (Festival Exodos, Ljubljana ; Granteater, Aarhus ; Maison de Bretagne et Centre culturel Zamek à Poznan). Les rencontres du réseau sont devenues régulières : Avignon en juillet 2001, Prague en novembre 2001, Avignon en juillet 2002, et Aarhus en octobre 2002, Pyrhajarvi (Finlande) en juillet 2003 et juillet 2004, afin de construire de nouveaux projets pour la période 2003-2006. Un projet de festival et de résidences d'artistes se met en place pour cette période.

Le réseau a obtenu un concours de la Commission européenne pour ses activités 2003-2006 dans le cadre de l'Action 2 (accords de coopération pluriannuels) du programme CULTURE 2000.

Son objectif principal est l'appui à la jeune danse contemporaine européenne, en soutenant sa création (coproduction et résidences d'artistes), sa diffusion (circulation des œuvres et des artistes) et la formation des professionnels (transmission des connaissances, partage des cultures). Les directeurs de chacune des structures forment un comité artistique, véritable plateforme d'échanges d'information, de contact, de repérage de la création chorégraphique européenne. Le premier volet de ses prochaines activités (août 2003-mai 2005) sera consacré aux résidences. Chaque compagnie est invitée dans l'une des structures membres du réseau pour une résidence de quatre semaines. Autour de ces résidences, différentes initiatives seront mises en place : stages, formations, répétitions publiques, conférences, etc.

Le deuxième volet (février 2004-mai 2006) sera consacré à la diffusion. Sur ces deux années, il est prévu que chaque compagnie présente le spectacle né de la résidence de création dans chacun des pays membres du réseau.

En février 2000, parallèlement à la programmation de Trans Danse Europe, Les Hivernales ont organisé les "Rencontres européennes de la danse". Il y fut question de la danse en Europe, en particulier dans chacun des pays membres du réseau. Les actes de ce colloque ont été publiés dans l'ouvrage *Trans Danse Europe 2000*, lequel relate en outre toute l'aventure du réseau Trans Danse Europe. Ces Rencontres ainsi que la publication ont été en partie financées par la Fondation européenne de la culture.

En février 2001, Les Hivernales ont organisé "Trans-Formation Danse", qui a reçu le soutien de la Commission européenne dans le cadre du programme "Jeunesse pour l'Europe" : ce projet a réuni trois groupes de jeunes (entre seize et dix-huit ans) originaires de Finlande (Helsinki), de République tchèque (Prague) et de France (Avignon) en dernière année d'études de danse. L'échange s'est fait par l'intermédiaire des instituts dans lesquels ils pratiquent leur art (Académie des arts d'Helsinki, Académie des arts de Prague, Conservatoire national d'Avignon). Les trois groupes ont assisté ensemble à une *master class* d'une semaine, donnée par Tommi Kitti, chorégraphe finlandais et pédagogue émérite. Le projet "Trans-Formation Danse" n'a malheureusement pas été retenu en 2002 par le programme "Jeunesse". "Il est tout à fait regrettable que les actions qui se poursuivent (...) ne soient pas accompagnées de façon pluriannuelle", commente Céline Bréant, la coordinatrice du réseau.

LES FORUMS DE RÉSEAUX

Face au développement des réseaux, deux logiques de regroupement ont prévalu, caractéristiques des modes de fonctionnement des deux principales institutions européennes, le Conseil de l'Europe et la Commission.

Créé auprès du Conseil de l'Europe, le Forum européen des réseaux culturels se veut un "agitateur" d'idées et un lieu de confrontations intellectuelles, sans pour autant viser une représentativité professionnelle.

A l'inverse, le Forum européen pour les arts et le patrimoine s'est d'emblée affirmé comme un outil au service des professionnels. L'annonce de sa création en 1992 dans *Panem et Circenses* ne laisse pas de doute sur ce point. Après avoir rappelé que 6 000 lobbyistes sont actifs à Bruxelles (10 000 en 2002) et qu'il "serait bien que nous en fassions partie", le texte développe les trois objectifs principaux du FEAP : "Suivre de près les travaux des différentes instances politiques de la Communauté européenne et du Conseil de l'Europe ; informer les organisations actives dans le secteur de l'art et du patrimoine des décisions qui les concernent ; assurer la liaison entre les organisations et les différentes institutions européennes". Au nombre de ses "parrains célèbres", le FEAP compte notamment la Campagne nationale pour les arts au Royaume-Uni, l'Office national de diffusion artistique (ONDA), ainsi que Trans Europe Halles. Le FEAP joue tout d'abord son rôle de "poil à gratter" des institutions européennes, proposant une lettre d'information à ses membres, convoquant diverses réunions, prenant position, lors de la redéfinition des programmes européens, et en particulier de la création de CULTURE 2000, pour la définition duquel il s'est beaucoup impliqué. En 2002, le FEAP a été l'une des organisations culturelles entendues dans le cadre des "auditions" pour la préparation de la future Convention "sur l'avenir de l'Europe". Pourtant, certains de ses membres s'interrogeaient en 2001 sur son présent et sur son devenir. Et ce sur plusieurs registres : compte tenu de l'organisation spécifique des organisations européennes, le travail mené par le FEAP était-il encore utile à certaines d'entre elles qui entretenaient des relations directes et désormais anciennes avec la Commission ou le Parlement ? Harcelés sur tous les fronts – communication interne et externe, services aux membres, recherche de partenariats –, certains réseaux européens se demandaient dans quelle mesure le montant de leur cotisation au FEAP ne serait pas mieux employé pour améliorer leur site Web, ou renforcer telle ou telle ligne de coopération… Enfin, une position paradoxale mais intéressante émane de certains acteurs de réseaux : le FEAP est parvenu au terme de son premier parcours parce qu'il a réussi et parce qu'il n'a pas réussi, ce qui finalement reviendrait au même. Détaillons un peu les attendus de cette position : le FEAP a réussi. Lui-même fédérant des réseaux très diversifiés dans leurs activités, il a fait accepter le principe d'un programme "multi- ou interdisciplinaire", CULTURE 2000, dans lequel le patrimoine côtoie la littérature et les arts visuels. Le FEAP a contribué à obtenir l'insertion de "contrats pluriannuels" dans le programme, faisant ainsi mieux comprendre aux institutions la nécessité d'engagements à moyen terme. Enfin, il est désormais admis que le FEAP est associé à toutes les discussions préparatoires aux modifications en cours... On peut dire qu'à ce titre, le FEAP est "repéré" dans le panorama communautaire comme interlocuteur des institutions. Le FEAP n'a pas réussi : certes, la pluridisciplinarité a été admise dans CULTURE 2000, mais dans des conditions insatisfaisantes et pour être presque aussitôt minée par l'introduction de priorités sectorielles annuelles. Il va de soi que le FEAP est consulté sur l'avenir de la coopération culturelle européenne, mais la Commission ne s'appuie-t-elle pas aussi sur un groupe "d'experts indépendants" invités à "plancher" sur l'avenir du futur programme, ainsi que sur une série de consultations *via* Internet ? En 2000, lors du débat sur la Charte des droits fondamentaux, malgré le combat du FEAP, la place de la culture n'a-t-elle pas été réduite à la portion congrue dans le texte final ? Au total, note un observateur, les relations entre l'Union européenne et les acteurs de la culture ont atteint une forme de "stabilité", voire de "maturité". Dans l'institutionnalisation communautaire du culturel, quelque chose s'est figé, y compris sur le plan sémantique.

Consciente de ces apories, sous la présidence de Dragan Klaic, l'équipe du FEAP a, en 2001, réorienté pour trois ans ses priorités. Le maître-mot de cette nouvelle étape était "l'anticipation" : le FEAP entend explorer une Europe culturelle moins que jamais comprimée dans le corset de l'Union européenne. Il entend approfondir les échanges et les collaborations avec tous les professionnels du continent. Si l'Elargissement représente une opportunité fondamentale, pas question de considérer l'Europe des 25 comme un club fermé. Le FEAP entend en effet multiplier les passerelles avec l'Est et le Sud de l'Union européenne, notamment en coopération étroite avec la Fondation européenne de la culture. Attentif aux autres espaces de coopération, il a publié avec Interarts un rapport consacré à la coopération européenne des Etats membres, et sa concertation avec les régions – dont l'un de ses membres, le Nord-Pas-de-Calais – s'approfondit. Tout en poursuivant le dialogue avec la Commission européenne et le Parlement européen, le FEAP propose aujourd'hui une vision plus ouverte et plurielle de la coopération culturelle européenne, comme en témoigne le dynamisme de ses récentes assemblées générales – Ljubljana en 2002 et Berlin en 2003, puis Lille en 2004. Fort de soixante-cinq membres – réseaux, centres culturels, administrations culturelles nationales, collectivités territoriales, membres individuels dont la plupart sont des consultants –, le FEAP se trouve désormais en position de contribuer à la refonte des politiques culturelles à l'échelle du continent. Il s'est récemment vu proposer de participer aux travaux du Conseil économique et social européen. Raj Isar est le nouveau président du FEAP, qui a lancé une campagne pour 70 centimes d'euro par an par habitant de l'Union européenne en faveur de la culture (contre 30 centimes actuellement).

L'avenir dira si le chaos "intelligible" introduit par les tenants des réseaux et de leurs représentants aura raison des "volontés d'ordre" ou si les forces vives de la culture "déserteront en silence" des institutions qui ne leur accordent qu'une représentativité formelle.

Pour en revenir aux réseaux et en insistant sur le fait que, dans l'architecture de cet essai, justice n'est pas rendue – loin s'en faut – à toute la richesse de leurs activités, il convient de se demander dans quelle mesure ceux-ci influencent de façon durable l'architecture des relations culturelles communautaires. On ne peut que répondre par l'affirmative. Dans tous les domaines de la coopération culturelle, les réseaux ont su inventer des dispositifs appropriés qu'ils ont fait fonctionner de façon souple et ouverte – fonds de mobilité, résidences croisées, etc. Après la création des premiers réseaux, volontairement pluriels et transversaux, la naissance de réseaux spécialisés – souvent membres des premiers – a permis un approfondissement et une spécialisation sans précédent à l'échelle de l'Europe. Pour s'en convaincre, il suffit de lire les publications dont ils sont les éditeurs – de la lettre d'information à l'ouvrage de référence. Cette production éditoriale reste trop sous-estimée dans les milieux de la recherche. En effet, en l'absence de référence préexistante, les réseaux ont été leurs propres formateurs et leurs propres investigateurs. Leur existence a par ailleurs généré un engouement très fort auprès des étudiants concernés. Sur le seul territoire français, on ne compte plus les innombrables mémoires à eux consacrés. Leur expérience et leur réflexion contribuent à esquisser les lignes de ce que pourrait être demain une politique culturelle européenne, si toutefois elle existe un jour : les fondements d'une "interculturalité" prospective, la relation entre apprentissage et formation professionnelle, la pluralité conjointe des approches concernant les besoins des artistes – création, production, résidences, accompagnement de parcours singuliers –, la réciprocité des apprentissages, la gestion collective des singularités, une ouverture progressive aux acteurs culturels du monde entier..., pour ne citer que quelques exemples. "Ils sont l'incarnation d'un concept éthéré auquel la plupart des sociétés aspirent : être une organisation cognitive (...) où l'on ne s'arrête jamais d'apprendre", a écrit Judith Staines en 1995. Plusieurs dangers pourtant les guettent, dont certains acteurs sont très conscients : peiner, pour quelques-uns d'entre eux, à se défaire d'un prisme national originel, à partir duquel ils évaluent toute proposition, ou, pour le dire autrement, reprendre la tentation de modèles alors que le propre d'un réseau culturel est d'interroger les siens en permanence. Le second écueil est celui d'un fonctionnement à plusieurs vitesses, imposé par des contraintes extérieures ; certes, de plus en plus initiateurs de projets, les réseaux ont besoin d'un minimum de structure stable mais en tant qu'"adhocraties", selon le terme d'Henry Mintzberg, ils doivent éviter le risque d'une organisation plus adaptée aux contraintes extérieures qu'aux besoins de leurs membres. Enfin, et c'est le plus important, les réseaux doivent continuer de mener de front leur double parcours "existentiel-politique" et "professionnel" pour reprendre les termes des *Réseaux raisonnés*. Dans le contexte actuel de fragmentation, le repli individuel sur des formes de coopération efficaces à court terme mais "tribalisantes" à moyen terme est aussi à redouter pour les réseaux que pour toute autre forme d'organisation. Cette tension permanente entre le souci d'occuper – en le construisant – l'espace public européen et la tentation d'un retrait sur des critères strictement "micro-professionnels" est sans doute à ce jour le problème crucial des réseaux et de toutes les associations européennes. Dans ce laboratoire des nouveaux imaginaires où l'information culturelle joue un rôle-clé, ils peuvent et doivent confronter, plus qu'ils ne l'ont fait jusqu'à présent, leurs connaissances et leurs intuitions avec les autres forces vives de la future société civile européenne, dont ils constituent, à n'en pas douter, l'un des pôles essentiels.

VI

LES COLLECTIVITÉS TERRITORIALES ET L'EUROPE

Conseils et assemblées européennes, "eurorégions", comités consultatifs des collectivités locales auprès des institutions européennes, la liste est longue des regroupements ou structures de diverses origines, créées en Europe depuis 1945. Emmanuel Négrier rappelle en 2002 les circonstances qui ont favorisé le passage des jumelages engagés dans les années d'après-guerre à la "coopération décentralisée actuelle" : dans une logique de compensation, l'incitation vient des Etats eux-mêmes, confrontés à une crise financière et structurelle de leur diplomatie culturelle. En outre, sous la pression des régions ou des grandes villes européennes, cette coopération tend à renouveler la relation entre centre et périphérie. Enfin, supplantant les formes anciennes de coopération socioculturelle, les échanges artistiques et culturels décentralisés se professionnalisent et s'efforcent de fonder une nouvelle légitimité européenne, qui s'enchevêtre avec celle des réseaux traditionnels. Comme nous le verrons, l'Union européenne participe à ce mouvement de "gouvernance polycentrique".

LA DOYENNE DES ASSOCIATIONS EUROPÉENNES

En 2001, le Conseil des communes et régions d'Europe a fêté son cinquantième anniversaire. Il fédère aujourd'hui 100 000 collectivités locales et régionales dans plus de 30 pays d'Europe. Conçu dans la dynamique de l'après-guerre, avec un accent porté sur le rapprochement entre les peuples, le CCRE s'est beaucoup consacré aux jumelages, franco-allemands en particulier – plus de 30 000 en 2004. Ses missions ont évolué au fur et à mesure que des cadres de coopération européens s'instituaient. Par ailleurs, la fin du communisme d'Etat à l'Est de l'Europe y a ravivé le désir de jumelage. Aujourd'hui, le CCRE se donne quatre missions essentielles : l'information, la formation, le conseil et le dialogue institutionnel. Depuis 1998, l'Association française du CCRE (AFCCRE) exerce une mission d'appui technique aux délégations françaises siégeant au Comité des régions de l'Union européenne. Enfin, elle a engagé depuis 1999 un rapprochement avec l'organisation "Cités unies et groupements locaux" dont elle constitue désormais la section européenne.

L'ASSEMBLÉE DES RÉGIONS D'EUROPE

Créée le 14 juin 1985 à Louvain-la-Neuve, le Conseil des régions d'Europe, présidé par Edgar Faure, et ralliant au départ 47 régions et 9 organisations interrégionales, a été le précurseur de l'Assemblée des régions d'Europe (ARE). Regroupant, en 2004, 250 régions d'Europe de 30 pays, représentées par leurs élus, ainsi que 12 organisations interrégionales, elle milite pour une reconnaissance des compétences propres aux régions européennes, tout en respectant les différences de statuts en vigueur. Elle participe aux travaux du Congrès des pouvoirs locaux et régionaux dont elle a accompagné la réforme en 1994. Dotée de nouveaux statuts depuis 1996, outre les quinze de l'Union européenne, l'ARE a admis en son sein des régions d'Europe centrale et orientale et des Nouveaux Etats indépendants (NEI), à titre de membres ou d'observateurs. L'ARE gère notamment deux programmes, Eurodyssée et Centurio. Le premier permet à des jeunes diplômés ou demandeurs d'emploi d'effectuer un stage dans une autre région européenne. Le second propose des outils de coopération concrète aux régions d'Europe centrale et orientale.

Les 25 et 26 octobre 2000, en présence de représentants de l'Union européenne et du Conseil de l'Europe, l'ARE a organisé la Première Conférence européenne des ministres régionaux de la Culture à Nyon (Canton de Vaud en Suisse). 140 ministres et responsables représentant 75 régions d'une vingtaine de pays ont adopté une déclaration "en faveur de la sauvegarde de la diversité culturelle en Europe". Autre point de débat : le vote à la majorité qualifiée en matière culturelle. Sans une définition claire des compétences au niveau européen, Luc Van den Brande, alors président de l'ARE, a exprimé la crainte que "le vote à la majorité qualifiée présente un danger de centralisation pour les politiques culturelles en Europe, contraire au principe de subsidiarité". Piquant constat, révélateur de la contradiction d'intérêt entre les différents acteurs de la coopération culturelle européenne. A l'issue de cette réunion, la commission chargée de la culture a engagé des réflexions sur la possibilité d'un programme de résidences d'artistes et d'une valorisation croisée du patrimoine de chaque région, avec en particulier la création d'un *pass* régional.

Durant la dernière décennie, les organes de coopération transfrontalière intitulés "eurorégions" se sont multipliés, en particulier en Europe centrale et orientale. Ce vocable recouvre une grande diversité de statuts. La plupart des "eurorégions" récentes apparaissent comme des communautés de travail ou d'intérêt, autrement dit des structures d'information et de coopération, sans personnalité juridique. Selon le Conseil de l'Europe, il existe par ailleurs des "eurorégions" de droit public et de droit privé. Cet organisme en liste plus de quatre-vingt-dix, les plus nombreuses recensées en Allemagne, Autriche, Finlande, Pologne, aux Pays-Bas, en République tchèque et en Suède. La Belgique compte à elle seule quatre eurorégions.

C'est d'abord le long de la frontière germano-néerlandaise que s'est effectué, à partir des années 1960, un rapprochement sur la base d'initiatives dispersées. A partir des années 1970, la France et l'Allemagne ont pris le relais. Projets économiques, rapprochement des citoyens, une approche socioculturelle a longtemps prévalu, y compris depuis la naissance du programme d'initiative communautaire INTERREG. Fondée en 1958, l'Euregio est la plus ancienne des cinq régions transfrontalières qui se trouvent entre les Pays-Bas et l'Allemagne. Elle compte 149 communes dont Osnabrück, Münster, Enschede et Hengelo, et plus de 3 millions d'habitants dont deux tiers d'Allemands. Elle a connu une unité linguistique, économique et culturelle jusqu'en 1648, date de l'émancipation de la République des Pays-Bas unis. Ce sont les communes qui ont pris l'initiative de cette eurorégion, aujourd'hui association de droit allemand, dans l'attente d'une entité de droit européenne. Au nombre des réalisations culturelles, on compte des circuits transfrontaliers touristiques, la réalisation d'un guide commun des musées de l'Euregio, le soutien à 28 écoles de musique, des festivals de jazz, de musique pop, un chœur, un festival "Full-Colour", manifestation multiculturelle, des méthodes d'apprentissage réciproque de la langue. Des expositions communes d'artistes contemporains ont également eu lieu, souvent avec le soutien d'INTERREG. Quant aux stations de radio – WDR, NDR, Radio Oost, Omroep –, elles coopèrent depuis 1998 dans le cadre de "Radio Euregio". Enfin, à l'initiative du district allemand du comté de Bentheim, l'exposition Kunstwegen a réuni en juin 2000 près de 70 œuvres sur un parcours de 140 kilomètres. Outre la signalétique des œuvres de part et d'autre de la frontière, 15 artistes contemporains ont été sollicités pour créer des pièces "sur la frontière". Le ministère néerlandais des Affaires étrangères et le Goethe Institut appuient le Festival nrw.nl, importante manifestation associant la Rhénanie du Nord-Westhalie et les Pays-Bas.

Autre expérience, celle de Saar-Lor-Lux : constituée du Land de Sarre, de la Lorraine et du Luxembourg à l'origine, dans les années 1960, Saar-Lor-Lux s'est enrichie depuis 1995 du Land de Rhénanie-Palatinat et de la Région Wallonie, représentant ainsi un espace de 65 400 km^2 comptant 11 millions d'habitants. Elle regroupe la plus forte concentration de travailleurs frontaliers d'Europe, soit 120 000. Les villes parties prenantes sont Liège, Sarrebruck, Luxembourg, Trêves, Metz et Nancy. Zone de rivalité entre la France et l'Allemagne, l'espace Saar-Lor-Lux doit son nom à son infrastructure industrielle commune, organisée autour du charbon et de l'acier. Les origines de cette eurorégion remontent à une coopération étatique conduisant en 1970, à la création d'une Commission mixte franco-germano-luxembourgeoise. Dès 1971, une commission régionale Saar-Lor-Lux/Trêves-Palatinat occidental a été créée. La relative inefficacité de la coopération intergouvernementale a conduit les élus de Saar-Lor-Lux à la mise en place d'un Conseil parlementaire interrégional, le 17 février 1986. La première association frontalière, l'Institut régional intercommunautaire (IRI), créé en 1971, s'est donné comme missions principales l'apprentissage de la langue du voisin, ainsi que la mise en réseau des musées de l'eurorégion. Une communauté de travail des communes, créée en 1988 et rebaptisée Euregio Saar-Lor-Lux en 1995, association de droit luxembourgeois, met elle aussi l'accent sur la coopération culturelle. Une Charte de coopération culturelle de 1998 arrête les objectifs généraux de la coopération culturelle : information, mise en réseau des institutions culturelles, soutien au patrimoine industriel, notamment. Siège de nombreuses institutions franco-allemandes, la Sarre constitue un centre de référence. Au nombre des projets réalisés, il faut citer les circuits de randonnées frontaliers, une "Route de culture industrielle", une autre "des fortifications", une troisième "de la faïence"... Les services du patrimoine publient un inventaire bilingue franco-allemand du patrimoine "eurorégional". La musique est illustrée par un orchestre constitué des meilleurs éléments des conservatoires de Nancy, Metz, Sarrebruck et Luxembourg. Le Casino, centre d'art contemporain à Luxembourg, réalise avec ses partenaires, un guide eurorégional des ressources en art contemporain. Les projets de Luxembourg "Capitale européenne de la culture" en 2007, s'inscrivent dans cette dimension eurorégionale.

Analysant l'expérience de l'Euregio Meuse-Rhin, Thierry Delaval souligne les "ferments d'une appartenance régionale" constituée par cet ensemble composé des territoires des Provinces belges de Liège et de Limbourg, du Sud de la Province du Limbourg néerlandais, de la région d'Aix-la-Chapelle, soit quatre millions d'habitants. Abordée sous le patronage de la Commission européenne en 1969, la problématique "eurorégionale" aboutit à la création d'une association entre le Limbourg belge et néerlandais ainsi que la région d'Aix-la-Chapelle en 1976. La fondation Euregio Meuse-Rhin est finalement créée en 1991 en tant que fondation de droit privé néerlandais, et la Communauté germanophone de Belgique y adhère en 1992. Bien que les échanges culturels et sociaux se soient développés, l'auteur remarque le peu de réalité de l'eurorégion dans la vie quotidienne et son inaptitude actuelle à générer une "image identitaire". "L'enjeu d'une collaboration transfrontalière se situe peut-être davantage dans un avenir commun que dans un passé commun", conclut-il.

La dynamique des projets donne lieu à des aménagements institutionnels. La Sarre a par exemple impulsé l'introduction dans la Loi fondamentale allemande d'un article autorisant la possibilité pour les Länder de signer des traités avec d'autres régions européennes. Les régions françaises peuvent désormais coopérer au-delà des frontières dans leurs domaines de compétence. Pourtant, remarque Charles Ricq, "bien souvent l'institution est devenue une fin en soi". Par ailleurs, de nombreuses études ont mis en évidence les difficultés économiques des régions transfrontalières : excentrées par rapport aux pôles économiques, en proie au chômage et en butte aux "ruptures" de toutes sortes en matière de routes, d'équipements économiques et de dessertes ferroviaires. Il importe donc de donner un "deuxième souffle" à ces entités en favorisant les rencontres et les projets conjoints entre acteurs économiques, sociaux et culturels. L'un des aspects intéressants d'une pédagogie "transfrontalière" est le soutien commun aux initiatives émanant d'associations. Notons ainsi que l'Aquitaine a mis sur pied avec la Navarre et l'Euskadi des "fonds communs" pour soutenir des projets associant des partenaires de part et d'autre de la frontière franco-espagnole. De la création d'un mastère de pelote basque aux interventions socioéducatives, *via* le projet d'un long métrage sur la bataille de Roncevaux, les initiatives sont très diverses.

COOPÉRATION INTERRÉGIONALE AU-DELÀ DES FRONTIÈRES

Au-delà des logiques transfrontalières et des problématiques de réconciliation, certaines régions ont fait le choix de s'appuyer sur des convergences de développement, beaucoup plus que sur des légitimités historiques. Les "quatre moteurs" à l'intitulé révélateur sont emblématiques de cette stratégie. Ce rapprochement initié dès septembre 1988 à Stuttgart entre le Bade-Wurtenberg, la région Rhône-Alpes, la Lombardie et la Catalogne, a ouvert la voie à une coopération multiforme. L'ouvrage de Mireille Pongy et Guy Saez (1994) reste fondamental pour saisir les implications symboliques de la coopération culturelle entreprise entre quatre entités différentes par leur histoire, leur tradition et leur organisation administrative. Celui de Pierre Kukawka, *Le Quadrige européen* (1999), s'attache à faire le point sur l'ensemble de la coopération accomplie, ses difficultés et ses perspectives. L'ouvrage met notamment en évidence ses initiatives culturelles : création de la Biennale d'art contemporain "Carambolage" ; deuxième édition d'un festival "Quattro 2001" dans le cadre de la Biennale du Théâtre jeunes publics de Lyon avec l'accueil de huit compagnies des régions partenaires et un colloque consacré aux stratégies d'accompagnement du jeune spectateur de théâtre ; concours "Un patrimoine pour l'Europe" à destination des lycéens et centres de formation des apprentis ; "L'Europe en herbe", compétition destinée aux lycéens des établissements agricoles à Lyon en 2001 programme de résidences d'artistes, échange d'artistes plasticiens entre Rhône-Alpes, Catalogne et Bade-Wurtenberg… Toutes ces initiatives sont nées dans le giron du groupe de travail "Arts et culture" mis en place dès 1990.

LES FONDS STRUCTURELS ET LA COOPÉRATION TRANSNATIONALE

La politique régionale communautaire renforce-t-elle la conscience d'appartenance à un même territoire européen ? Compte tenu des moyens financiers et humains investis dans cette activité, on voudrait pouvoir le croire : presque 30 % des financements de l'Union européenne, un double objectif de développement et de cohésion, la mise en place de procédures permettant de prendre en compte tous les acteurs de la vie économique et sociale… C'est sans aucun doute dans les Initiatives communautaires et leurs volets "transnationaux" qu'il faut chercher la réponse : LEADER, URBAN, EQUAL et INTERREG, transnational par essence. Or ces programmes représentent un peu plus de 5 % du budget des Fonds structurels (2000-2006).

LEADER, une démarche européenne

Le cas du programme LEADER est intéressant à cet égard (Fabienne Trotte, 2000). Destiné au développement rural, ce programme d'initiative communautaire ne comportait *a priori* aucun volet transnational. Or les groupes d'action locale des différents Etats membres (GAL) se sont engagés dans cette voie. Outre une dotation de 140 millions d'euros pour la période 1994-1999, LEADER II s'est doté d'un Observatoire européen. La mise en réseau des bénéficiaires du programme constituait déjà un principe fédérateur de projets ou, tout au moins, de démarches communes. Citons notamment "La route de la truffe et des saveurs" entre la Drôme et la Valnerina (Italie), visant la valorisation du patrimoine gastronomique de ces deux régions. Certes, la coopération transnationale a connu un destin divers, suivant les pays : 75 % des projets LEADER en Suède, Irlande, au Luxembourg et aux Pays-Bas, contre 30 % en Allemagne, 36 % en France et 40 % en Italie… Rappelons en outre que le deuxième volet de LEADER + s'intéresse aux "coopérations entre territoires ruraux" à l'échelle des Etats membres.

INTERREG III : partager l'expérience

Venons-en au programme transnational par excellence, INTERREG. Parlons de ses réussites et de ses difficultés. La gestion commune du programme pose aux collectivités locales de nombreux problèmes : absence de concordance entre les systèmes administratifs et impossibilité de mettre en place une structure juridique unique. Les exigences du programme sont autant de contraintes : ce n'est pas seulement le contenu du projet qui doit être européen, mais aussi l'organisation, le concept, le financement, etc. INTERREG ne finance que des opérations durables et créatrices d'emplois, ce qui écarte nombre d'initiatives de courte durée et de petite dimension. Malgré ces restrictions, il importe de dire que de nombreuses coopérations intéressant la culture se sont développées ces dernières années grâce à ce programme.

URBAN et les villes

Jean-Claude Boyer soulignait en 2003 le caractère tardif de la prise en compte des stratégies urbaines dans les Fonds structurels, et considère la mise en place d'URBAN comme un pas décisif dans cette direction. De même, la conception de l'objectif 2 dans la nouvelle programmation des Fonds structurels accorde une attention particulière aux zones urbaines en difficulté et permet à des territoires riches de mener des actions ciblées dans des quartiers en difficulté, à l'instar de ce qui se passe pour la banlieue nord de l'Ile-de-France ou pour certains quartiers de la ville de Bordeaux, durant la programmation 2000-2006.

Au-delà des initiatives locales, l'Union européenne s'intéresse de plus en plus à la coopération entre espaces régionaux et villes. C'est le propos du Schéma de développement de l'espace communautaire (SDEC) adopté en juin 1997. Dans le cadre du programme URBAN 1994-1999, des initiatives intéressantes ont vu le jour à Dublin où l'ancien quartier de Temple Bar a littéralement ressuscité grâce à la création de divers lieux culturels, conjointement avec des investissements publics pour l'espace public. De même la ville de Naples a pu entamer la rénovation du quartier autour de la Via dei Vergini, avec l'ouverture d'un musée consacré à l'un des enfants célèbres du pays, l'acteur comique Antonio de Curtis, dit Totò.

L'EXPÉRIENCE DE MALMÖ

Malmö, ville portuaire de 258 000 habitants, est située au Sud de la Suède, en récession économique avec 30 % d'habitants issus de l'immigration et plus de 160 nationalités. Avec un budget d'environ 10 millions d'euros dont 5 du FEDER pour la période 1994-1999, les gestionnaires de URBAN se sont attachés à multiplier les "petits projets", afin d'impliquer toutes les parties prenantes : acteurs publics, organismes sociaux, habitants, entreprises et communautés étrangères. Un *Guide de l'Union européenne* a été réalisé par de jeunes chômeurs ayant bénéficié d'une formation, et diffusé dans le circuit scolaire. Une Maison des médias a été créée comme centre de ressources pour les habitants, les entreprises et d'autres organismes. Les financements locaux ont pris le relais des projets les plus fédérateurs. Forte de cette expérience, la ville de Malmö s'est dotée d'une délégation à Bruxelles.

LE "POLYCENTRISME" TERRITORIAL EUROPÉEN : CONCURRENCE OU COMPLÉMENTARITÉ ?

Deux questions sont aujourd'hui débattues au sein du Comité des régions : la place des communes et celle des régions dites "constitutionnelles". Sur le premier point, le Comité des régions reconnaît que 80 % des Européens étant des citadins, la voix des villes doit être mieux entendue. Le Parlement européen a d'ailleurs mis en place un groupe de travail consacré aux "questions urbaines". Pourtant, lors de la Première Rencontre des maires des capitales de la zone euro, en janvier 2002, le maire de Madrid regrettait la représentation insuffisante des élus municipaux au Comité des régions. Faut-il créer un comité séparé "des villes", s'interrogeait M. Alvarez del Manzano ? 7 des régions "constitutionnelles" – 74 présentes dans 8 Etats membres (Allemagne, Autriche, Belgique, Espagne, Italie, Portugal, Danemark et Royaume-Uni) – ont adopté en 2001 une déclaration qualifiée de "musclée" par François Roelants du Vivier dans *La Lettre du Comité des régions* : "Ces régions demandent à être reconnues comme interlocuteurs directs des institutions de l'Union et revendiquent un autre statut pour le Comité des régions dans lequel, sous une forme ou sous une autre, elles aient la prééminence", commente-t-il. Renvoyant le rôle des régions constitutionnelles à l'arbitrage interne des Etats membres, M. Roelants du Vivier insiste sur le véritable enjeu, autrement dit le renforcement du rôle du Comité des régions qui "doit avoir le statut d'institution et le pouvoir d'ester auprès de la cour de justice des Communautés européennes". L'on assiste en effet à une fragmentation des revendications et à une multiplication des espaces – capitales, villes moyennes et petites communes, régions constitutionnelles et autres, sans compter les associations interrégionales… Créé en 1990 comme un "catalyseur d'idées", l'Arc Atlantique, qui réunit plus de 30 régions le long de quelque 2 500 kilomètres de côtes, s'affiche en tant que rassemblement au sein du Comité des régions. Interlocuteur direct du Parlement européen et de la Commission européenne, il s'est vu confier par cette dernière la gestion d'un programme de coopération, Atlantis, avec l'eau et l'environnement, le tourisme, le transfert de technologies et les liaisons maritimes et aériennes comme axes prioritaires.

Quant aux régions les plus importantes, elles ont ouvert des délégations à Bruxelles, éditent des lettres d'information ou des revues documentées sur l'actualité institutionnelle communautaire… Elles développent des stratégies de fait concurrentes de celles de leurs Etats membres. Cette convergence d'intérêts ne doit pas masquer l'hétérogénéité extrême de leurs statuts et les disparités économiques persistant entre elles. Selon la Commission européenne, l'effet cumulatif des Fonds structurels a entraîné une augmentation d'environ 10 % du PIB en Grèce, Irlande et au Portugal, et de plus de 4 %

en Espagne. Pourtant, comme le reconnaît le même rapport, dans les vingt-cinq régions les plus éprouvées de l'Union européenne, le taux de chômage est passé de 20 % à 24 % entre 1987 et 1997, avec 60 % de chômeurs de longue durée et un taux de chômage de 47 % chez les jeunes. Par ailleurs, l'écart se creuse au sein des Etats membres eux-mêmes, ce dont témoigne la persistance d'un chômage de longue durée dans certaines régions espagnoles, en Italie du Sud et dans les départements français d'outre-mer.

LES VILLES, ESPACES DE DYNAMIQUE EUROPÉENNE ?

"Les villes de l'Europe sont nées avec l'Europe, et, dans un certain sens, en ont accouché, écrit Leonardo Benevolo en 1993. Elles ont été l'un des facteurs – le principal peut-être – de l'émergence de l'Europe en tant qu'entité historique distincte." Lieux de mémoire et de modernité, les villes tentent aujourd'hui d'accomplir un "rêve post-industriel", selon l'expression du journaliste britannique Jonathan Jones (2001). Dans cette perspective, certaines d'entre elles se trouvent présentes dans toutes les formes de coopération européenne et se montrent des partenaires actifs voire des initiatrices en matière de patrimoine, de recherche-développement, de lutte contre l'exclusion, de coopération intersectorielle. Des observateurs indiquent en outre que, plus que les régions, les villes bénéficient de la politique régionale communautaire. Examinons leurs initiatives qui relèvent de plusieurs registres : création de réseaux, mise en place de projets communs, participation à des programmes communautaires. Les études réalisées par l'Observatoire des politiques culturelles de Grenoble et par Interarts mettent en évidence la nécessité économique pour les responsables des collectivités territoriales d'une image et d'une pratique internationales : le rayonnement culturel international d'une ville attire visiteurs, capitaux et cadres européens. Equipements culturels prestigieux, initiatives de tourisme culturel auxquels s'ajoutent parfois la mise en place de festivals font partie de la panoplie.

LES VILLES EN RÉSEAUX

Outre le Conseil des communes et régions d'Europe déjà cité, divers réseaux de communes sont engagés dans des coopérations multiformes.

Eurocités

Né en 1986 du principe selon lequel les grandes villes sont les moteurs du développement économique et de l'innovation sociale, en 2004 le réseau Eurocités regroupait 112 villes de plus de 250 000 habitants. 18 sont membres associés dont Genève, Oslo ainsi que des villes de la CEI. Chambres de commerce, universités et organismes culturels ou réseaux – FEAP, ENCATC – participent aux travaux d'Eurocités. L'objectif principal de ce réseau est de permettre un échange d'expériences entre centres urbains, afin de lier planification urbaine, développement économique, social et culturel. Il est significatif de noter qu'après l'instauration du Comité des régions en 1993, Eurocités, qui comptait 10 membres en 1986, a vu grimper le nombre de ses adhésions. Jean-Pierre Saez notait en 2003 la sous-représentation des villes françaises dans ce réseau.

Biennales méditerranénnes

Initiée en 1985 par les villes de Barcelone, Bologne, Marseille, Montpellier et Thessalonique, la Biennale des jeunes artistes d'Europe et de la Méditerranée s'est dédoublée en deux activités parallèles. Orchestrée par Turin, la première offre un instantané des "préoccupations, hantises et questions d'une génération". Rappel des principes généraux de la Biennale : l'interdisciplinarité artistique, la coopération, la formation, la relation de l'art aux nouvelles technologies de l'information. Parmi les dix-huit pays membres du Comité d'organisation, on trouve Chypre, la France, la Grèce, l'Espagne, mais aussi l'Algérie, la Turquie, le Maroc et la Palestine. Une seconde Biennale est organisée à Turin, Big Torino, qui a bénéficié du soutien de CULTURE 2000.

Le Réseau européen des villes des grandes découvertes
Le Réseau européen des villes des grandes découvertes (REVIDE) est une organisation informelle regroupant des villes, des régions et des organismes s'intéressant à la sauvegarde et à la valorisation du patrimoine culturel lié à la mémoire des grandes découvertes. L'un de ses maîtres-mots est de faire du patrimoine un moyen d'éducation contemporain et de lier efficacement tourisme, loisirs et culture. Le réseau a publié en 2000, avec le soutien de la Commission européenne, un guide en cinq langues, présentant un "kaléidoscope" des cultures européennes, à travers les portraits de ses membres : d'Aveiro à Valladolid, en passant par Gand, vingt-cinq villes partenaires et deux fondations, Pégase et Fondazione Regionale Cristoforo Colombo.

Les Rencontres
Les Rencontres – sous-titre "Association des villes et régions de la grande Europe pour la culture" – sont issues d'une rencontre informelle d'élus chargés de la culture de 15 villes européennes et comptent aujourd'hui

253 membres associant des élus et des responsables culturels de communes et de régions. Les villes de 30 000 à 100 000 habitants y sont majoritaires. Sous la houlette de Roger Tropeano, l'objectif initial de ce regroupement devenu association en 1994 a été d'organiser un colloque entre élus responsables des questions culturelles dans chaque Capitale européenne de la culture. Les Rencontres accompagnent également les présidences européennes de l'Union. Ainsi, lors de la présidence suédoise de 2001, une réunion s'est déroulée à Sundsvall sur le thème "La culture et les jeunes". Un Forum des projets entend faciliter la rencontre de responsables et la mise en œuvre de coopérations bi-ou multilatérales. Selon Roger Tropéano, les élus les plus actifs se trouvent au Portugal, en Finlande, en Suède, en Norvège et au Royaume-Uni. Paradoxalement, les représentants allemands restent peu présents dans le réseau des Rencontres. Celui-ci a bénéficié de plusieurs subventions communautaires dont Kaléidoscope et Ariane pour des réunions thématiques associant des professionnels de la culture. Les Rencontres ont publié en 2004 un Livre vert sur les politiques culturelles. "Les villes même petites font preuve d'un esprit européen", commente Roger Tropéano.

Association internationale des villes éducatrices (AICE) L'AICE ou plutôt l'IAEC est catalane. C'est en effet de Barcelone qu'est venue l'impulsion en 1991. Tout a commencé avec 70 villes, représentant 21 pays. Leurs représentants ont signé une charte, dite "Déclaration de Barcelone", s'engageant à donner une priorité absolue à l'investissement culturel et à la formation de leurs habitants, en agissant contre l'exclusion, qu'elle soit économique, sociale ou culturelle. 256 villes du monde entier avaient en 2003 rejoint ce réseau dans lequel les cités espagnoles et portugaises font preuve d'un grand dynamisme. Ce succès confirme la perspective internationale désormais conférée aux activités des villes européennes y compris moyennes.

LUCI (Lighting Urban Community International Association)
Créée à l'initiative de Lyon en 2002, la petite dernière des associations de villes s'est donné pour objectif de constituer un véritable forum de communication réunissant les municipalités et intervenants professionnels dans le domaine de la lumière, et de promouvoir cette dernière comme outil majeur de la vie et de l'aménagement urbains. Ses trente membres se sont réunis lors des Premières Rencontres de la lumière organisées à Lyon les 6, 7 et 8 décembre 2002, avec la participation de "concepteurs lumière", de géographes et de spécialistes de l'aménagement urbain.

La Conférence des villes de l'Arc Atlantique
Réunies pour la première fois les 6 et 7 juillet 2002 à Rennes, les principales villes de la façade Atlantique ont décidé de créer cette Conférence qui regroupe aujourd'hui trente-six villes. Rennes assure le secrétariat de ce réseau qui s'est doté d'une commission "Culture et Patrimoine", présidée par la ville de Glasgow. Elle impulse dans tous les domaines de l'action publique une réflexion comparative, une dynamique d'échange et une stratégie de développement concerté en vue de constituer un front attractif dans une Europe dont le centre de gravité tend à se déplacer vers l'est du continent. Le projet cultur*At s'appuie sur l'organisation de huit séminaires communs dont le colloque "L'Après-Friche", organisé à Nantes en mars 2005.

Les Villes-refuges

Mise en place à l'initiative du Parlement international des écrivains, cette initiative, visant à accueillir des écrivains contraints à l'exil, implique plus de cent cinquante villes en Europe et sur d'autres continents. Un point mérite d'être souligné : les villes s'engagent dans la cadre d'une charte, sans obligation de durée. Un relais s'instaure ainsi entre les différents acteurs.

Ainsi, capitales et villes moyennes s'illustrent par une demande de concertation et d'échange d'expériences dans des domaines aussi divers que l'aménagement urbain, l'insertion sociale, les relations interculturelles, le développement durable, le tourisme, l'utilisation des technologies de l'information et de la communication à des fins culturelles et sociales. Il reste à se demander avec Jean-Claude Boyer si les coopérations engagées privilégient la réalisation de projets concrets ou l'utilité d'un carnet d'adresses regroupant des partenaires prestigieux qui confèrent à leurs homologues moins connues une notoriété recherchée par toutes les villes. Par ailleurs, cet auteur juge très disproportionnés les moyens de coopération dont disposent les capitales et les métropoles régionales, face aux ressources de communes plus petites. Enfin, toute coopération durable doit s'ancrer dans des milieux urbains eux-mêmes mobilisés autour d'une stratégie intersectorielle puissante. Faute de quoi, les rapprochements opérés peuvent se réduire à une fonction d'affichage. Ainsi le dynamisme de la coopération entre des villes comme Nantes, Lisbonne, Anvers et Glasgow repose sur les moyens mobilisés en permanence dans les quatre cités et le fait que celles-ci s'appuient sur les professionnels de la culture opérant dans chacune d'elles.

Quoi qu'il en soit, on trouve les villes présentes dans toutes les formes de coopération offertes par l'Union européenne : programmes culturel, d'éducation, de formation professionnelle et de jeunesse, Fonds structurels, Programme-cadre de recherche et de développement technologique… Ce foisonnement ne doit pas masquer quelques apories. Franco Bianchini notait en 1993 l'évolution des priorités dans le recours à la culture pour les politiques urbaines : passage des priorités sociales aux considérations de compétitivité économique, entre les années 1970 et 1980, stagnation des dépenses locales au moment même où la décentralisation nécessitait un approfondissement, primat à l'investissement plutôt qu'à la subvention, préférence pour les opérations spectaculaires servant l'image internationale de villes-vitrines au détriment de la création d'emplois et des équipements culturels de proximité, *gentrification* des centres-villes restaurés que doivent quitter les habitants les plus démunis et les artistes, y compris ceux qui ont participé à leur notoriété… Pourtant, comme en témoignent de nombreuses études, les grandes villes européennes ont été souvent le creuset des politiques les plus intéressantes en matière de stratégies interculturelles. Examinons quelques exemples de leur participation aux programmes communautaires.

"VILLES EUROPÉENNES DE LA CULTURE" : UN THÈME DEVENU "CAPITAL"

Conçu pour "contribuer au rapprochement des peuples européens", le programme "Villes européennes de la culture" faisait partie des "actions symboliques" prônées à Luxembourg en 1984. Cette initiative intergouvernementale a été lancée en 1985 par le Conseil des ministres de l'Union européenne, à l'initiative de Melina Mercouri, alors ministre grecque de la Culture. Avec au départ des règles volontairement lâches et un financement symbolique de la Commission européenne (1 % du budget global en moyenne entre 1985 et 2004, selon Robert Palmer en 2004), il s'agissait :

– d'ouvrir au public européen des aspects particuliers de la "ville désignée, de la région ou du pays concerné" ;

– de concentrer sur cette ville diverses contributions culturelles des autres Etats membres.

Une façon, en somme, de promouvoir la personnalité de chaque ville tout en soulignant sa participation à "l'héritage culturel commun", ainsi qu'à la culture contemporaine en Europe. Un difficile et coûteux exercice d'équilibre dont certaines villes ont su s'acquitter avec brio.

LISTE DES "CAPITALES EUROPÉENNES DE LA CULTURE" JUSQU'EN 2008 INCLUS

1985 : Athènes
1986 : Florence
1987 : Amsterdam
1988 : Berlin
1989 : Paris
1990 : Glasgow
1991 : Dublin
1992 : Madrid
1993 : Anvers
1994 : Lisbonne
1995 : Luxembourg
1996 : Copenhague
1997 : Thessalonique
1998 : Stockholm
1999 : Weimar
2000 : Avignon, Bergen, Bologne, Bruxelles, Cracovie, Helsinki, Prague, Reykjavik, Saint-Jacques-de-Compostelle

2001 : Rotterdam et Porto
2002 : Bruges et Salamanque
2003 : Graz
2004 : Gênes et Lille
2005 : Cork
2006 : Patras
2007 : Luxembourg et Sibiu
2008 : Liverpool

L'on peut considérer quatre étapes principales dans l'évolution de cette initiative : la période allant de 1985 à 1999, dans laquelle coexistent la capacité d'initiative de certaines villes et la préférence des Etats membres envers les capitales, lieux d'investissement symbolique consacré à l'échelle nationale, soit neuf capitales sur quinze villes désignées par le Conseil des ministres de la Culture. En 2000, neuf cités – dont deux d'Europe centrale – sont invitées à célébrer le passage de l'Europe au second millénaire. 2000 marque aussi l'inclusion des "Villes européennes de la culture" dans le programme CULTURE 2000, devenant de ce fait une "action communautaire". De 2001 à 2004 inclus, deux villes par an sont désignées, à l'exception de Graz, restée solitaire en 2003. A partir de 2005 enfin, le mode de désignation de ce que l'on appelle désormais "les Capitales européennes de la culture" connaît d'importantes modifications, tant en termes de désignation que de prérequis.

1985-1999 : d'Athènes à Weimar, via *Glasgow et Anvers*
Le rapport effectué par John Myerscough en 1994 permet de mettre en perspective quelques caractéristiques propres à cette période : durée variable des événements (allant de quatre mois à un an), affirmation plus ou moins

forte de la culture contemporaine (présente à Berlin-Ouest, Glasgow, Anvers et Copenhague), primat donné au patrimoine et aux événements prestigieux (Athènes, Madrid, Tessalonique, Stockholm), souci régional (Copenhague), préoccupations pluriculturelles (Luxembourg)… Les montants financiers aussi varient considérablement : 510 000 écus pour Paris contre 30,15 millions d'écus pour Lisbonne. Certes, cette disparité recèle le fait que certaines villes ont comptabilisé dans leur budget des travaux de restauration ou de construction d'infrastructures (comme à Athènes ou Lisbonne). Mais elle correspond aussi au niveau d'implication des acteurs locaux ou nationaux : le gouvernement grec finance à 88 % "Athènes, Ville européenne de la culture", Berlin-Ouest s'investit à 90 %, l'administration locale de Glasgow s'engage à 82 %… Dans le cas de Paris, aucun financement du gouvernement français et 77 % de la part de la ville de Paris. Il est vrai que, comme le note John Myerscough, Paris "Ville européenne de la culture" ne s'avère pas inoubliable : "Une approche discrète a été adoptée, qui n'a pas fait intervenir de programmation supplémentaire. Il s'agissait plutôt de mettre en valeur la qualité de ses relations artistiques et culturelles avec l'ensemble de la Communauté." Alors que d'autres villes françaises comme Lyon ou Lille s'étaient portées candidates, l'on peut s'interroger sur le choix de Paris – destination internationale consacrée – ainsi que sur l'année de référence : 1989, soit celle de commémoration du Bicentenaire de la Révolution.

Les ambitions de Glasgow

Engagée dans un scepticisme général, l'événement "Ville européenne de la culture" a gagné une notoriété inattendue avec la désignation de Glasgow en 1990. Les raisons de cette réussite tiennent – comme souvent – à la coïncidence entre le volontarisme d'une ville décidée à "retourner son image", à la relative cohésion locale et régionale autour du projet, ainsi qu'à la problématique culturelle embrassée par Glasgow, tout comme à son mode d'organisation. "Ah ! Glasgow !", soupirent les hommes politiques. "La plupart des gens s'accordent sur le fait que Glasgow a été la nomination la plus réussie depuis le début du projet, nous a confié Chris Smith." (Jonathan Jones, 2001).

L'histoire de Glasgow 1990 a alimenté de nombreuses chroniques et analyses. Nous nous appuyons essentiellement sur celle de Peter Booth et Robin Boyle (1993) pour revenir sur le succès "contradictoire" de cette manifestation.

Ancienne capitale économique aux XVIIIe et XIXe siècles, Glasgow représentait le tiers du revenu total britannique entre 1870 et 1914 et comptait 785 000 habitants avant la Première Guerre mondiale. Le long déclin industriel de la ville s'est accompagné d'une montée en charge des activités de services qui représentaient, en 1989, 75 % de l'emploi contre 15,4 % dans l'industrie. Au nombre d'entre elles, les activités culturelles. En effet, dès les années 1981, l'Agence de développement écossais joue un rôle central dans l'élaboration d'une politique s'efforçant de conjuguer nouvelles sources d'emploi et effervescence culturelle. L'excentrique collection Burrell s'installe dans ses murs en 1983, générant un afflux de visiteurs. En 1988 est créé le Festival des jardins, source immédiate de succès. Enfin Mayfest (le Festival de mai) se veut un événement festif et de grande qualité artistique. Glasgow abrite une bonne partie des institutions culturelles écossaises dont l'Opéra national, le ballet d'Ecosse, le Nouvel Orchestre écossais, la Compagnie théâtrale écossaise.

L'Agence de développement écossais soutient des projets culturels diversifiés et importants, depuis l'expression culturelle des communautés jusqu'aux institutions de prestige. En 1983, la ville lance une campagne de promotion pour se définir comme la ville des services, en particulier dans le secteur culturel. La ville compte alors 2,25 % de sa population employée dans le secteur artistique, tous secteurs confondus. La scène "alternative" est également active, avec l'installation de compagnies et de groupes dans le Merchant City, réhabilité au cœur du centre-ville. C'est en 1986 que Glasgow entre dans la compétition formelle pour le titre de "Ville européenne de la culture". Contrairement aux villes qui la précèdent, Glasgow ne bénéficie pas d'une image culturelle établie. Elle construit donc sa candidature sur la présence des institutions culturelles écossaises dans sa ville, l'expérience intersectorielle initiée au tournant des années 1980 – entre tourisme, éducation, culture et développement économique local – et la présence d'investisseurs privés. Le titre de "Ville européenne de la culture" représentait en l'occurrence une opportunité de promotion exceptionnelle, assez éloignée de l'intention originelle qui consistait à "encourager la conscience des liens culturels au sein du patrimoine commun de l'Union européenne", comme le notent Peter Booth et Robin Boyle. Au terme d'une présélection nationale, l'expérience des candidats et leur opiniâtreté valurent à Glasgow de remporter le titre, devant Edimbourg, Bath, Bristol, Cambridge, Cardiff, Leeds, Liverpool et Swansea. Dès lors, la problématique de la nomination s'inverse : ce n'est plus une ville-phare qui lui confère son lustre, c'est au contraire une cité méconnue qui gagne "un avantage comparatif" par rapport à ses rivales, par le seul fait d'accéder au titre convoité. Autre nouveauté : Glasgow est la première à concevoir une programmation sur toute l'année, illustrant ainsi parfaitement le symbole d'une "Année culturelle". Dans cette "extravagance" festive, sous la houlette de Robert Palmer, trois cents événements se succèdent, comprenant dix mille spectacles et moult expositions, le tout dans un brillant éclectisme qui inclut Pavarotti, les Rolling Stones, le Philharmonique de Berlin, Frank Sinatra, Peter Brook, l'hommage à Macintosh ainsi que la reconstitution en vraie grandeur d'un bâteau-musée, hommage à la glorieuse époque des chantiers navals. Les organisateurs créent une association directement en charge des manifestations et consacrent à la communication un budget confortable. Le rapport établi par Glasgow Action fait état des heures de télévision consacrées à l'événement, des nombreux articles de presse, de la venue de millions de visiteurs "nationaux et internationaux". Le pari touristique est gagné : la fréquentation augmente de 50 %, les hôtels se remplissent et Glasgow tend à devenir une destination presque aussi désirable que sa rivale historique, Edimbourg.

Si Glasgow 1990 représente l'aboutissement public des initiatives lancées durant les années précédentes, rien n'indique que la manifestation contribue au développement durable des activités culturelles. La majeure réussite de l'opération tient au tourisme. Or ce dernier multiplie les emplois précaires et non qualifiés. L'apothéose de Glasgow masque le fait que la poursuite des investissements marque le pas et que de nombreux projets envisagés dans l'euphorie des années 1990 n'ont pas vu le jour. "La culture était censée soutenir le développement de la banque, de la finance (...) sans que l'on prévoie des investissements pour elle", commentent Peter Booth et Robin Boyle, évoquant une "culture abandonnée à elle-même et aux seules forces du marché". Certes le festival de jazz a permis de mieux repérer des talents locaux, les jeunes compagnies théâtrales ont été mises à l'honneur, les artistes visuels et designers écossais ont bénéficié d'une visibilité inédite, beaucoup de projets "communautaires" ont pu émerger... Mais la question ultérieure se pose immédiatement : comment faire grandir ces talents et ces expressions et conforter leur parcours, après le moment ponctuel de leur "révélation" ? Dans son rapport sur les "Villes européennes de la culture", John Myerscough cite un seul exemple d'organisme ayant perduré au-delà de sa création durant l'Année culturelle. Il s'agit de Tramway Theatre. La naissance de cette structure est liée à la réutilisation d'un espace industriel, ancienne usine de tramways. Et au nom de Peter Brook qui se serait pris d'enthousiasme pour le lieu. Le second reproche majeur adressé à Glasgow 1990 par des associations locales a été sa présentation édulcorée ou publicitaire de l'histoire ouvrière de la ville. Par ailleurs, deux manifestations phares entendaient s'inscrire dans la "relecture" de cette mémoire ouvrière : l'exposition "Glasgow's Glasgow", l'événement le plus coûteux (4,6 millions de livres), a accueilli beaucoup moins de visiteurs que prévu. Le prix d'entrée – 4 livres par personne – a été jugé dissuasif pour les habitants de Glasgow. Quant au second exemple, la construction d'un bâteau-musée consacré à l'histoire de la Clyde et des chantiers navals, son succès public ne lui a pas épargné les volées de bois vert : "Projet sentimental et intellectuellement paresseux, exploitant l'appétit du passé et faisant vibrer la corde nostalgique..." Pourtant l'initiative s'est avérée extrêmement rentable. Ces exemples posent le problème de la mise en scène d'un mythe urbain, estiment Peter Booth et Robin Boyle, sans mésestimer son mérite : provoquer au sein de la communauté urbaine un débat sur l'identité de la ville et raviver la conscience de son héritage, fût-il sujet à controverse.

Venons-en aux aspects positifs de l'expérience menée à Glasgow. Tout en "retournant" son image, cette ville a conféré aux "Villes européennes de la culture" une notoriété nouvelle et des modèles d'organisation. La réussite de Glasgow a montré pour les grandes villes et villes moyennes la possibilité d'un véritable rayonnement. L'enthousiasme et le professionnalisme des organisateurs ont également démontré qu'une préparation soigneuse doublée d'une bonne stratégie de communication permettait de conjuguer excellence et succès public. Par ailleurs, en créant une organisation spécialement chargée du montage de l'événement et confiée à des professionnels expérimentés, Glasgow a prouvé le bien-fondé d'une organisation extérieure à la municipalité. En outre, les organisateurs de Glasgow 1990 ont intéressé beaucoup de leurs successeurs quant à la coopération intersectorielle créée en amont de l'événement. Enfin, sur le plan symbolique, la traditionnelle faiblesse de l'intervention publique nationale britannique conjuguée à la mobilisation identitaire écossaise, ont permis à Glasgow de s'affirmer comme une ville internationale, tout en s'affranchissant de toute récupération nationale. Ces éléments ont donné un élan substantiel aux "Villes européennes de la culture", d'autant plus que celles-ci ont créé un réseau en 1991.

L'on peut toutefois s'interroger sur la dimension européenne manifeste de ces opérations. Par ailleurs, si l'apport des entreprises privées a atteint 25 % des financements de l'opération dans certaines villes – Madrid, Dublin, Anvers – à la notable exception de Paribas dans le cadre de Luxembourg 95, le parrainage des entreprises revêt très rarement une dimension paneuropéenne. Conscient du problème, le Parlement européen, dans son bilan de 1995, reprochait aux “Villes européennes de la culture” leur “narcissisme” et leur manque de référence à leurs liens européens. Quelques initiatives furent alors proposées dont un passage de flambeau à la mode olympique, entre la ville sortante et la nouvelle. Des systèmes de citations ont été imaginés : ainsi Thessalonique 1997 était déjà présente lors des manifestations de Copenhague 1996. Quant à Luxembourg 95, elle s’est présentée comme la ville “des cultures européennes”.

CHANGER L’IMAGE D’UNE VILLE : ANTWERPEN 93

D’abord connue pour ses diamants et son port – et ses poussées d’extrême-droite –, Anvers a eu fort à cœur de démontrer sa vitalité culturelle : c’est ainsi que pour un budget global de 25,3 millions d’écus (sur lesquels la Commission a apporté quelque 198 000 écus), elle a organisé, dix mois durant, 572 spectacles et événements culturels (sur son propre budget, avec l’aide du privé, de la Loterie nationale et de la Communauté flamande de Belgique). La France a apporté 228 000 écus pour promouvoir la participation d’artistes et d’œuvres français. Concernant la création contemporaine, toutes les disciplines ont été abordées. Une série de questions sur le rôle de l’art ont jalonné un parcours visuel – et en particulier : “L’art peut-il sauver le monde ?” Mais Antwerpen 93 s’est aussi consacrée à l’histoire de la ville, mettant en évidence son rôle charnière au sein de l’Europe des XVIe et XVIIe siècles : exposition Jacob Jordaens, exposition “Atelier Rubens”, “Eurosail 93”, présentation de grands voiliers au cœur de la ville, etc. Au-delà de la visée touristique, Antwerpen 93 entendait réconcilier la ville avec elle-même et montrer ses aspects dynamiques et créatifs : un forum, des colloques, des réflexions sur l’urbanisme et l’architecture… Seuls absents de la fête : les artistes wallons !

Les "Mois culturels" est-européens et le symbole de Sarajevo

Les pays d'Europe centrale et orientale ont perçu dès 1990 l'intérêt de décliner le concept de "Ville européenne" à leur échelle. C'est ainsi que, de 1992 à 2003 inclus, les ministres de la Culture de l'Union européenne ont créé à leur attention un événement supplémentaire, le "Mois culturel européen".

Un épisode enfin vaut d'être relaté car il révèle les contradictions europeistes des "Villes européennes de la culture" et, partant, de leurs initiateurs. Face à l'impuissance des Etats européens devant le siège de Sarajevo et la tonitruance d'une idéologie "grand-serbe" qualifiée d'urbanicide, un groupe d'intellectuels et d'artistes européens prit position en faveur de conférer à Sarajevo le titre de "Ville européenne de la culture" en 1994. L'idée fut relayée par certains ministres européens de la Culture. La ville de Lisbonne, désignée pour 1994, se déclara disposée à céder sa place à son homologue meurtrie. Une association fut constituée, le projet fut étudié, pour conclure à son caractère irréaliste. Alors que de rares aventuriers comme Susan Sontag ou Juan Goytisolo réalisaient carnets de voyage et mises en scène à la lumière des bougies, il parut rapidement hasardeux d'organiser à Sarajevo la venue d'artistes européens sous le tir des *snipers*. Que révèle cet épisode ? La vaillance d'une idée portée jusqu'à son extrême limite : démontrer l'unité de la culture européenne, même en tant de guerre et de "nettoyage ethnique". Dans l'esprit de ses promoteurs, Sarajevo 1994 aurait sans doute représenté une occasion unique pour dépasser les habituels clivages nationaux ou régionaux propres à l'Union européenne. Mais il met en exergue une contradiction déjà évoquée : celle de conférer à la culture un rôle symbolique écrasant, en temps de conflit armé comme de crise économique. Les quelques divisions culturelles – effectives ou pressenties – de Sarajevo ne pouvaient masquer les atermoiements politiques de l'Union européenne devant son malheur.

Neuf villes en l'an 2000

Le souci de partage européen a été illustré en 2000 avec la nomination de neuf villes. Une association a été créée, AVEC, Association des villes européennes de la culture. Dotée d'une présidence rotative de quatre mois, AVEC avait la charge de soutenir la coopération et de faciliter la communication entre les neuf nominées. Avec une contribution de 2 millions d'euros de la part de la Commission européenne, treize projets conjoints de grande envergure et soixante initiatives de coopération ont été ainsi initiés, parmi lesquels un chœur de quatre-vingt-dix jeunes chanteurs européens "Les voix de l'Europe", un réseau de cyber-cafés pour les arts et les nouveaux médias CaféNine, "Art naust", projet de coopération entre plasticiens venus des neuf villes pour une exposition commune à Bergen sur "la vie dans l'Atlantique du Nord", Hôtel Europa. Rappelons enfin l'initiative de Trans Danse Europe… A l'exception notable de cette dernière, ces initiatives ont donné lieu à peu de comptes rendus dans la presse généraliste française. Sans doute la complexité de l'ensemble aggravait-il le caractère de foisonnement confus qui prévaut déjà souvent dans le programme des "Villes européennes de la culture". Une explication – plus grave – peut aussi expliquer le manque d'appétence des médias : le caractère systématique des projets énumérés – neuf artistes de neuf villes subitement plongés dans le maëlstrom d'une programmation peu lisible, l'aspect étriqué de "commande" institutionnelle qui se ressentait à la lecture des programmes, n'incitaient pas forcément à la découverte. Comme le résume radicalement Jonathan Jones, "on ne peut planifier l'art véritable et si l'Europe nous a appris quelque chose, c'est que l'excellence culturelle n'a rien à voir avec le bien-être social et la stabilité économique". A l'appui de son propos – tout de même un peu réducteur –, il opère un raccourci saisissant : "En 2000, Franz Kafka était célébré à Prague comme un symbole culturel : le même qui marchait dans cette ville, rempli de souffrance, s'imaginant défenestré par un père forcené. Aurait-il goûté cet hommage ou se serait-il laissé mourir dans un coin, au milieu de toute cette surabondance culturelle ?"

1995-2004 : une évolution des problématiques

Depuis la fin des années 1990, la stratégie culturelle des "Villes européennes" s'est enrichie de considérations liées à la relation entre "événement culturel européen" et développement durable. Weimar 99 a brillamment illustré la formule qui mettait en jeu des financements au titre des Fonds structurels (objectif 1) et des financements spécifiques à l'événement. Ce fut aussi le cas de Porto. Avec un budget deux fois moindre que celui de Stockholm 1998, la plus petite "Ville européenne de la culture" (60 000 habitants) a organisé en 1999 plus de 300 manifestations en coordination avec le Land de Thuringe et les communes environnantes. Cette carte régionale constitue une seconde spécificité de plus en plus affirmée par les "Villes européennes de la culture". Inaugurée par Copenhague 1996, cette dimension s'est trouvée au cœur des projets de Lille 2004, dont l'équipe a mené un travail préparatoire conjoint avec les communes françaises mais aussi celles de Belgique, dans le cadre de l'eurorégion. Dernière préoccupation en date des "Villes européennes de la culture" : élargir leur public, mobiliser les enfants et les jeunes. Après les préoccupations interculturelles de Luxembourg 1995, Bruxelles 2000 a centré sa stratégie sur le "défi urbain" sous toutes ses formes en termes culturels, sociaux et éducatifs. Quelques partenaires éminents de Porto 2001, comme la Fondation d'art contemporain Serralves, s'étaient déjà engagés dans une collaboration avec le milieu scolaire. Quant à Rotterdam 2001, elle a été le lieu d'un intéressant forum européen consacré au thème "Education et culture". Bruges 2002 a profité de son Année culturelle pour ausculter le public flamand adulte dont 50 % ne fréquente ni musées ni expositions, 93 % ne va jamais à l'opéra, 80 % n'assiste jamais à un spectacle théâtral ou à un concert et 70 % ignore le jazz et les concerts de rock. Les résultats de cette enquête ont conduit les responsables de l'opération et, au premier rang d'entre eux, Bruno de Greef, à faire réaliser un guide de la ville destiné aux enfants et à organiser plusieurs événements pour et avec le jeune public. Des jeunes artistes se sont par ailleurs vu confier des entrepôts inoccupés pour y réaliser des œuvres et des parcours. Quant aux responsables de Lille 2004, ils ont proposé en 2000, aux communes de l'eurorégion, de constituer un "comité Lille 2004", réunissant associations, établissements scolaires et universités. Pour inviter les enfants à participer au projet, des artistes ont conçu des mobiles ou "supérettes", sortes d'espaces pénétrables et malléables, ensuite destinés à s'insérer dans tous les lieux d'enseignement, de la maternelle à l'université. Loin de constituer une simple déclinaison du programme, la relation avec les établissements scolaires renvoie à tout le reste du dispositif.

Dans le mouvement de rationalisation qui a conduit à la création du programme-cadre CULTURE 2000, promue au rang des "Capitales européennes de la culture", l'initiative des "Villes européennes de la culture" a été intégrée au troisième volet dudit programme, à partir de 2000. Désormais, deux villes sont en principe désignées chaque année.

De nouveaux modes de désignation à partir de 2005

Jusqu'à présent, les villes soumettaient leur candidature au Conseil des ministres *via* la représentation permanente de leur pays auprès de l'Union européenne. La désignation était effectuée par le Conseil, à l'unanimité. A partir de 2005, chaque Etat membre présentera, au moins quatre ans à l'avance, les candidatures d'une ou de plusieurs de ses villes. La Commission fera une proposition, sur la base d'avis exprimés par le Parlement européen et par un jury d'experts du monde culturel, respectivement désignés par le Parlement européen (deux), la Commission (deux), le Conseil de l'Union européenne (deux) et le Comité des régions (un). Le Conseil de l'Union européenne prendra la décision finale.

Pour 2005-2019, l'ordre des pays est le suivant : Irlande, Grèce, Luxembourg, Royaume-Uni, Autriche, Allemagne, Finlande, Portugal, France, Suède, Belgique, Espagne, Danemark, Pays-Bas et Italie. A partir de 2009 – l'année de l'Autriche –, une ville des pays suivants est associée : la Lituanie, la Hongrie, l'Estonie, la Slovaquie, la Lettonie, la République tchèque, la Pologne, Chypre et Malte. La Slovaquie sera donc associée à la France en 2013. En annexe du texte cité, est formulée une longue liste de critères d'évaluation dénommés "éléments éventuels des programmes des villes désignées". On y retrouve les grandes lignes des objectifs de CULTURE 2000 : l'accès des jeunes à la culture, l'innovation artistique et la mise en place de nouvelles formes d'action culturelle, la cohésion sociale... Une série spécifique concerne en outre les projets des futures "Capitales européennes de la culture" : valorisation des personnalités, événements et courants artistiques liés à la ville, rayonnement des opérations programmées, approche multilingue, amélioration de la gestion et de la promotion de la culture, contribution à l'activité économique notamment dans le domaine touristique, travail en lien avec les stratégies d'aménagement urbain... Le rapport prévoit en outre un rapport d'évaluation après chaque manifestation. Il reste à savoir si cet ensemble de contraintes et de précautions s'assortira d'une augmentation substantielle des budgets et si les inventeurs des "Capitales européennes de la culture" pourront s'ébrouer à l'aise dans le respect conjoint de tous ces impératifs. Des voix diverses se font entendre pour remettre en cause l'action communautaire en faveur de cette opération, arguant qu'elle prélève de précieux fonds sur un budget très limité et que ce genre d'initiative devrait tout simplement relever des collectivités intéressées, sans le recours systématique à des rendez-vous annuels. D'autres s'élèvent pour le soutien à des opérations urbaines existantes – festivals, "nuits de culture", manifestations diverses déjà programmées par des professionnels. En tout état de cause, l'effervescence festive des villes européennes ne doit pas oblitérer le travail de terrain lent et peu spectaculaire sans lequel une vie culturelle ne peut durablement se développer.

L'évaluation conduite par Robert Palmer en 2003 et 2004 conclut à la multiplication de critères exogènes à la création artistique, qui ont pour effet de générer une offre standardisée.

CULTURE 2000 ET LES COLLECTIVITÉS TERRITORIALES

De 1999 à 2003 inclus, les communes sont chefs de file de presque 60 projets et coorganisatrices de quelque 147 initiatives. Quant aux Länder allemands et aux régions européennes, ils coordonnent 8 projets et participent à 34, en tant que coorganisateurs. Les échelons intermédiaires (provinces, *diputaciones*, départements, etc.) participent à 12 projets et en coordonnent 3. Deux communautés de communes (ou leurs équivalents européens) figurent parmi les coorganisateurs. Certes le dénombrement des communes impliquées inclut quelques organismes municipaux (services sociaux, bibliothèques, etc.) et les projets conduits par les communes sont annuels en majorité. Il n'en demeure pas moins que leur participation dépasse largement celle des régions et entités fédérées. Si leur thème favori est souvent le patrimoine, contrairement aux régions, elles diversifient beaucoup plus la panoplie de leurs interventions, comme en témoigne le choix des projets évoqués ci-dessous. La dimension interculturelle et sociale est souvent présente dans les projets. Les communes espagnoles, italiennes, suédoises et britanniques sont les plus actives. Des capitales nationales ou régionales apparaissent à plusieurs reprises comme Madrid, Rome et Venise. Mais beaucoup de localités de taille moyenne participent également à ces initiatives.

DU LOCAL A L'INTERNATIONAL : LES CHANTIERS DE TARTU

Proposé par la ville estonienne de Tartu, en partenariat avec la ville de Turku (Finlande) et celle d'Uppsala (Suède), ainsi qu'avec le festival italien Buskers de Ferrare, ce projet de création d'un réseau de festivals internationaux porte un titre anglais aussi long que révélateur : "Du local à l'international : comment produire un festival urbain professionnel et prestigieux" (libre traduction de "How to produce a professional, image building city festival"). Quinze managers culturels d'Estonie, six de Suède, de Finlande et d'Italie sont formés à la production d'un festival international, croisant le spectacle vivant et le multimédia. Sept festivals ont lieu durant la période (entre le 15 mai 2003 et le 14 mai 2004). Un séminaire final a réuni les participants pour des discussions, des ateliers et des conférences sur la gestion culturelle, avec le soutien d'experts européens. L'aide octroyée par la Commission européenne est de 69 873 euros.

Essentiellement présentes dans les projets à dimension patrimoniale, les régions font toutefois preuve d'une relative attention aux arts de la scène et aux arts visuels. Ainsi du projet de l'administration culturelle de Hambourg, ville-Etat.

ARTGENDA 2002 :
UNE BIENNALE POUR LES JEUNES ARTISTES

L'administration culturelle de Hambourg coordonne depuis 1996 un réseau de 18 villes. En 2002, la Biennale "ArtGenda 2002" avait pour objectif de présenter 40 "*showcases*" de jeunes artistes de la région baltique (18-30 ans, essentiellement dans le domaine des arts visuels), organisés en coopération avec des partenaires internationaux et destinés à promouvoir une "coopération créative de longue durée". Les villes de Aarhus (Danemark), Bergen (Norvège) et Göteborg (Suède) étaient coorganisatrices de l'événement.

“Par ses vertus mobilisatrices jointes à une très grande plasticité, la région réconcilierait à la fois la modernisation et la tradition, le territoire et le terroir, la maîtrise de l’avenir et la réinvention de l’histoire”, écrivait Marie-Claude Smouts en 2001. En effet, l’idée d’une Europe des régions s’est imposée dans les années 1980 comme un thème mobilisateur. Depuis les années 1990, il semble que le thème de “L’Europe des villes” fasse recette. Sans doute plusieurs raisons sont-elles imputables à cette évolution. Jean-Claude Boyer en cite au moins deux. Le champ d’intervention des villes étant plus économique et culturel que politique, les Etats se méfient moins d’une Europe des villes. En outre, le succès de la notion de réseau privilégie les villes dont le fonctionnement apparaît plus réticulaire que territorial. Pourtant les métropoles régionales ont besoin de l’ancrage régional pour devenir des acteurs européens. Et si la région ne peut se passer de sa métropole qui lui sert de “locomotive”, elle lui fournit en retour un support territorial, institutionnel et identitaire. Ainsi la renaissance de Cardiff s’est trouvée confortée par l’autonomie du Pays de Galles. Une complémentarité s’avère donc nécessaire. De même que les régions n’ont pas retiré de la construction européenne un renforcement décisif de leur légitimité politique, les villes seules ne sauraient constituer un espace européen prospère. D’autant que les plus grandes d’entre elles visent désormais une insertion dans les réseaux internationaux de pouvoir. Enfin la contribution des villes à la coopération culturelle européenne dépend de leur capacité à faire ou attirer des investissements en faveur d’un développement culturel durable. Un tel chantier requiert l’engagement conjoint des régions et des Etats. Autrement dit un partenariat dont les termes peuvent être développés au sein de l'Union européenne par des systèmes de financement conjoints sur des objectifs à moyen terme. Le polycentrisme trouve ici sa limite, tout comme le fonctionnement réticulaire. L'aménagement du territoire européen reste un impératif prioritaire, renouvelé par l'Elargissement.

VII

L'EUROPE, RÉGION DU MONDE

L'impératif mondial fait désormais partie du contexte dans lequel se déploie toute politique culturelle. Engagée depuis plusieurs décennies dans une mondialisation économique qualifiée de globalisation, l'Europe et ses Etats membres se trouvent dans une posture inédite : les Européens ont réalisé les premières mondialisations sur fond de guerres, de découvertes et de colonisation dans un monde supposé "infini" (Serge Gruzinski, 2004). La globalisation actuelle se déploie dans un monde "fini" et interdépendant. Elle s'impose aux peuples sous le primat des techniques de communication, dont les utilisateurs se trouvent essentiellement basés au Nord. Son apparente évidence lui confère une résonance immédiate, *a priori* indépassable. En deux décennies, cette globalisation est presque parvenue à reléguer au rang d'accessoires archaïques le dialogue des cultures, la souveraineté des Etats, la prééminence de l'espace public dans toute démocratie. A travers une communication monopolistique à grande échelle, sa visée est également culturelle : offrir une vision du monde déclinée en grands archétypes – le moderne contre l'ancien, l'ouverture contre le protectionnisme, la rapidité contre la lenteur, l'ubiquité contre l'ancrage territorial, etc. Paradoxalement, l'un de ses alliés est un culturalisme étriqué, réduisant les identités culturelles à leur version figée (Jean-François Bayart, 1996). Autre caractéristique, elle tend à s'affranchir des règles des Nations unies : l'Organisation mondiale du commerce (OMC) fonctionne avec son propre organe de règlement des différends sans référence – autre qu'ornementale – aux principes fondateurs des relations internationales, telles qu'édictées à partir de 1945 (Susan George, 2001). Pourtant, comme l'observe François de Bernard en 2003, cette matrice globale à la fois technique et prétendument conceptuelle se révèle une bien "mauvaise mère" : "Le «bilan de la globalisation» est ainsi l'origine de ce paradoxe : généralement destructeur de diversité, il en est aussi un "producteur" inattendu, en raison de toutes les oppositions et alternatives qu'il engendre dans son sillage." Les conflits récurrents à partir de 1993, dans le cadre du GATT, puis l'échec de l'Accord multilatéral sur l'investissement en 1998, ont montré que les promesses de la globalisation se heurtaient à l'incrédulité et à la révolte de groupes eux-mêmes issus de l'espace nord-américain ou européen, ainsi qu'aux contradictions à l'œuvre entre les représentants des Etats siégeant dans cette enceinte. Parallèlement, une agence créée dans le cadre des Nations unies en 1946, l'Unesco, poursuivait son chemin. Une autre agence des Nations unies, l'OMPI (Organisation mondiale de la propriété intellectuelle), se trouve au cœur des débats sur la commercialisation des brevets et droits de propriété intellectuelle, dans un contexte où ces derniers deviennent, pour certains groupes, la base d'une "rente de situation" mondiale (Mahfoud Galloul, 2002).

Ainsi, après cinquante ans de tentatives pour créer un ordre international plus juste, les Etats et les peuples se trouvent confrontés à une interdépendance inédite entre commerce, industrie et culture. Le développement sans précédent des moyens d'information et de communication relaie en temps réel des représentations du monde orchestrées par un petit nombre de médias. Cette convergence apparente sollicite plusieurs remarques : tout d'abord, comme le notent Jean-François Bayart et Dominique Wolton, la puissance de frappe des technologies de l'information ne signifie nullement leur réception uniforme d'un bout à l'autre de la planète, et même au sein d'un même espace national. La multiplicité des récepteurs, leur propre vision du monde "rétroagissent" sur la teneur des messages et permettent un infini "bricolage" des modes de réception. En outre, paradoxalement, la défaite relative du système des Nations unies a provoqué une considération accrue pour ses principes, même si certains auteurs s'interrogent ouvertement sur l'efficacité de son fonctionnement intergouvernemental (Zaki Laïdi, 2001). Mais un autre phénomène prend toute sa place dans cet ensemble infiniment complexe : les migrations, mouvements de populations pour cause de guerre ou de répression politique, l'installation ou le passage d'émigrés sur le sol européen, les "stratégies diasporiques" pour reprendre le terme d'Arjun Appadurai en 2001. Cette circulation des hommes et des imaginaires met aujourd'hui l'Union européenne en situation de bâtir des stratégies pour valoriser d'innombrables apports lesquels, sur le plan artistique et culturel, ont donné lieu à des synthèses inédites. Ainsi, l'Union européenne se trouve confrontée à un triple enjeu : imposer une régulation mondiale des biens et services culturels qui protège ceux-ci des lois du marché, promouvoir la diversité culturelle sur son propre territoire et dans le monde. Comme l'indiquait Dominique Wolton en 2003, l'Europe ne manque pas d'atouts. L'expérience de la colonisation lui a enseigné qu'aucun Etat ne saurait aujourd'hui être dominant. La diversité culturelle se trouve au cœur même du projet européen puisqu'il consiste à fédérer des peuples différents les uns des autres, et qui entendent le rester. Enfin l'Union européenne est un ensemble riche, doté de traditions démocratiques. Mais l'immensité de la tâche peut effrayer les plus résolus. Dans cette perspective, les principes onusiens prennent une acuité nouvelle. Ils appellent également des solutions sans équivoque.

DE LA COOPÉRATION INTELLECTUELLE A LA DIVERSITÉ CULTURELLE : L'UNESCO

L'Unesco est l'une des dix-neuf agences spécialisées des Nations unies. Son Acte constitutif a été signé le 16 novembre 1946, par vingt pays dont six d'Europe (Danemark, France, Grèce, Norvège, Royaume-Uni, Tchécoslovaquie). Après une lutte feutrée, Paris obtient le siège, et le premier directeur général est britannique. Son objectif principal est d'assurer "le développement de l'éducation et de la culture et (d')œuvrer à la paix par la compréhension entre les hommes" ; paix "dont chacune des parties prenantes se faisait une idée différente", commentait Jean-Pierre Wargnier en 1999. L'Unesco se donne un rôle essentiellement normatif. Mais les intellectuels siégeant dans son conseil exécutif deviennent rapidement minoritaires dans des réunions conduites par les hommes politiques. De 1960 à 1987, l'Unesco se trouve à la fois l'otage des revendications nationales des Etats du tiers monde et l'arène de la confrontation Est-Ouest. Après les tribulations du NOMIC (Nouvel Ordre de l'information et de la communication) et malgré l'avis de larges milieux de la communauté scientifique américaine, le retrait des

Etats-Unis devient effectif le 31 décembre 1984. Le Royaume-Uni et Singapour lui emboîtent le pas en 1985. L'Unesco perd ainsi presque 30 % de ses ressources. Les Etats-Unis ont fait en 2003 leur retour au sein de l'Unesco.

FONCTIONNEMENT DE L'UNESCO

United Nations Educational, Scientific and Cultural Organization

La Conférence générale réunit ses Etats membres tous les deux ans (191 en 2004), avec une règle de vote à la majorité : un Etat, une voix. Composé de 51 représentants des Etats membres, le Conseil exécutif se réunit deux fois par an et veille à la bonne marche des décisions prises par la Conférence générale. Dans la répartition générale des dépenses de l'organisme, l'éducation et la science se taillent la part du lion (respectivement 36 % et 21 % du "budget ordinaire"), la culture recevant 16 %. Le "budget ordinaire" est complété par diverses contributions émanant d'Etats membres ou d'organismes internationaux dont le PNUD et la Banque mondiale. 190 Etats membres ou associés ont établi une Commission nationale pour l'Unesco. Les centres et clubs Unesco comptent 5 000 membres répartis dans 120 pays. Plus de 585 organisations non gouvernementales entretiennent des relations de travail et d'information mutuelle avec l'Unesco. 2 483 personnes y travaillent. Son budget 2004-2005 est de 610 millions de dollars US. Il est précisé que, pour 1 dollar apporté dans le cadre du "budget ordinaire", 4 sont mobilisés au titre de sources extrabudgétaires.

LA LISTE DU PATRIMOINE MONDIAL
C'est incontestablement dans le domaine patrimonial que l'Unesco a affirmé son caractère pionnier et son originalité.

Quelque cent soixante-dix pays ont signé la Liste du patrimoine mondial et "protègent" sept cent trente sites. En 1960, l'Unesco a notamment permis le sauvetage des temples d'Abou Simbel en Egypte menacés d'engloutissement par le barrage d'Assouan, grâce à leur déplacement. Trente équipes scientifiques ont participé à cette opération d'envergure, dont les Etats-Unis ont été les plus gros financeurs, non sans arrière-pensées politiques à l'endroit de Nasser, en pleine guerre froide. Grâce au label de l'Unesco – et à l'opiniâtreté des autorités portugaises –, les célèbres fresques de Foz da Cõa au Portugal ont pu être préservées de la construction d'un barrage prévu par la compagnie nationale portugaise d'électricité. Réactivées en juillet 2002, les orientations rédigées par le Comité du patrimoine de l'Unesco précisent les critères de classement. L'examen de la liste actuelle montre que les monuments ou sites européens y dominent – dont les berges de la Seine… L'un des objectifs de l'Unesco est donc l'existence d'une liste "plus équilibrée et plus équitable". Emanant d'instances nationales, les propositions de classement doivent être étudiées par des organismes spécialisés. Les Etats font des rapports réguliers sur l'application de la convention, sans que toutefois des sanctions soient prévues en cas de non-respect. Afin de mieux coordonner le travail nécessaire, l'Unesco a créé en 1992 un Centre pour le patrimoine mondial, avec une vocation opérationnelle. Il a lancé en 1996 un réseau de Villes du patrimoine.

CONVENTIONS INTERNATIONALES SUR FOND DE PILLAGE

Dès 1954, l'Unesco s'intéresse à la protection des biens culturels en cas de conflit et, en 1970, elle adopte une convention contre le trafic illicite des œuvres ou objets de valeur, qu'elle complète en 1995 à Rome avec un traité intitulé Unidroit. En cette même année, les commentaires de la presse néerlandaise sont intéressants : le texte divise musées et organisations professionnelles (galeries, salles des ventes, etc.). Les seconds trouvent beaucoup trop extensive la notion de "bien culturel" et critiquent en outre l'obligation de contrôler la provenance des objets acquis, avec un délai de restitution jugé trop long. Aux Etats-Unis, conservateurs et marchands s'accordent à considérer Unidroit comme beaucoup trop draconien, le gouvernement britannique le juge inacceptable… Pourtant, face au développement d'un pillage à grande échelle, l'Unesco n'est dotée d'aucun outil contraignant. Les conventions successives semblent plutôt jouer un rôle de sensibilisation auprès des Etats, comme ce fut le cas en 1997, lors de la condamnation de l'un de ses ressortissants à six ans de prison par un tribunal du Royaume-Uni, au motif de contrebande et trafic de biens culturels, en l'occurrence égyptiens et provenant de Saqqarah. Les cas de restitution existent mais ils ne sont pas légion et ils se font dans un cadre bilatéral : ainsi Israël a restitué des biens culturels égyptiens spoliés lors de l'occupation du Sinaï, et l'Ethiopie a fini par récupérer l'obélisque d'Axum, installé par Mussolini sur la Piazza di Porta Capena à Rome. L'ICOM a établi en 2000 une "Liste rouge" des objets archéologiques africains, particulièrement menacés de pillage, avec le soutien de la Fondation Prince-Claus et du ministère français des Affaires étrangères. Présenté comme un appel "aux musées, salles de ventes et collectionneurs afin qu'ils n'achètent plus ces objets", le communiqué de presse de l'ICOM fait état de la signature d'une convention avec l'Organisation mondiale des douanes et Interpol. L'organisme soulignait en 2000 que, suite à la publication du document sur Angkor en 1993, plusieurs objets ont pu être retrouvés, tout en reconnaissant que, "très encourageantes", ces restitutions "restent symboliques par rapport à l'ampleur des pillages". Comme le soulignait Moncef Kdhir en 2002, "si on examine les textes internationaux en matière de culture, on est frappé par leur galopante inflation, inversement proportionnelle d'ailleurs en termes de contrainte juridique".

LA COOPÉRATION CULTURELLE

C'est en 1966 que l'Unesco adopte une déclaration concernant les principes de la coopération culturelle. La première conférence mondiale sur la culture se tient à Venise en 1970, avec trois cent cinquante-neuf délégués. Préparée par des rencontres d'experts en 1967 et 1968, ses conclusions soulignent le rôle de la culture dans le monde contemporain et la mission des Etats en la matière. Dans le cadre des activités régionales prévues par les textes de l'organisation, la première conférence européenne sur la culture est organisée à Helsinki en 1972. En 1982 se tient la deuxième conférence mondiale de Mexico, consacrée aux politiques culturelles. La culture y est définie comme "l'ensemble des traits distinctifs, spirituels et matériels, intellectuels et affectifs, qui caractérisent une société ou un groupe social".

LA RELATION AUX ARTISTES

En 1970, l'Unesco planche sur la définition d'un statut de l'artiste. La même année, émerge l'idée d'une banque ouverte aux opérateurs indépendants, en vue d'établir une relation directe avec les artistes et de nouer des relations durables. Petite révolution dans le fonctionnement d'un organisme qui voit la plupart des projets transiter par les représentants des Etats ! En 1974, le Fonds international pour la promotion de la culture est créé, avec ses propres statuts, doté de 4 millions de dollars US. Malgré des initiatives intéressantes comme le soutien à l'école Mudra de Maurice Béjart au Sénégal, le Fonds voit ses ressources stagner. A partir de 1990, il développe ses propres programmes et stratégies. Un programme d'accueil de jeunes artistes en résidence est mis sur pied. Il s'appuie sur les ressources résultant du legs à l'Unesco d'un château par la famille suédoise Aschberg, pour deux tiers des fonds alloués. Les fondations Ford et Rockfeller, ainsi que la Fondation européenne de la culture y sont associées. Trente à cinquante jeunes artistes en bénéficient chaque année, avec une priorité de coopération Nord-Sud. L'expérience ne s'est malheureusement pas prolongée, par manque de moyens financiers.

LE PRIMAT DU DÉVELOPPEMENT

De 1988 à 1997, l'Unesco engage la Décennie du développement culturel. Sur proposition nordique, une Commission mondiale de la culture et du développement est créée, dont Javier Pérez de Cuellar accepte la présidence. Elle rédige un document, *Notre diversité créatrice*, complété par un "agenda international" dont le document du Conseil de l'Europe, *La Culture au cœur*, représente la contribution européenne à ce débat. Aujourd'hui, rappelle la synthèse du rapport, dix mille communautés culturelles se partagent le territoire de quelque deux cents Etats. Si le rôle de la culture ne doit pas être réduit à un simple auxiliaire du développement économique, il ne saurait être question de surestimer l'importance du fait culturel au point de promouvoir des cultures qui “ne souscrivent pas à une éthique de caractère universel”. “Les cultures ne sont ni isolées ni statiques”, conclut la synthèse, marquant ainsi une nette évolution par rapport aux textes des années 1960 et une distance affirmée avec l'optique culturaliste. Le rapport mondial sur la culture, intitulé *Culture, créativité et marchés*, va dans le même sens, avec une attention nouvelle aux industries culturelles.

En 1998, une conférence européenne sur les politiques culturelles est convoquée à Stockholm, appelée à faire le point sur les dernières avancées et difficultés en matière de politiques culturelles.

Au terme de ce parcours qui ne rend pas justice à l'ensemble des activités de l'Unesco, force est de constater que, malgré ses déclarations d'intention, l'organisme manque de moyens – à la fois incitatifs et régulateurs. L'actuel directeur général a d'ailleurs insisté en 2002 sur une obligation de résultats. L'organisme a procédé à une déconcentration de ses activités, “hors siège”. Dans certains domaines, plus de 60 % de ses fonds sont transférés à des bureaux régionaux. Enfin l'énorme production documentaire dont elle est l'auteur reste confidentielle et peu diffusée, alors même que l'Unesco s'applique à pratiquer un multilinguisme qui l'honore : français, anglais, espagnol, arabe, chinois, russe sont les langues de son site et de son portail de la connaissance, recensant des milliers d'ouvrages.

RAPPROCHEMENTS INÉDITS

Il faut s'interroger sur la faiblesse de la relation entre l'Unesco et l'Union européenne. Il est intéressant de constater que, si l'alinéa 3 de l'article 151 prévoit la coopération “avec les organisations internationales”, seul le Conseil de l'Europe est cité. Les thèmes mis en avant par l'Unesco ne sont pas les mêmes que ceux qui animent l'Union européenne, comme on l'a constaté. Avec "le dialogue des cultures", l'Unesco a développé une vision humaniste – voire irénique – de l'idée de culture, et la prise en compte de la relation entre industrie et culture y a été plus tardive. Enfin l'Unesco s'est intéressée aux politiques culturelles, registre laissé par l'Union à la sagacité de ses Etats membres. Le surgissement du néolibéralisme semble une menace suffisamment importante pour que les différents acteurs se regroupent autour d'un projet de Convention universelle pour la diversité culturelle. L'Unesco a d'ailleurs pris la tête d'une Alliance globale pour la diversité culturelle, qui regroupe des partenaires tant privés que publics. Pourtant elle joue sans doute sa crédibilité sur la nécessité de prendre clairement position en faveur d'une mondialisation culturelle, scientifique et éducative fondée sur des valeurs de respect et de partage, tous principes qu'elle défend dans ses textes mais qu'elle doit chercher à mieux mettre en pratique, au-delà des ambiguïtés et contradictions de ses Etats membres.

DE L'EXCEPTION A LA DIVERSITÉ

L'Accord général sur les tarifs douaniers et le commerce (GATT) a été conclu en 1947 – le cinéma, la propriété intellectuelle et les produits agricole étant notamment exemptés de l'application des principes du libre-échange. C'est en 1995 qu'apparaît l'OMC (Organisation mondiale du commerce). Entre-temps, les négociations se poursuivent. Depuis 1957, des cycles de négociations multilatérales visent à étendre le champ de compétence initialement réduit du GATT. Ce dernier se fonde en particulier sur deux principes. Celui du “traitement national”, ou la non-discrimination entre fournisseurs étrangers et nationaux, implique que les Etats parties doivent traiter les producteurs et les produits étrangers à l’aune des productions nationales. Selon cette logique, les films américains diffusés en France, et dont les recettes alimentent le fonds de soutien à l’industrie nationale, devraient en bénéficier ainsi que des divers mécanismes mis en place. Ce principe entre à l’évidence en contradiction avec les politiques culturelles nationales, lesquelles tendent toujours à favoriser l’expression ou la production locale, voire à pallier les défaillances du marché, précisément pour empêcher les productions nationales d’être broyées par la concurrence. Second principe, celui de la “clause de la nation la plus favorisée” : un Etat doit accorder à toutes les autres parties d’accord commercial multilatéral les mêmes conditions accordées à la plus favorisée d’entre elles, à l’exception des zones de préférence (Commonwealth) ou des unions douanières comme le Marché commun. Au-delà, un tel principe peut remettre en cause des accords bilatéraux ou multilatéraux comme ceux passés dans le cadre de la francophonie. L’Uruguay Round (Punta del Este, 1986) propose d’étendre la libéralisation du commerce des marchandises à celui des services et à la propriété intellectuelle. Entre-temps, le paysage économique s’est modifié. Les marchandises “immatérielles” représentent désormais un commerce international de plus de 6 000 milliards de dollars US par an et correspondent, pour les pays développés, à 50 % de leur produit intérieur brut et à 60 % de leur emploi (Serge Regourd, 2002). Responsables des deux tiers du commerce mondial, les entreprises transnationales – y compris européennes – font pression pour une ouverture des services, en particulier ceux concernant la finance. Premiers exportateurs de services, la Communauté européenne, les Etats-Unis et le Japon partagent un intérêt pour la mise en place d'un accord les concernant. En 1986, la Commission européenne s'est donc trouvée au pied du mur : accepter que le cinéma et l'audiovisuel soient intégrés dans les accords du GATT, au risque de voir à terme démanteler les subventions publiques nationales à ces secteurs. Elle accepte cette nouvelle donne. De 1986 à 1988, aucun débat public ne vient troubler la négociation. Lors des nouvelles discussions de 1993, la formule retenue par la Commission – et approuvée par le Parlement européen – est celle de la "spécificité culturelle". Tardivement conscient des enjeux, le Parlement européen adopte en septembre 1993 une nouvelle résolution récusant la clause de spécificité et se ralliant au principe d'exception, suite à ses contacts avec des professionnels. Certains juristes ferraillaient déjà pour "l'exemption ou exclusion culturelle". Le 5 octobre 1993, au terme de laborieuses négociations, les ministres en charge de la Culture et de l'Audiovisuel de l'Union européenne se sont prononcés pour "l'exception culturelle", avec une définition en six points de ladite exception : exemption de la clause de la nation la plus favorisée ; maintien et développement des aides publiques et subventions ; maintien du pouvoir de réglementer les technologies et modes de transmission ; maintien de la liberté d'aider le secteur audiovisuel ; non-soumission au principe de l'évaluation progressive du niveau dc libéralisation ; maintien de l'acquis communautaire, et en particulier de la directive "Télévision sans frontières". "L'Union veillera, lors des prochaines négociations de l'OMC, à garantir la possibilité pour l'Union et les Etats membres – comme ce fut le cas pendant l'Uruguay Round – de maintenir et développer leur capacité de déterminer et de mener à bien leur politique culturelle et audiovisuelle et de sauvegarder leur diversité culturelle", lit-on dans le texte décrivant le mandat de la Commission européenne.

La discussion sur l'exception culturelle peut être reprise à tout moment, puisque les accords cités ont vocation à s'étendre, selon un principe de libéralisation progressive et continue. L'accord du GATS (Accord général sur le commerce des services) concerne "tous les services dans tous les secteurs, à l'exception des services fournis dans l'exercice du pouvoir gouvernemental". Autrement dit, douze secteurs et cent soixante sous-secteurs, au nombre desquels figurent l'éducation, l'environnement, la santé, les transports, ainsi que la culture à la rubrique "Loisirs, culture, sports". Toutes les activités culturelles sont concernées. L'Organisation mondiale du commerce fait valoir qu'en l'état, les gouvernements ne sont pas obligés d'inscrire la santé, l'éducation ou la culture sur leur liste d'engagements. Et de fait, moins de vingt pays ont libéralisé leur audiovisuel. Mais d'une part, la négociation d'ouverture se fait dans un cadre global – le refus de libéralisation dans un secteur pouvant entraîner une rétorsion dans un autre, d'autre part –, lorsqu'un gouvernement souhaite faire marche arrière, il doit apporter une contrepartie dans un autre domaine. Enfin, il n'est pas indifférent de préciser que dans le cadre des négociations du GATS, l'Union européenne a fait des offres de libéralisation dans les domaines du spectacle et de l'édition. Certes avec des limitations en ce qui concerne par exemple la France – condition de nationalité pour les licences de spectacle et limitation de la participation au capital ou des droits de vote pour les éditions en langue française (Alain Lombard, 2003).

Un document du ministère de la Culture et des Communications du Québec rappelait en 2000 les enjeux actuels. Les auteurs analysent les avantages et inconvénients respectifs des notions "d'exclusion" et "d'exception" culturelles, en particulier à la lumière de l'accord de l'ALENA (Accord de libre-échange nord-américain), incluant le Canada, les Etats-Unis et le Mexique. Ce nouvel accord se fonde sur un précédent, celui de l'ALE, Accord de libre-échange entre le Canada et les Etats-Unis, où il est mentionné que "les industries culturelles sont exemptées des dispositions du présent accord, sauf stipulation expresse", ce qui signifie que le Mexique n'est pas concerné par cette exemption. Les experts canadiens indiquent que la clause "d'exemption culturelle" a été contournée avec d'autres armes dans le contexte de l'accord ALE : les Etats-Unis ont menacé le Canada de représailles commerciales lors du projet de loi canadien visant à réserver les revenus publicitaires canadiens aux seuls éditeurs nationaux. Les industries canadiennes de l'acier, du plastique et du bois ont été menacées de faire les frais du différend sur les magazines. Et le gouvernement canadien a dû reculer, malgré la reconnaissance explicite de l'exemption culturelle dans le traité bilatéral. Enfin ces derniers se montrent pessimistes quant à la possibilité dans l'avenir de faire inscrire cette clause dans les accords de l'OMC. Le refus des Etats-Unis et de certains de leurs partenaires tient, selon les rédacteurs, au fait que l'on connaît mal la portée d'une telle clause.

L'exception culturelle a le mérite de la clarté. Il s'agit tout simplement du refus par l'une des parties de soumettre la culture à l'application dudit accord. Mais si, comme nous l'avons vu, l'exception culturelle n'implique la reconnaissance d'aucun statut particulier pour la culture, les commentateurs notent en outre qu'à tout moment, un Etat peut décider de libéraliser son secteur culturel. La notion d'exception culturelle qualifiée d'"européo-centriste" a été abandonnée au profit de celle de "diversité culturelle", terme considéré comme plus fédérateur, et plus valorisant pour les pays tiers. Bien entendu le gouvernement français a pris soin de préciser que l'exception culturelle restait le moyen juridique d'une fin collective qui était la diversité culturelle. On peut toutefois s'interroger sur l'efficience du concept de diversité culturelle en termes juridiques. S'agit-il de l'expression d'un "idéal anthropologique décalé" par rapport à "la rigueur terminologique d'une négociation dans laquelle les avocats américains jouent un rôle déterminant", comme le suggère Serge Regourd ?

D'autres fronts se sont ouverts à l'OMC, en particulier celui du commerce électronique. Là encore, deux positions s'affrontent : la transmission de films ou de musique sur Internet est considérée comme un service par l'Union européenne, alors qu'elle représente un "bien virtuel" pour les Etats-Unis, comme l'expliquait Pascal Lamy en 2002. En tant que réalité transversale, le commerce électronique peut raviver le fameux thème de la "convergence". Sur ce dernier point, des pays importants comme le Brésil se rangent volontiers du côté du gouvernement américain, au motif de ne pas entraver leur propre développement. Par ailleurs, les Etats-Unis conduisent des accords bilatéraux de libre-échange avec un certain nombre de pays – en particulier l'Australie, le Chili, le Maroc et Singapour –, engageant ces derniers à faire des offres de libéralisation pour les services de diffusion en ligne, câblés et satellitaires (KEA, Kern, European Affairs, 2004).

Enfin l'accord de l'OMC sur les Aspects des droits de propriété intellectuelle qui touchent au commerce

(ADPIC, 1994) impose, selon Bernard Grelon (2002), une interprétation restrictive du droit d'auteur, soumettant l'exercice du droit patrimonial au primat de la concurrence et faisant du droit moral "une pièce de musée, un bien culturel hors commerce". De façon plus générale, deux positions tendent à s'affronter selon que l'on considère les "droits culturels" – et singulièrement les droits d'auteur et droits voisins – comme un instrument du commerce international, ou que l'on prend en compte leur appartenance aux droits de l'homme, en tant que modalités d'exercice de ces droits. L'indivisibilité affirmée par l'article 27 de la Déclaration universelle des droits de l'homme sur le fait "que toute personne a le droit de prendre part librement à la vie culturelle de la communauté" et de "jouir des arts", tout comme "le droit à la protection des intérêts moraux et matériels découlant de toute production scientifique, littéraire et artistique" pour les auteurs, relève trop souvent d'une énonciation décorative.

UNE AUTRE ENCEINTE INTERNATIONALE ?

Soucieux d'éviter un choc frontal avec les Européens, le gouvernement américain accepte désormais de reconnaître la légitimité de "certains objectifs généraux comme la préservation de l'identité culturelle" mais préconise d'encadrer les mesures publiques qui y concourent, "pour permettre l'établissement d'un cadre juridique prévisible pour les opérateurs privés". Or cette vision n'est pas acceptable pour les Européens, tenants d'un "encadrement du marché" à partir de préceptes et de valeurs communs. Premier exemple de rapprochement significatif, la Commission européenne a encouragé ses interlocuteurs à participer aux travaux de l'Unesco qui ont abouti à la Déclaration universelle sur la diversité culturelle, une semaine avant la conférence de l'OMC à Doha, en 2001. Suit un Plan d'action en vingt points, relativement éclectique, qui conclut notamment à la nécessité "d'avancer dans la compréhension et la clarification des droits culturels, en tant que partie intégrante des droits de l'homme" et de réfléchir à l'opportunité "d'un instrument juridique international sur la diversité culturelle". C'est aussi le sens des démarches entreprises par cinquante-sept Etats réunis au sein du RIPC (Réseau international pour la politique culturelle) avec l'appui d'organisations non gouvernementales et de regroupements professionnels. L'idée du RIPC a pris corps à Ottawa en 1998. Rappelant opportunément que le concept de diversité est sous-tendu par des valeurs communes, le RIPC assigne trois missions principales au soutien de la diversité culturelle : veiller à ce que toutes les cultures disposent des outils pour faire entendre leurs voix et leurs opinions ; atteindre un équilibre entre la participation pleine et entière à un environnement mondial et la protection des identités nationales et locales ; veiller à un partage "juste et équitable" des opportunités et des avantages pour tous. Face à ces nécessités, le RIPC regrette le fait que "la majorité des instruments sont de nature déclaratoire uniquement et ne peuvent pas contrebalancer le système de commerce international et ses mécanismes de règlement de différends ayant force exécutoire". Dans l'immédiat, il semble que l'objectif des parties prenantes soit double : suivre le projet de convention Unesco "concernant la protection de la diversité des contenus culturels et des expressions artistiques", qui devrait être adopté à l'automne 2005. Cette convention propose en outre la création d'un Observatoire et d'un Fonds pour la diversité culturelle. Il reste que l'adoption d'un Instrument international sur la diversité culturelle (IIDC) reste l'objectif à moyen terme du RIPC. Bien que les rédacteurs se montrent prudents et expliquent que ces chapitres ont été rédigés "seulement pour illustrer le type d'enjeux qui devront être abordés et des mesures possibles pour rendre l'instrument exécutoire", il semble bien que le cœur du projet se trouve dans "l'ébauche d'instrument" dont la conception générale a été entérinée à Lucerne en 2001. En effet, toute la question est bien de savoir comment l'instrument en question deviendra opératoire. C'est également le souci du Comité international de liaison des coalitions pour la diversité culturelle, représenté dans plus de vingt pays du monde entier et regroupant des associations professionnelles de l'ensemble des mondes artistiques. Le choix de l'Unesco comme "organisation internationale appropriée pour accueillir et mettre en œuvre l'instrument" ne peut ignorer que cet organisme ne dispose d'aucun moyen coercitif pour faire appliquer ses propres conventions. La construction d'un instrument juridique contraignant passe donc soit par une transformation des statuts de l'Unesco, soit par la création, à partir de cet organisme, d'un instrument autonome. Pour l'heure, le débat ne semble pas tranché, sans doute par crainte d'effaroucher les Etats très divers ralliés à la cause de la diversité culturelle à l'Unesco et au RIPC. L'association ATTAC (Association pour la taxation des transactions pour l'aide aux citoyens) propose que les dispositions normatives du futur instrument soient automatiquement incorporées aux réglementations nationales existantes, les tribunaux des pays signataires ayant alors compétence pour les faire appliquer. Certains juristes se sont interrogés sur le bien-fondé d'un recours à la Cour internationale de justice où une chambre de l'Environnement a été créée en 1976. Ce précédent ouvre peut-être une possibilité pour la culture, à condition de se mettre d'accord sur une définition commune et précise du champ couvert. Il reste que l'avenir de toute diversité culturelle est désormais liée à l'ensemble des mesures de service public dans bien d'autres domaines. Comme le demande un auteur : "Faut-il abriter la diversité culturelle ou transformer la société ?"

LES RELATIONS CULTURELLES EXTÉRIEURES DE L'UNION EUROPÉENNE

"La relation à l'autre (...) est le moteur de la culture. (...) Multiple, changeante, indéfiniment traduisible, elle (la culture) établit la relation à l'autre, à l'environnement immédiat comme aux sociétés dans leur transformation et, comme toute langue vivante, n'existe que dans l'actualité de son exercice." Ces termes sont extraits du *Document de base pour servir à la définition d'une approche concertée de la Commission européenne en matière de coopération culturelle externe*, rédigé en 2003. En matière de relations culturelles extérieures, l'Union européenne dispose d'instruments et de programmes spécifiques, sa Direction générale Relations extérieures conclut des accords bilatéraux, enfin l'Union ouvre certains de ses programmes à la coopération éducative et culturelle des pays tiers.

Depuis 2001, la Commission européenne a entrepris une réforme de la gestion de son aide extérieure. Créé en 2001, l'Office EuropeAid (ou AidCo) est un service de la Commission. Il opère sous le contrôle d'un comité de direction composé des commissaires en charge des Relations extérieures, du Développement et de l'Aide humanitaire, de l'Elargissement, du Commerce et des Affaires économiques et monétaires. EuropeAid gère les programmes horizontaux (aide alimentaire, cofinancement avec les ONG, moyennant 200 millions d'euros en 2000 contre 2,5 dans les années 1970, droits de l'homme...). Il met en œuvre la plupart des instruments d'aides extérieurs aux pays tiers – soit cinquante-trois lignes en 2002, ainsi que le Fonds européen de développement (FED). L'autre élément saillant de la réforme est la déconcentration : la responsabilité de la gestion de l'aide extérieure est progressivement transférée vers les délégations de l'Union européenne dans les pays tiers concernés. Initié en 2000, l'exercice se trouvait en voie d'achèvement en 2003. Les délégations sont désormais étroitement associées à la rédaction des documents de programmation.

AFRIQUE, CARAÏBES, PACIFIQUE, DES DÉBUTS PROMETTEURS ?

Les accords de Lomé (Afrique, Caraïbes, Pacifique) se sont ouverts dès 1985 aux échanges sociaux et culturels, comme en atteste le préambule de la Convention, lequel mentionne la Déclaration universelle des droits de l'homme : "Il convient de respecter et de garantir les droits civils et politiques et d'œuvrer pour la pleine jouissance des droits économiques, sociaux et culturels." Depuis la première mention de la culture dans cette Convention, Lomé III (1986-1990), le bilan établi en 2002 par la Commission européenne faisait état de quelque cent quatorze projets culturels soutenus par le Fonds européen de développement : de la rénovation du patrimoine religieux éthiopien au lancement de la Biennale des percussions de Conakry, de la restructuration des musées du Kenya aux Rencontres chorégraphiques d'Antananarivo, beaucoup d'initiatives ont vu le jour. Depuis 1992, l'Union européenne est le premier cofinanceur du cinéma des pays ACP. Les crédits du FED font l'objet de contributions volontaires de la part de chaque Etat membre. L'Allemagne, la France et le Royaume-Uni apportent 60 % de ses financements. Le 23 juin 2000, l'accord de Cotonou a été signé pour une durée de vingt ans avec soixante-dix-sept Etats ACP, au terme d'âpres débats avec les pays nordiques, demandeurs d'une évaluation plus rigoureuse des procédures. L'article 27 de l'accord de Cotonou est consacré au développement culturel.

Un soutien direct aux professionnels

Désormais géré par des appels à propositions, le soutien au cinéma des pays ACP et à la présentation d'artistes de ces pays lors de manifestations culturelles européennes a été réorganisé dans une optique plus propice à garantir l'indépendance des créateurs. La seconde nouveauté tient au fait que le programme d'Appui au cinéma ACP (PACA) prévoit des aides à la diffusion. De même, le soutien à la présentation d'artistes ou d'œuvres des pays ACP dans des manifestations européennes est désormais régi par un appel à propositions de la Commission européenne.

Des Programmes indicatifs nationaux sont présentés par chaque Etat membre auprès de la délégation de l'Union concernée, laquelle en assure la première instruction, avant de les transmettre à Bruxelles. Instaurés à partir des années 1990, les Programmes de soutien aux initiatives culturelles (PSIC) répondent à la volonté croissante des pays de renforcer la capacité d'initiative des pouvoirs locaux, des opérateurs privés et des associations. Il en existait quatorze, début 2003. "On peut estimer que le PSIC (de Côte-d'Ivoire) a notablement contribué à la relance et à la démocratisation de l'offre culturelle. (…) Le caractère généralement critique des œuvres créées et diffusées participe à la sensibilisation des citoyens sur les abus nuisibles au développement du pays", soulignait en 1999, Gabrielle von Brochowski, alors chef de la délégation de l'Union européenne en Côte-d'Ivoire.

L'apport des réseaux et des associations

En 1989, l'agence Eurocréation créait, à la demande de partenaires africains, une association intitulée Africréation, pour favoriser les transferts de compétences et les échanges entre acteurs culturels africains, et créer un cadre pour l'émergence de projets conjoints. Une coopération Sud-Sud en somme. Dirigée par Gilles Roussel, Africréation a bénéficié de deux conventions successives du FED, dans le cadre des programmes régionaux, l'une en 1991-1992, l'autre en 1995-1996. Elle a ainsi mis en place des formations d'entrepreneurs culturels africains, d'une durée d'un an, avec le concours d'intervenants européens et africains. Après avoir installé successivement son siège à Lomé puis à Cotonou, Africréation a ouvert un bureau à Paris, avant de cesser ses activités en 1996. Mis en évidence par Africréation, les enjeux de la formation professionnelle et de la coopération panafricaine restent d'actualité.

Il semble que le problème des artistes africains soit – au moins – double : la difficile rencontre avec leur public, comme en témoigne le producteur Glaude Gilaizeau cité par Bertrand Millet en 2001 : "Le film *Sia* (du Burkinabé Dani Kouyaté) a été présenté au Burkina Faso, à Ouagadougou et à Bobo Dioulasso. Il a réalisé là-bas quarante mille entrées, ce qui est considéré comme un record inespéré !" Leur second souci majeur réside dans l'impossibilité de toucher des royalties, tant le piratage est développé et les déclarations de recettes inexistantes. Comme l'indiquait plaisamment en 1999 le musicien béninois Rabbi S'loo : "Si les hommes politiques pouvaient comprendre que, faute de ressources minières, nous avons des richesses culturelles, ils agiraient peut-être autrement." Quoi qu'il en soit, le potentiel de coopération culturelle entre l'Union européenne et les pays ACP semble prometteur.

EUROPE CENTRALE ET ORIENTALE ET NOUVEAUX ÉTATS INDÉPENDANTS : LES PRÉMICES D'UN RENOUVELLEMENT

En tant qu'exécutif de la Communauté, la Commission s'est vu confier en juillet 1989, au sommet de l'Arche à Paris, une mission de coordination en matière d'aide et de coopération avec l'Europe centrale et orientale. Le 1er août 1989 est adopté PHARE – nom de code du programme d'assistance et de coopération avec la Hongrie et la Pologne. Sur le modèle d'ERASMUS, la Commission européenne propose alors la création d'un programme TEMPUS, permettant à des enseignants et étudiants est-européens de séjourner dans une université occidentale ou de travailler dans une entreprise.

PHARE

La lecture des orientations du programme PHARE permet de constater que la culture est citée deux fois : au titre de la planification urbaine et rurale, "prenant en compte des aspects sociaux, culturels et environnementaux", et du patrimoine "naturel et culturel", lié au développement du tourisme. En outre, l'Union européenne propose une assistance aux pays d'Europe centrale et orientale, en matière de propriété intellectuelle. Durant la période préparatoire à l'adhésion des pays d'Europe centrale et orientale, PHARE devient le principal instrument de "pré-adhésion". Doté de 1,5 million d'euros par an, le programme a prévu deux priorités pour la période 2000-2006 : le renforcement des capacités institutionnelles et l'aide à l'investissement. La gestion des projets a été progressivement transférée aux autorités des pays partenaires, en étroite concertation avec les délégations de l'Union européenne dans les pays en question. A son actif dans le domaine culturel, dominent le patrimoine culturel ou la réforme des administrations culturelles, comme ce fut le cas en Roumanie, en coopération avec un consortium européen d'experts. On remarque, dans cette courte liste, l'aménagement du centre culturel de Metelkova, ancienne caserne de Ljubljana devenue un centre culturel multidisciplinaire sous l'impulsion d'une association slovène (Association for Preventive and Voluntary Work). Notons enfin qu'un programme de subventions aux "micro-projets" a été récemment mis en place, lequel doit permettre de mieux sensibiliser les citoyens est-européens aux enjeux de l'intégration communautaire. C'est ainsi qu'un festival balkanique de théâtre pour la jeunesse a pu être cofinancé en Bulgarie et que l'organisme de diffusion des arts vivants budapestois, Trafó, a pu lancer certaines de ses initiatives.

TACIS

Lancé en 1991, TACIS est doté de 3,138 millions d'euros pour la période 2000-2006. Ouvert aux Nouveaux Etats indépendants (NEI), son fonctionnement s'appuie sur la signature d'un accord de coopération bilatéral avec chacun des Etats concernés, et ce pour une période de dix ans. Dans ce cadre, l'Union a eu le mérite de mettre en place des mesures destinées au soutien de "micro-projets", en matière de coopération transfrontalière, de jumelage et partenariat pour les collectivités territoriales, d'initiatives à court terme en Russie et en

Ukraine, et de collaboration entre les organisations non gouvernementales.

CARD ou l'oubli du culturel

Un Pacte de stabilité pour l'Europe du Sud-Est est adopté à Cologne, le 10 juin 1999. Il vise la paix, la stabilité, le bon voisinage, la démocratie, le respect des droits de l'homme et la prospérité économique. Renforcement des institutions et soutien aux investissements constituent les deux axes forts de CARD (Programme d'assistance à la reconstruction, au développement et à la stabilisation des Balkans occidentaux) mis en œuvre pour la période 2000-2006 – avec un budget de 5,5 milliards d'euros et reprenant notamment les axes de coopération de PHARE dont les pays du Sud-Est européen étaient auparavant bénéficiaires. Elle inclut la participation de la Serbie-Monténégro. Fondations, associations et organismes de soutien aux entreprises sont invités à présenter des projets, tout comme les Etats et organisations nationales. Sous l'égide et avec le soutien de l'Agence européenne pour la reconstruction du Kosovo, des projets sont développés dont quelques-uns incluent des opérateurs culturels comme Patrimoine sans frontières qui apporte une assistance technique et scientifique au musée du Kosovo, ainsi qu'à divers organismes albanais. Il reste que la coopération culturelle en tant que telle n'est pas explicitement incluse dans ce programme.

Ainsi la dimension culturelle traverse les programmes de coopération avec l'Est de l'Europe, sans que pour autant elle représente une priorité évoquée – et surtout traitée – comme telle. Le seul programme CULTURE 2000 ne pourra répondre à tous les besoins d'échanges. Il serait donc souhaitable que dans le cadre des "Nouveaux voisinages", l'Union européenne se dote d'outils spécifiques ou envisage des "actions conjointes" de ces programmes avec le futur programme culturel.

LES ENJEUX DU DIALOGUE EURO-MÉDITERRANÉEN

Le relatif entêtement des Européens à vouloir une coopération euro-méditerranéenne, malgré la vision négative qu'en avaient les autorités américaines, adeptes d'un partenariat transatlantique "mieux structuré" et niant toute capacité de médiation à l'espace euro-méditerranéen, illustre l'une des spécificités possibles des relations communautaires avec le reste du monde. Elaborés en 1963 sous la pression des trois anciennes colonies françaises du Maghreb (Maroc, Algérie, Tunisie), les premiers accords d'association ont été signés dès 1969. L'absence de vision cohérente de la région pousse la Communauté à adopter en 1972 une "approche globale méditerranéenne", portant à douze le nombre des "pays tiers méditerranéens". En 1990 est retenu le principe d'une "Politique méditerranéenne rénovée" (PMR) : 4,4 milliards d'écus sont débloqués pour des programmes dont trois intéressent *a priori* les acteurs culturels : Med Media (audiovisuel et cinéma), Med Campus (universités) et Med Urbs (coopération décentralisée). Malgré quelques réussites en particulier dans le domaine du patrimoine, ces programmes connaissent une mise en œuvre difficile, le repérage de partenaires de la Rive sud s'avérant beaucoup plus long que prévu. Fin 1995, la Commission donne un coup d'arrêt à ces initiatives.

La conférence de Barcelone a réuni les 27 et 28 novembre 1995 les ministres des Affaires étrangères des Etats membres et ceux des douze pays concernés de la Rive sud. Ses conclusions reprennent plusieurs priorités déjà évoquées : une politique de sécurité commune ;

une zone de libre-échange ; des programmes de coopération à visée culturelle et sociale. Quatre programmes régionaux (représentant 10 % de la totalité des fonds de MEDA pour la période 2000-2006, soit 500 millions d'euros contre 3,5 milliards) sont mis en place : Euromed Heritage II dédié au patrimoine, Euromed Audiovisuel, EUMEDIS ("Initiative pour le développement de la société de l'information euro-méditerranénne") – le mieux doté. La coopération en matière de jeunesse est intégrée au programme du même nom. Euromed Audiovisuel s'avère très sélectif, retenant des projets d'un million d'euros minimum, associant le plus grand nombre de participants possibles. Le phénomène d'intermédiation déjà observé pour CULTURE 2000 se retrouve dans ce cadre : ainsi le projet "Medea" n'est autre que la création d'un fonds d'aide à la préproduction, visant à soutenir vingt-cinq propositions par an émanant de sociétés indépendantes, avec un budget de 5 millions d'euros pour trois ans. Medea fixe ainsi ses propres critères : 50 % des coûts de préproduction ou une formation gratuite, contre 80 % pour les projets cofinancés par Euromed. Il reste que Med Urbs n'existe plus, qu'un Euromed "Sciences humaines" tarde à venir et que les professionnels du spectacle et des arts visuels bataillent de longue date pour la création d'un Euromed "Arts vivants". Les observateurs regrettent en outre la persistance écrasante du bilatéral dans les programmes et le fait que la coopération régionale – largement orchestrée par les Etats – s'apparente à un "processus intergouvernemental déguisé".

Un Forum civil euro-méditerranéen

Nouveauté d'importance, l'Union européenne accepte après 1995 le principe que, à côté des réunions des représentants des Etats, les sociétés civiles puissent engager une concertation régulière. Le Forum civil euro-méditerranéen est né. Réunissant plus de cinq cents participants en 2000, celui de Marseille formule des exigences : la parité homme-femme, l'équilibre Nord-Sud, une véritable autonomie des acteurs. Les thèmes débattus donnent lieu à la création de réseaux spécialisés en matière de droits de l'homme, de migrations, d'environnement, de jeunesse. L'idée d'un Forum euro-méditerranéen des cultures prend forme. Créée en 1978 et engagée de longue date dans la coopération euro-méditerranéenne, sous la houlette de Giovanna Tanzarella, la Fondation René-Seydoux assure la mise en place de ce Forum, le FEMEC, à Paris, sous la forme d'une association autonome. Ce dernier compte aujourd'hui des antennes à Ramallah et Beyrouth, et des correspondants en Espagne, Italie, Finlande, Syrie, Egypte et Tunisie. Son intérêt est de réunir universitaires et chercheurs en sciences humaines, responsables de revues, professionnels des arts vivants et traducteurs. A terme, il se veut un espace où les porteurs de projets trouveront une écoute, ainsi qu'une aide logistique et financière. En juin 2004, la Plate-Forme non gouvernementale EUROMED a tenu sa première réunion élargie à Chypre, avec plus de quatre-vingts représentants de réseaux thématiques.

Vers une Fondation euro-méditerranéenne des cultures ? Les Etats membres du processus de Barcelone abordent aujourd'hui le projet d'une Fondation euro-méditerranéenne des civilisations et des cultures. La discussion a porté sur son principe de fonctionnement : organisation intergouvernementale – selon le souhait de beaucoup d'Etats méditerranéens ou sud-européens – ou d'une véritable agence de coopération multilatérale dédiée à la coopération décentralisée – orientation retenue par beaucoup de professionnels et certains Etats membres nord-européens. Le premier point de vue l'a emporté. En 2004, la Fondation Anna-Lindh a vu le jour à Alexandrie. Dotée d'une équipe volontairement restreinte, elle s'emploie, pour l'heure, à réunir les contributions des Etats participants. L'une des solutions eût été de réorienter une petite partie des fonds MEDA pour poser les bases de l'édifice. Ce n'est apparemment pas la méthode retenue. On peut le regretter si l'on considère le souci majeur de l'Union européenne de voir s'engager un dialogue durable entre les sociétés des deux rives.

L'apport des réseaux culturels

L'un des paradoxes du processus de Barcelone a été de générer une vitalité des propositions culturelles, au-delà même de l'existence des programmes euro-méditerranéens. Beaucoup de réseaux culturels ont en effet étendu leurs activités vers la Rive sud. Citons tout particulièrement deux initiatives.

Dès 1999, l'IETM envisageait, en coopération avec l'ONDA et avec le soutien de la Fondation européenne de la culture, la création d'un fonds de mobilité ouvert aux artistes et professionnels méditerranéens, le Fonds Roberto-Cimetta. Il finance à 75 % des bourses de mobilité individuelles. Il permet à ces artistes et producteurs de rejoindre des réseaux, de participer à des conférences ou des festivals d'importance pour eux, de confronter expériences et informations et de développer des projets. Une centaine de bourses est offerte chaque année, selon une procédure rapide et souple.

Quant à DBM (Danse Bassin méditerranéen), il a été créé en 1998 “sur une base informelle”, par des danseurs, chorégraphes et producteurs issus de sept pays

– Espagne, France, Italie, Maroc, Portugal, Slovénie, Tunisie. Administrateur d'une compagnie de danse à Valence en Espagne et membre de l'IETM, l'un de ses inspirateurs, Jean-Marc Liverato, ressentait le besoin de rencontrer d'autres professionnels issus de la Méditerranée et travaillant sur les mêmes enjeux. Il lui apparaissait en outre que plusieurs obstacles grèvent le développement de la danse contemporaine de la Rive sud : le manque d'accès aux programmateurs européens, le manque de confrontation avec les grands courants chorégraphiques contemporains. En 2000, DBM reçoit le soutien du programme CONNECT pour lancer un projet de formation de danseurs et chorégraphes en Méditerranée. L'enjeu de DBM est de "permettre aux jeunes de la Rive sud de créer leur propre langage artistique" dans une région du monde où le poids des traditions reste très lourd et où la relation au corps s'avère complexe. DBM bénéficie désormais d'un contrat de trois ans avec CULTURE 2000, ce qui lui permet de développer trois axes de travail : la formation ou le perfectionnement, le soutien à la production et à la diffusion de spectacles, les recherches partagées en matière de création contemporaine. L'impossibilité actuelle pour DBM de bénéficier des fonds MEDA renforce les difficultés et les ambiguïtés : les ressortissants de la Rive sud ne peuvent apparaître comme des partenaires à part entière, dans le cadre d'un programme ouvert aux seuls professionnels issus de la Rive nord. Paradoxe en effet que le sort de ce réseau que le processus de Barcelone aura contribué à faire naître, sans lui conférer pour autant une légitimité euro-méditerranéenne, au sens institutionnel du terme.

Multiplication des échanges artistiques et des confrontations plurielles à Londres, Bruxelles, Deauville, Séoul, Pékin, Shanghai, Bangkok, Berlin et Tokyo, il semble que l'on assiste depuis le début des années 1990 à un renouvellement des échanges artistiques entre l'Asie et l'Europe (Jean-Luc Toula-Breysse, 1998). Le travail des premiers défricheurs est désormais relayé par de nouvelles générations d'artistes – dans tous les domaines de la création. Pourtant, cette circulation de nouvelles élites ne doit pas faire oublier l'énorme méconnaissance à l'œuvre entre les peuples des deux continents, aggravée par des stéréotypes abondamment entretenus dans le cadre des flux migratoires. L'Union européenne, là encore, s'essaie à des formes originales de rapprochement, croisant aide au développement et partenariat économique et culturel. C'est d'abord dans le cadre de l'ASEM (Asia-Europe Meeting) que ces nouvelles relations prennent forme.

L'ASEM, du rapprochement au partenariat

Créée en 1967, l'Association des nations du Sud-Est asiatique (ANSEA) s'est donné pour objectifs la création d'une zone de sécurité commune et de coopération économique, l'élaboration de programmes communs d'enseignement, de formation et de recherche, l'organisation d'échanges universitaires et culturels. Créée par cinq Etats (Indonésie, Malaisie, Philippines, Singapour et Thaïlande), elle a été rejointe par le Brunei Darussalam en 1984, le Vietnam en 1995, le Laos et le Myanmar (Birmanie) en 1997, le Cambodge en 1999. Forte de quelque 500 millions d'habitants, l'ANSEA est aussi une région en proie aux déséquilibres économiques, à l'autoritarisme de ses gouvernements, et à un chômage qui touche en majorité les jeunes. Dans une optique de sensibilisation, l'ANSEA leur a récemment donné la parole pour qu'ils expriment leurs attentes sur son site Internet. S'attardant sur le caractère sibyllin de l'accord régional, l'un des intervenants ne tarissait pas d'éloges sur la construction communautaire : "Au moins dans l'Union européenne, les peuples savent à quoi ils s'engagent. Des référendums sont organisés." Une telle assertion permet de mesurer l'ampleur du "déficit démocratique" qui caractérise le fonctionnement de l'ANSEA ! Lors du premier sommet de l'ASEM (Asia Europe Meeting) à Bangkok en 1996, le principe d'une fondation Europe-Asie était adopté. Après le forum de Manille de décembre 1997, le coup d'envoi "culturel" a été en quelque sorte donné, avec l'organisation à Paris d'un "Forum Europe-Asie des opérateurs culturels", les 5 et 6 février 1998, par l'Association française d'action artistique (AFAA) en coopération avec la Fondation Europe-Asie et associant des ressortissants japonais, sud-coréens et chinois, avec le soutien de l'Union européenne et le concours du ministère français de la Culture et de la Communication. Ce Forum a réuni quelque cent participants des quinze Etats membres et de sept pays membres de l'ANSEA, ainsi que de Chine, de Corée du Sud et du Japon. Dans le cadre de la réunion ASEM de Londres, Visiting Arts a pris le relais avec une série d'événements culturels "Asia meets Europe in Britain", organisés de mars à juillet 1998.

La Fondation Europe-Asie

Dans un document intitulé *ASEF : Connecting Asia and Europe, 1997-2000*, la première équipe de direction de la Fondation Europe-Asie dressait en 2000 un bilan des activités de cet organisme basé à Singapour. Le maître-mot revenait au "partage" par le biais de réseaux : partage des connaissances, des expériences, et, plus modestement, réduction des divergences sur un certain nombre de sujets intéressant la vie politique, économique et sociale : droits de l'homme, protection de l'environnement, démocratie, normes communes dans le cadre du commerce international. C'est pourquoi la Fondation Europe-Asie s'est intéressée à des groupes particuliers. Le plus représenté, et de loin, est celui des jeunes – dans tout l'éventail de leur implication politique et sociale : élèves et étudiants, régulièrement réunis avec leurs enseignants dans le cadre d'universités d'été ou de réseaux d'éducation et de recherche, jeunes volontaires impliqués dans des programmes d'échanges euro-asiatiques, en collaboration avec le Comité de coordination pour le Service volontaire international (CCIVS), jeunes parlementaires, jeunes entrepreneurs, jeunes artistes enfin pour lesquels l'ASEF a organisé des concours et des "fenêtres" spécifiques de diffusion. Quel rôle pour la culture, dans cet ensemble ? De 1997 à 2000, l'ASEF a souhaité mettre en place à la fois des manifestations artistiques prestigieuses – souvent dans le cadre des sommets ASEM – et faire se rencontrer des professionnels de l'art et de la culture qui, chacun dans son domaine, peuvent développer ensuite contacts et collaborations : spécialistes de la conservation patrimoniale et des musées – création du réseau ASEMUS –, cinéastes et producteurs, responsables de chaînes télévisées éducatives et culturelles, éditeurs, représentants des industries musicales… La matière est donc immense mais la Fondation se réserve un rôle d'impulsion et agit la plupart du temps en partenariat. Ses interventions représentent en moyenne 40 à 45 % du coût des projets proposés, le reste étant pris en charge par des fondations, des gouvernements, des collectivités territoriales, des fédérations d'entreprises, des associations. Ainsi, du 9 au 30 octobre 1999, Bangkok se couvre d'affiches, de photographies, d'expositions architecturales et artistiques, de performances présentant les mutations des grandes cités asiatiques et européennes, à travers le regard d'artistes d'Europe et d'Asie. "Cities in the move" a impliqué plus de cent artistes et architectes et la participation d'Etats membres de l'Union européenne à travers leurs centres culturels en Thaïlande. En 2001, la Fondation a également affirmé son autonomie de gestion au quotidien : si le Conseil des gouverneurs, relayé par un comité exécutif, fixe ses grandes orientations, elle doit recourir à des jurys indépendants d'experts pour la sélection et le suivi des projets auxquels elle participe.

LE FONCTIONNEMENT DE L'ASEF

Ses fonds proviennent des contributions volontaires des Etats membres : les Quinze, les Etats membres de l'ANSEA, le Japon, la Chine, la République de Corée, auxquels s'ajoute la Commission européenne, soit vingt-six parties prenantes dont les représentants forment le Conseil des gouverneurs, organe qui se réunit deux fois par an et fixe les grandes orientations de l'ASEF. Parmi les pays asiatiques, le Japon et Singapour se montrent particulièrement généreux. Ces ressources sont utilisées de trois façons différentes : soutien à des opérations, projets spécifiques dont l'appui exige un accord formel des membres contributeurs (Trust Fund) et fonds placés. Le but de la Fondation est de recueillir à terme 50 millions de dollars US pour sa dotation. Actuellement dirigée par l'ambassadeur Cho Won-il, le bureau de la Fondation comprend une équipe multinationale de plus de vingt personnes dont les attributions sont réparties en fonction de ses priorités thématiques : "Echanges intellectuels" ; "Echanges de personne à personne" ("People-to-People Exchange"), essentiellement consacrés à la jeunesse et à l'éducation ; "Echanges culturels" ; "Affaires publiques". S'y ajoute l'équipe en charge du suivi logistique et administratif.

Dans un contexte économique et social difficile, il sera intéressant de suivre les activités de la Fondation, création originale, fruit d'une concertation à la fois intergouvernementale et multilatérale, au croisement d'une coopération régionale asiatique et d'autres espaces déterminants comme la Chine et le Japon. Intéressant aussi de savoir si la Fondation peut subtilement faire évoluer son rôle, d'une activité diplomatique vers une ouverture continue aux acteurs les moins visibles de la société. En reprenant notamment à son compte le flambeau des droits sociaux et culturels.

Parallèlement aux activités de l'ASEF, l'Union européenne a lancé plusieurs programmes qui s'inscrivent dans trois problématiques spécifiques : ASIA-URBS pour la coopération entre les villes, ASIA-INVEST pour les PME et ASIA-LINK, consacré à l'enseignement supérieur.

Au terme de ce rapide survol, la coopération éducative et culturelle euro-asiatique semble balbutiante malgré l'existence de la Fondation Europe-Asie. Un essai à transformer donc, en tenant compte de certaines vérités opportunément rappelées par des spécialistes : il n'existe pas une mais des Asie. Comme l'observait l'ambassadeur Delfin Colomé en 2002 : "La réconciliation reste toujours difficile. Le Japon investit beaucoup d'argent dans la coopération avec les pays voisins, mais cela ne change pas pour autant son image auprès des autres nations. Sans se poser en modèle, il est possible que l'histoire de l'Union européenne puisse présenter un intérêt à cet égard." Une "Année d'échanges entre l'Union européenne et le Japon" a été lancée en 2005.

Un programme "économico-culturel" de coopération avec l'Inde

Après la guerre froide, l'Inde cherche à diversifier ses relations politiques et économiques. Un traité de coopération est signé entre cet Etat et l'Union européenne, lequel, conformément au traité de Maastricht, contient un court article consacré aux échanges éducatifs et culturels. L'"EU/India Economic-Cross Cultural Programme" (EIECP), traduit en français par "Programme de coopération économique et culturelle entre l'Union européenne et l'Inde", est porté sur les fonts baptismaux en 1995. Au terme d'une expertise extérieure, trois domaines de coopération sont finalement retenus : universités, médias et entreprises. Le programme est lancé en 1997, pour une période de cinq ans (1997-2001). Doté de 27,6 millions d'euros, il est directement géré par la Commission, sur des appels à propositions dont les candidatures sont étudiées par des experts indépendants. Etablissements d'enseignement supérieur, médias et entreprises mais aussi organisations non gouvernementales sont invités à proposer des initiatives. Formation de journalistes et de scénaristes, services aux entreprises européennes et indiennes de production audiovisuelle et cinématographique, création d'un centre pour les musiques actuelles à Jaipur, en collaboration avec le réseau Trans Europe Halles, autant d'initiatives retenues dans le cadre de ce programme qui est prolongé jusqu'en 2006 inclus.

UNION EUROPÉENNE / AMÉRIQUE LATINE
Les années 1980 marquent un tournant dans la politique de coopération de l'Union européenne envers les "Pays en voie de développement de l'Amérique latine et de l'Asie". Après l'adhésion de l'Espagne et du Portugal à l'Union européenne en 1986, l'aide financière et technique aux pays concernés passe sous la tutelle de la Direction générale I (Relations extérieures). Les services d'Amérique latine conquièrent une relative autonomie. Après 1989, la présence diplomatique de la Communauté européenne s'étoffe avec l'ouverture de délégations sur le sous-continent. Consciente de l'hétérogénéité latino-américaine, l'Union européenne souhaite privilégier une approche régionale ou "spécifique". Dans le cadre du cofinancement avec les organisations non gouvernementales, les exigences de gestion imposées par Bruxelles tendent à limiter le nombre des interlocuteurs et à faire cautionner les ONG latino-américaines par des organisations européennes qui assument l'ensemble des responsabilités administratives pour mener à bien une coopération décentralisée mais fortement encadrée sur le plan technique et administratif. Comme son homologue ASIA-INVEST, AL-INVEST s'intéresse à la coopération entre les entreprises européennes et latino-américaines en matière d'échanges commerciaux, d'investissements directs, de sous-traitance voire d'alliances économiques. Quant à URB-AL, il entend faciliter la coopération entre collectivités territoriales.

Doté de 42 millions d'euros pour 2000-2005, ALFA II a succédé au premier programme de coopération universitaire Union européenne/Amérique latine. Les résultats de ce dernier ont été rendus publics par la Commission. Il a rencontré un succès certain en termes de participation – 815 universités impliquées et 675 projets approuvés. Un double déséquilibre est pourtant patent à l'issue du premier programme : seulement 41,5 % des universités participantes étaient latino-américaines et la part de ces dernières en tant que coordinatrices ne représentait que 17 % de l'ensemble. Les pays latino-américains les mieux représentés étaient le Chili, le Brésil, l'Argentine et le Mexique. Dans la foulée d'ALFA, la Commission européenne a proposé en 2002 l'établissement d'un programme-pilote de bourses pour jeunes diplômés et cadres supérieurs. Lancé pour sept ans, ALBAN (America Latina Becas de Alto Nivel, 2002-2009) s'intéresse à l'enseignement supérieur et à la recherche.

Compte tenu de l'absence d'une stratégie culturelle d'ensemble en direction de l'Amérique latine, la création d'un réseau thématique, ESCALE (Espace culturel Amérique latine Europe) a été proposée au sein de la Commission… Sans suite à ce jour.

DES PROGRAMMES COMMUNAUTAIRES "OUVERTS AU MONDE"

Le programme communautaire consacré à la culture, CULTURE 2000, est ouvert à la coopération avec les pays tiers – moyennant la coopération de trois organismes européens et d'une organisation d'un pays tiers. Mais la formule la plus aboutie de ce type de coopération est sans doute aujourd'hui le programme Jeunesse.

Emanant au départ des ministères concernés dans les Etats partenaires, le Forum euro-méditerranéen de la jeunesse a su s'affranchir, autant que possible, des tutelles gouvernementales, pour soutenir et accompagner la création d'un Euromed Jeunesse, dès 1999. L'idée a donc fait son chemin mais de façon originale. En effet, loin de faire d'objet d'un programme géré de façon spécifique, il relève de la Direction Education et Culture et donc principalement des agences nationales en Europe et dans les pays tiers. Ce fonctionnement semble combiner heureusement compétences spécifiques et considérations géo-culturelles, dans le cadre d'un programme désormais ouvert à l'Europe du Sud-Est, aux Nouveaux Etats indépendants et à l'Amérique latine. Un programme ERASMUS MUNDUS a également été lancé en 2004 par la Commission européenne.

Les initiatives originales de l'Union européenne montrent que celle-ci dispose d'outils et d'expériences intéressants pour la coopération culturelle mondiale. En même temps, les divergences d'approches entre Etats membres conduisent souvent à un compromis au sein duquel la dimension culturelle se trouve bridée. Le document déjà cité propose deux chantiers à la Commission européenne : l'aménagement culturel, autrement dit le fait de "produire les conditions nécessaires à la réalisation des objectifs culturels fixés, laissant aux artistes et aux opérateurs directs les meilleures possibilités d'exercer leurs activités au meilleur niveau", et ce dans une approche transversale, intersectorielle et complémentaire des initiatives existantes. Deuxième volet, le partage des expériences par la mise en réseau des acteurs et la mobilité des professionnels. Ces propositions doivent enfin s'appuyer sur une coordination interne accrue des moyens et des actions de la Commission européenne. Il est significatif qu'EuropeAid opère sous le contrôle de cinq commissaires, à l'exclusion de celui en charge de l'éducation et de la culture.

A l'aube du XXIe siècle, l'Europe se trouve contrainte de redéfinir la façon dont minorités, migrants, réfugiés – de passage ou installés durablement –, diasporas diverses peuvent cohabiter dans un espace lui-même peuplé d'individus devenus "multiculturels" (Michel Wieviorka, 2001). Si tourisme et voyages professionnels ont fait beaucoup pour la coopération européenne, 54 % des personnes interrogées dans le cadre d'une enquête réalisée en 1997 par l'Observatoire européen du racisme et de la xénophobie à la demande de la Commission européenne lors de l'Année européenne contre le racisme, continuent de s'opposer à l'idée qu'un Européen d'un autre pays puisse s'installer dans le leur et y jouir des mêmes droits. Jean-François Bayart constate par ailleurs que lors de la guerre de Yougoslavie, les opinions européennes ont été portées par un formidable mouvement de sympathie pour les Bosniaques, oubliant temporairement leur "phobie anti-islamique". Il reste que la même enquête révélait "une majorité d'attitudes négatives" quant à la représentation des migrants au sein de l'Union. Un néo-primordialisme fait ainsi florès sur des conceptions héritées du XIXe siècle : un Etat, un territoire, une culture. A cet égard, l'article 151 du traité paraît peu ambitieux, évoquant l'épanouissement des seules "cultures nationales et régionales des Etats membres". Notons tout de même que le "dialogue interculturel" deviendra une priorité dans le cadre de CULTURE 2007.

L'Union européenne – et ses Etats membres – n'ont pas encore effectué le changement de paradigme qui leur permettrait de considérer les cultures non européennes présentes sur leur territoire comme partie intégrante de la coopération culturelle européenne. L'une des façons de dédramatiser la question de l'immigration serait sans doute de lui conférer une dimension historique, en suscitant des travaux comparatifs internationaux tant sur l'histoire des colonisations que sur celle des migrations anciennes ou récentes qui ont enrichi l'Europe, et de montrer qu'il s'agit là d'une histoire certes conflictuelle mais commune aux colonisés et aux colonisateurs, De façon plus générale, la rencontre/confrontation des Européens avec des intellectuels et des artistes "post-coloniaux", selon le terme d'Edward Saïd, est une formidable chance de réfléchir ensemble aux *dissensus*, décalages, "conflits" de représentation qui travaillent le monde des arts et des idées.

Bien entendu, la dimension éducative se trouve au centre de ces enjeux. Des manuels présentant les littératures internationales des grandes aires linguistiques européennes – francophonie, anglophonie, lusophonie, hispanophonie – permettraient aux élèves d'Europe de se familiariser avec ces œuvres, tout en leur révélant la différence culturelle au sein d'une même aire linguistique. En outre, l'Union européenne pourrait engager avec ses "outre-mers" un dialogue culturel plus affirmé (Dominique Wolton, 2003). Ainsi l'Europe pourrait se penser "étrangère à elle-même", selon l'expression de Julia Kristeva et construire une culture "des liens" telle que la prône Peter Brook. Son expérience en fait peut-être la première entité capable de mettre en pratique un multilatéralisme effectif dans sa relation au monde.

CONCLUSION

Une longue fréquentation des arcanes de la coopération culturelle européenne incite à la modestie. Les divers espaces où elle se déploie, les divers acteurs qui la tissent sont autant de lieux et de facteurs de possible *dissensus*. Tout encadrement juridique, législatif, financier doit prendre en compte cette évidence. La culture n'est pas harmonie, elle crée des ruptures, modifie des parcours, induit des stratégies visibles ou souterraines. Aucun des espaces de coopération que nous avons évoqués ne peut s'effacer au profit d'un autre. Une fois confortée dans un début de légitimité institutionnelle en matière de culture, l'Union européenne doit à présent soumettre cette légitimité à l'épreuve du réel. Cette étape s'avère d'autant plus délicate que la notion même de politique culturelle souffre à la fois de rigidité et d'indéfinition. Les expériences des politiques culturelles démocratiques sont récentes et parfois encore peu ancrées dans le tissu des sociétés. Comme nous l'avons constaté, elles semblent aujourd'hui condamnées à un immobilisme défensif ou à une instabilité chronique. Les acteurs privés ont développé une expérience et une expertise utiles dans la nouvelle configuration communautaire. Quant aux associations, réseaux et personnes engagées au quotidien dans la bataille culturelle, ils disposent d'un savoir-faire et d'un savoir indispensables. Les collectivités territoriales construisent également leur place dans cet ensemble. Pourtant la vivacité réelle de ces coopérations et leur concurrence/complémentarité ne suffit pas à fabriquer une architecture dotée de sens. La nouvelle – et forcément incertaine – configuration européenne est une chance unique d'ouvrir le débat sur la place de l'art dans nos sociétés. Une occasion historique. A condition de rendre au gouvernail politique toute sa légitimité. Et de mettre les acteurs culturels et les artistes en situation de tester des hypothèses, lancer des filins, contribuer au débat collectif et à la (re)construction des espaces abîmés de nos sociétés.

La mise en échec de la dérégulation reste un objectif essentiel. Elle ne peut pourtant revêtir la force symbolique requise pour embarquer quatre cent cinquante millions de personnes dans un rêve partagé. Le désenchantement est certes consubstantiel d'une Europe divisée qui a fait la paix au milieu des cendres. Pourtant, les Européens n'existent pas encore dans les médias ni dans les représentations quotidiennes, ni même à leurs propres yeux. La vision institutionnelle "écrase" toutes les autres possibilités de regards. L'idéal européen démocratique tarde à s'ancrer dans les esprits et dans les pratiques. Soutenir les arts et la culture peut servir la démocratie. Mais il y faut des conditions : un investissement prioritaire sur l'éducation culturelle et artistique pour tous, la solidarité concrète et continue des gens de culture avec les autres parties prenantes de la société, le rejet des corporatismes abusifs, le soutien des singularités linguistiques, culturelles (plus que de la diversité), un investissement fort en faveur du pluralisme – des idées, des médias, des recherches. Pas de mobilité sans ancrage. Pas de dialogue sans réciprocité. Et pas d'Europe culturelle digne de ce nom sans un travail décisif à l'échelle du politique comme dans le registre du symbolique. L'avenir dira si nous sommes capables d'inventer les mots d'une réalité nouvelle.

SÉLECTION BIBLIOGRAPHIQUE

OUVRAGES ET RAPPORTS

Erasme, *Plaidoyer pour la paix*, 1516, Chantal Labre trad. du latin et prés., Arléa, 2002 pour la traduction française

Convention culturelle européenne, Paris, 19 décembre1954, Conseil de l'Europe, Strasbourg

Peter Hall, *Europe 2000*, Duckworth, Londres, 1975

Julien Benda, *Discours à la nation européenne*, Gallimard, Paris, 1933, 2e édition en 1979

Denis de Rougemont, *Vingt-huit siècles d'Europe*, Payot, Paris, 1961

Le Dialogue des cultures, Colloque de Genève, 15-17 septembre 1961, Centre européen de la culture, éditions de la Baconnière, Neuchâtel, 1962

Bilan des activités culturelles au service de l'Europe – 1949-1964, Centre européen de la culture, éditions de la Baconnière, Neuchâtel, 1962

Jean-Pierre Gouzy, *Les Pionniers de l'Europe communautaire*, Centre de recherches européennes, Lausanne, 1968

Stefan Zweig, *Le Monde d'hier. Souvenirs d'un Européen*, 1944, Belfond, Paris, 1982 et 1993 pour la traduction française

R. M. Lemaire, *Les Communautés européennes et la sauvegarde du patrimoine*, Rapport pour la Commission des Communautés européennes, Bruxelles, 1980

Miklos Haraszti, *L'Artiste d'Etat*, Fayard, Paris, 1983 pour la traduction française

Jean-Michel Djian et Anne-Marie Autissier (Isabelle Schlatter coll.), *Mission de préfiguration de l'Agence française des initiatives de la jeunesse en Europe*, Paris, 1985

Edgar Morin, *Penser l'Europe*, Gallimard, Paris, 1987

Krzysztof Pomian, *Collectionneurs, amateurs et curieux, Paris-Venise, XVIe-XVIIIe siècle*, Gallimard, Paris, 1987

Antonio Ca'Zorzi, *Administration et financement public de la culture dans la Communauté européenne,* Rapport pour la Commission des Communauté européennes, Office des publications officielles des Communautés européennes, Luxembourg, 1987

Julia Kristeva, *Etrangers à nous-mêmes*, Fayard, Paris, 1988

Hannah Arendt, *La Crise de la culture*, Denoël, Paris, 1989 pour la traduction française

Alain Boublil, *Le Pouvoir de l'art*, Belfond, Paris, 1991

Nathalie Heinich, *La Gloire de Van Gogh. Essai d'anthropologie de l'admiration*, Minuit, Paris, 1991.

Gérard Monier, *Des beaux-arts aux arts plastiques, une histoire sociale de l'art*, éditions de la Manufacture, Besançon, 1991

Participation à la vie culturelle en Europe – Tendances, stratégies, défis, Table ronde de Moscou, Conseil de l'Europe/CIRCLE, La Documentation française, Paris, 1991

Rémi Brague, *Europe. La voie romaine*, Centurion, Paris, 1992

Françoise Barret-Ducrocq dir., *Traduire l'Europe*, Payot, Paris, 1992

Leonardo Benevolo, *La Ville dans l'histoire européenne*, Le Seuil, Paris, 1993

Serge Regourd, *La Télévision des Européens*, La Documentation française, Paris, 1992

Circulation des idées et des œuvres littéraires en Europe, Premiers résultats d'une enquête réalisée par BIPE Conseil pour le Centre national des lettres, Paris, 1993

Marie Cornu, *Compétences culturelles en Europe et principe de subsidiarité*, Bruylant, Bruxelles, 1993

Dominique Wolton, *L'Europe, la dernière utopie. Naissance de l'Europe démocratique*, Flammarion, Paris, 1993

René Rizzardo, *Les Enjeux culturels pour les régions d'Europe*, conférence européenne organisée à Lyon, les 10 et 11 octobre 1991, Conseil de l'Europe et région Rhône-Alpes, éditions du Conseil de l'Europe, Strasbourg, 1993

Franco Bianchini et Michael Parkinson dir., *Cultural Policy and Urban Regeneration. The West European Experience*, Manchester University Press, 1993

Jorge Semprun, *Federico Sanchez vous salue bien*, Grasset, Paris, 1993

René Girault (dir.), *Identité et conscience européennes au XXe siècle*, Hachette, Paris, 1994

John Myerscough, *Les Villes et les mois culturels en Europe*, Rapport à la demande de la Commission européenne, Glasgow, 1994

Paul Alliès, Emmanuel Négrier, François Roche, *Pratiques des échanges culturels internationaux : les collectivités locales*, AFAA, ministère des Affaires étrangères, Paris, 1994

Mireille Pongy et Guy Saez, *Politiques culturelles et régions en Europe*, L'Harmattan, Paris, 1994

Le Vade-mecum des aides culturelles en Europe, IETM, Conseil des arts de Grande-Bretagne, Bruxelles, 1995

François Roche dir., *La Coopération culturelle décentralisée avec l'Asie*, Rapport du Collège européen de la coopération culturelle à la Commission européenne, juillet 1995

Judith Staines, *Les Réseaux : un avenir pour la coopération culturelle en Europe*, FEAP/EFAH, Bruxelles, 1996

Michel David, Vincent Dubois, Guy Saez, *Les Collectivités territoriales : vers une politique de relations internationales ?*, Etude de l'Observatoire des politiques culturelles pour le ministère de la Culture et de la Communication, Grenoble, 1996

Jean-Louis Burban, *Le Conseil de l'Europe*, PUF, Paris, 3e édition, 1996

Massimo Cacciari, *Déclinaisons de l'Europe*, éditions de l'Eclat, Paris, 1996 pour la traduction française

Benedict Anderson, *L'Imaginaire national. Réflexions sur l'origine et l'essor du nationalisme*, La Découverte, Paris, 1996 pour la traduction française

Javier Pérez de Cuellar (dir.), *Notre diversité créatrice*, Unesco, Paris, 1996

Elisabeth du Réau, *L'Idée d'Europe au XIXe siècle*, éditions Complexe, Paris, 1996 et 2001

Jean-François Bayart, *L'Illusion identitaire*, Fayard, Paris, 1996

Renaud Zuppinger (dir.), *Représentations de l'Europe. Patrimoine, musées, problématiques identitaires et culturelles en Europe*, Le Fil d'Ariane, Institut d'études européennes de l'université de Paris-VIII, Saint-Denis, 1997

Dragan Klaic, *Reform or Transition, The Future of Repertory Theatre in Central and Eastern Europe*, Open Society Institute, New York, 1997

Ken Robinson, *L'Education artistique en Europe*, éditions du Conseil de l'Europe, Strasbourg, 1997

Pierre Lévy, *Cyberculture*, Rapport au Conseil de l'Europe, éditions Odile Jacob, Paris, 1997

Patrick Le Galès et Christian Lequesne (dir.), *Les Paradoxes des régions en Europe*, La Découverte, Paris, 1997

Hélé Béji, *La Fièvre identitaire. L'imposture culturelle*, Stock, Paris, 1997

Simon Mundy, *Making it Home, Europe and the Policies of Culture*, Fondation européenne de la culture, Amsterdam, 1997

François Roche, *La Crise des institutions nationales d'échanges culturels en Europe*, L'Harmattan, Paris, 1998

Jacques Renard (dir.), *La Culture au cœur*, éditions du Conseil de l'Europe, Strasbourg, 1998

Rod Fisher (dir.), *In from the Margins*, éditions du Conseil de l'Europe, Strasbourg, 1998

Andy Feist, Rod Fisher, Christopher Gordon, Charles Morgan, Jane O'Brien (coll.), *International Data on Public Spending on the Arts in Eleven Countries*, Conseil des arts d'Angleterre, Londres, 1998

La Culture, une ressource pour les régions. Commission européenne, Office des publications des Communautés européennes, Luxembourg, 1998

La Traduction, un choix culturel, Dossier de la revue *Esprit*, juin 1999

Anne-Marie Autissier, *L'Europe culturelle en pratique*, Chronique AFAA, La Documentation française, Paris, 1999

Armand Mattelart, *La Communication-monde. Histoire des idées et des stratégies*, La Découverte, Paris, 2e édition, 1999

Les Réseaux culturels en Europe, Dossier de *L'Observatoire des politiques culturelles*, n° 18, hiver 1999

Pierre Kukawka, *Le Quadrige européen*, Presses universitaires de Grenoble, 1999

Cultural Policies in Europe. A Compendium of Facts and Trends, ERICarts, ARCult Media, éditions du Conseil de l'Europe, Strasbourg, 1999

Caroline Brossat, *La Culture européenne. Définitions et enjeux*, Bruylant, Bruxelles, 1999

Vincent Dubois, *La Politique culturelle. Genèse d'une catégorie d'intervention publique*, Belin, Paris, 1999

Dominique Wolton (dir.), *La Cohabitation culturelle en Europe. Regards croisés des Quinze, de l'Est et du Sud*, Hermès 23-24, CNRS éditions, Paris, 1999

Joëlle Flichy, *La Fin de l'exception culturelle ?*, CNRS éditions, Paris, 1999

Ilka Heiskanen, Katy Greatrex et Riva Mitchell, CIRCLE 1998, *Survey on Cultural Cooperation in Europe*, "International Cultural Centre Cracow", Yearbook 8, 1999

Jean-Pierre Wargnier, *La Mondialisation de la culture*, La Découverte, Paris, 1999

Nobody promised you a living. Overview on the position of the artists in ECA member countries, Conseil européen des artistes, Copenhague, 1999-2000

Europe, identité plurielle, Actes du colloque tenu le 15 mai 2000 à l'Assemblée nationale, éditions Autrement, ministère délégué chargé des Affaires européennes, Paris, 2000

Hélène Ahrweiler et Maurice Aymard (dir.), *Les Européens*, Hermann, Paris, 2000

Le Droit des Etats et des gouvernements de soutenir la culture à la lumière de l'évolution du cadre normatif du commerce international : vers un instrument international ?, Document de réflexion, ministère de la Culture et des Communications du Québec, Québec, 2000

Edward Saïd, *Culture et Impérialisme*, Fayard, Le Monde diplomatique, Paris, 2000

Susan George, *Remettre l'OMC à sa place*, ATTAC, éditions des Mille et Une Nuits, Paris, 2001

Michel Wieviorka, *La Différence*, Balland, Paris, 2001

Tony Bennett, *Differing Diversities, Cultural Policy and Cultural Diversity*, éditions du Conseil de l'Europe, Strasbourg, 2001

Prospective : Fonctions du patrimoine dans une Europe en changement, éditions du Conseil de l'Europe, Strasbourg, 2001

Graham Devlin et Sue Hoyle, *Le Financement de la culture en France et en Grande-Bretagne*, Conseil franco-britannique, L'Harmattan, Paris, 2001

Henri de Bresson, *La Nouvelle Allemagne*, Stock, Paris, 2001

Sylvia Perez-Victoria (coord. éd.), *La Recherche pour la protection, la conservation et la mise en valeur du patrimoine culturel : opportunités pour les entreprises européennes*, Actes de la quatrième conférence de la Commission européenne, Strasbourg, 22-24 juin 2000, présidence française de l'Union européenne, Paris, 2001

Maurice Blin, *L'Europe et la culture*, Rapport du Sénat n° 213, Paris, 2000-2001

Les Financements culturels européens, 3e édition, Relais Culture Europe, La Documentation française, Paris, 2001

Monique Dagnaud et Régine Chaniac, *Fictions et réalités nationales*, Eurofiction, Paris, 2001

Manuel Castells, *La Société en réseaux. L'ère de l'information*, Fayard, Paris, 2e édition, 2001

Les Réseaux raisonnés, IETM/Firtzcarraldo/Conseil des arts de Finlande, Bruxelles, 2001

Julie Birmant et Nathalie Vimeux (coord.), *East West, Trois ans d'aventure théâtrale en Europe*, Théorem, Paris, 2002

Alfred Grosser, *L'Allemagne de Berlin, différente et semblable*, Alvik Zeditions, Paris, 2002

Pierre-Michel Menger, *Portrait de l'artiste en travailleur*, Le Seuil, Paris, 2002

Creative Europe, Network of European Foundations, ERICarts, Bonn, Novi Sad, 2002

Daniel Roche, *Humeurs vagabondes*, Fayard, Paris, 2002

Arjun Appadurai, *Après le colonialisme. Les conséquences culturelles de la mondialisation*, Payot, Paris, 2001 pour la traduction française

Pascal Lamy, *L'Europe en première ligne*, Le Seuil, Paris, 2002

Serge Regourd, *L'Exception culturelle*, PUF, Paris, 2002

Geneviève Bertrand, *La Prise de décision dans l'Union européenne*, La Documentation française, Paris, 2e édition, 2002

La Participation des Européens aux activités culturelles, enquête eurobaromètre réalisée à la demande de la Commission européenne dans l'ensemble des Etats membres, The European Opinion Research Group, Bruxelles, 2002

Jean-Claude Boyer, *Les Villes européennes*, Hachette, Paris, 2003.

Document de base pour servir à la définition d'une approche concertée de la Commission européenne en matière de coopération culturelle externe, EuropeAid, en vue du séminaire des 6 et 7 février 2003 à Bruxelles, Bruxelles, 2002-2003

Etude relative aux régimes d'emploi et de protection sociale des travailleurs du spectacle et de l'audiovisuel dans les pays membres de

l'Union européenne, FIM, FIA, Euro-Uni, EAEA, Rapport pour la Commission européenne, Bruxelles, 2002

L'Emploi dans la culture en Europe, Groupe LEG, Bureau de presse d'Eurostat, Luxembourg, 2003

Study on Cultural Cooperation in Europe, Rapport pour la Commission européenne, EFAH et Interarts, Bruxelles, 2003

Dominique Wolton, *L'Autre Mondialisation*, Flammarion, Paris, 2003

Patrice Meyer-Bisch (dir.), *Diversité, politiques et droits culturels*, Actes du colloque de Fribourg, 3-5 juin 2003

Christian Salmon et Joseph Hanimann, *Devenir minoritaires. Pour une nouvelle politique de la littérature*, Denoël, Paris, 2003

Alain Lombard, *Politique culturelle internationale. Le modèle français face à la mondialisation*, Maison des cultures du monde, Babel, Paris, 2003

From a "European Observatory of Cultural Cooperation" to a European Laboratory of Cultural Cooperation : The Case for a Pilot Initiative, Fondation européenne de la culture, Amsterdam, 2003

Jean-Claude Boyer, *Les Villes européennes*, Hachette, Paris, 2003

Joost Smiers, *Arts under Pressure. Promoting Cultural Diversity in the Age of Globalization*, Zed Books, Londres-New York, 2003

Jean-Michel Baer, *L'Exception culturelle, une règle en quête de contenus*, En temps réel, Cahiers 11, Paris, octobre 2003

Jacques Ténier, *Intégrations régionales et mondialisation*, La Documentation française, Paris, 2003

Ghislaine Glasson Deschaumes (dir.), *Les Religions en politique*, *Transeuropéennes* n° 23, 2003

Serge Gruzinski, *Les Quatre Parties du monde. Histoire d'une mondialisation*, La Martinière, Paris, 2004

André Lange et Tim Westcott (dir.), Olivier Debande et Susan Newman (coll.), *Les Aides publiques aux œuvres cinématographiques et audiovisuelles en Europe – Une analyse comparative*, Observatoire européen de l'audiovisuel, Conseil de l'Europe, Banque européenne d'investissement, Strasbourg, 2004

Robert Lacombe, *Les Politiques de soutien au spectacle vivant en Europe*, Rapport pour le ministère de la Culture et de la Communication, DMDTS, La Documentation française, Paris, 2004

Carla Bodo, Christopher Gordon et Dorota Ilczuk, *Gambling on Culture, State Lotteries as a Source of Funding for Culture* , The Arts and Heritage, CIRCLE, Association per l'Economia della Cultura, Boekmanstudies, Fondation Boekman, Amsterdam, 2004

Corina Suteu, *Training for Cultural Management in Europe – Another Brick in the Wall*, Fondation Boekman, Amsterdam, 2004

Robert Palmer (dir.), *Evaluation des "Capitales européenne de la culture"*, Etude à la demande de la Commission européenne, Bruxelles, 2004

Jérôme Bindé (dir.), *Où vont les valeurs ?*, Unesco/Albin Michel, Paris, 2004

Kathinka Dittrich van Weringh et Ernts Schürmann (dir.), *Does Europe Need a Cultural Foreign Policy ?*, Kulturpolitische Gesellschaft e.V., Fondation européenne de la culture, Institut Goethe, Bonn, 2004

Jean-Noël Mathieu (dir.), *La Reprise des monuments. Pratiques de la réutilisation sur 40 sites en Europe aujourd'hui*, Réseau européen des Centres culturels-Monuments historiques, Le Moniteur, Paris, 2003

Peter Sloterdijk, *Si l'Europe s'éveille*, éditions des Mille et Une Nuits, Paris, 2003 pour la traduction française

Louis Dubouis (dir.), *L'Union européenne*, Les Notices de la Documentation française, Paris, 2004

Jean-Michel Djian, *Politique culturelle : la fin d'un mythe*, Gallimard, Paris, 2005

ARTICLES

Robert Grégoire, "La Communauté et la culture", *Revue du Marché commun* n° 274, 1984

Stefan Collini, "Du financement public de la culture en Grande-Bretagne, Sage pluralisme ou tradition de négligence ?", *Le Débat* n° 70, mai-août 1992

Miguelle Lebrun, “Le prince et le jongleur : l’action culturelle des pouvoirs publics dans l’Union européenne”, *Annales d’études européennes*, université catholique de Louvain, 1997

Mario d’Angelo, “Billet d’Italie”, *Culture Europe* n° 19, septembre-octobre 1997

Barrie Ellis Jones, “Le cas britannique”, *Culture Europe* n° 25, Dossier “Exception culturelle”, février 1999

Jean-Pierre Rioux, “Histoire en deux langues, histoire de l’Europe, *Le Français dans le monde*, janvier 2000.

Robert Frank, “Une histoire problématique, une histoire du temps présent”, *XXe siècle*, juillet-septembre 2001, dossier “Apprendre l’histoire de l’Europe”.

Gérard Bossuat, “L’identité européenne, une quête impossible ?” in *L’identità europea alla fine del XX secolo*, université La Sapienza, Biblioteca della Rivista di Studi Politici internationali, Florence, 2001

Bernard Cassen, “Une convention européenne conventionnelle”, *Le Monde diplomatique*, juillet 2002

Jean-Marie Palayret, “Des négociations à la création de l’Institut universitaire européen de Florence” ; Marc Frangi, “Signer, ratifier ou s’en inspirer ? Bilan de la charte européenne des langues régionales ou minoritaires (Belgique, Italie, France)” ; Mahfoud Galloul, “La culture face aux défis de la mondialisation” ; Moncef Kdhir, “La Cour internationale de Justice et la culture”, in *La Culture dans les relations internationales*, François Roche (dir.), Mélanges de l’Ecole française de Rome, Italie et Méditerranée, tome 114-1-2002

François de Bernard, “Economie de la matrice. Cosmopolitique de la diversité”, *Commentaires et propositions sur la Déclaration universelle de l’Unesco sur la diversité culturelle*, Unesco, Paris, 2003

Raymond Weber, *La Diversité culturelle comme élément de la politique culturelle extérieure de l’Union européenne*, texte d’une conférence à la Maison Heinrich-Heine, Paris, le 29 avril 2003

Jean Baudrillard, “La violence de la mondialisation”, *Manière de voir* 75, *Le Monde diplomatique*, juin-juillet 2004

REMERCIEMENTS

Ma gratitude va à toutes les personnes qui m'ont orientée ou conseillée dans l'élaboration de ce manuscrit :

Robert Frank qui a eu l'idée de cet ouvrage,

Les étudiants de l'Institut d'études européennes de l'université de Paris-VIII qui, par leurs questions aiguisées et leurs recherches, m'ont permis d'explorer plus avant certaines thématiques.

Et toutes les personnes suivantes :
Claude Bleton ; Céline Bréant ; Patrice Bonnaffé ; Odile Chenal ; GiannaLia Cogliandro ; Jean-Baptiste Cuzin ; Sandrine Crisostomo ; Carla Delfos ; Jean-Michel Djian ; Rod Fisher ; Sabine Gehm ; Jean Hurstel ; Guillaume Husson ; Raj Isar ; Pierre Kerivyn ; Ilona Kish ; Dragan Klaic ; Dimitri Konstantidinis ; Marie-Louise Liot ; Jean-Marc Liverato ; Alain Lombard ; Isabelle Longuet ; Jean-Noël Mathieu ; Françoise Maupin ; Fabienne Métayer ; Jean-François Michel ; François Nizery ; Alexandra Poulakos ; Jany Rouger ; Jean-Paul de Saint-Aubin ; Isabelle Schwarz ; Sandrine Thévenet ; Maria Tuerlings ; Nathalie Vimeux ; Mary-Ann de Vlieg ; Raymond Weber ; Olivier Wotling.

BABEL

Extrait du catalogue

623. AKIRA YOSHIMURA
Naufrages

624. DALTON TRUMBO
Johnny s'en va-t-en guerre

625. COLLECTIF
Israël autrement

626. CHI LI
Trouée dans les nuages

627. ZHANG XINXIN
Une folie d'orchidées

628. JEAN-MICHEL RIBES
Théâtre sans animaux
suivi de Sans m'en apercevoir

629. REBECCA SOLNIT
L'Art de marcher

630. PAUL AUSTER
Constat d'accident

631. ILAN DURAN COHEN
Mon cas personnel

632. THÉODORE MONOD
L'Hippopotame et le Philosophe

633. KHAYYÂM ET HÂFEZ
Quatrains / Ballades

634. RAINER MARIA RILKE
Elégies de Duino

635. FRIEDRICH HÖLDERLIN
La Mort d'Empédocle

636. V. KHOURY-GHATA
Le Moine, l'Ottoman et
la Femme du grand argentier

637. NANCY HUSTON
Nord perdu *suivi de* Douze France

638. MAJA LUNDGREN
Pompéi

639. ELIAS KHOURY
Le Petit Homme et la Guerre

640. COLLECTIF
Jérusalem

641. DENIS LACHAUD
Comme personne

642. JEAN CAVÉ
Une femme d'esprit

643. YOKO OGAWA
Parfum de glace

644. SONALLAH IBRAHIM
Charaf ou l'Honneur

645. TIM PARKS
Comment peut-on aimer Roger !

646. CLAUDE PUJADE-RENAUD
Le Jardin forteresse

647. HENRY BAUCHAU
Le Régiment noir

648. VÉRONIQUE OLMI
Numéro six

649. ANNE BRAGANCE
Les Soleils rajeunis

650. NANCY HUSTON
Une adoration

651. HELLA S. HAASSE
Des nouvelles de la maison bleue

652. STIG DAGERMAN
Automne allemand

653. SEBASTIAN HAFFNER
Histoire d'un Allemand

654. MILJENKO JERGOVIĆ
Le Jardinier de Sarajevo

655. INTERNATIONALE DE L'IMAGINAIRE N° 18
Islande de glace et de feu

656. RUSSELL BANKS
Survivants

657. PATRÍCIA MELO
Enfer

658. LIEVE JORIS
Danse du léopard

659. BALTASAR PORCEL
Méditerranée

660. MAJID RAHNEMA
Quand la misère chasse la pauvreté

661. KHALIL GIBRAN
Le Prophète

662. PAUL AUSTER et GÉRARD DE CORTANZE
La Solitude du labyrinthe

663. YOURI RYTKHÈOU
Unna

664. HUBERT NYSSEN
La Leçon d'apiculture

665. RUBEN GONZALEZ GALLEGO
Blanc sur noir

666. NINA BERBEROVA
Tchaïkovski

667. LAURENT GAUDÉ
La Mort du roi Tsongor

668. GUILLAUME LE TOUZE
Tu rêves encore

669. JOSÉ CARLOS SOMOZA
Clara et la Pénombre

670. PAUL NIZON
Chien

671. VÉRONIQUE OLMI
Un si bel avenir

672. SYLVAIN ESTIBAL
Le Dernier Vol de Lancaster

673. BRIGITTE SMADJA
Des cœurs découpés

674. DON DELILLO
Cosmopolis

675. JEAN AMÉRY
Par-delà le crime et le châtiment

676. V. KHOURY-GHATA
Une maison au bord des larmes

677. VÉRONIQUE TADJO
L'Ombre d'Imana

678. NINA BERBEROVA
Le Cap des tempêtes

679. JOHANNA SINISALO
Jamais avant le coucher du soleil

680. YOKO OGAWA
Le Musée du silence

681. ALFRED DÖBLIN
L'Empoisonnement

682. ALBERTO MANGUEL
Stevenson sous les palmiers

683. ALBERTO MANGUEL
Chez Borges

684. HENRY BAUCHAU
La Grande Muraille

685. JEAN-PAUL GOUX
La Commémoration

686. SIRI HUSTVEDT
Tout ce que j'aimais

687. NIKOLAJ FROBENIUS
Le Pornographe timide

688. FRANÇOISE MORVAN
Le Monde comme si

689. CHI LI
Triste vie

690. FRÉDÉRIC JACQUES TEMPLE
L'Enclos

COÉDITION ACTES SUD – LEMÉAC

Ouvrage réalisé
par l'Atelier graphique Actes Sud.
Achevé d'imprimer
en avril 2005
par l'imprimerie Liberdúplex
à Barcelone
pour le compte
d'ACTES SUD
Le Méjan
Place Nina-Berberova
13200 Arles.

N° d'éditeur : 5848
Dépôt légal
1re édition : mai 2005
N° impr. :
(Imprimé en UE)